Celle que je suis

Du même auteur
aux Éditions J'ai lu

Semi-poche
Si j'étais elle

Dans la collection Romantic Suspense
SOMBRE, DIVIN ET MORTEL
1 – Secrets dévoilés
N° 10923

Lisa Renee
JONES

Celle que je suis

Traduit de l'anglais (États-Unis)
par Charline McGregor

J'AI LU

Titre original
BEING ME

Éditeur original
Gallery Books, a division of Simon & Schuster, Inc., New York

À Diego,
pour sa croyance indéfectible
en moi et en cette série.

Remerciements

J'ai tant de personnes à remercier pour m'avoir aidée à trouver le lectorat de cette série ! D'abord, Louise Fury, mon agent, pour sa lecture enthousiaste de *Si j'étais elle* et les lauriers qu'elle lui a attribués en toute occasion, du haut des toits quand il le fallait – et je parle au sens propre.

Je remercie aussi Lori Perkins pour l'avoir rejointe sur les toits. Puis Micki Nuding, qui s'est associée à elles, permettant à la magie d'opérer. Merci aussi à Shari Smiley, qui a tant fait pour donner à la série un tout nouveau public. Je ne pourrai jamais assez remercier l'équipe de chez Simon & Schuster. Tout le monde s'est vraiment bien occupé de ces livres, témoignant un bel enthousiasme.

Je souhaite aussi remercier les nombreux bloggers, lecteurs et critiques qui ont lu *Si j'étais elle* avant sa sortie et ont conseillé autour d'eux de le lire. Et qui continuent à inciter la lecture de la série. Mille mercis à tous !

Enfin, merci à mon équipe, les Underground Angels, pour votre amour, votre soutien et vos efforts. Merci de parler de mes romans. Vous êtes vraiment mes anges !

Journal 8, entrée 1

Vendredi 27 avril 2012

Les ténèbres m'entouraient, cette absence totale de lumière me faisait trembler de l'intérieur. Non. Ce n'était pas la pénombre qui me faisait trembler. C'était lui. Je le sentais, même si je ne le voyais pas. Oh oui, je le sentais. À travers chaque pore de ma peau, chaque terminaison nerveuse. Il me traquait. Il me possédait, alors qu'il ne m'avait pas encore touchée. J'étais complètement à sa merci, nue et à genoux au centre d'un épais tapis de laine. Des liens serrés attachaient mes mollets à mes cuisses, d'autres passaient sous ma poitrine pour retenir mes bras dans mon dos. C'était douloureux, d'une façon douce-amère et enivrante, et si je me sentais exposée et vulnérable, j'ai appris depuis que ces choses m'excitent à un point que jamais je n'aurais cru possible. Ça n'a rien de logique, en fait, cette peur que j'éprouve à ignorer où il va me prendre, mêlée à mes frémissements de désir. Agenouillée là dans le noir, donc, j'avais peur. Peur du peu de maîtrise que j'ai de mon corps, peur de la puissance de son emprise sur moi quand je n'en ai aucune.

Peur du besoin que j'ai d'être sous son contrôle. Je ne reconnais pas cette partie de moi maintenant, alors que j'écris ces lignes, pourtant quand je suis avec lui, je deviens ce qu'il exige de moi. Je deviens son esclave consentante, alors même que je suis consciente à présent de n'être qu'un pion dans ses jeux. Il ne m'a rien promis d'autre que de me posséder. Jamais il ne m'appartiendra comme je lui appartiens. Jamais je ne le contrôlerai comme il me contrôle. Je joue selon ses règles, sans savoir comment il va les faire évoluer, ni qui, ni ce qu'il va faire intervenir dans le nouveau jeu que sera notre prochaine rencontre. Et la nuit dernière, quand un spot s'est tout à coup allumé, braqué sur moi et sur moi seule, quand il est sorti de la pénombre pour se tenir là, devant moi, c'est la présence des hommes debout à ses côtés qui m'a secouée jusqu'au tréfonds de mon être. Ils étaient deux, dont un type que je méprise. Il le sait et pourtant il a invité cette personne à jouir de moi. J'ai voulu protester. J'aurais dû. Mais dans cette pièce, je n'étais pas Rebecca. Je n'étais que sa chose. Parfois, à la lueur du matin, quand il est loin de moi, quand nous sommes séparés, je me dis que je veux seulement me retrouver, redevenir Rebecca. Sauf que je ne suis pas sûre de savoir encore qui elle est. Je ne suis pas sûre de me connaître encore. Qui est Rebecca Mason ?

1

Je suffoque au milieu d'un tunnel d'obscurité totale, créé par la coupure inattendue de l'électricité dans le box de stockage que je fouille et refouille avec l'espoir d'y dénicher des indices sur Rebecca. J'ai été projetée en plein milieu d'un de ces films d'horreur que je redoute tant, du genre de ceux que je déteste regarder. Immédiatement, je m'imagine dans le rôle de la fille qui fait tout ce qu'il ne faut pas faire et finit raide morte dans une mare de sang. Moi, Sara McMillan, je suis une personne logique et je me dois donc de rejeter ces peurs irrationnelles. Il ne s'agit là que d'une des nombreuses coupures de courant que San Francisco a subies ces derniers mois et le pire qui puisse m'arriver, ce serait qu'une souris détale entre mes pieds.

Oui mais voilà, n'est-ce pas précisément ce que pense aussi la fille qui se fait trucider dans le film d'horreur ? Ce n'est qu'une coupure de courant. Ce n'est qu'une souris. J'ai été stupide de venir ici seule, en pleine nuit qui plus est, alors maintenant j'essaie de ne pas me comporter de façon stupide. Pour l'avoir rencontré auparavant, je savais que le gérant de cet endroit était bizarre et pourtant j'ai refusé de m'attarder sur son attitude louche. J'étais bien trop pressée d'avoir enfin l'impression de faire quelque chose pour Rebecca et de me changer les idées. Car depuis notre dernier échange de ce matin, échange durant lequel je lui ai avoué qu'il me manquait, Chris n'a plus donné signe de vie. Je crains que ce voyage entrepris pour assister à une soirée caritative ne lui ait donné le temps de se rendre compte qu'en revanche, je ne lui manquais pas. Après tout, la nuit précédente, il a osé me confier l'un de ses secrets les plus sombres, et moi, j'ai fait précisément ce qu'il avait prédit, à savoir le repousser, alors même que j'avais juré le contraire. *Déguerpir*, je me répète à voix basse en songeant aux paroles que Chris a utilisées assez souvent pour prédire mon comportement.

Un son étrange brise de nouveau le silence angoissant et, ça y est, c'est officiel : je ne flippe pas uniquement à cause du mutisme de Chris. Mon esprit bataille pour identifier le bruit, mais en vain. Oh oui, oui, oui, je suis vraiment idiote d'être venue ici toute seule. Moi qui me plais à penser que je ne suis pas trop bête, du moins pas trop souvent, j'ai la preuve ce soir que lorsque je le suis, je ne fais pas semblant.

Je n'ose plus bouger, encore moins respirer, et pourtant j'entends des halètements sourds et rauques, qui, je le sais, m'appartiennent. Je m'enjoins au silence mais ça ne fonctionne pas. J'ai la poitrine serrée, de plus en plus de mal à remplir mes poumons. J'ai besoin d'air. Désespérément. J'hyperventile. Du moins je pense. Oui, c'est bien ça. Je me rappelle avoir éprouvé la même sensation de sortir de mon corps, le jour où un médecin a surgi de la chambre d'hôpital où se trouvait ma mère pour m'annoncer qu'elle était morte. J'ai beau savoir ce qui se produit, je continue à haleter tel un chiot ; il n'y a pas plus sûr moyen de révéler ma présence. Comment puis-je être à la fois parfaitement consciente de ce qui m'arrive et incapable de me contrôler ?

Je suis debout, je ne sais pas comment car je n'ai pas souvenir de m'être levée. Des papiers m'échappent des mains que j'ignorais tenir. Une vague de panique me submerge qui me donne envie de hurler et de partir en courant. Cette impression qu'il me faut soit lutter soit fuir est si réelle, si naturelle que je fais un pas en avant, avant qu'un autre bruit identique ne me fige sur place. Je tourne vivement les yeux vers la porte, où je ne vois rien d'autre que la pénombre. Rien d'autre que ce profond trou noir qui menace de m'engloutir. Encore un « pop ». Qu'est-ce que c'est ? Encore un bruit – celui d'un pas ou d'un pied, je crois –, plus proche de la porte. L'adrénaline inonde mes veines, et je ne suis plus en mesure de penser de façon consciente. J'agis, un point c'est tout.

Je me précipite à l'autre bout de la pièce, dans une direction que j'estime dépourvue d'obstacles. La porte, la porte, la porte ! Il faut que je trouve la porte. Où est-elle, cette fichue porte ? Mes doigts ne rencontrent que du vide et encore du vide, jusqu'à ce qu'enfin je tombe sur de l'acier froid. Un immense soulagement m'envahit tandis que je referme violemment derrière moi. Je garde les paumes à plat sur la surface lisse. Et maintenant ? *Et maintenant ?* Verrouiller. Sauf que je ne peux pas. La réalité me frappe en pleine poitrine : la serrure se trouve à l'extérieur et – Dieu du ciel ! – celui ou celle qui est là, dehors, pourrait tout à fait m'enfermer ! Ou bien... Et si cette personne dont j'ai senti la présence dans le couloir avait réussi à pénétrer avec moi dans le box ?

Je fais volte-face à cette idée terrifiante et me colle à la paroi. Soudain, je me souviens de mon téléphone dans la poche de ma veste et plonge la main à sa recherche. Je n'y vois rien. Je n'arrive manifestement plus à penser de façon rationnelle. Comment n'avais-je pas songé plus tôt à mon téléphone ? Je le saisis mais il me glisse des mains et s'écrase au sol. Comme une folle, je tombe à genoux pour le chercher à tâtons, soulagée quand ma main se referme sur le plastique dur. J'actionne sans succès le bouton de déverrouillage.

Je me relève d'un bond, craignant de me faire poignarder pendant que je compose le numéro, et cette fois plus rien ne peut stopper ma fuite. Partir en courant risque de s'avérer une décision encore plus stupide, mais à ce stade ne pas courir l'est sacrément aussi. J'ouvre brusquement la porte et suis accueillie par la pénombre, encore. Mais je m'en fiche. Je cours en priant pour ne pas entrer en collision avec celui ou celle qui est là avec moi, ni trébucher dans le trou noir que constitue tout ce qui m'entoure. Je veux sortir, c'est tout. Sortir. Sortir. Sortir. Voilà mon unique objectif. C'est ce qui me fait avancer en droite ligne vers la sortie. Je ne suis qu'une explosion de peur et d'adrénaline mêlées, qui a dissous la logique dont j'étais animée quelques instants auparavant.

Je cherche la sortie, la lumière, mais la porte donnant sur l'extérieur, ouverte juste avant, est désormais fermée et je la heurte avec une force qui me fait claquer des dents. Le goût ferrugineux du sang se répand dans ma bouche à l'endroit où mes dents se sont plantées dans ma langue. Mais je ne me laisse pas démonter pour autant, je suis toujours aussi résolue à m'en tirer en un seul morceau. Je cherche à tâtons la poignée et pousse un soupir de soulagement quand elle cède et que la porte s'ouvre enfin.

En une fraction de seconde je suis à l'extérieur du bâtiment, la lueur faiblarde des lampadaires de San Francisco et l'air froid de la nuit m'accueillent, agréables après les ténèbres suffocantes de l'intérieur. Je bondis vers ma voiture. Mes muscles se tendent et brûlent, j'ai peur d'avoir quelqu'un aux trousses mais inutile de perdre une précieuse seconde à confirmer ou infirmer cette hypothèse. La peau sensible de ma paume est serrée contre le métal de mon trousseau de clés que je tiens au creux de ma main, et je me débats avec le bouton électronique qui permet de déverrouiller la portière. Le temps semble suspendu tandis que je combats l'envie de regarder à nouveau par-dessus mon épaule, et je parviens finalement à ouvrir.

Certaine que l'on est sur le point de m'attraper par-derrière, je me rue sur le siège et tire sur la poignée pour me boucler à l'intérieur grâce à la fermeture automatique des portières. Alors je jette un coup d'œil effaré par la vitre et ne vois personne, pourtant je m'attends à ce que le verre explose à tout instant. J'ai les mains qui tremblent, si violemment que je dois maintenir l'une avec l'autre pour parvenir à insérer la clé dans le contact. Sitôt que j'y arrive, je démarre et passe la marche arrière. Les pneus crissent, mon cœur tonne. Je passe la première et appuie comme une folle sur le frein, ce qui projette mon corps vers l'avant. Le bruit de ma respiration lourde emplit l'habitacle soudain silencieux tandis que je fixe la porte ouverte du bâtiment, sans y voir quoi que ce soit de particulier ou d'effrayant. Elle est juste… là. Et moi je suis ici, sans personne d'autre apparemment.

Peu importe. Plus je reste sans bouger, plus je me sens exposée au danger, vulnérable, une cible parfaite. J'appuie sur la pédale de l'accélérateur. Il faut que je sorte de ce parking, et maintenant.

J'ai presque atteint la contre-allée qui conduit à la quatre-voies, les mains agrippées au volant, quand une idée me frappe : le box de stockage est resté ouvert. J'ai oublié de le refermer à clé avant de m'enfuir. Je m'arrête à une station-service et gare la voiture près du bâtiment. Et je reste assise là, immobile. Je ne sais pas combien de temps : une minute, deux ou dix. Impossible d'en être sûre. Je n'arrive même pas à former des pensées cohérentes. Je laisse tomber ma tête contre le volant pour tâcher de me concentrer. Le box de stockage. Les secrets de Rebecca, sa vie. Sa mort. Je relève brusquement la tête. Elle n'est pas morte. Elle n'est pas morte... et pourtant, je sais au plus profond de moi que ce box recèle un secret sur elle que quelqu'un ne tient pas à ce que je découvre, ni moi ni personne, d'ailleurs.

— Je dois retourner fermer le box, chuchoté-je.

Je pourrais appeler la police pour qu'ils m'y retrouvent. Ils ne m'arrêteront pas parce que j'ai peur du noir. Ils vont peut-être se moquer de moi, être agacés par mon comportement, mais au moins, cette fois, je serai en sécurité et j'aurai agi intelligemment.

Sur le siège, où je ne me souvenais pas de l'avoir lancé, mon portable sonne et je sursaute. Je serre les poings contre ma poitrine. *Reprends-toi, Sara.*

Je jette un coup d'œil au numéro de l'appelant. Chris. L'émotion me brûle le ventre. Il y a tant de choses non résolues entre nous, tellement de raisons pour lesquelles nous ne sommes pas faits l'un pour l'autre. Et pourtant, malgré ce constat ou peut-être à cause de lui, jamais je n'ai eu autant besoin d'entendre une voix comme la sienne en cet instant.

— Sara, souffle-t-il dès que je décroche.

Dans sa bouche, mon nom se fait doux murmure de soie, rauque et mâle à la fois, il me traverse et s'installe au plus profond de mon esprit. Lui seul sait remplir cet espace.

— Chris.

Ma voix, au contraire, craque son prénom, car – bon Dieu ! – mes yeux picotent. Comment suis-je passée de la femme que rien ne touchait pendant toutes ces années, à son exact opposé, et ce, en l'espace de quelques semaines ?

— J'aimerais tant que tu sois là.

— Je suis là, bébé, répond-il.

Et je crois, j'espère entendre une touche d'émotion dans ses paroles.

— Je suis devant ta porte. Ouvre-moi.

Je cille de confusion.

— Je te croyais à Los Angeles pour la soirée de charité ?

— J'y étais et je dois y retourner demain matin, mais j'avais besoin de te voir. Viens m'ouvrir, fais-moi entrer.

Je n'en reviens pas. Toute la journée, je me suis inquiétée de son silence. J'ai eu peur qu'il ne me repousse, comme moi la veille.

— Tu es rentré exprès pour me voir ?

— Bien sûr, que je suis rentré pour te voir. (Il semble hésiter.) Tu comptes me laisser dehors ?

Une nouvelle vague d'émotion me submerge avec la même vigueur que je mets à la combattre et la brûlure sous mes paupières menace de se transformer en larmes. Il est venu pour moi, il a changé ses plans, il a pris un vol depuis une ville lointaine, et ce, malgré la façon dont j'ai réagi à sa confession, au club, hier soir.

— Je ne suis pas chez moi, réponds-je dans un souffle à peine audible. Je le regrette, crois-moi. Tu pourrais venir me rejoindre, s'il te plaît ?

— Te rejoindre ? Mais où ? demande-t-il, d'un ton aussi pressé que le mien.

— À quelques rues. Je suis à un *Stop N*, une station-service près du box de stockage dont je t'ai parlé.

Je ne parviens pas à me convaincre de prononcer le nom de Rebecca, j'ignore pourquoi.

— OK, j'arrive.

Alors que j'ouvre la bouche pour lui indiquer la route, la ligne est coupée.

2

Je sors du véhicule dès que j'aperçois la Porsche de Chris entrer sur le parking, et le frisson qui me parcourt lorsque je mets le pied dehors n'a rien à voir avec la brise froide qui souffle de l'océan non loin ; il a en revanche tout à voir avec ce qui s'est produit au box de stockage. Je m'enveloppe de mes bras et regarde sa voiture s'approcher de ma Ford Focus, le cœur battant à tout rompre. Soudain, je me sens nerveuse et vulnérable, un trait de ma personnalité que je déteste mais dont je ne parviens pas à me défaire. Et si j'avais mal interprété sa visite et qu'il n'était là que pour mettre un terme à ce qu'il y a eu entre nous ? Et si ma réaction à sa révélation fracassante, hier soir au club de Mark, l'avait convaincu de ce qu'il avait affirmé maintes fois ? À savoir que je n'appartiens pas à ce monde, à son monde.

La Porsche 911 se gare discrètement sur la place de parking à côté de la mienne, et je m'efforce d'oblitérer le fait que mon père conduit le même modèle. Celui-ci devrait être la dernière personne que j'aie en tête et pourtant il est très présent à mon esprit, ces dernières semaines, j'ignore pourquoi. Je me sens mal, je ne sais plus où j'en suis, complètement bouleversée par les événements de la nuit et ma peur de ce qui va se passer avec Chris.

Je le regarde sortir de sa voiture puis contourner sa Porsche, grand, athlétique, pour se diriger vers le coffre et cela suffit à pousser de nouveau les battements de mon cœur au maximum. Il est si sexy, dans son jean noir, ses bottes de motard et sa veste en cuir, ses cheveux blonds lui tombant en désordre dans le cou. J'adore son style négligé et tellement, tellement masculin. Ses longues enjambées répondent à mon impatience, je me précipite à sa rencontre.

Les quelques pas qui nous séparent me semblent infranchissables, mais enfin je suis dans ses bras, pelotonnée dans le chaud cocon de son étreinte, absorbée par son corps puissant. La bataille de la nuit passée est oubliée, comme si elle n'avait jamais existé. Je fonds contre son corps dur, glissant les mains sous sa veste en cuir pour inhaler le délicieux parfum de bois de santal qui représente si merveilleusement Chris.

D'un geste fluide, il me pousse avec délicatesse sur le côté de la voiture, à l'endroit où le mur nous cache de la vue des clients entrant et sortant de la boutique.

— Parle-moi, bébé, m'intime-t-il en me scrutant dans la faible clarté que nous renvoient les feux arrière de la Porsche. Tu vas bien ?

Je plonge dans son regard et, malgré le peu de lumière, je sens la connexion qui nous lie, la profondeur de ses sentiments pour moi. La personnalité de Chris a des strates que je n'essaie même pas de comprendre, mais il tient à moi et je veux qu'il voie ce que je n'ai pas réussi à lui montrer hier. Je veux le comprendre. Je le veux, lui, tout entier, y compris les aspects de sa personnalité qu'il a dû m'imaginer incapable de supporter. En tout cas, mon attitude d'hier le lui a sans doute suggéré.

— Oui, je murmure. Maintenant que tu es là, je vais bien.

J'ai à peine fini ma phrase que déjà sa bouche se scelle à la mienne, et je sens le goût de son impatience, de sa peur, que je reconnais à présent comme mienne. La peur qu'après notre visite au club de Mark, nous ne nous retrouvions plus jamais comme ça, ensemble à nouveau. Je me cambre vers lui, je bois sa passion, instantanément et volontairement consumée par tout ce qu'il est et pourrait être pour moi.

Une graine sombre semée quelque part dans le box ou bien hier au club essaie de germer, mais mon esprit refuse de l'accepter. Désespérant d'échapper à ce que je suis incapable d'affronter, je fais alors ce que jamais je n'ose et me perds dans la passion de l'instant. Je sens que je m'enfonce dans le désir, que je m'abîme dans la chaleur qui enflamme le bas de mon ventre, dans le plaisir qui m'humidifie les cuisses. Plus rien n'existe que le contact doux et chaud de la langue de Chris contre la mienne, son goût et son odeur, le contact de ses mains possessives qui me plaquent contre lui. J'ai besoin de ça. J'ai besoin de lui.

Je glisse les mains sous sa chemise, j'absorbe le contact chaud de sa peau tendue sur ses muscles durs, je me presse plus fort encore contre lui. Un son rauque, signe d'une soif torride, monte de sa gorge et je me remplis de son désir, son désir pour moi à la façon dont ses mains descendent dans mon dos, courent sur mes fesses, avant de m'attirer fermement contre son sexe. Je me délecte de sa bouche tandis que son érection durcit contre mon ventre, alors soudain, quelque chose explose en moi. Je me fiche bien de l'endroit où je suis. D'ailleurs, j'ai oublié où je me trouve. Tout ce qui m'importe, c'est Chris. Je le veux, je suis incapable de m'arrêter de le toucher, de le goûter. Nous nous dévorons mutuellement et je suis perdue. Malgré tout, ça ne suffit pas à repousser la graine sombre. J'ai besoin de quelque chose d'autre. J'ai besoin...

— Sara...

Je halète quand Chris arrache sa bouche de la mienne pour murmurer mon prénom d'une voix chargée d'envie. Ignorant combien de temps s'est écoulé depuis nos retrouvailles, je suis collée au mur et je ne me rappelle même pas comment j'y suis arrivée. D'ailleurs je m'en fiche. J'essaie de reprendre les lèvres de Chris. Ses doigts s'enfoncent dans mes cheveux pour me retenir, il halète aussi fort que moi.

— On doit s'arrêter, sinon je ne réponds plus de moi. Je ne voudrais pas qu'on nous accuse d'outrage. Au stade où j'en suis, il ne m'en faudrait pas beaucoup plus pour tout risquer, juste pour me retrouver en toi.

Oh oui, s'il te plaît ! Chris en moi, me remplissant. J'en ai envie, plus que tout au monde. Je lève les yeux vers lui, le regard trouble, étourdie mais sûre de ce que je veux : lui. Maintenant. Ici. Tout à coup, le vrombissement d'un moteur et le rire d'un enfant m'éclatent au visage avec une brutalité qui me raidit. Tout ce qui s'est produit dans l'heure précédente me revient et se reforme en un nœud serré au creux de mon ventre. Je n'en reviens pas d'avoir oublié l'endroit où je suis et l'urgente nécessité qu'il y a à mettre les affaires de Rebecca en sûreté.

Je pose les paumes sur le torse chaud de Chris.

— J'ai oublié l'heure.

Je halète. Comment puis-je me passer des hanches de cet homme rivées aux miennes, promesse de la douce échappatoire qu'il saura me donner ? Je m'efforce de recouvrer ma raison à travers l'épais brouillard du désir.

— J'ai oublié de verrouiller le box, il faut que j'y retourne avant qu'ils ne ferment le bâtiment principal, sans quoi je ne pourrai plus y accéder.

Je veux lui raconter tout ce qui s'est produit. Il est la seule personne à laquelle je peux confier mes peurs concernant Rebecca, pourtant, instinctivement, je sens qu'il va s'inquiéter et me poser trop de questions. Je n'ai pas le temps de lui répondre maintenant, je dois retourner là-bas le plus vite possible.

— Tu peux me suivre ? Il faut que je me dépêche.

Sans attendre sa réponse, je me laisse glisser le long du mur pour échapper à son étreinte et tente de le contourner en vitesse.

Mais sa main se pose contre le mur, à la hauteur de ma tête, pour m'emprisonner.

— Qu'est-ce que tu cherchais dans le box de Rebecca, à une heure pareille ?

Ses mâchoires sont serrées, signe de la détermination entêtée que je commence à lui connaître et, malgré les circonstances, une partie de moi se réjouit à l'idée que je commence en effet à le connaître.

Je passe la main sur le début de barbe blond foncé qui parsème sa mâchoire. Dire qu'elle frottait tout à l'heure contre ma joue…

— Je peux t'expliquer en chemin, s'il te plaît ? Je ne veux vraiment pas risquer de me faire enfermer dehors.

Son regard perçant traverse l'obscurité et je me rends compte, à mon grand dam, que j'avais deviné juste. Il ne lâche rien. En tout cas, il ne me laissera pas m'en tirer sans explications.

— Qu'est-ce que tu ne m'as pas dit, Sara ?

— Tu sais que tu peux être extrêmement autoritaire ? Je te raconterai tout en route, Chris, promis.

— Je veux savoir maintenant.

— Ils vont fermer !

Il ne bouge toujours pas. OK. Pas étonnant, après tout, Chris se maîtrise toujours. *Enfin, pas toujours*, chuchote une voix dans ma tête – et je me le rappelle m'offrant sa chemise pour que je me sente moins vulnérable dans ma nudité alors que lui était habillé. À sa façon, par des gestes ténus mais lourds de sens, il partage le pouvoir avec moi.

— Je m'y suis arrêtée dans l'espoir de trouver autre chose qui me permettrait de contacter Rebecca.

J'avais l'intention de lui en dire plus, mais le regard qu'il pose sur moi est si perçant que ma tendance à la digression refait surface.

— J'ai perdu la notion du temps, et puis tout à coup l'électricité a été coupée et il faisait aussi noir que dans une grotte. Je me suis sentie suffoquer, je n'y voyais plus rien et j'ai eu peur. En plus, j'entendais un drôle de bruit, un battement régulier qui m'a donné l'impression de n'être pas seule.

— Qu'est-ce que tu entends par là, « pas seule » ?

— Je ne peux pas l'expliquer, mais je t'assure que je n'étais pas seule. Il y avait quelqu'un dans le bâtiment, et j'ai eu la sensation qu'on m'espionnait. Je ne savais pas quoi faire, me cacher ou m'enfuir, et j'y voyais tellement peu que je n'arrivais pas à utiliser mon fichu téléphone. Alors j'ai fini par partir en courant, j'ai rejoint ma voiture et je suis venue ici. En laissant le box ouvert. Je venais juste de me garer quand tu as appelé.

Il me dévisage avec intensité pendant quelques secondes encore, puis il s'écarte du mur en marmonnant un juron tandis qu'il porte les mains à ses hanches, sous sa veste.

— Tout ça ne me dit pas ce que tu fichais dans ce satané box en pleine nuit, Sara.

Je sens mes défenses se mobiliser, d'autant que je suis consciente de n'avoir pas la cause la plus simple à plaider. La stupidité n'est pas facile à avouer.

— Ne me parle pas sur ce ton, Chris.

— Si tu t'abstenais de prendre des décisions qui te mettent en danger, je n'en aurais pas besoin.

On ne peut pas dire qu'il me caresse dans le sens du poil.

— Je suis tout à fait capable de prendre soin de moi. Ça fait des années que je m'en sors très bien.

— Ah oui ? Et tu considères que ce soir aussi, tu t'es conduite de façon avisée ? (Sa colère est palpable, elle s'échappe de lui en ondes quasi électriques.) Que tu as pris soin de toi ? Parce que si c'est le cas, eh bien tu me fais sacrément peur, Sara. Je t'avais promis de demander à quelqu'un de se renseigner sur Rebecca, l'un de mes objectifs étant du coup que tu laisses tomber cette fichue enquête que tu t'es mis en tête de mener !

Cette fois, plus que sur la défensive, je suis furieuse. Je n'ai pas besoin qu'un homme me décrète incapable de prendre soin de moi.

— On a déjà eu cette conversation, rétorqué-je vivement. Me baiser ne te donne pas le droit de diriger ma vie.

Il serre les mâchoires, et même si l'obscurité me cache le vert de ses yeux, je suis certaine qu'ils brûlent de colère.

— On en est donc revenus au même point, Sara ? Je te baise, c'est tout ? La soirée d'hier nous a donc fait régresser à ce stade ? C'est pour ça que tu te jettes sur moi dans un parking ? Parce que si tu as envie que je te baise, je vais te baiser si bien que tu en oublieras jusqu'à ton nom. En revanche, tu n'oublieras plus jamais le mien.

Une vague de chaleur me traverse, car je le sais parfaitement capable de mettre ses menaces à exécution. Sauf qu'en filigrane, il sous-entend que je n'en suis pas encore là. Autrement dit, il ne sait pas que jamais je ne l'oublierai, pire encore, que je refuse d'essayer. J'ouvre la bouche pour le lui dire, mais il ne m'en laisse pas le temps.

— Décide-toi maintenant, Sara, exige-t-il. Si je représente pour toi un peu plus qu'un plan cul, je vais évidemment faire tout ce qui est en mon pouvoir pour te protéger, alors tu vas devoir t'y habituer.

Son ultimatum change mon humeur sur-le-champ. Je suis déjà en territoire connu, celui de mes vieux démons. Et soudain je sens le poison du passé se distiller dans chacun des mots que je lui siffle :

— Me protéger ou me contrôler, Chris ?

J'attends sa réaction, j'attends qu'il essaie de me rabaisser d'une parole, exige de moi ce qu'il estime être son dû. Une partie de moi espère qu'il va relever ce défi, tandis que l'autre le redoute. Mais au moins s'il le fait, je saurai comment le gérer.

Sauf que c'est Chris que j'ai face à moi, or Chris ne fait jamais ce que j'attends de lui. Jamais. Il se contente de me dévisager, mâchoire serrée, sans que je parvienne à déchiffrer son expression.

De longues secondes s'écoulent, lourdes, tendues, avant qu'il ne fourre la main dans sa poche pour en tirer son trousseau de clés.

— Allons le fermer, ton fichu box.

Il fait volte-face et je sens mon estomac me tomber dans les talons. Je n'ai pas envie de me battre avec lui. D'ailleurs, je me rends compte que je ne me bats pas avec Chris, je me bats avec mon passé. Or je refuse de laisser mes vieux démons s'immiscer entre nous deux.

Je me précipite pour me poster entre la voiture et lui et je pose une main sur son torse. Il ne me touche pas. Il me toise de toute sa hauteur, sans aucune trace d'émotion. J'ai déjà vu ce Chris-là, à la cave à vins, le jour où on lui avait remis quelque chose ayant appartenu à son père et qu'il s'était refermé comme une huître. Je ne vais pas le laisser recommencer aujourd'hui. Pas avec moi. Pas sous prétexte que moi, je laisse mon fichu passé se mettre en travers de notre route.

Une immense émotion me vrille la poitrine et je baisse les paupières.

— Excuse-moi.

Prenant une profonde inspiration, je soutiens son regard. Je meurs de peur à l'idée de me montrer vulnérable devant cet homme qui, sans même le vouloir, exerce sur moi plus de pouvoir que personne n'en a jamais eu. Je comprends qu'en fait, il m'a d'une certaine manière tendu le calumet de la paix, en venant me rejoindre ici. C'est son acte de vulnérabilité à lui.

— J'ai besoin de toi, et à ta façon, tu es présent. Ça signifie plus à mes yeux que tu ne peux l'imaginer. J'ignore comment j'ai fait pour tout gâcher, Chris. S'il te plaît, aide-moi à ne pas tout ficher en l'air à nouveau, je ne veux pas recommencer comme hier soir.

L'espace d'un moment, il reste de marbre, sans ployer d'un pouce, et me regarde fixement de ses prunelles froides que je ne parviens pas à déchiffrer. Mais soudain, il attire ma bouche à un souffle de la sienne.

— Je ne suis pas certain de bien saisir la différence entre protection et contrôle. Je préfère que tu le saches.

En apparence, sa mise en garde est purement mâle, mais dans le fond, il y a là quelque chose d'intime. Il n'est pas fait de pierre, du moins pas avec moi, et comme pas mal de choses chez Chris, ça me parle.

— Eh bien, sache à ton tour que, chaque fois que tu franchiras la limite, je ne manquerai pas de te le faire savoir.

Il effleure mes lèvres des siennes, un geste doux et possessif à la fois.

— Je suis impatient que tu le fasses, m'assure-t-il.

Donc il ne cherche même pas à résister à ma tentative de prise de contrôle. Le son doux et rauque de la promesse que contient sa voix crée des picotements dans le bas de mon dos, saisissant chaque terminaison nerveuse de mon corps. Comme souvent avec Chris, je décèle une signification profonde au-delà de ses mots, une signification non encore révélée et que je veux comprendre. Oui, je veux le comprendre.

S'écartant à nouveau, il rive son regard au mien. Quelque chose change entre nous, se modifie et s'étend. Quelque chose que je suis incapable de nommer, mais que ma libido et moi mourons de découvrir. Intensément. Douloureusement. Quelque chose que je veux apprendre sur moi et que Chris peut me montrer. Je le sais. Et je sais aussi que je le suivrai en des endroits où je n'irai avec personne d'autre. Ça dépasse le simple désir ou l'acceptation. C'est un besoin physique.

3

Chris gare la 911 devant le bâtiment, préférant s'arrêter à deux pas de la porte plutôt que sur le parking vide.

— Je vais aller fermer, annonce-t-il en mettant la voiture au point mort, avant d'allumer les feux de croisement. Quel est le numéro du box ? Est-ce que j'ai besoin d'une clé ?

— Numéro 112, et il s'agit d'un cadenas à combinaison que j'ai laissé accroché ouvert sur la porte, lui réponds-je, les yeux rivés au bâtiment.

A priori, nous sommes seuls ici et l'endroit est toujours plongé dans l'obscurité. Alors que Chris s'apprête à sortir du véhicule, je le saisis par le bras.

— La porte est ouverte, Chris.

— Ben oui, c'est pour ça qu'on est là, non ? Pour fermer la porte de ce box.

Je jette un coup d'œil à la pendule sur son tableau de bord.

— Oui, sauf que l'heure de fermeture est dépassée depuis trente minutes. Ça ne devrait plus être ouvert.

Je regarde de nouveau la porte, et le trou noir sur lequel elle donne. Dans un frisson, je me rappelle la sensation de suffoquer qui m'a saisie à l'intérieur, toujours persuadée qu'il y avait bel et bien quelqu'un avec moi, là-dedans.

— Qu'est-ce qui ne va pas, bébé ? me demande Chris en relevant délicatement mon menton pour scruter mon regard. À quoi penses-tu que tu ne me dis pas ?

Dans ma tête, je revois le moment où j'ai franchi cette même porte pour retrouver la liberté, et aussitôt mon cœur bondit dans ma poitrine.

— La porte était ouverte quand je suis entrée, mais elle était close quand j'ai tenté de fuir. Quelqu'un a essayé de m'enfermer à l'intérieur. (Je lève les yeux vers lui.) Et je t'en supplie, ne me fais pas la leçon. Je sais déjà que ce n'était pas très malin de venir ici toute seule en pleine nuit. Crois-moi, Chris, je le sais. J'ai payé le prix de mon insouciance au centuple, avec la frousse que j'ai eue là-dedans.

Son expression s'adoucit sur-le-champ et il me caresse les cheveux du dos de la main.

— Je sais, bébé. Et je peux t'assurer que je vais leur passer un sacré savon, quand je leur tomberai dessus. Ils sont responsables de la sécurité des personnes qui pénètrent dans leurs locaux.

— Le gérant est plutôt flippant. Je ne miserais pas trop sur le niveau d'exigence de l'endroit en matière de sécurité.

Il fronce les sourcils.

— Bon sang, Sara, tu me dis ça, et en même temps, tu viens traîner ici toute seule en pleine nuit ?

— Voilà que tu recommences à mal parler, je l'avertis en grimaçant.

— À ma décharge, tu me donnes de bonnes raisons de le faire. Je ne peux pas m'empêcher de m'interroger sur les raisons de ta présence ici ce soir.

— La dame qui assure le service du matin au McDonald's près de mon école est plutôt mal embouchée, ça ne m'empêche pas d'y aller prendre le café.

— Arrête de faire la maligne, ça ne prend pas avec moi, Sara. En revanche, ça risque de réveiller la colère que je garde en réserve pour ta pomme quand nous serons rentrés à la maison.

« À la maison. » Ces trois mots résonnent en moi, car je sais que Chris ne dit jamais rien au hasard. L'intimité qu'ils sous-entendent fait battre mon cœur un peu plus vite. Ainsi que leur… justesse à mes oreilles.

— Ta colère ? je demande. Qu'est-ce que ça veut dire exactement ?

Il penche légèrement la tête sur un côté et sa voix se charge d'une dangereuse tension.

— Utilise ton imagination. Ou peut-être qu'on ferait mieux de se servir de la mienne. À moins que ça ne t'effraie, du coup.

Voilà qu'il recommence à me tester. À me rappeler la soirée au club, à s'assurer que je n'oublie pas la femme que j'ai vue se faire attacher et fouetter. Et son aveu au sujet de la douleur qu'il a reçue et infligée. Je relève le menton d'un air de défi.

— Je n'ai pas peur. Pas de toi. Pas… avec toi.

Ses yeux dardés sur moi s'étrécissent et je sais qu'il évalue mon affirmation.

— Tu as déjà dit ça.

— Et rien n'a changé.

— Tu en es bien sûre ?

— En fait si, une chose a changé : je connais à présent les secrets sombres et enfouis que tu me cachais de crainte qu'ils me fassent fuir. Or, je suis là.

— Tu t'es pourtant enfuie, bébé. Et puis, tu crois connaître mes sombres secrets, mais…

— Montre-les-moi.

Je halète plus que je ne parle.

— Te les montrer…

Ce n'est pas une question. Son regard glisse sur ma bouche et je suis instantanément consciente de l'exquise brutalité que peuvent revêtir ses paroles quand il ajoute :

— Il y a un prix à payer pour ne pas t'être protégée aussi bien que tu t'en prétends capable.

Quand il relève les yeux vers les miens, je lis cette fois dans leurs profondeurs qu'il s'amuse beaucoup. Mais qu'il est aussi très sérieux.

— Je vais devoir te punir, conclut-il.

Sa remarque sur ma façon de m'occuper de moi me hérisse le poil.

— Ne fais pas le malin, je suis tout à fait capable de prendre soin de moi.

— C'est toi qui le dis.

Je vois sa lèvre supérieure frémir, ses yeux scintiller d'une lueur espiègle. Son humeur morose s'est dissipée en un clin d'œil, comme c'est souvent le cas.

— Je vais m'occuper de nous deux, reprend-il. Je te préfère bien en vie, si je veux te baiser jusqu'à ce que tu ne puisses plus jamais oublier mon nom.

Je sens mon corps se consumer de l'intérieur, mais je profite de l'occasion pour lui dire ce que je n'ai pas eu le temps d'ajouter plus tôt :

— Tu l'as déjà fait, mais si tu veux parfaire ton œuvre, je t'en prie.

— Tes désirs sont des ordres, m'assure-t-il.

— Je nourris quelques doutes sur ce point-là.

— Tu ne devrais pas, bébé, affirme-t-il.

Et le rire que nous partagions s'efface tandis que nous échangeons un regard lourd de promesses de plaisirs sombres et érotiques. Et bien plus encore.

La poitrine soudain serrée, je pose la main sur sa joue.

— Je suis vraiment contente que tu sois ici.

Il passe un doigt sur ma lèvre inférieure avant d'y déposer un baiser. Une rapide caresse de la langue, en fait, pourtant le goût de sa faim, de la mienne, m'arrache un gémissement.

— Laisse-moi aller fermer ce satané box, qu'on puisse filer d'ici.

Je le rattrape par la main alors qu'il s'apprête à s'éloigner.

— On n'y voit rien, là-dedans.

— J'ai une lampe torche dans le coffre.

— Et si celui qui me suivait est encore à l'intérieur ?

— Un geste déplacé et je lui donne un coup de lampe. Je sais me montrer efficace, ajoute-t-il en haussant un sourcil canaille. Surtout quand j'ai d'autres activités alléchantes qui m'attendent.

Il est sorti de la voiture avant que je puisse le retenir. L'idée qu'il entre dans ce trou noir m'est insupportable. Alors je sors aussi et le rejoins devant le coffre.

— Laisse…

— Garde tes ordres pour un moment plus propice, Chris. Pas question que je reste dans la voiture. Tu n'as donc pas vu *Vendredi 13* ? Michael poignarde la fille à l'intérieur de la voiture, dans le film !

— Michael, c'est le héros d'*Halloween*. Dans *Vendredi 13*, c'est Jason.

— Peu importe son nom. Il poignarde la fille à l'intérieur de la voiture. Donc, je ne reste pas là-dedans.

Il claque la portière du coffre et se tourne vers moi, une longue lampe en métal à la main.

— Et tu trouves qu'il est plus sûr de suivre un mec armé d'une torche à l'intérieur d'un box de stockage plongé dans le noir ?

— Je te suis, Chris.

— Sara…

Des lumières clignotent près de nous, puis on entend un crissement de pas sur le gravier : un homme en salopette d'entretien orange a quitté le bâtiment réservé aux bureaux et se dirige vers les box.

— C'est lui, ton copain ? s'enquiert Chris.
Je secoue la tête.
— Non, ce n'est pas lui.
Cet homme a une bonne vingtaine d'années de plus, et même s'il a un air peu amène, il n'inspire pas la crainte.
— J'aurais sans doute dû me rendre au bureau d'emblée, fais-je en tournant les yeux vers Chris.
Je commence à douter de mes impressions. Ai-je inventé ce danger ? L'ai-je exagéré ?
Chris m'attire face à lui et je glisse les bras sous sa veste. Il est chaud, ce qui contraste avec le vent froid.
— Ne fais pas ce que tu es en train de faire, m'ordonne-t-il.
— Qu'est-ce que je suis en train de faire ?
— Si tu t'es sentie en danger, si jamais tu te sens de nouveau en danger, ne remets pas ce sentiment en doute.
— Et s'il s'agissait juste d'une banale coupure d'électricité ?
— Qu'est-ce que tu entends par « banale » ?
— Je ne sais pas. Contrairement à ce que je pensais, ça n'est pas étendu à la ville tout entière. J'ai juste... Je ne sais pas quoi penser.
— On va découvrir ça ensemble.
Ses doigts s'enfoncent dans mes hanches comme pour les marquer, et la façon dont il les plaque sur mon corps en un geste possessif me pousse à le croire.
— Je peux vous aider, messieurs dames ?
Nous nous retournons pour découvrir l'agent d'entretien planté derrière nous. Je n'en reviens pas de la vitesse à laquelle il nous a rejoints – à moins que le temps ne passe juste très vite quand Chris me tient dans ses bras. Je soupçonne que c'est en effet la seconde idée qui est la bonne, car à l'instant où il me relâche, je regrette immédiatement son contact.

Chris lève sa lampe torche.

— Le courant a été coupé avant que nous n'ayons eu le temps de refermer le box, explique-t-il. On voudrait juste le cadenasser et puis filer.

L'homme se frotte la mâchoire.

— Je n'avais pas vu qu'il y avait quelqu'un à l'intérieur quand l'électricité a lâché. Je suis pourtant entré pour vérifier si personne n'avait besoin d'aide.

— J'y étais, interviens-je. Et ce n'était pas drôle du tout. Quelqu'un a refermé la porte et j'ai bien cru ne jamais réussir à ressortir.

— La porte est ouverte, m'dame, réplique-t-il, les sourcils froncés. Elle l'était d'ailleurs déjà quand je suis entré.

— Parce que je l'ai rouverte, lui fais-je remarquer, incapable de me défaire d'une pointe d'agressivité dans ma voix.

— Vous avez des caméras, là-dedans ? demande Chris.

— Absolument. Sauf que sans électricité, pas de caméras.

— Il doit bien y avoir un générateur de sécurité, tout de même ? s'obstine Chris.

— On n'est pas aussi bien équipés, m'sieur. Il y a que nous.

Chris fronce les sourcils à son tour.

— Eh bien, peut-être que vous feriez mieux de vous équiper un peu mieux. Mon amie aurait pu se blesser.

— Jamais personne ne s'est blessé sur le site, objecte le bonhomme.

Chris semble sur le point de rétorquer quelque chose, puis il serre les lèvres.

— Bref, nous voulons juste fermer notre box et rentrer chez nous.

— C'est quel numéro ?

— 112, je l'informe.

De nouveau, il se frotte la mâchoire.

— Ah, je vois. C'est donc à moi que vous avez parlé au téléphone, vu que ce box est sur ma liste des impayés. Vous n'avez pas réglé votre location.

— Mais le directeur m'a accordé une semaine de sursis.

— C'était il y a presque deux semaines, précise-t-il. Et c'était moi qui vous l'avais accordée, votre extension.

— Nous allons payer un mois supplémentaire, intervient Chris.

Je me tourne vers lui en grimaçant, mais il fait semblant de ne pas remarquer mon expression fâchée – je sais pourtant qu'il la voit, évidemment. Toutefois il fait mine de se concentrer sur notre interlocuteur, qui n'est visiblement pas un simple agent d'entretien, comme je le pensais.

— Allons donc fermer le box, puis nous viendrons vous retrouver au bureau pour effectuer le règlement.

— Très bien.

Chris me prend par la main.

— Ne proteste pas.

— Je ne veux pas que tu paies mes factures, lui chuchoté-je tandis que nous nous approchons du bâtiment.

— Je sais.

— Je n'ai pas besoin que tu t'occupes de moi, Chris.

Il me jette un regard amusé.

— Voilà qui est discutable, au vu de cette soirée.

— Je vais faire comme si tu n'avais rien dit, car tu ne voudrais pas que je regrette ma décision, j'imagine. Ça ne serait vraiment pas gentil de ta part.

— Je veux que tu sois en sécurité.

— Je le suis. En sécurité. Et j'attends un chèque de la galerie pour très bientôt, qui va me permettre de payer le loyer de ce box. J'avais prévu de solliciter un nouveau report et de régler ce que je leur devais ensuite.

— Eh bien, tu n'en auras plus besoin, conclut-il simplement. Que vas-tu faire de ton travail à l'école ?

— Tu changes de sujet.

— Tu ne réponds pas à la question.

— J'ai encore du temps avant de prendre une décision.

J'ignore dans quelle mesure Chris est au courant du système scolaire et des restrictions budgétaires imposées par la nouvelle municipalité, vu qu'il passe la moitié de son temps à Paris.

— Pour la deuxième année consécutive, les lycées expérimentent l'allongement du temps d'enseignement pendant la semaine, et donc le raccourcissement global de l'année scolaire. Les cours ne reprennent pas avant le premier octobre.

Nous nous arrêtons devant la porte du bâtiment et Chris allume sa lampe.

— Tu sais déjà que tu n'y retourneras pas. Tu devrais le leur annoncer, afin qu'ils te trouvent un remplaçant pour la rentrée.

— Ce n'est pas le moment de parler de ça.

Dans l'encadrement de la porte, la pénombre nous envahit et je recommence à me sentir mal. Me rapprochant de Chris, je lui passe un bras autour de la taille.

— J'ai hâte d'entrer là-dedans, ou plutôt d'en ressortir.

Il braque le faisceau lumineux devant nous, ce qui nous permet d'avancer de quelques pas. De nouveau, je perçois le bruit qui m'a tant effrayée quand j'étais seule dans le noir. *Pop. Pop.* Je me fige.

— Qu'est-ce que c'est ?

Lentement, Chris balaie l'obscurité de sa lumière et nous entendons un craquement, suivi d'un nouveau « pop ». Dirigeant le faisceau sur le mur, près du sol, il m'entraîne dans cette direction, avant de s'accroupir près d'une douille électrique. Je le rejoins dans le rai de lumière pour observer sa trouvaille. Un petit morceau de papier a été inséré dans l'un des trous de la prise.

Ma poitrine se serre.

— Eh bien, je crois que nous venons de trouver la cause de cette « banale coupure d'électricité ».

— Je dois aller vérifier que rien de marquant n'a disparu dans le box, fais-je en dirigeant mon regard vers Chris.

Il se remet debout en m'entraînant avec lui, mais nous trouvons la porte du box fermée.

— Sans doute le type à qui nous avons parlé l'a-t-il fermée, suggère-t-il.

Certes. Évidemment. C'est logique.

— Je veux quand même y jeter un coup d'œil.

Il tire la porte et balaie l'intérieur du réduit de son rayon lumineux, notamment les papiers éparpillés au sol.

— C'est moi qui les ai fait tomber, lui expliqué-je en revivant mes instants de panique.

— Tu en as besoin ?

— Non, lui réponds-je, trop pressée de sortir de cet endroit. Pas maintenant.

— Bien. Tout le reste te semble en ordre ?

— Oui. Apparemment, celui ou celle qui était là n'a rien touché ici.

À moins que la personne n'ait su précisément ce qu'elle cherchait et où cela se trouvait, me suggère une petite voix dans ma tête. D'autres journaux intimes peut-être ? La vie de Rebecca ressemble à un puzzle dont plusieurs pièces – notamment la façon dont elle est arrivée à la galerie, avant de la quitter – manquent encore à celles que j'ai déjà pu rassembler en compulsant ses journaux. J'ignore comment ce détail m'a échappé jusqu'à présent. Rebecca est une femme trop consciencieuse et constante dans son écriture pour avoir sauté de longues périodes de sa vie. Si j'ai raison, il doit y avoir au minimum quelques journaux encore, et il serait logique qu'ils se trouvent dans ce box. Du moins, qu'ils s'y soient trouvés avant ce soir.

Trente minutes plus tard, je suis adossée contre le mur du petit bureau, pas plus grand que l'un de leurs boxes, et j'écoute d'une oreille distraite la conversation passionnée entre Chris et le responsable. Mon Prince Noir peut bien dire ou faire ce qu'il veut, à l'heure qu'il est, du moment qu'il me tire de cet endroit au plus vite. Je parviens à suivre plus ou moins l'évolution de la situation, en tout cas assez longtemps pour l'entendre négocier un mois de location gratuite – ce qui n'est pas si surprenant, vu comment il a coupé la chique du bonhomme en le menaçant de poursuites judiciaires pour le danger qu'il m'a fait courir.

Le danger. Ce mot me fait décrocher et je me réfugie dans mes pensées. Chris se montre excessivement protecteur, et non seulement c'est bon d'avoir quelqu'un qui se préoccupe de moi, mais il parvient aussi à dissiper la peur que je serais bien capable d'exagérer sans son aide. Mes pensées s'embarquent sur une sorte de grand-huit de possibilités toutes plus effarantes les unes que les autres, et mon estomac se noue. Si l'on admet que j'étais bel et bien en danger dans le box, le suis-je toujours maintenant ? Dans quelle galère me suis-je fourrée ? Et Rebecca ? Je ne peux m'empêcher de revivre les événements, jouant dans ma tête des fins différentes, dont aucune n'est heureuse. Comment les gens peuvent-ils se contenter d'affirmer qu'elle est partie avec un homme magnifique ? Elle ne leur manque donc pas ?

Mon ventre se serre et mon esprit s'envole vers Ella. J'ai attribué son silence à une lune de miel débridée ; mon amie m'aurait oubliée, pour plonger dans l'océan passionnel d'un nouvel amour. Ça n'est pas si difficile à croire venant d'Ella. Elle est seule et avide du sentiment d'appartenance que lui procure cet homme. Mais cette faim n'est-elle pas une forme de vulnérabilité dont un homme peu scrupuleux pourrait abuser ?

Tout à coup, j'ai besoin d'entendre la voix d'Ella, et si la raison de sa négligence est en effet son bonheur conjugal, je la gronderai avec plaisir. J'ai juste besoin de m'assurer qu'elle va bien. Je dois être la seule personne à qui elle manque, il est crucial à mes yeux de lui faire savoir qu'elle peut compter sur moi en cas de besoin, qu'il y a quelque part quelqu'un qui se soucie d'elle, si un jour ça va moins bien.

Je m'écarte du mur et saisis mon téléphone dans la poche de ma veste. Je me dirige dehors, mais ne vais pas plus loin que la vitre près de la porte, car je sais que Chris me voit et moi je le vois. J'ai déjà été stupide une fois ce soir, pas deux. L'air nocturne n'est pas très accueillant, mais je ne prête pas attention au froid.

Tout en composant le numéro d'Ella, je prie pour qu'elle réponde mais n'obtiens que la sonnerie indiquant que la ligne est occupée. De dépit, je me frappe le front avec l'appareil. Pourquoi n'ai-je pas songé à lui demander un deuxième numéro ? Pourquoi ? Je ne sais pas quoi faire. N'ayant même pas d'idée précise du jour où elle est censée rentrer en ville, je décide que la meilleure solution est d'appeler au cabinet médical de son nouvel époux demain.

La porte s'ouvre sur Chris. J'ignore comment c'est possible, mais chaque fois que je le vois, j'ai l'impression que c'est la première fois, comme s'il se glissait en moi pour emplir le vide.

Il pose une main sur le mur au-dessus de ma tête, me protégeant ainsi du vent... et du reste du monde. Il émane de lui une force tranquille qui s'adresse à la femme que je suis comme personne ne l'a jamais fait.

— Comment te sens-tu ? demande-t-il en posant sur moi ses yeux vert pâle, si perçants qu'ils semblent toujours en voir trop. Tu vas bien ?

Je lui caresse la joue, appréciant le picotement de son début de barbe sur le bout de mes doigts.

— J'irai mieux dès que nous nous en irons d'ici. (Je retire ma main.) Qu'a dit le responsable au sujet du morceau de papier ?

— Il prétend qu'ils ont eu des soucis avec des gamins qui viennent rôder autour du bâtiment. Des vandales, quoi.

Une pointe de colère et d'indignation m'éperonne.

— C'est donc ça, son explication ? Des gamins ?

— Il protège ses arrières, Sara.

Tout en prononçant ses paroles, il glisse une main le long de ma taille, jusqu'au bas de mon dos, où il entame une caresse plus intime.

— Et moi je veux protéger les tiens.

De sa main libre, il écarte une mèche de cheveux qui a glissé sur mon visage.

— Tu vas séjourner chez moi jusqu'à ce que le détective privé nous confirme qu'il n'y a rien à craindre. Ainsi, personne d'autre que moi ne pourra arriver jusqu'à toi. Tu seras toute à moi, conclut-il d'une voix plus basse, plus rauque.

La possessivité qui se dégage de son corps qui m'enveloppe, de ses paroles, fait jaillir une série de picotements à travers tout mon être. Je refuse de penser aux conséquences, si jamais je me donnais à Chris. Cet homme va me consumer, je le sais, me détruire, peut-être. En cet instant, cependant, j'ai plutôt l'impression qu'il me sauve. Et je suis volontiers toute à lui.

4

Après un rapide passage à mon appartement, je suis ravie de retrouver ma voiture et de suivre Chris jusque chez lui. Je ne comprends pas pourquoi l'arrêt nécessaire pour récupérer mes affaires m'a mise mal à l'aise, pourtant c'est le cas. Peut-être à cause de l'espace réduit, qui m'a rappelé le sentiment de claustrophobie ressenti dans les ténèbres du box. J'ai bouclé ma petite valise à la hâte, tellement j'étais pressée de partir. Il faut dire que la présence de Chris, près de la porte, tout aussi pressé que moi, n'a pas aidé à ma sérénité. Comme si nous sentions tous les deux quelque chose de bizarre.

Juste avant que nous atteignions sa résidence, il s'arrête à un feu. Je m'arrête aussi et en profite pour essayer une énième fois de joindre Ella. Comme lors de mes tentatives précédentes, son téléphone sonne occupé. Encore. Ne pas pouvoir lui parler me perturbe au plus haut point.

Je passe en revue tout ce qui a pu lui arriver pendant que j'étais tranquillement aux États-Unis, en sécurité. Décidément, je suis d'humeur maussade, ce soir, je vois tout en noir. À ma décharge, je me suis retrouvée enfermée à l'intérieur d'un box obscur et j'ai eu la peur de ma vie. Je vais me laisser la soirée pour digérer l'expérience. Enfin, ça n'est pas forcément une bonne idée, vu que je vais la passer avec Chris… Chris ! Clignant les yeux, je me rends compte que je viens de me garer au bout de l'allée. Un portier que je ne reconnais pas, la vingtaine, est planté à côté de la voiture.

Passant mon sac à main en bandoulière, je descends et lui tends mes clefs. Je lève la tête vers le gratte-ciel, plus proche de l'hôtel de luxe que de l'immeuble classique, qui me rappelle à quel point Chris est riche et puissant, ainsi que l'humilité avec laquelle il vit son succès.

— Merci, murmuré-je.

— Nous avons besoin de ton sac, dans le coffre, me rappelle Chris.

Et le portier s'exécute. La veste en cuir de Chris s'entrouvre, dévoilant son tee-shirt noir tendu sur son corps incroyablement sexy, et je décide sur-le-champ d'abandonner mon humeur morose. Je vais me concentrer sur lui, ce soir.

— Je peux vous le monter, propose le portier.

— Je vais le faire, répond Chris en se saisissant de mes bagages.

Il ne veut pas être dérangé une fois que nous serons chez lui. Et je l'approuve. Oh oui, je l'approuve totalement !

Je me niche contre son flanc, sans m'étonner du confort que je ressens à marcher à ses côtés. Avec lui, je me sens en vie et à l'aise, jamais personne ne m'avait mise dans un tel état avant lui. C'est d'ailleurs en grande partie ce qui m'a attirée chez lui dès le début. C'est aussi pour ça que je me sens capable d'explorer avec lui des endroits où personne d'autre ne pourrait m'emmener.

Nous nous arrêtons une fois dans le hall, dont le marbre rose brille sous nos pieds ; des meubles luxueux décorent un salon sur notre gauche. Debout près de son comptoir, Jacob, l'officier chargé de la sécurité du bâtiment et que nous avons rencontré lors d'une précédente visite, a exactement la même allure que la première fois – style *Men in black* dans son complet noir et avec son oreillette. Sa capacité à afficher toujours le même masque sérieux est impressionnante, pourtant ses yeux s'illuminent lorsqu'il m'aperçoit.

— Ravi de vous revoir, mademoiselle McMillan.

— Mlle McMillan va séjourner ici toute la semaine pendant que je serai en voyage. Je compte sur vous pour vérifier qu'on s'occupe bien d'elle.

L'expression de Jacob a retrouvé son aspect de pierre, mais son regard croise le mien et il hoche discrètement la tête.

— Vous n'aurez qu'à demander, mademoiselle.

— Merci, Jacob, lui réponds-je avec sincérité.

Cet homme a une attitude qui m'incite à me fier à lui, je pense d'ailleurs que ça tient au fait que Chris lui fait manifestement confiance. Or j'ai l'impression que Chris n'accorde pas facilement sa confiance.

Les deux hommes échangent quelques banalités, puis Chris et moi allons prendre l'ascenseur. C'est ridicule, je le sais bien, mais tout à coup, je suis très nerveuse. Ce n'est pourtant pas comme si je venais chez lui pour la première fois, mais il s'est passé pas mal de choses ces derniers jours. Hormis l'inattendu, je ne sais pas à quoi m'attendre avec lui. Et si l'idée est excitante, elle me cause aussi quelque anxiété.

Je m'appuie contre la paroi et nos regards se croisent. J'ai beau essayer de ne pas parler à tort et à travers quand je suis nerveuse, je n'y parviens pas.

— Quand tu seras à Paris, est-ce que je vais réussir à te joindre, si je t'appelle ?

Ses yeux s'étrécissent et ses pupilles s'assombrissent.

— Je n'ai pas prévu de partir où que ce soit pour l'instant, Sara.

Sa réponse touche une corde sensible, et je sais que c'est en partie dû au fait que vivre avec lui implique une modification sensible de notre relation. Voilà qui réveille ma vulnérabilité, laquelle semble être un sujet d'inquiétude récurrent ce soir. Or je ne souhaite pas qu'il lise ça en moi, donc je baisse la tête vers le sol. J'essaie de toutes mes forces de combattre la sensation qui m'envahit, mais ses mots continuent à danser dans ma tête. *Pour l'instant.* Cela signifie donc qu'il partira, au bout du compte. Nous avons besoin l'un de l'autre ce soir, c'est bien évident – deux personnes brisées qui se sont retrouvées dans les profondeurs de leur fragilité. Je me demande pourquoi ce soir ça ne me semble pas suffisant, alors que c'était précisément ce dont j'avais envie, il y a quelques jours.

Les portes s'ouvrent directement sur son appartement et, d'un mouvement vif, je me tourne vers Chris. Qui m'observe, une expression indéchiffrable sur le visage. Reportant mon attention devant moi, je sors de l'ascenseur et entre dans la pièce. La baie vitrée occupant tout un pan de mur et scintillant des lumières de la ville me rappelle sur-le-champ ma dernière visite. Je visualise la scène érotique où il me pressait contre la paroi, au risque qu'elle se brise, je me rappelle la confiance qu'il m'avait fallu déployer pour ne pas succomber à cette crainte pendant qu'il me faisait sauvagement l'amour. J'ai envie qu'il recommence, là, maintenant. J'en ai une envie folle.

— Sara, l'entends-je murmurer dans mon dos.

Je me retourne vers lui et me lance dans une digression, même si je le sais trop malin pour ne pas se rendre compte que je tente une échappatoire.

— Mon amie, celle dont je t'ai parlé et qui se trouve à Paris… Je n'arrive pas à la joindre. Chaque fois que j'appelle, ça sonne occupé.

Il hésite un instant, et je sais qu'il envisage de me pousser à parler de ce qui vient d'arriver dans l'ascenseur, pourtant il n'en fait rien.

— Elle doit se trouver dans un lieu où les ondes ne passent pas, ça arrive souvent quand on part en voyage.

Nous sommes toujours plantés devant l'ascenseur, une position un peu gênante, mais je ne sais pas trop où diriger mes pas – vers le salon ? vers sa chambre ?

— Oui, tu dois avoir raison, réponds-je, espérant que la logique corresponde aussi à la réalité. C'est sa lune de miel, il n'est donc pas impensable qu'ils aient eu envie de profiter de leur présence en France pour visiter le pays.

— Qu'est-ce qui t'inquiète à son sujet, tout à coup ?

— Ce n'est pas tout à coup, c'est juste que… Personne ne se soucie de Rebecca, et Ella n'a personne d'autre que moi pour s'inquiéter de son sort.

Les secondes s'égrènent, qui me donnent envie de lui arracher une réponse, quand enfin il lâche :

— Toi, tu m'as moi. Tu en es consciente, pas vrai ?

J'avale avec peine le nœud qui s'est formé dans ma gorge.

— Oui, je sais.

Mais dans ma tête, une voix rejette cette réponse. Une lueur s'allume dans ses yeux, et je comprends qu'il voit ce que j'essaie de lui cacher. Il m'attire à lui et m'embrasse.

— Je vais faire en sorte que la prochaine fois que cette phrase sortira de ta bouche, tu le penseras vraiment, m'affirme-t-il en passant une main dans mes cheveux. Et ce, avant la fin de la nuit. À présent, file dans ma chambre, ça fait des heures que j'ai envie de toi.

Il me fait pivoter et m'administre une petite tape sur les fesses.

De plus en plus intriguée, je me délecte de son autorité et de sa main qu'il garde posée dans le creux de mes reins, promesse érotique et excitante. Je ne comprends pas ce que je ressens, moi qui ai passé des années à me battre pour devenir indépendante, libre de contrôler les hommes.

Alors que nous pénétrons dans la chambre, je suis une boule de nerfs, secouée par une tempête d'émotions. Ce n'est pourtant pas notre première fois. Je fixe des yeux l'immense lit, trônant sur une estrade, qui semble annoncer une longue série de plaisirs exquis, quand une sonnerie retentit dans la pièce adjacente. Sans doute pour annoncer une livraison à la cuisine, dotée d'une sorte de passe-plats assez semblable à un guichet de banque.

— Ce doit être l'annonce de mes messages, m'informe Chris, derrière moi, avant de déposer mes sacs sur l'estrade. Je reviens.

En partant, il désigne une porte ouverte près de la salle de bains.

— C'est le dressing. Prends tout l'espace qu'il te faut, tu as carte blanche.

« Carte blanche ». Est-ce sa façon de m'indiquer qu'en m'hébergeant chez lui en son absence, il m'invite à partager sa vie et ses secrets ? Voilà qui est un peu plus qu'une branche d'olivier, c'est un arbre de paix tout entier !

Me débarrassant de mon sac à main, je le pose au sol près de la valise. Puis je m'accroupis vers la luxueuse Louis Vuitton que Chris m'a achetée lors de notre escapade à Napa, le week-end dernier, et je l'ouvre. Là, sur mes affaires, je retrouve les journaux intimes et la boîte que j'ai récupérée dans le box de Rebecca. Je n'ai pas voulu les laisser dans mon appartement, où je redoutais qu'ils ne tombent entre de mauvaises mains. Ils recèlent ses secrets, et je me demande s'ils contiennent aussi ceux de quelqu'un d'autre. Alors que je m'apprête à les ranger dans le dressing de Chris, un passage me revient soudain en mémoire, brûlant.

Je m'empare du premier journal, celui avec le marque-page, et je me dirige vers l'estrade sur un côté du lit, d'où l'on ne peut me voir depuis la porte. Je m'assieds et ramène mes genoux contre ma poitrine, avant de me replonger dans le passage en question. Les mots m'apparaissent enfin avec une clarté déchirante. C'est le monde de Chris, qui est décrit ici.

Or soudain il est posté devant moi, il me surplombe de toute sa hauteur. Je le sens à travers tous les pores de ma peau avant même d'oser lever les yeux vers lui. Je sais ce que je dois faire, mais j'ai peur. Je lui ai affirmé le contraire, je me le suis répété à moi aussi, pourtant je suis terrifiée.

Il s'agenouille face à moi, et même s'il ne regarde pas le journal, sa présence entre nous est prégnante. Chris a ôté sa veste et mon regard s'attarde sur le dragon aux couleurs vives tatoué sur son bras droit. Je tends la main pour le toucher. Il fait partie de lui, de son passé, de sa douleur. Et moi, je veux aussi faire partie de lui, le comprendre vraiment.

— Quoi que tu aies lu dans ce journal, ça n'a rien à voir avec toi et moi.

L'émotion me serre la gorge et je ne le regarde plus. Je suis le contour du tatouage, le rouge vif des ailes qui se tordent quand il pose les mains sur ses genoux.

— Mais si, chuchoté-je.

— Mais non.

Le seul moyen que je conçois pour lui faire comprendre, c'est de lui lire le fameux passage. Je m'oblige donc à détourner les yeux de son bras pour les poser sur l'écriture de Rebecca.

— *Comme les épines des roses qu'il aime m'offrir, j'ai accueilli la douleur du fouet quand elle me mord le dos. C'est un peu la façon pour moi d'échapper à tout ce que j'ai perdu, à tout ce que j'ai vu et fait, à tout ce que je regrette. Voilà ce qu'il me donne. Il est ma drogue. La douleur qu'il m'inflige est ma drogue. Elle me traverse et je ne sens rien que la morsure amère du cuir, suivie par la douce et sombre caresse du plaisir.*

Je relève la tête vers Chris.

La tension qui émane de lui est palpable quand il me prend le journal des mains pour le poser sur la table de nuit.

— Si ces journaux ne t'avaient pas conduite vers moi, je maudirais le jour où tu as mis la main dessus, murmure-t-il ensuite, m'obligeant d'un doigt à relever le menton vers lui. Tu n'es pas Rebecca, et nous n'avons pas, nous n'aurons jamais le genre de relation qu'elle entretenait avec Mark.

— Mark ?

— Oui, Mark.

— Comment peux-tu en être sûr ?

— Parce qu'il ne sait pas se contenter d'être heureux avec ceux qui acceptent ce style de vie, voire qui l'apprécient. Non, ce qui l'excite, c'est d'attirer des innocentes qui n'appartenaient pas à ce monde et de les modeler selon ses désirs. C'est son pouvoir sur elles, qui l'excite.

Dans un coin de ma tête, de multiples questions se bousculent au sujet de Mark, mais ce qui importe désormais, c'est où cette conversation m'entraîne avec Chris.

— Et toi ? Tu as formé des… novices aussi ?

Il se frotte la mâchoire, avant de s'essuyer la paume sur son jean.

— Ne te fais pas ça, ne nous fais pas ça, Sara.

— C'est donc un « oui ».

Ma voix est à peine audible. Est-ce là ce qu'il veut faire de moi ? Me suis-je trompée sur la direction que nous prenons, lui et moi ? Je n'ai pas la moindre idée de la direction que nous prenons, en fait.

— C'est un « non », Sara. Je ne suis pas Mark. Une relation de maître à soumise, cela représentait un engagement trop important, pour moi. Je ne souhaitais pas être responsable du bien-être de quelqu'un. Pas au-delà d'une session. J'ai pris mon pied, et puis rapidement je suis passé à autre chose.

Prendre son pied. Je déteste le choix de l'expression. Et je me rends compte que je connais à peine l'homme qui l'a prononcée, celui qui l'a vécue. Pourtant c'est Chris, et je le connais. Tout cela est très perturbant.

— Qu'est-ce que tu entends par là ?

Il serre les mâchoires. J'insiste :

— J'ai besoin de comprendre, Chris.

Ses cils se baissent, les traits de son visage durcissent. Puis il me surprend par ses explications détaillées.

— Il y a des pièces, où l'on se rend. Tu peux choisir de porter un masque, c'est mon cas. Je ne veux connaître ni les visages ni les noms.

Mon esprit s'affole à la pensée de ce qui peut bien se passer dans ces pièces.

— Jamais ?

— C'était mon style, Sara. Pas d'engagement.

Il n'a cependant pas répondu « jamais », alors je meurs d'en savoir plus, de comprendre en quoi son passé nous affecte.

— Et pourtant je suis là.

— Je te l'ai dit, j'ai brisé toutes mes règles avec toi.

— Pourquoi moi ?

— Parce que tu es toi, Sara. Je n'ai pas d'autre réponse à te donner.

La part en moi qui est en mal de confiance, celle qui n'arrive pas à se convaincre que cet homme célèbre, pétri de talent, puisse vouloir de moi, cette part se débat avec sa réponse, et pourtant moi aussi, je ressens cette attirance pour lui. Il est devenu mon échappatoire et mon sanctuaire. Il essaie de me dire qu'il me considère de la même façon, je suppose, mais je sais que nous nous mentons, l'un à l'autre et à nous-mêmes, en pensant que rien d'autre ne compte.

— Tu ne peux pas renier tout ça, Chris. Tu ne peux pas me rencontrer et abolir la personne que tu étais avant. J'ai besoin de comprendre cette facette de toi et d'en faire partie.

— Non.

— Tu m'as quand même emmenée dans ce club, hier soir.

— Je voulais que tu comprennes où Mark t'entraînerait et pourquoi je refusais de laisser cela se produire. Rebecca n'appartenait pas à ce monde, tu as d'ailleurs lu à quel point ça la tourmentait d'y entrer.

— Tu m'as affirmé que… que je n'en faisais pas partie non plus, parviens-je à bafouiller.

— C'est vrai, lâche-t-il entre ses dents. Et c'est la raison pour laquelle j'ai essayé de te mettre en garde, de t'en éloigner. C'est pour ça aussi que j'ai tenté de m'en aller.

Mon estomac se noue.

— Tu peux toujours le faire.

Je tente de me relever, car soudain j'ai besoin de m'échapper. Mais cette fois, Chris ne m'en fournit pas le prétexte.

Au contraire, il m'emprisonne le poignet de sa main puissante et m'attire à lui, à genoux entre ses jambes.

— C'est précisément ça. J'en suis incapable, et je n'en ai pas la moindre envie, du reste. Pas plus que je n'ai envie que tu le fasses.

Son expression se radoucit et il m'effleure la joue du revers de sa main.

— Tu fais partie de moi, maintenant, bébé. Le reste, c'était pour moi une façon de rester à l'extérieur de moi-même. Jamais je ne laisserai ça nous séparer.

Sa confession me bouleverse et je pose moi aussi la main sur sa joue.

— C'est l'inconnu, qui m'effraie, Chris. C'est ce besoin que tu as, le plaisir dans la douleur, que je n'arrive pas à saisir. Ça me terrifie. J'ai besoin que tu m'aides à comprendre.

— Tu comprends, Sara. Plus que tu ne le crois. Plus que je ne le souhaiterais.

Il referme sa bouche sur la mienne, dans un baiser chaud et exigeant, et je sais qu'il croit notre conversation terminée, qu'il veut y mettre un terme grâce à l'exquise caresse de sa langue, à l'étreinte possessive de ses mains sur mon corps. Mais je refuse d'être aussi impuissante, réduite au silence par la passion qui me pousse à vouloir saisir cet homme.

— Non, haletai-je.

Je m'écarte de lui et plonge dans son regard perçant.

— Fais-moi comprendre, Chris.

Au fond de moi, je sais que j'ai toujours désiré visiter cet espace inconnu avec lui, cet endroit qu'il me cache alors qu'il meurt d'envie de m'y entraîner. C'est là que nous devons aller, c'est vers ce territoire que nous nous dirigeons depuis le début.

5

— Tu veux comprendre ? me demande-t-il d'une voix grave, les yeux étincelant d'une lueur de défi.

— Ce n'est pas une question de volonté, Chris, c'est une question de besoin. J'ai besoin de comprendre.

Il me dévisage, son expression est toujours impassible, à l'exception de ses yeux vert pâle qui s'éclairent, puis brûlent.

— Lève-toi et retire tes vêtements, Sara.

Après quelques secondes d'hésitation, je considère son ordre comme ce qui s'approche le plus d'une acceptation de ma requête. Si ce doit être tout ce que j'obtiens de lui, ça me suffit. Je me lève donc et me dirige vers l'extrémité de l'estrade. Chris pivote pour s'adosser au lit. Malgré – ou peut-être à cause de – ce jeu de pouvoir dont il use sur moi, je perçois quelque chose de sauvagement érotique à me tenir debout devant cet homme et à me déshabiller sous ses yeux. Voilà qui place à nouveau mon sentiment de vulnérabilité au premier plan. Il s'agit là d'un acte de confiance, et ma poitrine se serre à l'idée de ce qu'implique mon abandon à Chris, des raisons pour lesquelles il a besoin de ça. Je pense… je pense qu'il a besoin de savoir que je ne retiens rien, que même s'il m'a dévoilé son côté obscur, je reste délibérément sienne.

Oui, c'est ça : délibérément sienne. Soudain, c'est cette sensation que je veux ressentir. Plus que jamais.

Je lève les bras et ôte mon tee-shirt, que je jette au sol. Mes cheveux se prennent dans ma bouche, je repousse la longue mèche brune et le regard de Chris se fixe sur mes lèvres. Mon sexe se serre car je sais qu'il imagine ma bouche sur son corps, et j'ai très, très envie de l'y poser, en effet. Mais c'est lui qui garde le contrôle, il décide de ce que je fais ou pas. En cet instant précis, je préférerais qu'il s'en abstienne, ce soir. Enfin, pas toute la nuit. Qu'à un moment donné, avant qu'il ne parte pour Los Angeles, ma bouche puisse se balader où bon me semble, bon Dieu ! Je voudrais pouvoir me déshabiller plus vite. Au petit matin, il partira pour une semaine. Et il reste tant à résoudre entre nous. Trop.

En quelques secondes, j'ai ôté tous mes vêtements et je suis certaine que l'art délicat du strip-tease n'est pas mon fort. J'y travaillerai plus attentivement le jour où je chercherai à attiser son désir, pas le mien. Tout ce dont j'ai envie, là, c'est de Chris. J'ai besoin de me retrouver nue contre lui, sans aucune barrière. Je veux qu'il sache à quel point je souhaite le comprendre parce qu'il compte à mes yeux, parce que *nous* comptons. Parce que la vie m'a poussée à croire que ce qui s'épanouissait entre nous n'était pas possible, alors que peut-être, oui peut-être, ça l'est.

— Viens là, m'ordonne-t-il avec impatience alors que je me débarrasse de ma culotte.

Sa voix est rauque, tendue, et je me délecte de son excitation, à la hauteur de la mienne. J'ai encore du mal à croire que je l'affecte à ce point, parfois. Il représente tellement de choses auxquelles j'aspire : il est fort et puissant, confiant, maître de sa vie et de son destin.

Ça m'émeut de savoir que j'excite cet homme autant que lui m'excite. Ça me rend plus forte. Il me rend plus forte.

Je m'approche de lui, le laisse m'asseoir sur ses genoux. Je le chevauche et son épaisse érection s'installe entre mes jambes. Je n'aime pas le sentir habillé, mais je sais que ça aussi relève du contrôle, selon Chris. D'une certaine façon, je l'en ai privé et il a besoin de le récupérer.

— Noue tes doigts derrière ton dos, m'intime-t-il.

Une onde d'adrénaline me traverse et mon cœur s'emballe dans ma poitrine. Oui. Tout est histoire de contrôle, avec lui, cependant par cette volonté de contrôle, il m'en a révélé plus qu'il ne croit. Le fait qu'il doive le garder en dit long sur lui. Et le fait que mon corps s'enflamme à l'idée de le lui accorder en dit tout aussi long sur moi, ça, j'en suis consciente.

Je scrute son visage, à la recherche d'une réaction que je ne trouve pas, tandis que je glisse mes mains derrière mon dos. La sienne se pose fermement sur mon avant-bras, me marquant de son étreinte puissante pendant que ses yeux s'attardent sur mes seins. L'air se charge d'électricité, à tel point que je la ressens à travers tous les pores de ma peau, avant qu'enfin il consente à croiser mon regard.

— Noue tes doigts, bébé, murmure-t-il d'une voix plus rauque, plus tendue encore.

J'obtempère et, à l'instant où je lui obéis, il penche la tête vers moi, sa bouche à quelques millimètres de la mienne, ses mains toujours posées sur les miennes, son souffle chaud me torturant avec le baiser dont je meurs d'envie. Mais il s'immobilise. Quand nos bouches se joignent enfin, je suis hors d'haleine, et saisie lorsqu'il plante les dents dans ma lèvre inférieure. La morsure m'arrache un halètement, mes doigts se desserrent dans mon dos. Chris maintient mes bras en place, m'empêchant de l'enlacer, et sa langue poursuit son intrusion. Il lèche d'abord ma blessure, avant de plonger à l'intérieur de ma bouche, me caressant tant et si bien que je lâche un gémissement de plaisir.

— La douleur... m'explique-t-il quelques secondes plus tard, alors que ses bras enlacent encore mes épaules. Qui se transforme en plaisir.

Il garde rivés sur moi ses yeux brûlants.

— Noue encore tes doigts.

Tremblant en mon for intérieur, j'opine du chef, n'osant parler, craignant de dire ou de faire quelque chose qui le pousse à refermer la fenêtre qu'il entrouvre pour moi. De ses mains, il remonte le long de mes bras jusque sur mes épaules, puis il redescend sur ma poitrine. Là, il prend mes tétons entre ses doigts et sa caresse sensuelle, délicate, en devenant de plus en plus rude, m'envoie un flot de sensations à travers tout le corps. Il pince les pointes érectiles et, cette fois, je ferme fort les yeux face à la douleur.

— Regarde-moi, ordonne-t-il. Je veux voir ce que tu ressens.

Je m'oblige à relever les paupières et l'ambre qui scintille dans ses yeux d'émeraude est aussi dur que son contact. L'érotisme incroyable de cette caresse tient au moins autant à la façon dont Chris me commande et me fait sienne par chacun de ses gestes, chacune de ses réactions, qu'à ses mains elles-mêmes.

Il pince et presse fort mes tétons, provoquant des sensations opposées de douleur et de plaisir à travers tout mon corps et jusqu'au creux de mon ventre. Son exquise rudesse me laisse pantelante, je m'arc-boute à la rencontre de ses hanches, contre l'épaisseur de l'érection qui enfle son pantalon.

Il presse ses lèvres à mon oreille, dont il mordille le lobe délicat. La délicatesse de cette nouvelle caresse est surprenante comparée à sa façon de continuer à titiller mes tétons sans ménagement. Je suis au bord de l'implosion, j'encaisse avec peine ses agacements, mourant d'envie de le toucher, tout en redoutant qu'il s'interrompe si je pose les mains sur lui. L'idée m'est insupportable. J'en veux plus, pas moins, je suis trempée, mon sexe se serre douloureusement, et je pense... oh... mon sexe pulse et je pense... Non ! C'est dingue, mais je suis au bord de la jouissance.

Quelques secondes avant que je bascule, ses mains abandonnent mes seins pour glisser le long de mes bras et retenir mes mains dans mon dos. Je sais que ça n'a rien d'un hasard. C'est à dessein qu'il m'a conduite au bord du précipice, avant de m'en éloigner de nouveau. Je respire à grand-peine et j'ai envie de hurler qu'il me libère, de m'insurger devant son refus de m'accorder cette délivrance.

Il se redresse, mettant une distance si intolérable entre nos lèvres et nos corps que je manque crier.

— La douleur qui donne du plaisir, répète-t-il de sa voix rauque. Et parfois, bébé, cette douleur est si intense qu'elle se transforme en plaisir.

Je comprends. En cet instant, je comprends très, très bien.

— Et manifestement, tu sais comment faire ressentir ce genre de sensations à quelqu'un.

Le ton de ma remarque comporte une note accusatrice que je ne parviens pas à réprimer. Il est conscient de ce qu'il vient de me faire subir. Il sait qu'il m'a amenée au bord de l'orgasme, sans me laisser y basculer.

Son changement d'humeur est immédiat, le jeu que nous venons de jouer se termine brusquement. Passant les mains dans mon dos, il délie mes doigts et me pose les mains sur ses épaules.

— Oui, bébé. Je sais le faire. Mais jamais je n'ai blessé qui que ce soit. Et jamais je ne te ferai de mal.

Instantanément, j'ai honte de ce qu'impliquait ma réaction et de ce qu'il a ressenti à cause d'elle.

— J'en suis sûre, Chris.

— Tu l'ignorais hier soir.

Sa voix est tendue, chacun de ses mots, chaque trait de son visage, reflète le tourment que je lui ai causé.

— J'avais peur, j'étais perdue.

— Et que se passera-t-il si tu éprouves cela à nouveau ?

— Ça n'arrivera pas.

J'ai toutes les peines du monde à contenir mon besoin de lui dire que je l'aime, mais je redoute de l'effrayer au point qu'il me rejette, qu'il nous rejette.

— Ça n'arrivera pas.

Il m'observe longuement, et comme d'habitude je ne parviens pas à déchiffrer son expression, malgré mes efforts pour déceler le moindre indice de ce qu'il pense. J'en suis encore là quand sa bouche se pose soudain sur la mienne. Il m'embrasse, me goûte, vérifie mes paroles sur sa langue. Je m'accroche à son cou, lui rendant caresse pour caresse, essayant de lui répondre de cette façon, de lui montrer que je suis là. Et que je ne vais pas partir.

Je sens le moment où il bascule, le moment où il a besoin de réclamer et de posséder, plutôt que de questionner. Il me soulève puis me porte jusqu'au lit, d'un pas déterminé que j'apprécie plus que tout. Il me dépose sur le bord du matelas et, d'une main, fait passer son tee-shirt par-dessus sa tête. J'ai à peine le temps d'admirer son torse que déjà il m'attire à lui et m'écarte les jambes. Tombant à genoux, il plaque la bouche sur mon clitoris et commence à le sucer, l'aspirer avec avidité. Je me laisse tomber à la renverse sur le lit en haletant, les doigts crispés sur les draps noirs. Le souffle court, j'essaie de retenir l'orgasme qui menace de me submerger, mais il insinue ses doigts en moi et sa langue titille tous les points les plus sensibles. J'explose à une vitesse ridicule, preuve évidente du pouvoir qu'il exerce sur moi. Il possède mon plaisir. Il me possède, moi. Cette idée me terrifie d'autant plus que je ne suis pas certaine d'avoir le même pouvoir sur lui un jour. Pas à ce point-là, en tout cas. Je rampe sur le lit, dans un vain effort pour échapper à ses caresses dévastatrices, mais il est déjà nu et il me ramène sous lui. Je suis bien incapable de lui résister. Évidemment, puisqu'il me possède. Bon sang, comme il me possède !

Je noue les bras autour de son cou et il s'allonge sur moi, me recouvrant de son poids. Je suis soudain intensément consciente que jamais nous n'avons fait l'amour comme ça – dans un lit, moi en dessous et lui sur moi. Nous avons copulé dans toutes sortes de positions, mais jamais dans un lit, jamais dans son lit. Je comprends enfin pourquoi j'étais aussi nerveuse : nous sommes en territoire inconnu, l'intimité de la nuit à venir nous précipite vers des lieux encore inexplorés.

— Maintenant je vais te faire l'amour, Sara.

Je m'attendais à tout sauf à ce genre de déclaration, qui représente à la fois tout ce que je veux et tout ce que je redoute. Le monde que je connais m'échappe à vitesse grand V et j'ignore s'il s'arrêtera en un lieu où j'aurai toujours pied.

— Qu'est-ce qui est arrivé aux verbes « baiser » et « se faire baiser » ?

— Bébé, les façons dont je vais te baiser sont trop nombreuses pour qu'on les dénombre, mais pas ce soir. Ce soir, je vais te faire l'amour.

Ses lèvres entrouvrent les miennes, sa langue plonge au fond de ma bouche, l'explore, et les ordres qui ont précédé se transforment en une caresse sensuelle et étouffante. Il a détruit tous les murs que j'avais érigés autour de moi, je suis incapable de me défendre, de lui ou de l'effet qu'il me fait.

Écartant mes cuisses au maximum, il s'installe au milieu, son membre épais tendu vers moi et posé juste à l'entrée de mon sexe, dans un geste plein de promesses. Enfin, il va me remplir de lui. Quand je le sens s'introduire en moi, je resserre les bras autour de son cou et soulève les hanches à sa rencontre, l'invitant à entrer plus profondément, à m'en donner plus. Pourtant je suis consciente que c'est lui qui en demande plus de moi, lui qui va prendre ce que j'essaie en vain de retenir.

Il plonge en moi, enfouit son sexe dur dans mon ventre, et nous restons ainsi, front contre front, souffles mêlés. Je ne me suis jamais sentie aussi pleinement appartenir à un homme qu'en cet instant. Je n'ai jamais eu cette sensation de faire partie d'un autre être. Et j'ignore comment réagir aux émotions qui m'envahissent. J'ignore comment on peut être aussi proche de quelqu'un tout en restant soi-même.

— Chris ? je souffle d'une voix rauque et désespérée.

J'ai peur de tout ça, peur de lui, du tourbillon qui m'entraîne je ne sais où.

C'est le moment qu'il choisit pour bouger, et la tête épaisse de son gland se fraie un passage caressant dans mon sexe, puis repart en arrière, et je songe qu'il va se retirer, s'en aller. Alors je m'arc-boute vers lui dans un effort désespéré pour le reprendre, à quoi il répond par un coup brutal vers l'avant. Il m'arrache un cri et j'enveloppe sa jambe de la mienne pour mieux me soulever, gémissant tandis que sa main glisse sous mes fesses pour m'attirer plus près, s'enfoncer plus profondément. Il entame une série de va-et-vient rythmés et je le sens trembler, à moins que ce ne soit moi qui tremble. Je ne veux pas que ça s'arrête, et je le sens se retenir aussi. Nous redoutons tous les deux l'après, ce qui se passera ensuite. Mais le plaisir est trop intense, trop puissant pour être contenu plus longtemps. Mon sexe se resserre autour du sien et les spasmes de l'orgasme le plus intense de ma vie me secouent. Il lâche un grognement guttural et me pénètre plus loin encore. Alors je sens le jet humide et chaud de sa jouissance. Et voilà, nous y sommes, dans cet après, lui sur moi et moi dans son lit. J'ignore à quoi m'attendre. Je ne sais que faire de l'afflux d'émotions qui menacent d'exploser dans ma poitrine.

C'est Chris qui remue en premier. Il m'écarte afin que je me retrouve allongée devant lui, puis il tire la couverture sur moi. Une douce humidité me poisse les cuisses, mais je m'en fiche. Chris est enveloppé autour de moi, il me tient dans ses bras et je suis dans ses draps. Pendant de longues minutes, nous restons allongés ainsi en silence et je n'ai aucune envie de dormir. Je veux juste le sentir là, avec moi.

— Accompagne-moi à Los Angeles.

L'espace d'un instant, j'envisage d'accepter, pour de multiples raisons. D'une certaine façon, Chris stabilise le sol meuble sur lequel j'évolue avec incertitude.

— Je t'ai réservé une place dans l'avion.

Je roule sur le flanc.

— Chris... (Je suis soudain sur la défensive, la pression est trop importante.) Tu sais très bien que je ne peux pas, que j'ai un travail. Et puis, quand est-ce que tu as trouvé le temps de m'acheter un billet ?

— Je l'ai fait avant d'être au courant, pour la coupure d'électricité au box de stockage. Je suis venu ici ce soir, bien déterminé à te convaincre de rentrer avec moi, et avant que tu n'essaies d'argumenter, j'ajoute que quitter la ville donnera du temps au détective privé pour vérifier ce qui s'est réellement produit cette nuit. Et nous, ça nous rassurera quant au fait qu'il n'y a rien à craindre.

Mon ventre se met à papillonner follement.

— Tu penses que je suis en danger ?

— Je veux juste éviter de prendre le moindre risque, Sara.

— Donc, tu penses que je suis en danger.

— Je n'essaie pas de t'effrayer, mais comme je te l'ai dit, je souhaite aussi te protéger. Je le veux vraiment. Et ça implique donc de se montrer prudents. (Il joue avec une mèche de cheveux sur mon front.) Et puis, je veux t'avoir à mes côtés. Je te voudrais avec moi même sans tout ce qui arrive en ce moment.

Il me veut à ses côtés. Ses paroles me font un plaisir fou et je meurs d'envie de dire « oui », seul mon travail me retient.

— Je voudrais bien venir, mais je ne peux pas. Je dois rester. Et grâce à toi, tout ira bien, je me sens en sécurité, ici.

Son expression s'assombrit.

— Tu ne resteras pas confinée à l'intérieur de l'appartement vingt-quatre heures sur vingt-quatre.

— Je serai à la galerie, en sécurité aussi.

— Alors là, c'est une question de point de vue, réplique-t-il sèchement.

Je sais qu'il fait allusion à la présence de Mark, pas à la sécurité. Il se passe une main dans la nuque et me jette un regard désabusé.

— J'ai autant de chances de te faire changer d'avis que de te convaincre de regarder *Vendredi 13* avec moi, c'est ça ?

— Moins.

Je lui prends le visage dans mes paumes et plante un baiser sur ses lèvres.

— Un saladier de pop-corn et la promesse de regarder une comédie romantique, voilà qui pourrait me convaincre de supporter ton film.

Sur ce, je me retourne et il reste allongé loin de moi. Puis il éteint la lumière avant de m'attirer contre lui.

Oui, nous nous retrouvons en position cuillère. C'est merveilleux.

— Tu me rends vraiment dingue, tu sais, ça ? murmure-t-il en me titillant l'oreille.

— Ça tombe bien, réponds-je en souriant dans le noir. Car tu me rends dingue aussi.

— C'est vrai, ce mensonge ? me défie-t-il.

— Hmm, hmm.

La douce torpeur de l'épuisement émotionnel et physique commence à me gagner.

— Oui, tu me rends absolument folle.

Et c'est follement bon. Voilà ce que j'ajoute pour moi-même tandis que je laisse mes paupières s'abandonner au sommeil qui me submerge.

Je cligne les yeux en m'éveillant et, immédiatement, je sens que Chris est parti. L'espace d'un instant, je crains que le matin soit déjà arrivé et qu'il se soit envolé pour Los Angeles sans me laisser la chance de lui dire au revoir. Mais le bourdonnement léger d'une lampe derrière la porte attire mon attention et me redonne l'espoir de sa présence. Puis le son étouffé d'une musique me parvient peu à peu, et un immense soulagement m'envahit. Je ne suis pas vraiment seule et j'ai hâte d'aller retrouver Chris.

Je m'assieds sur le lit. L'air froid glace mon corps nu quand la couverture retombe sur ma taille. Peu importe, je la repousse et trouve le tee-shirt de Chris au sol. Un coup d'œil au réveil m'apprend qu'il est presque 5 heures du matin. Je me demande à quelle heure décolle son avion, j'espère que ce n'est pas le premier vol mais sans doute que si, vu qu'il est déjà levé. Ça me fait bizarre de m'imaginer ici sans Chris, cela dit je suis agréablement surprise qu'il accepte de m'accorder pareille liberté.

En enfilant son tee-shirt, j'inspire la délicieuse odeur de l'homme qui occupe désormais une partie si importante de ma vie, et je décide de garder ce vêtement comme chemise de nuit jusqu'à son retour.

Pieds nus, je me dirige à tâtons vers la porte et balaie des yeux le salon vide. Une musique attire mon attention vers la gauche et j'emprunte un couloir long et étroit, qui passe devant plusieurs portes closes. Celle qui se trouve tout au bout est entrouverte. Je pose la tête sur le chambranle, certaine qu'il s'agit là de l'atelier de Chris, que j'ai envie de voir depuis longtemps. L'entrebâillement est une invitation, je le sais. La musique change et Matchbox Twenty entonne le sexy *You taste like sugar*. Me souvenant que Chris m'a dit aimer peindre en musique, je me demande ce que cette chanson-là lui inspire, je suis presque nerveuse de le découvrir.

La porte s'ouvre, me prenant au dépourvu. Chris est là, il ne porte rien d'autre qu'un jean taille basse. *Miam !* Les paroles de la chanson lui vont décidément à ravir : il a l'air d'avoir le goût du sucre... Mes yeux s'oublient sur les rouges, les bleus et les jaunes si profonds de son tatouage, qui s'étale sur le muscle dur et la peau tendue et bronzée. Dans ma tête, je me rejoue les paroles qu'il m'a dites il n'y a pas si longtemps. « Sais-tu ce qui arrive quand tu pousses un dragon en dehors de ses limites ? Il te brûle vivante, bébé. » J'ai joué avec le feu, ce soir, j'ai incité Chris à devenir ce fameux dragon. Et sa façon de me regarder maintenant, sa façon de voir ce que je ne veux pas lui faire voir, me brûle vive. Je sais en cet instant que je ne peux pas lui demander sans cesse de me montrer qui il est, si moi je refuse de lui montrer tout ce que je suis. Mon ventre se tord à cette idée, car cela reviendrait à lui avouer quelque chose sur quoi je n'ai pas été entièrement honnête, quelque chose que je préfère lui voir ignorer. Quelque chose que j'aimerais mieux oublier pour toujours, mais qui est marqué dans mon cœur comme au fer rouge. Et la plaie ne cesse de se rouvrir chaque fois que j'essaie de la guérir.

Chris me prend la main et je lève les yeux vers les siens, dans les profondeurs desquels je vois danser une lueur canaille.

— Femme, entre dans la grotte de l'homme.

Un rire saccadé monte de ma gorge et je m'étonne de sa capacité à me tirer de mes sombres pensées pour me rendre ma légèreté. J'adore cette faculté, chez lui.

— La « grotte de l'homme » ?

— Exact. Tu as peur ?

— Eh bien, je dirai que ça dépend de quel type de grotte il s'agit. Après tout, la salle où tu m'as emmenée au club s'appelait « la tanière du lion », non ?

— Ne t'inquiète pas, je serai doux comme un agneau.

Haussant un sourcil moqueur, il m'attire vers lui et j'oublie immédiatement les grottes et le club de Mark. Je me retrouve au milieu d'une vaste pièce circulaire, avec des fenêtres qui m'entourent de tous côtés. Les lumières scintillantes de la ville m'enveloppent tel un gant. J'ai la sensation d'être à la poupe d'un immense navire, sur le point de tomber dans un océan de découvertes perpétuelles.

— C'est incroyable, murmuré-je en croisant le regard de Chris.

— Je t'avais avertie. C'est pour cette pièce que j'ai acheté l'appartement.

Je hoche la tête.

— Oui, je te comprends.

Il me relâche, m'accordant sans un mot la liberté d'explorer les lieux par moi-même, et je m'enfonce au cœur de son magnifique atelier. Des chevalets posés çà et là, tous recouverts d'un drap, me donnent une folle envie de les dévoiler pour découvrir ce qu'ils cachent.

Je promène aussi les yeux sur les taches de peinture qui éclaboussent le sol sous mes pieds, et je souris d'apercevoir les restes de son travail, ses frustrations, son enthousiasme à jeter la peinture sur la toile.

— Je suis connu pour être un peu désordonné, quand je peins, m'informe-t-il.

Il s'est approché de moi par-derrière pour poser les mains autour de ma taille, provoquant une réaction immédiate de mon corps tout entier. Les paroles oppressantes de la chanson filtrent dans le silence : « Je voudrais te faire disparaître, mais tu as le goût du sucre. » Chris se penche et me murmure quelque chose en français au creux de l'oreille.

Les mots coulent de sa bouche avec un érotisme qui me donne le frisson. Je me retourne pour lui faire face et nouer les bras autour de son cou.

— Qu'est-ce que ça veut dire ?

— Ça veut dire, chuchote-t-il de sa voix de miel, que je veux te faire fondre comme du sucre sur ma langue. Rappelle-toi ce qui s'est passé tout à l'heure.

Et il relève le tee-shirt que je porte pour dénuder mes fesses, qu'il empaume avant de me plaquer contre son érection.

— Et si je n'avais pas un avion à prendre dans deux heures, je lécherai toute cette douceur jusqu'à ce que tu me supplies de m'arrêter.

— Je ne supplie pas.

Une affirmation dont j'ignore comment j'ai pu la formuler, alors même que ses doigts tracent le pourtour de mon anus, promettant d'autres explorations tout aussi délicieuses que celles de la nuit.

— Et moi je te dis que tu me supplierais, bébé. Je parierais cher là-dessus. D'ailleurs, continue à me défier et je pourrais bien te prouver à quelle vitesse cela se produirait. Par des actes.

Il m'entraîne vers un tabouret placé devant un chevalet.

— J'ai le temps.

Oh oui !

— Tu décolles dans deux heures, et tu dois encore traverser le pont pour te rendre à l'aéroport ? Non, tu n'as pas le temps.

— Si, j'ai le temps. (Il m'installe sur le tabouret et pose les mains sur ma taille.) Voyons voir ce qu'on peut faire pour cette histoire de supplique...

— Tu vas rater ton avion, répliqué-je en souriant. Tu en es conscient ?

Il fait pivoter le tabouret si bien que je suis face au chevalet, et me retire mon tee-shirt. Je repousse des cheveux tombés sur mon visage. La toile que je découvre me coupe le souffle : c'est moi, agenouillée au milieu de la « grotte de l'homme », les mains liées devant mon ventre.

— Qu'est-ce qui est noué autour de mes poignets ? demandé-je d'une voix rauque.

Tout à coup, alors qu'il me passe les mains dans le dos, j'ai la gorge sèche. Une sensation qui ne s'arrange pas quand je sens qu'il me les attache.

Il passe devant moi, arborant un rouleau de scotch.

— Très efficace.

— Chris, murmuré-je, tu vas rater ton avion.

Ses lèvres se retroussent en un sourire séducteur.

— Manifestement, tu sous-estimes mon efficacité. (Sur ces mots, il pose un genou au sol devant moi et m'écarte les jambes.) Bon. La supplique, alors...

Ses mains, ses mains d'artiste talentueux, entament un voyage sur mes cuisses jusqu'à mon clitoris qu'il caresse du pouce.

— Vu que le temps m'est compté, reprend-il, je n'ai pas d'autre choix que d'aller droit au but. (Alors il pose la langue sur ma peau et remonte lentement, avec une sensualité incroyable.) Tu es en sucre, bébé, et je vais te faire fondre comme du miel.

Mon corps ondule malgré moi.

— Et moi, je vais tomber de ce tabouret.

— Pas si tu t'accroches à moi, répond-il tout en insinuant deux doigts dans mon sexe. Penche-toi.

Je me cambre vers l'avant et je glisse.

— Je vais tomber.

— Je te tiens, Sara. (Ses doigts m'enserrent les cuisses.) Fais-moi confiance, je te tiens.

Ses yeux sont rivés aux miens et la puissance, la chaleur profonde que j'y rencontre sont aussi inouïes que les sensations qu'il m'inflige. Sa voix se fait caresse.

— Détends-toi sur moi.

Que je me détende sur lui ? Comme au lit ?

— Oui, acquiescé-je.

Lentement, il baisse la tête et je sens l'exquis chatouillis de son souffle chaud, juste avant que sa bouche ne se referme sur mon clitoris. Je halète quand sa main lâche ma cuisse et que mon corps tangue dangereusement vers l'avant, mais déjà ses doigts reviennent en moi, et ma nouvelle position exerce en fait la pression exacte, insupportablement agréable sur mon sexe. En une fraction de seconde, je suis déjà au bord de l'orgasme. Mais Chris se trompe, il n'a pas idée à quel point. Je ne le supplierai pas. Nous n'avons pas le temps. Je vais jouir, la question ne se pose même pas de la maîtrise que cet homme possède sur mon corps. Il me possède, et je ne vois pas une seule raison pour laquelle ce serait mal.

Quarante-cinq minutes plus tard, je ne suis toujours vêtue que du tee-shirt de Chris. Debout dans la cuisine, je le regarde avaler la tasse de café que je lui ai versée, bien que le liquide soit brûlant. Il a les cheveux humides, vaguement coiffés aux doigts, super-sexy dans son jean noir et le tee-shirt bleu ciel à motif Spiderman que lui a offert l'un des enfants qu'il voit à l'hôpital. J'ai hâte d'apprendre ce qui a suscité une telle dévotion à cette œuvre caritative. Oui, j'aimerais avoir plus de temps pour l'interroger sur son engagement.

— Tu as dormi un peu ? lui demandé-je, tâchant de ne pas laisser libre cours à mon sentiment d'insécurité.

Car après tout, s'il me voulait dans son lit, pourquoi ne pas y être resté avec moi ?

— Je ne dors jamais beaucoup, la nuit. C'est le moment que je préfère pour peindre. (Il tend la main vers la tasse que je tiens et me vole un peu de mon café.) Il y avait une toile que je voulais terminer pour l'un des enfants. C'est un fan de cinéma, nous avons donc développé des liens particuliers autour de certains de nos films favoris.

— Quel âge a-t-il ?

— Treize ans.

— Cancer ?

Il hoche la tête et son expression se tend.

— Leucémie, à un stade avancé. Ses parents sont dévastés. Ces pauvres gens sont obligés de regarder leur enfant mourir.

Un pincement me serre la poitrine.

— Tu es sûr qu'il va mourir ?

— Oui, hélas. Il va mourir. Et crois-moi, s'il suffisait d'argent, peu importe la somme, ou de médicament pour y changer quelque chose, je n'hésiterais pas une seconde.

Il passe une main dans ses cheveux déjà presque secs et se détourne pour aller décrocher le téléphone. Il appelle un taxi, mais je vois bien la tension qui lui crispe les épaules. Je n'imagine même pas ce que ça doit être de savoir qu'un être aimé se meurt, sans pouvoir y faire quoi que ce soit. Chris, lui, le sait. C'est vrai, il a vu son père se détruire lentement à force de boire.

Je regrette soudain de ne pas partir avec lui et décide sur-le-champ d'essayer de poser mon samedi, quitte à prendre l'œuvre caritative comme prétexte à la galerie afin que ça marche. En tout cas, je vais obliger Mark à ouvrir son portefeuille bien garni et à se délester d'un gros don bien généreux.

Chris raccroche et se tourne vers moi. Je n'ai pas le temps de lui demander pourquoi il a besoin d'un taxi.

— Viens avec moi, dit-il. Je n'ai pas annulé ta réservation.

Maintenant que j'en sais plus sur son œuvre caritative, ma réponse n'en est que plus difficile.

— Pas cette fois.

Il ne semble pas apaisé par la possibilité – contenue dans ma réplique – que j'accepte une future invitation.

— Mauvaise réponse.

— C'est la seule que je puisse te faire.

Il se frotte la mâchoire et se tourne vers le comptoir situé juste à côté de moi pour y poser les deux mains. Laissant retomber la tête en avant, il reste ainsi, prostré, pendant plusieurs secondes. La tension qui émane de lui semble le submerger par vagues successives.

Je passe la main dans ses cheveux blonds en bataille. Il relève la tête et les premiers rayons du soleil qui filtrent à travers la baie vitrée derrière nous font briller dans ses yeux vert pâle une lueur inquiète.

— Je vais me faire un sang d'encre. Est-ce que tu te rends compte, au moins, à quel point c'est dur pour moi de te laisser comme ça ?

— C'est dur aussi pour moi de te laisser partir, figure-toi.

Il enregistre mes paroles. Je sais que je lui ai fait plaisir, mais de nouveau, son humeur change et sa mâchoire se crispe.

— J'ai besoin que tu fasses quelque chose pour moi, Sara. Il faut que tu enfermes ces journaux intimes dans mon coffre et que tu ne les en sortes plus. Je te donnerai le code.

Sentant mon cœur s'emballer, je m'accoude au comptoir pour mieux l'observer.

— Tu crains que quelqu'un n'essaie de les récupérer ? Tu as pourtant dit que je serais en sécurité, ici.

Il pivote pour me regarder.

— L'appartement est sécurisé. Ce n'est pas à ce sujet que je m'inquiète, sinon je ne me contenterais pas d'essayer de te convaincre de m'accompagner. J'insisterais fermement. Non, ce qui m'inquiète, c'est que tu lises ces fichues pages et que tu en tires des conclusions hâtives. Je te demande de remiser les journaux pendant mon absence. De ravaler ta curiosité jusqu'à mon retour, que j'aie au moins la possibilité de t'expliquer ce que tu liras, au cas où tu y verrais un lien avec toi et moi, comme tu l'as fait hier soir.

— Il ne s'agit pas de curiosité, Chris. Il s'agit de retrouver Rebecca.

— Laisse le détective privé faire son travail. Je vais lui passer un coup de fil dans la matinée, histoire de lui relater les événements d'hier soir et de l'envoyer au box de stockage pour voir s'il peut dénicher quelque chose. Quelque chose qui nous aurait échappé, s'entend. S'il te plaît, Sara, ajoute-t-il en me glissant une main dans les cheveux, enferme ces journaux.

Je déglutis avec peine, m'efforçant de ravaler le refus qui veut franchir mes lèvres. Ça semble important pour lui, et il n'y a rien dans les journaux de Rebecca que je n'aie déjà lu au moins une fois. Je hoche donc la tête à contrecœur.

— Oui, OK. Je vais les enfermer.

Une expression de satisfaction fugace se peint sur son visage.

— Merci.

Un seul mot qui suffit à me tirer un sourire.

— Pourquoi souris-tu ? s'enquiert-il en haussant un sourcil.

— Parce que la plupart des machos, les adeptes du contrôle absolu ne disent pas « merci ». J'aime bien ça.

— Assez pour accepter de venir me rejoindre à Los Angeles samedi après le travail, afin de m'aider à survivre à la torture du smoking au dîner de gala ?

À mon tour, je hausse un sourcil.

— Et j'aurai la chance de te voir en smoking ?

— Mieux que ça : tu pourras m'aider à l'enlever.

— Tu as gagné, réponds-je en riant. Mais j'exige une photo avant d'entamer l'effeuillage.

— Tu auras une photo à condition que tu acceptes d'apporter la peinture que j'ai réalisée hier soir avec toi. Elle n'est pas encore suffisamment sèche pour que je l'emmène aujourd'hui.

— Bien sûr, ça ne me pose aucun problème.

— Super. Il y a une petite pièce au fond de l'atelier avec un sèche-toile hyper perfectionné. La toile est là-bas. Je t'appelle dès que je suis installé à L.A. et que j'ai organisé ton voyage.

La sonnerie du téléphone accroché au mur retentit.

— Je descends immédiatement, murmure-t-il après avoir décroché, puis il repose l'appareil et m'annonce d'un air triste : Mon taxi m'attend.

— Pourquoi n'y vas-tu pas avec ta voiture ?

— Je veux que tu la prennes.

— J'ai ma propre voiture.

— La Porsche bénéficie d'un système de sécurité dernier cri. Elle sait où tu es à tout moment.

Un flash surgi d'un passé que je préfère oublier s'insinue entre nous qui aigrit quelque peu le ton de ma réponse.

— En d'autres termes, tu souhaites savoir où je suis à tout moment ?

Ma réaction semble le déstabiliser.

— Si je devais te trouver, j'en aurais la possibilité, mais là n'est pas la question. En cas de problème, tu serais localisée rapidement. Et si tu as besoin d'aide, tu n'auras qu'à en informer l'ordinateur de bord qui t'en dégotera. Ça nous permet à tous les deux d'être tranquillisés.

Son raisonnement n'a rien d'horrible et le passé commence à s'effacer, remplacé par une autre motivation potentielle, plus évidente.

— En plus, cerise sur le gâteau, le fait que je conduise ta voiture équivaut à une annonce officielle faite à Mark.

Il croise les bras.

— C'est un plus, en effet.

Je porte les mains à mes hanches.

— Je n'ai aucune envie de me retrouver au milieu de votre guéguerre, à tous les deux. Je ne suis pas un pion, Chris.

Il m'adosse au comptoir, ses jambes de part et d'autre de mon corps. Pieds nus et seulement vêtue de son tee-shirt, je me sens minuscule. Il est si imposant !

— Ça servira à lui indiquer que tu es à moi, m'informe-t-il d'une voix grave et intense. Et je veux qu'il le sache.

Un délicieux frisson me parcourt, alors même que je devrais protester. J'opte plutôt pour le défi.

— Et toi, Chris ? Tu es à moi ?

— Chaque parcelle de mon être, bébé. Le meilleur et le pire.

La facilité avec laquelle il a fait cette déclaration me souffle. J'entrouvre la bouche, mais aucun son n'en sort.

— Prends la Porsche.

Sa voix a pris une intonation plus douce, rauque et séductrice.

Il a raison, il n'a pas grand-chose à faire pour que je fonde comme du miel entre ses bras.

— OK, je la prendrai.

Sa main se pose sur ma joue.

— Bonne réponse, bébé, murmure-t-il, avant de plaquer sa bouche sur la mienne et d'insinuer sa langue entre mes lèvres.

Le goût amer de son approbation, mêlé à la saveur sucrée du café à la noisette, me titille les papilles et me consume. Pour la première fois depuis bien longtemps, je suis heureuse.

6

À l'instant où je vois les portes de l'ascenseur se refermer sur Chris, un grand vide m'envahit. Je suis seule dans son appartement et le bonheur des minutes précédentes s'est étiolé. Je suis perdue. Je sais que la distance ne signifie pas forcément une séparation entre nous, mais notre nouvelle intimité est encore fragile.

Je reste plantée face aux portes fermées pendant plusieurs secondes, comme pour les forcer à se rouvrir, mais rien de tel ne se produit. Pourquoi devrais-je m'en étonner, d'ailleurs ? Chris a un avion à prendre et une raison valable de partir. Moi, de mon côté, je dispose de plusieurs heures avant d'aller au travail, et donc de bien trop de temps pour réfléchir. J'essaie de me convaincre de dormir, je suis en manque de sommeil, mais consciente en même temps que je n'y parviendrai pas. Trop de pensées m'encombrent l'esprit. Et puis, je dois encore défaire mes bagages et prendre une douche.

Je retourne à la chambre d'un pas décidé et, constatant que la batterie de mon téléphone est quasi à plat, je repêche le chargeur au fond de ma valise. Une fois qu'il est branché, je le pose sur la table de nuit, près du lit défait, et je jette un coup d'œil en direction du dressing. Je n'ai jamais partagé un placard avec un homme avant, et je réprime un vague malaise. Pourtant, je suis folle de Chris, ravie du tour que prend notre relation, alors, pourquoi ce que je ressens ressemble-t-il tant à la sensation que j'ai éprouvée dans le box, une sorte de claustrophobie ?

— C'est ridicule, me réprimandé-je. (Je referme ma valise et saisis la poignée.) Tu désires cet homme. Tu aimes être proche de lui.

Je tire la valise jusqu'au dressing et allume la lumière. Mes yeux s'écarquillent devant le spectacle qui s'offre à moi. Ce dressing est inouï, un véritable paradis pour fille aux dimensions d'une petite chambre, avec trois murs couverts d'étagères et de penderies, dont deux seulement sont occupés par les vêtements de Chris.

Une fois la valise posée au sol, je m'accroupis. Levant les yeux, je tombe sur le coffre-fort encastré dans le mur de droite, dont la porte est ouverte. Chris ne m'en a pas encore donné le code, et l'idée d'y enfermer les affaires de Rebecca sans possibilité de les récupérer a quelque chose de perturbant.

Je me mordille la lèvre inférieure, reporte mon attention sur ma valise ouverte, ainsi que sur le petit boîtier et les journaux posés au-dessus de mes affaires. J'ai promis à Chris de les mettre sous clé. Je les prends donc tous les trois, ainsi que la boîte, et les apporte au coffre, sans toutefois en verrouiller la porte. Le quatrième journal se trouve quelque part près du lit, à l'endroit où je l'ai laissé hier. Je repasse dans la pièce voisine pour l'y récupérer. Il est au pied du lit, mais quand je me baisse pour le ramasser, il m'échappe et retombe au sol, ouvert. L'ayant enfin récupéré, je m'assieds au bord du lit, les yeux rivés à la page ouverte. Je me rappelle ces mots, et le fait de les connaître déjà rend quasi insupportable l'urgence de le relire. Je prends une inspiration : c'est la dernière fois que je touche à ces journaux avant le retour de Chris, promis. Je l'appellerai avant qu'il n'embarque, ainsi je pourrai les enfermer. Un souffle s'échappe de mes lèvres et mes yeux se portent sur la page.

J'ai été réveillée ce matin par la douleur sourde de mon dos écorché, séquelle de la punition qu'il m'a infligée. Je n'ai pas pu mettre de culotte pour aller au travail. Je ne supporte pas le moindre contact sur ma peau. La douleur lancinante s'est peu à peu estompée au fil de la journée, mais pas le souvenir de mon châtiment.

J'ai cependant réussi à négocier plusieurs ventes aujourd'hui, et ma soirée s'est terminée par la présentation privée de la collection d'un artiste célèbre. Mes clients étaient ravis de rencontrer l'artiste en personne et je les comprends. Il émane de lui une force tranquille qui se ressent dans son coup de pinceau. C'est la passion à ce point faite homme, que je me demande comment ce serait si un homme comme lui se passionnait pour moi. Je me demande ce que ça ferait de réveiller ma passion pour la vie, au lieu de passer mon temps à m'inquiéter de ce que sera le prochain jeu. Les jeux ne m'amusent plus. Ils ne représentent plus l'échappatoire qu'ils constituaient jadis pour moi. Il n'est plus le Maître qu'il était alors. J'ai la sensation d'être engloutie dans un tourbillon de ténèbres et j'aspire à retrouver la forme de passion que cet artiste montre pour la vie. J'aspire à plus… mais n'est-ce pas justement cela qui m'a amenée à la galerie dès le départ ? L'avidité ? Peut-être est-ce ce « plus », le danger… car « plus » semble ne jamais être assez.

Je referme vivement le journal, obsédée par une pensée : l'artiste que Rebecca a mentionné dans ses écrits n'est pas Chris. Je me le répète en boucle. Chris n'inviterait jamais des étrangers chez lui, dans son atelier, pour une exposition. C'est sans doute Ricco Alvarez, que je dois justement rencontrer au sujet d'une présentation privée ; apparemment, il le faisait déjà avec Rebecca. Mais alors, pourquoi ne puis-je m'empêcher de visualiser Chris ? Ça n'a pas de sens. « Secret par définition », voilà comment il s'est décrit. Et même si Rebecca faisait allusion à Chris, rien dans ce passage ni dans aucun autre ne suggère que l'amant de Rebecca ait été un artiste. Le ventre noué, je bondis sur mes pieds pour me précipiter vers le dressing. Tombant à genoux devant le coffre-fort, j'y consigne le journal que j'ai à la main. Puis je retire la boîte en velours, dont je soulève le couvercle. J'observe longuement le pinceau et la photo déchirée en deux qui représente Rebecca, mais où il est impossible de deviner qui se tenait à ses côtés.

— Ce n'est pas Chris, chuchoté-je. Non, ce n'est pas lui.

Tirée de mes pensées par la sonnerie de mon téléphone, je referme le couvercle et replace la boîte dans le coffre, avec un regard noir en direction du journal que j'enfonce dans le coffre lui aussi, avant de pousser la porte et d'enclencher le verrouillage. Je suis en train de me rendre folle, il faut que ça cesse.

De crainte de rater l'appel, je me redresse et cours vers la chambre, certaine qu'il s'agit de Chris. J'atteins l'appareil juste au moment où il cesse de sonner, mais j'ai le temps de constater sur l'écran que c'était bien Chris. Je m'apprête à appuyer sur le bouton « rappel » quand il se remet à sonner.

— Chris ! réponds-je d'une voix pressée en m'asseyant au bord du lit.

J'espère entendre quelque chose dans son appel qui effacera les pages que je viens de lire et l'état dans lequel elles m'ont plongée.

— Si c'était un autre voyage, pour n'importe quelle autre raison, je ne partirais pas.

— Je sais.

Si fragile que je sois, je ressens en cet instant la connexion entre cet homme et moi.

— Je sais aussi que ce que tu accomplis à l'hôpital est important. Où es-tu, là ?

— On traverse le pont. J'ai dû repousser mon vol d'une heure, mais je devrais quand même tenir mon planning.

— Je savais que tu allais te mettre en retard.

Je n'arrive pas à contenir la culpabilité qui m'assaille au sujet du journal, alors je lâche, presque malgré moi :

— Je suis faible, Chris. J'ai relu un passage du journal après ton départ, mais c'est fini à présent. Fini. J'ai enfermé les quatre journaux dans le coffre-fort et je ne veux pas en connaître le code. Dis-moi juste quand tu rentres.

Il reste silencieux pendant quelques secondes qui me semblent durer une éternité.

— Est-ce qu'il est important que je sache ce que tu as lu et ce que ça t'inspire sur nous ou sur moi ?

— Non, réponds-je fermement, espérant le convaincre lui, et peut-être moi-même par la même occasion. Ce qui importe, c'est qu'à présent ils sont sous clé. (Ma main se serre sur le combiné.) Je t'avais promis de ne plus rien lire avant ton retour, or j'ai fait tout le contraire. Je suis désolée. Je ne veux pas que tu penses que ma parole n'a aucune valeur.

— Tu me l'as avoué, or tu n'y étais pas obligée, fait-il doucement. Ça compte, à mes yeux, Sara.

— Toi, tu comptes. Le fait que tu sois revenu pour me voir hier soir aussi, que tu te soucies de moi, et tant de choses encore. Chris, je ne suis pas sûre de t'avoir exprimé à quel point tout ça compte pour moi, mais c'est bel et bien le cas. Vraiment.

— Si tu essaies de me convaincre de demander au taxi de faire demi-tour, ça fonctionne, répond-il d'une voix radoucie. Samedi va me sembler bien loin. Une éternité.

— Oui, une éternité.

— D'autant plus que je m'inquiète pour toi. J'ai parlé à Jacob avant de partir. Il va te communiquer son numéro de portable. Si tu as besoin de quoi que ce soit, tu l'appelles. Il peut même te conduire au travail et te ramener, si tu veux. Cela dit, te connaissant, je sais que tu n'accepteras jamais ça.

— Non, en effet, mais après ce qui s'est passé au box, je ne vais pas me plaindre d'avoir quelqu'un à appeler en cas de besoin. Merci, Chris.

S'il ne s'était pas montré la veille au soir, je n'aurais eu personne sur qui compter, ce qui est loin d'être un sentiment agréable.

— Remercie-moi en prenant soin de toi et en passant discuter avec Jacob avant de partir à la galerie. S'il n'est pas là, fais-le appeler à la réception.

— Oui, d'accord. Promis.

— Je te rappellerai dès que je serai installé à L.A. pour m'assurer que tout va bien. (Il baisse la voix, se fait doux et intime.) Bye, bébé.

— Bye, Chris, je chuchote.

Je raccroche et me laisse retomber sur le matelas. Les yeux rivés au plafond, submergée par mes émotions, j'ignore quoi faire de ce déluge ou même de moi. Je saisis mon portable et règle le réveil pour qu'il sonne une demi-heure plus tard. Puis je me pelotonne contre l'oreiller, souriant tandis que je hume avec délice l'odeur mâle de l'homme qui me rend complètement folle. Folle de bonheur.

— Le café est prêt.

Je relève brusquement la tête du bloc-notes sur lequel je suis occupée à consigner toutes sortes d'informations concernant le mari d'Ella, David, notamment son numéro de téléphone. Ralph, le comptable de la galerie, passe la tête dans l'entrebâillement de la porte. Quel comédien, celui-là ! Sachant que, contrairement à ce que son prénom pourrait laisser supposer, Ralph est asiatique, je ne peux m'empêcher de me demander si ses parents sont dotés du même sens de l'humour contagieux qui me plaît tant chez lui.

— Merci, Ralph.

Je suis pressée de le sonder sur Rebecca et sa relation avec Alvarez, avant mon entrevue avec l'artiste prévue le lendemain soir.

— Je vous suggère de remplir votre tasse avant que Mister Boss ne vide la cafetière, chuchote-t-il d'un ton de conspirateur.

Ralph adore utiliser toutes sortes de surnoms pour désigner Mark. Qu'il fait varier en fonction de son humeur.

— Apparemment, la nuit a été longue, ajoute-t-il en mimant d'un air comique un verre que l'on avale. Un peu trop de vin pour le Maître du vin, je dirais.

Je balaie cette éventualité d'un revers de la main et jette un coup d'œil en direction de la pendule, enregistrant vaguement qu'il est presque 9 heures et que le bureau de David devrait ouvrir d'une minute à l'autre.

— Mark a une bien trop grande maîtrise de lui pour laisser ce genre de choses se produire.

— Vous ne l'avez pas vu aujourd'hui, réplique Ralph avec un ricanement.

Une grimace, et il disparaît au coin du couloir. Bizarre. Difficile d'imaginer Mark autrement que parfait, et vu l'impact certain que cet homme va manifestement avoir sur mon avenir, je suis curieuse d'observer cette métamorphose.

Je me lève et file à la poursuite de Ralph tant qu'il semble d'humeur bavarde. Je le retrouve assis à sa table de travail, dans le bureau voisin du mien.

— J'ai obtenu un rendez-vous avec Ricco Alvarez demain, clamé-je en m'installant d'autorité dans la chaise face à lui.

Mieux vaut commencer par un sujet tout autre, je ne souhaite pas que Ralph se doute de mon intérêt pour Mark.

Il arque un sourcil dans une mimique hautaine.

— Vraiment ? Et Mister Boss est-il déjà au courant ?

— Pas encore.

— Je suis certain qu'il n'en sera pas surpris outre mesure. Alvarez a un faible pour les jolies femmes qui lui disent qu'il peint comme un dieu mexicain. Étant donné que vous poussez de hauts cris chaque fois que vous admirez son travail, j'en déduis que c'est ce que vous avez fait. Tenez-vous-en à votre stratégie et vous vous entendrez à merveille avec lui.

— Un dieu mexicain ? répété-je en riant.

Ralph hausse les épaules.

— Je le dis comme je le pense. Son ego n'est surpassé que par celui de la « personne » qui signe nos chèques.

— Je crois qu'Amanda m'a affirmé qu'Alvarez était pire.

— Disons que ça doit être affaire de goût, admet Ralph en remontant ses lunettes en haut de son nez. En fait non, Amanda a raison. Mister Boss règne d'une main de fer, mais il prend soin de ses employés. Jamais il ne nous insulterait pour une erreur, petite ou grosse. En revanche, il est capable de vous écraser d'un seul regard, sans effort. Alvarez, lui, s'est permis de m'injurier une fois, à cause d'une erreur d'un dollar dans le versement que j'avais effectué sur son compte.

— Injurié, vraiment ?

— Et sans retenue.

— Incroyable.

Dans ma tête, je me repasse les mots du journal. Rebecca y décrit l'artiste sur lequel elle écrit comme possédant une « force tranquille ». Voilà qui ne semble pas correspondre du tout à Ricco Alvarez. Ça ressemblerait plutôt à Chris. Je secoue la tête pour essayer de balayer cette idée ridicule et tâche de me concentrer sur Ralph, qui poursuit :

— La seule personne qui aimait Alvarez – hormis les admirateurs de son travail, j'entends – n'est plus là. Rebecca avait un faible pour lui, et inversement, et pour une raison que j'ignore, il a retiré toutes ses œuvres de la galerie quand elle est partie.

— Il a pourtant participé à la soirée caritative.

— Organisée par Rebecca avant son départ.

— Exact. Je me souviens qu'Amanda me l'a dit, ça aussi. (Je fronce les sourcils.) Vous n'avez pas la moindre idée de la raison qui aurait poussé Alvarez à retirer ses œuvres ?

— Ce type a pété les plombs pour un dollar, Sara. Les possibilités sont innombrables.

— Et il travaillait avec Mark, avant l'arrivée de Rebecca ?

Je crois commencer à comprendre.

— Depuis des années.

Je me demande si Alvarez pourrait être l'homme qu'elle fréquentait, mais ça ne colle pas, puisqu'il était en ville et elle non. Cela dit, qui sait, peut-être se sont-ils quand même vus à un moment donné ?

— Vous croyez qu'ils sortaient ensemble, Alvarez et elle ?

— Je ne pense pas. À ma connaissance, jamais elle n'a évoqué un homme, j'ignore d'ailleurs si elle aurait eu du temps à consacrer à une relation. Elle avait deux jobs, quand elle a commencé ici.

— Deux ?

— Elle était serveuse, le soir.

Mon estomac se serre.

— Pour payer ses factures.

Rebecca a eu le courage de se lancer dans ce que je n'ai jamais osé entreprendre jusqu'à ce qu'elle m'entraîne ici par hasard. Elle a parié qu'elle trouverait le moyen de transformer son rêve en réalités sonnantes et trébuchantes.

— Exactement, confirme Ralph. Elle ne dormait plus, elle se contentait de siestes à l'heure du déjeuner, installée dans un fauteuil de l'un des bureaux inoccupés. Mister Boss n'aimant pas le conflit, et vu qu'elle se débrouillait bien, il a accepté qu'elle touche des commissions. Aussi bizarre que ça paraisse.

— « Bizarre » ? Ça t'a surpris ?

— Vous ne trouvez pas ça étonnant, vous ? Elle était jeune, inexpérimentée, diplômée depuis à peine un an.

— Je la croyais un peu plus vieille que ça.

Il secoue la tête.

— Non. Donc, voyez-vous, décrocher ce que bien des professionnels de ce business veulent et n'obtiendront jamais, ça n'était pas une petite prouesse. Mais elle le méritait, hein, ne me faites pas dire ce que je n'ai pas dit. En plus, elle n'a jamais pris la grosse tête, jamais considéré que son poste lui était dû. Elle travaillait comme une dingue, pendant les pauses déjeuner et jusqu'à tard le soir. Cela dit, elle a bien mérité ses vacances, car c'était devenu un peu extrême. Difficile de croire qu'elle va revenir. Peut-être que cet homme plein aux as l'a convaincue qu'elle était aussi heureuse avec quelqu'un qui l'entretenait.

— Tu l'as rencontré ?

— Je n'avais jamais entendu parler de lui avant qu'elle parte. Je vous l'ai dit, Rebecca ne parlait pas des hommes de sa vie.

Pourtant Ava avait eu vent de ce type, elle l'avait même rencontré, non ? Rebecca devait tenir son nouvel amant éloigné de la galerie et de Mark, mais elle était manifestement plus proche d'Ava que je l'avais imaginé.

J'ai la migraine chaque fois que j'essaie de démêler l'écheveau Rebecca. Pareil pour Mark, cela dit. Je tourne les yeux vers la pendule. Déjà 9 heures passées. Je devrais me sentir soulagée à plus d'un titre, à l'idée de pouvoir enfin appeler au bureau de David, d'entendre qu'Ella passe une super lune de miel. Au moins, ça m'ôterait une épine du pied.

— Je vais aller le chercher, ce café, annoncé-je en me levant.

Un petit shoot de caféine ne me fera pas de mal, en route pour passer mon coup de fil.

— Vous pouvez m'en verser un aussi, *chica* ? demande Ralph en me tendant sa tasse – qui annonce fièrement : « Les chiffres ne comptent pas, mais moi, si. »

— *Chica* ?

— Je suis parfaitement multilingue, mais nul ici ne me comprend.

— Pauvre de vous !

Je ris encore tandis que je me dirige vers le coin cuisine, faisant coucou au passage à Amanda, déjà installée à l'accueil. Dans sa robe rose et avec sa pince à cheveux assortie, on dirait une adorable poupée Barbie grandeur nature. Je repense à Chris, qui prétend que Mark est attiré par les gens qui ne s'insèrent pas naturellement dans ce monde. Le choix du patron d'embaucher Amanda, étudiante à l'université et avide de faire plaisir mais sans réelle expérience de la vie, semble en effet confirmer cette affirmation. Mais moi ? Pourquoi m'a-t-il engagée, alors ? Je ne suis pas Amanda. Je ne peux m'empêcher de me demander si mes questions répétées au sujet de Rebecca ne sont pas la raison de mon embauche. En m'ayant à portée de main, il pouvait contrôler ce que je découvrais, ou du moins savoir ce que je demandais et à qui. Mais je me morigène. Après tout, pourquoi ne l'aurais-je pas simplement impressionné par mes connaissances dans le domaine de l'art ? Il se trouve que je suis arrivée juste au moment où il avait besoin d'un nouvel employé, un point c'est tout. Car enfin, je suis douée en art et tout à fait à l'aise dans ce milieu. Il n'en va peut-être pas de même pour la « tanière du lion » ou ce club que possède Mark, mais à la galerie et dans l'industrie artistique, là oui. Je dois m'en convaincre, si j'envisage de démissionner de mon poste d'enseignante pour embrasser cette nouvelle carrière dont je rêve depuis toujours.

Je continue de me reprocher de me laisser sans cesse empoisonner par le doute quand j'entre dans la petite cuisine. Là, je me fige et le sang me bourdonne aux oreilles à la vue de Mark. Il me tourne le dos, ses larges épaules étirant le tissu de sa veste grise. C'est la première fois que je le revois, hormis quelques brèves secondes en passant la veille, depuis que je suis allée à son club, et je me transforme soudain en boule de nerfs. J'essaie de battre en retraite.

— Pas si vite, mademoiselle McMillan.

Zut, zut, zut !

— Comment avez-vous deviné que c'était moi ? m'étonné-je.

Il pivote et mon souffle se bloque dans ma gorge sous le choc mêlé de sa beauté mâle et de son regard gris acier. Il exsude la puissance et consume la pièce. Et moi en même temps. Mais j'ai remarqué qu'il avait le même impact sur tout le monde. Personne, homme ou femme, n'est insensible à sa présence.

— J'ai senti votre parfum, m'informe-t-il. Or ce n'est pas votre odeur habituelle.

Son observation inattendue fait courir un frisson de surprise à travers tout mon corps. Mark connaît mon odeur habituelle ? Le fait qu'il prête attention à moi me prend de court, mais ce n'est encore rien à côté de la lueur que je vois briller dans ses yeux injectés de sang.

J'en viens à me demander s'il a identifié mon parfum musqué comme masculin, et en a déduit que je porte l'odeur de Chris. J'opte pour l'attitude qui m'est devenue habituelle depuis quelque temps – enfin, depuis presque toujours, pour être vraiment honnête. Je me dégonfle.

— Vous n'avez pas l'air très en forme, Mister Boss.

Pour une raison qui m'échappe, je n'arrive pas à l'appeler « monsieur Compton ».

— Je vous remercie, mademoiselle McMillan, réplique-t-il sèchement. Votre don pour la flatterie vous mènera loin.

Impossible de réprimer un sourire en l'entendant faire référence à un commentaire que je lui ai lancé par le passé.

— Ravie de constater que quelque chose au moins a une prise sur vous.

Il esquisse une moue désabusée.

— À vous entendre, on croirait que je suis impossible à contenter.

Je pose la tasse de Ralph sur la petite table située au centre de la pièce.

— Eh bien, vous donnez l'impression d'être… un défi.

Ses lèvres frémissent.

— On pourrait me reprocher pire.

— Comme d'être riche et arrogant ?

Je le taquine, car je l'ai moi-même traité ainsi quelques jours plus tôt.

— Je vous ai dit que j'étais…

— Riche et arrogant, complété-je à sa place. Croyez-moi, je le sais.

Comme je me sens étonnamment à l'aise durant notre petit échange, je vais jusqu'à oser le questionner.

— Vous ne semblez vraiment pas dans votre état normal. Êtes-vous malade ?

— Parfois le matin arrive un peu trop tôt, répond-il sèchement, avant de se détourner pour remplir sa tasse.

Il n'a pas l'air prêt à me fournir plus de détails.

Bizarre. J'ai l'impression qu'il m'a sciemment tourné le dos pour m'empêcher de voir son expression, et je ne suis pas dupe de l'inconfort, certes subtil mais évident, qu'il manifeste. D'autant que c'est la première fois que je remarque cela chez lui. Un besoin irrationnel de briser les murs d'enceinte qu'il a construits autour de lui s'empare de moi et je choisis la plaisanterie pour essayer d'ouvrir une brèche.

— Surtout après les nuits blanches que j'ai passées à étudier le vin, l'opéra et la musique classique afin que mon patron me croie capable de bavarder avec la clientèle huppée des salles de vente élitistes que possède sa famille.

Il pivote et s'appuie au comptoir, sirotant son café. Tout signe d'inconfort à présent disparu, ses yeux étincellent de puissance.

— Je ne fais que veiller sur vos intérêts.

Un certain embarras m'envahit. Notre conversation légère est bel et bien terminée, nous avançons désormais sur un terrain marécageux où je me sens déjà perdre pied.

— Et les vôtres, lui fais-je remarquer.

Il incline la tête.

— Vos intérêts sont les miens. Nous avons déjà parlé de ça.

Il fait référence à notre discussion d'avant-hier soir, quand il m'a montré une vidéo sur laquelle Chris était en train de m'embrasser dans la galerie. Il m'avait alors convaincue que Chris avait agi ainsi dans le seul but d'affirmer son emprise sur moi. Je me suis sentie utilisée, un pion sur un échiquier, ce jour-là. Le même soir, Chris m'a emmenée au club. Le club de Mark. Une soudaine crise de claustrophobie me gagne et je saisis ma tasse pour me diriger vers la cafetière. Je ne sais comment, mon talon se prend dans ce qui semble pourtant n'être que du vide et je m'arrange pour trébucher. Mark se penche et me rattrape par le bras. À son contact, je retiens mon souffle et je plonge dans son regard argenté si perçant, plus animal qu'inquiet. Tout à coup, mes poumons se vident de tout leur oxygène. Je voudrais me dégager, mais j'ai les mains prises.

— Ça va, mademoiselle McMillan ? demande-t-il d'une voix rauque et suggestive.

Elle me brûle, cette voix, comme le pire des dangers. J'ai la sensation évidente que la façon dont je vais me tirer de cet instant définira notre relation, et peut-être aussi l'avenir d'un travail que j'ai décidé de conserver.

— Je gère bien mieux les talons hauts après ma dose de caféine, réponds-je.

De nouveau, ses lèvres frémissent et il me surprend en m'offrant l'un de ses rarissimes sourires.

— Vous êtes pleine d'esprit, décidément.

Sa main se détache de mon bras. Les jeux de Mark, évoqués par Rebecca dans son journal, me reviennent clairement en mémoire. Je me demande si son changement d'humeur, qui me paraît bien plus menaçant que ceux de Chris, n'est pas pour lui une façon de jouer avec les gens. Reposant la tasse, je me saisis de la cafetière.

— Nous devrions discuter avant que vous ne remplissiez cette tasse, commente-t-il.

Ma main s'immobilise en pleine action.

Je ferme les yeux une fraction de seconde et me prépare à ce qui va suivre, avant de pivoter vers lui. Il a reposé sa tasse, si bien que nous sommes tous deux face à face, perpendiculairement au comptoir.

— Discuter ? demandé-je. N'est-ce pas ce que nous sommes déjà en train de faire ?

— Mon monde n'est qu'invitations, Sara.

Sara. Il a utilisé mon prénom, et je sais qu'il espère m'intimider par ce stratagème.

— Vous m'avez engagée. C'est une invitation.

— La timidité ne vous sied pas.

Il a raison. Nous savons tous les deux qu'il fait allusion au club.

— J'étais invitée.

— Par la mauvaise personne.

— Non, pas par la mauvaise personne.

— Il semble que vous ayez changé d'avis, depuis notre conversation de l'autre soir. Vous ne paraissiez pas très satisfaite de lui, à ce moment-là.

Je ne vais pas discuter avec Mark des raisons pour lesquelles je suis avec Chris. Comme s'il allait approuver, de toute façon. Il se refuse même de prononcer son nom, alors...

— Je suis douée pour mon travail, je vais vous faire gagner plein d'argent. Quant à ma vie privée, elle est privée. Je ne vous appartiens pas, Mark.

J'ai utilisé son prénom à dessein.

— À qui appartenez-vous, dans ce cas, mademoiselle McMillan ?

À Chris. C'est la réponse qu'il attend, la réponse que Chris souhaiterait que je fasse, sauf que les fantômes du passé continuent à me hanter. Mon instinct de survie refuse de lâcher ce que j'ai obtenu à force de me battre, ces dernières années : mon indépendance.

— Je m'appartiens à moi-même.

Les yeux de Mark s'allument d'une lueur satisfaite. Je viens de commettre un faux pas, j'en suis consciente.

— Voilà une réponse acceptable, avec laquelle je peux vivre.

Sa bouche se tord légèrement et il se tourne vers la sortie, avant de s'arrêter près de la porte pour me jeter un dernier regard.

— Il n'y a pas d'entre-deux. Ne le laissez pas vous convaincre du contraire.

Il est parti avant que j'aie le temps de répliquer et je sens mes genoux flageoler. Chris m'a dit la même chose, dans son appartement, le matin où nous sommes partis en balade à Napa Valley. « Pas d'entre-deux », je me répète. C'est une vérité dont j'étais déjà consciente, dans un coin de ma tête, et qui trotte là depuis ce matin. Une vérité qui dit que « tout » signifie non seulement que je dois embrasser complètement les aspects sombres de Chris, où que cela m'entraîne – *nous* entraîne –, mais que je dois aussi lui montrer les miens. Or je ne suis pas sûre d'être prête à ça. Je ne suis pas sûre de l'être un jour, en fait, et je doute qu'il le sera lui aussi. Et pour ça, il a ses propres raisons.

Je remplis les deux tasses de café brûlant et suis soulagée de trouver Ralph au téléphone, ce qui me permet de m'échapper vers mon bureau sans avoir à faire la conversation. Une fuite rapide et sans heurt. Une fois installée à ma table de travail, je pose ma tasse pour composer le numéro du bureau de David, et tomber sur une messagerie automatique. Le bureau est fermé « pour une durée indéterminée ». Les mots choisis par l'opératrice me font courir un frisson le long du dos. Je repose le combiné, les yeux rivés sur mon bureau que je ne vois pas.

Je commence à avoir l'impression de perdre la tête. Il faut que j'arrête de soupçonner le danger partout. Ella est à Paris, en voyage de noces. Elle va bien. Je laisse le mystère qui plane autour de Rebecca perturber mon jugement objectif. Ma vie tout entière devient folle, en ce moment, alors qu'il y a quelques semaines à peine elle était calme et paisible. Je marche au bord d'une falaise, ce qui me procure une immense appréhension, mais aussi un plaisir incroyable sous les poussées d'adrénaline auxquelles je suis de plus en plus accro chaque jour.

La sonnerie de mon portable retentit et je le sors de mon sac à main. C'est Chris.

— Alors, tu es arrivé à bon port ? lui demandé-je en décrochant.

— Je viens d'atterrir, et tu sais à quoi j'ai passé la totalité de mon vol ?

Il a l'air un peu à cran, à moins que ce ne soit moi. Peut-être tous les deux.

— À dormir, j'espère.

— À penser à toi, et ce n'était même pas sexuel, Sara. J'étais allongé sur mon lit, avec toi endormie dans mes bras.

Son aveu me submerge de plaisir et d'inquiétude à la fois.

— Pourquoi ai-je l'impression que je devrais m'en excuser ?

— Parce que tu as choisi de rester là-bas et que tu ne dormiras pas avec moi ce soir.

— Ah...

La tension qui me serrait le ventre commence à s'apaiser. Chris serait triste que nous ne puissions dormir ensemble ce soir ?

— Je n'ai pas l'habitude que l'on ait ce genre d'emprise sur moi, poursuit-il d'une voix troublée. C'est un peu comme si j'étais sorti de mon propre corps.

Ayant moi-même fait taire ce besoin profondément ancré en moi de contrôler l'autre, j'ai encore du mal à admettre que je possède sur lui ce même pouvoir qu'il a sur moi. Ça me plaît en un sens, même si je suis quasi certaine que ça le perturbe.

— Il suffit que j'entende ta voix pour être touchée, admets-je, dans l'espoir de lui apporter la réassurance dont moi-même j'aurais besoin si je lui avais dit ce qu'il vient de me confesser. Voilà l'emprise que tu as sur moi.

— Bien.

Il lâche un soupir et je ressens presque physiquement le soulagement qui vient de le parcourir.

— Parce que ce serait nul d'être le seul à éprouver ça.

— Oui, réponds-je en souriant. Ce serait nul.

J'entends quelqu'un crier derrière lui. Il doit se trouver dehors, à la recherche d'un taxi.

— Ah, voilà mon taxi, confirme-t-il. Enfin, quelqu'un qui m'envoie une voiture. Je te rappelle plus tard. Et commande-toi un déjeuner au bureau, aujourd'hui. Je m'inquiète de te savoir dehors.

J'entends une voix, celle du chauffeur sans doute, qui questionne Chris sur son bagage, à quoi il répond avant de reporter son attention sur moi.

— Je suis sérieux, Sara. Fais-toi livrer sur place.

— Je ferai attention, je te le promets. Prends ton taxi et appelle-moi quand tu peux.

— « Je ferai attention », ce n'est pas la réponse que j'attends de toi, tu le sais bien.

D'autres voix résonnent en arrière-plan, et j'entends Chris marmonner un juron étouffé.

— Je dois y aller, mais nous n'en avons pas terminé avec cette conversation. Tu as parlé avec Jacob ?

— Il n'était pas là...

— Sara...

— Je vais bien.

— Justement, le but est de faire en sorte que cela perdure, réplique-t-il d'une voix frustrée. Je t'appelle dès que j'ai une pause, on confrontera ta définition de « faire attention » et la mienne.

Il raccroche avant que j'aie pu répondre. Encore un de ses trucs typiques pour contrôler son interlocuteur.

Je remise le portable dans un tiroir de mon bureau, me repassant la confession de Chris, ainsi que ses inquiétudes concernant ma sécurité. Ça me réchauffe le cœur. Et pas seulement le cœur. J'ignore pourquoi j'aime qu'il me donne des ordres, mais c'est bel et bien le cas. Chris Merit est mon adrénaline.

L'interphone bourdonne.

— J'ai un certain Jacob en ligne pour toi, annonce Amanda.

7

À peine ai-je raccroché d'avec Jacob que je reçois un mail de Mark, intitulé « Riptide ». Immédiatement, je me crispe. Ce message concerne la fameuse salle des ventes que possède sa famille, et il sait pertinemment combien je tiens à montrer que je suis capable de travailler pour *Riptide*. Il est aussi trop malin pour ne pas savoir que ma position actuelle me met mal à l'aise. Je clique donc sur le message avec anxiété.

Mademoiselle McMillan,

Une vente est prévue chez *Riptide* dans deux mois, je vous envoie en PJ une liste des articles proposés au public, ainsi qu'une estimation de leurs prix. Cela devrait vous donner une idée de la valeur qu'une œuvre d'art est susceptible d'acquérir en étant exposée chez *Riptide*. Et du même coup vous faire toucher du doigt notre objectif : pousser un client ou un artiste qui désirent vendre des pièces uniques de leurs collections à envisager *Riptide* comme l'endroit idéal et privilégié pour cela. De plus, le fait que notre galerie soit répertoriée comme point de vente améliore notre réputation et notre prestige, ce qui par voie de conséquence nous attire une clientèle plus huppée et des artistes plus en vue, désireux de montrer leurs œuvres chez nous.

Considérez ceci comme une invitation à rechercher des pièces qui conviendraient à la prochaine vente, et si vous y réussissez, vous serez invitée à assister à l'événement quand il aura lieu. Vous recevrez aussi une commission substantielle sur les transactions effectuées.

Cordialement,

Mister Boss

L'humour dont Mark fait preuve dans son mail en le signant « Mister Boss » ne contribue guère à calmer le malaise qu'a suscité la découverte de son message. Cet homme a décidément le chic pour éveiller des sentiments conflictuels en moi. Je respecte son professionnalisme, et je l'ai vu se comporter d'une façon protectrice envers moi ou ses autres employés, ce qui contraste avec l'homme dépeint dans le journal – puisque Chris affirme qu'il s'agit bien de lui. Je lève les yeux vers la peinture à l'huile accrochée au mur face à moi, des roses rouges et blanches commises par la brillante Georgia O'Nay, une pièce provenant de la collection personnelle de Mark et qu'il avait accrochée dans le bureau de Rebecca.

Le tableau me fait penser aux roses que le Maître de Rebecca lui avait envoyées, et aux paroles qu'elle a écrites après avoir reçu ce cadeau. Je me sens moi aussi prête à m'épanouir, prête à aller où il me conduira. Car j'ai bel et bien la sensation que Mark essaie de m'emmener quelque part, une pensée qui me raidit le dos. J'ignore s'il est l'homme du journal, mais je sais en revanche que je ne suis ni son esclave ni sa soumise et que je n'ai pas la moindre intention de le devenir. En revanche, je crains que ce ne soit dans cette direction qu'il souhaite m'entraîner. Cette proposition concernant *Riptide*, je sens qu'elle a un rapport avec Chris, puisque je refuse d'admettre qu'il me possède. Mark essaie de me posséder à son tour. J'ose enfin poursuivre mon rêve de faire carrière dans le domaine de l'art, et il utilise cela contre moi. Même si je peux décrocher un poste ailleurs, le salaire sera trop bas pour que j'envisage d'en vivre et d'abandonner l'enseignement, je le sais, et Mark le sait aussi. Je ne peux pas me voiler la face.

Tout se bouscule dans mon esprit, je contourne mon bureau et me dirige vers le couloir. Si je me laisse dominer par la peur de perdre mon rêve, cela signifie que Mark me contrôle. J'ai travaillé trop dur à faire que ma vie m'appartienne enfin pour accepter que cela se produise. Et bon Dieu, si ce rêve ne peut pas se réaliser, je vais devoir arrêter de me mentir. Car plus je m'obstine, plus dur sera mon retour à l'enseignement. Or je ne pourrai pas joindre les deux bouts sans les commissions de *Riptide*. Si c'était le cas, j'aurais fait le grand saut depuis longtemps.

Mes inquiétudes occupent le court trajet jusqu'à la porte de Mark, que je ne suis pas étonnée de trouver fermée. Ce n'est pas comme si ce type invitait à la chaleur et la fête. Alors que je m'apprête à frapper, une montée d'adrénaline interrompt mon geste, et cette fois ce n'est pas particulièrement motivant. Je suis paralysée par la nervosité et je déteste ça. C'est l'une de mes nombreuses faiblesses dont je suis plus que lasse. Serrant les dents pour résister à la peur que cette entrevue ne signe la fin de mon travail de rêve et de mon soi-disant acte de bravoure, je frappe. La voix grave de Mark m'intime d'entrer. Tout est injonction, avec lui.

J'ouvre et je fais un pas à l'intérieur, avant de refermer derrière moi, sans lui laisser le temps de m'inviter à entrer. Je dois donner l'impression de maîtriser la situation. Je me tourne vers lui et balaie des yeux le bureau de forme ovale ainsi que les œuvres spectaculaires qui m'entourent. Enfin, je m'autorise un regard vers l'homme assis derrière le bureau de verre massif. Un homme qui respire le pouvoir et le sexe en quantités explosives et que j'avais surnommé « le Roi » la première fois que je l'avais vu dans ce bureau. Difficile de ne pas le trouver impressionnant, mâle et extrêmement intimidant, difficile de ne pas être attirée par lui. Mais un sujet plus important retient mon attention. Je quitte Mark des yeux et les pose derrière lui sur la peinture qui recouvre tout un pan de mur, une immense représentation de Paris. Je me mords la lèvre inférieure à la vue des coups de pinceau délicats et familiers que je reconnais désormais comme la patte de Chris.

— Oui, c'est l'œuvre de Chris, confirme-t-il, répondant ainsi à ma question muette.

Mon regard et mon attention glissent sur son visage que j'essaie de déchiffrer. J'ignore ce qui s'est passé entre ces deux-là, mais il ne fait aucun doute que c'est d'autant plus douloureux qu'ils étaient jadis amis.

— Je l'avais deviné, réponds-je, n'ayant rien pu déceler dans l'expression soigneusement neutre qu'arbore son trop beau visage.

Il ne semble pas disposé à en dévoiler plus.

— Je suis surprise, d'ailleurs. Vous n'avez plus l'air si proches que ça, aujourd'hui.

— L'argent...

Mes sourcils se froncent avant que je puisse maîtriser ma réaction spontanée, à savoir prendre la défense de l'homme auquel j'appartiens.

— Chris ne semble pas motivé par l'argent !

Mark me retourne un regard neutre, toutefois teinté d'une pointe d'irritation. Enfin, je crois.

— Que puis-je faire pour vous, mademoiselle McMillan ? s'enquiert-il, manière de changer de sujet.

On dirait qu'il n'est pas ravi de me voir monter au créneau pour Chris. Ce qui me sert en tout cas de piqûre de rappel : je suis prise entre deux feux, avec ces deux-là, ce qui ravive ma résolution d'obtenir les réponses que je suis venue chercher.

Sans attendre qu'il m'offre un siège, je m'avance, remerciant le ciel que mes pieds ne s'emmêlent pas cette fois, et je m'enfonce dans le cuir luxueux de l'un des deux fauteuils placés face à son bureau.

— Je souhaite m'entretenir avec vous de *Riptide*.

Il se carre dans son siège, posant les coudes sur les bras du fauteuil et joignant le bout de ses doigts.

— À quel sujet ?

— Vous m'aviez dit que je n'étais pas prête pour ça. Pourquoi le serais-je soudain ?

Son expression reste impassible. S'il se sent sur le gril, il n'en montre rien.

— Il n'y a rien de soudain là-dedans.

— Vous affirmiez pourtant que je devais étudier l'œnologie, l'opéra et la musique classique.

— Je vous ai dit, corrige-t-il lentement, que je mettais votre motivation à l'épreuve. D'ailleurs, je souhaite toujours que vous appreniez ces choses-là. Je pensais que ça vous plairait. À moins que… vous n'ayez pas l'intention de rester ici après la fin de l'été ?

— On ne m'a pas proposé d'autre poste que celui de remplaçante de Rebecca.

Au moment où je formule ce commentaire, une idée me traverse l'esprit et j'ajoute, parvenant tout juste à contenir l'urgence qui doit percer dans ma voix :

— A-t-elle démissionné ?

Me le dirait-il, si c'était le cas ? Ou s'imaginerait-il que je ferais moins d'efforts pour mériter ma place, si je m'estimais dans une position moins instable ?

— Je n'ai pas de nouvelles de Rebecca depuis des semaines, m'informe-t-il. Si elle décide de revenir, je lui trouverai de l'occupation, mais je ne peux gérer une affaire en laissant une employée absentéiste me dicter mes mouvements.

J'étudie son visage, en quête encore une fois d'une expression quelconque, d'une once d'inconfort par exemple, d'une trace de mensonge, mais rien. Je ne crois pas en effet qu'il ait eu de nouvelles de Rebecca.

— Vous attendiez son retour, ou du moins un message sous une forme ou une autre ?

— Oui, répond-il sans la moindre hésitation.

— Vous êtes inquiet pour elle ?

— Mécontent, plutôt.

Le ton sur lequel il a parlé en dit long sur son état d'esprit. Il n'est pas inquiet pour elle, il est furieux qu'elle lui ait désobéi. En cet instant, je suis convaincue qu'il est l'homme du journal, et qu'il a perdu sa soumise passée sous la coupe d'un autre homme. Je crois même qu'il la punirait volontiers, à son retour, pour lui faire payer son comportement. Assurément, disparaître est considéré comme un comportement méritant une punition.

— Vous prétendez ne pas pouvoir fonctionner sans elle, et pourtant vous ne m'avez toujours pas offert un poste à plein-temps.

Je le teste, j'essaie de voir s'il montre des signes laissant supposer qu'il lui aurait parlé ou qu'il sait quand elle doit rentrer.

— Parce que je ne fais aucune offre dont je pense qu'elle sera déclinée. Chris a bien dû proposer de vous trouver un autre travail, et pourtant vous êtes toujours là. J'en déduis que c'est parce que vous refusez d'être contrôlée. Cependant, j'ai cru comprendre que vous appréciez la sécurité que les commissions cédées par *Riptide* pourraient vous procurer. Autre preuve que vous êtes obsédée par la maîtrise de votre propre train de vie. En conséquence de quoi je ne fais que vous donner ce que vous voulez.

— Un pion, voilà plutôt ce que je suis. Tout ce qui vous importe, c'est de me donner quelque chose que Chris ne pourra pas me donner.

De fait, il n'a jamais été question de mon talent. Le coup est dur, à la fois pour mon ego et mes projets d'avenir. Je ne peux pas abandonner l'enseignement au profit d'une carrière qui n'existe qu'à l'aune de leur petit jeu de pouvoir. Je me sens soudain suffisamment en colère pour lui dire ma façon de penser sans l'aide d'un verre de vin.

— C'est la poursuite de votre interminable combat de coqs, pas vrai ?

Il se penche en avant, le regard sombre, le gris argent de ses pupilles virant au gris foncé.

— C'est à cause de vous. Car je vous veux, mademoiselle McMillan. Or j'ai pour habitude d'essayer d'obtenir ce que je veux.

Génial. Il veut coucher avec moi. Parce qu'il sait que Chris le fait. Et parce qu'il perçoit chez moi le genre de faiblesse qui attire les hommes comme lui. Dans un coin de ma tête, une petite voix me nargue : « Et comme Chris », mais je la fais taire. Chris n'est pas Mark. Loin s'en faut.

— Arrêtez, mademoiselle McMillan.

La dureté avec laquelle il a prononcé son ordre me fait brusquement lever les yeux vers lui.

— Que j'arrête quoi ?

— De douter de vous, parce que cela vous conduit aussi à douter de moi. Vous nous conduisez droit à l'échec, or je n'échoue pas. Vous devez décider que vous n'échouerez pas, sinon c'est effectivement ce qui vous arrivera. Et dans ce cas, toute discussion au sujet de *Riptide* ou du poste que je pourrais vous proposer n'est qu'une perte de temps, le vôtre comme le mien.

La goulée d'air que je viens d'avaler me glace les poumons. Je n'en reviens pas que cet homme, que j'ai comparé à d'autres que je croyais ses semblables, vienne juste de me mettre au défi de croire en moi, au lieu de me pousser au fond de mon trou. Je ne sais quoi faire de cette nouvelle information. Comment la relier à un homme, un Maître, qui aime soumettre les femmes ? Il ne les force pas, voilà l'unique réponse logique. Elles choisissent de se donner à lui librement, comme moi avec Chris.

— Choisissez le succès, reprend-il.

J'écarquille les yeux en entendant le mot précis qu'il semble avoir lu directement dans ma tête.

— C'est ce que je fais.

— Alors, cessez de remettre en question les raisons pour lesquelles vous travaillez ici. Je vous ai engagée car je vous ai vue sur les vidéos avec les deux clients le soir de l'exposition Alvarez. Vous avez montré votre connaissance de l'art et vous les avez persuadés d'acheter, alors que vous ne travailliez même pas encore ici. Vous leur avez vendu ces toiles, et vous m'avez conquis. Depuis, vous continuez. Votre promotion est due à vos performances. Rien d'autre, et je dis bien « rien », n'entre en ligne de compte. Me suis-je bien fait comprendre ?

— Oui, merci.

— Remerciez-moi en continuant à conclure des ventes, notamment avec un bon ami à moi, qui doit venir un peu plus tard dans la matinée. Il a les poches pleines, et j'attends de vous que vous les lui vidiez.

Malgré moi, un sourire se dessine sur mon visage.

— Je ferai de mon mieux.

Ses compliments me ravissent, et l'effet euphorisant que son approbation a sur moi m'effraie, mais je me suis suffisamment remise en question ces dernières années pour savoir qu'il s'agit plus d'un problème lié à moi qu'à lui, de la séquelle d'un passé en compagnie d'hommes puissants que je n'ai pas tout à fait digéré, malgré mes efforts.

— J'ai organisé un rendez-vous avec Alvarez pour demain soir.

— Nous avons un événement ici à la galerie, demain soir.

Bizarrement, je n'entends pas dans sa réponse le plaisir que je m'attendais à lui voir manifester en faisant cette annonce.

— Je pense vraiment être en mesure de le convaincre d'accepter l'exposition privée dont rêve notre client, ce qui l'amènerait à nous confier davantage de ses œuvres.

Il se cale dans son siège et joint de nouveau les doigts.

— Vous souvenez-vous de ce que je vous ai dit au sujet d'Alvarez ?

— Que si j'obtenais ce rendez-vous, je vous impressionnerais. Et je crois savoir que c'est parce qu'il a retiré ses œuvres quand Rebecca est partie. Allez-vous me dire pourquoi il a agi de la sorte ?

— Il voulait obtenir ses coordonnées après son départ, mais j'ai répondu que je ne les avais pas et que même si ça avait été le cas, il aurait été illégal de les lui donner. Il n'était pas très content. Il aime bien obtenir ce qu'il souhaite, ce qui me ramène à… que vous ai-je dit d'autre à propos d'Alvarez ?

Je repasse la fameuse conversation dans ma tête. « On ne supplie pas et vous ne vous laissez pas manipuler. Point barre. Terminé. Ces artistes savent que je ne tolère pas ce genre de conneries, et tant qu'ils croient que je vous possède, ils penseront que vous non plus. Donc quand je dis que je vous possède, Sara, c'est que je vous possède vraiment. »

Posséder. Mark aime un peu trop ce mot. Cela dit, au vu de ce que j'ai appris sur lui en tant que patron, je commence à croire qu'il a un sens assez étrange de la propriété, qui se rapproche plutôt de la protection. Quand il vous possède, il est responsable de votre bien-être. Je n'ai pas l'intention de tout avaler venant de lui, mais je songe à la façon dont il a insisté pour qu'employés et clients rentrent en taxi à ses frais, après une soirée dégustation de vins à la galerie. Je crois vraiment qu'il fonctionne ainsi.

— Nous ne le supplions pas de nous confier ses œuvres et il ne nous possède pas.

Il hausse un sourcil, mais grâce au ciel, avant qu'il puisse m'entraîner dans l'un de ses jeux d'esprit qui risque de me tournebouler la tête, l'interphone retentit sur son bureau. S'il appuie rageusement sur le bouton, il ne répond pas sur-le-champ, cependant. Son regard d'acier reste fixé sur moi. Une nouvelle poussée d'adrénaline me gonfle les veines et je m'enfonce les doigts dans les cuisses. Je ne sais jamais à quoi m'attendre, avec lui, hormis une sorte d'inconfort très addictif, dont je suis consciente qu'il provient du dysfonctionnement que j'ai laissé s'installer en moi.

Sans me libérer de son minutieux examen, il presse enfin le bouton du téléphone.

— Ryan Kilmer est ici, annonce Amanda. Il dit qu'il a rendez-vous.

— Nous venons l'accueillir, répond Mark, avant de relâcher l'interrupteur et d'abaisser brièvement les paupières, mettant fin à notre contact visuel. C'est mon ami et notre nouveau client, mademoiselle McMillan. Dépêchez-vous d'aller l'accueillir à la réception.

Il m'a congédiée, et pourtant je ne bouge pas. Cette conversation sur mon poste m'a fait réfléchir à la décision qui m'attend. Avant de changer d'avis, je lance :

— J'ai deux semaines pour démissionner de mon poste d'enseignante, afin de leur laisser le temps de me remplacer pour la rentrée. Votre offre doit me parvenir avant ce délai, ainsi que l'assurance pour moi de revenus substantiels. Si ça vous semble irréalisable, je souhaiterais le savoir maintenant.

— Ça peut arriver très bientôt, si vous vous autorisez à faire le saut.

— Ce n'est pas une réponse.

Au fond, à quoi m'attendais-je d'autre ? Les hommes du style de Mark ne se laissent pas acculer ou imposer un délai, or c'est précisément ce que je viens de faire.

— Eh bien, disons plutôt que ce n'est pas la réponse que vous attendiez.

— OK. Et quand pensez-vous me donner la réponse que j'attends ?

— Je vous ai donné la réponse que vous aviez besoin d'entendre, pas celle qui vous facilite la vie. La facilité n'est pas la meilleure solution.

Ce genre de petit jeu ne passe pas. Je me lève.

— Je ferais mieux d'aller accueillir mon client, annoncé-je.

Sur ce, je tourne les talons et me dirige vers la porte en me demandant combien de fois je vais me repasser son « Ça peut arriver très bientôt, si vous vous autorisez à faire le saut », l'analyser et le tordre dans tous les sens afin d'en comprendre la signification profonde.

— Mademoiselle McMillan.

Je m'immobilise mais ne me retourne pas, frustrée qu'il ait mis fin à notre conversation alors que je suis à cran et lui en pleine maîtrise de ses moyens.

— Je cherche toujours à obtenir ce que je veux, mais je respecte certaines limites. Dites-moi que vous lui appartenez et je me retirerai du jeu.

Pas d'entre-deux, Chris et lui m'ont prévenue, et pourtant je n'arrive pas à me forcer à lui avouer que j'appartiens à Chris, comme si j'étais sa propriété. Je ferme les yeux tandis que les paroles de Chris me reviennent en mémoire : « Je veux qu'il sache que tu es à moi. » C'est la même chose que l'appartenance, pourtant ça ne m'a pas fait le même effet quand on se contentait d'en parler, d'autant que Chris venait lui aussi de se déclarer à moi. Ça a marqué un tournant dans notre relation, un engagement qui a fait évoluer la dynamique entre nous et les attentes que nous avions l'un vis-à-vis de l'autre. *Ne laisse pas tes vieux démons vous détruire, Chris et toi. Pense à quel point tu te sentirais trahie si Chris ne clarifiait pas votre relation dans une situation similaire.*

Je me retourne enfin et m'assure que Mark perçoit la sincérité de mes paroles.

— Je suis avec Chris, et en termes d'appartenance, lui ou quiconque n'obtiendra pas davantage de moi.

Sur quoi je sors de la pièce sans lui donner le temps de répliquer, plutôt fière de moi. Car ce qu'il adviendra de mon poste à la galerie sera dû à mes seules qualités professionnelles, j'en ai désormais la certitude. Et je n'ai pas laissé le passé influer sur ma relation avec Chris. Du moins pas cette fois.

8

Ryan Kilmer incarne à la perfection l'image du grand et ténébreux play-boy, jusqu'à son costume marron clair, en harmonie presque parfaite avec la couleur de ses yeux.

— Vous êtes donc la remplaçante de Rebecca, dit-il en guise de présentations, retenant un peu trop longtemps ma main dans la sienne.

— J'ignorais que j'étais embauchée comme « remplaçante », réponds-je quand enfin il me relâche. Plutôt en renfort.

— Ah oui, fait-il.

Je perçois une légère tension dans sa voix, je me demande ce qu'elle signifie.

— Du renfort. Eh bien, j'espère que vous resterez assez longtemps pour renforcer mes besoins.

Je refuse de lire un sous-entendu dans son commentaire, mais il est l'ami de Mark, alors forcément je me demande s'il est aussi l'autre homme du journal.

— Vous avez un projet nécessitant le soutien de la galerie ? demandé-je, prenant garde de bien choisir mes mots.

— Je suis investisseur immobilier et impliqué dans la construction d'un gratte-ciel, à deux pas d'ici. Nous avons l'intention de décorer l'entrée et quelques pièces témoins, afin d'y organiser des visites. Nous souhaitons attirer un public aisé, qu'il faut impressionner. Pour tout vous dire, Rebecca s'était occupée d'une autre propriété dont j'avais fait l'acquisition, il y a quelques mois de cela. (Il me tend un dossier.) Je vous ai apporté des photos de son travail, ainsi que les plans et des clichés des locaux sur lesquels je souhaiterais vous voir travailler. J'aimerais que vous veniez visiter la propriété dès que possible.

— Bien sûr. J'adorerais la découvrir. Si vous voulez bien m'accompagner dans mon bureau...

— Avec plaisir.

Je passe l'heure qui suit à découvrir le travail que Rebecca a effectué dans le passé pour Ryan, et découvre ce qu'il recherche pour le futur. Évidemment, je ne suis pas aveugle : cet homme est séduisant, mais contrairement à Mark, sa nature enjouée et son sens de l'humour sont contagieux et il me met à l'aise. Difficile de l'imaginer en ami proche de mon patron, enfin bon, peut-être justement que leurs différences les rapprochent. Contrairement à Mark et à Chris, qui sont trop semblables, trop en compétition pour le pouvoir.

— J'ai hâte de voir la propriété, dis-je en refermant le dossier.

Ainsi que le budget extravagant qui va me permettre d'installer des œuvres incroyables dans cet immeuble. Et puis soudain je repense à Mark et Chris et à ce qui a bien pu causer la rupture de leur amitié.

— ... et le mobilier doit être livré la semaine prochaine.

Je cligne les paupières. Apparemment, j'ai raté une partie de la phrase de Ryan.

— Ah oui, ce sera utile. Ainsi je saurai avec quoi je dois composer.

— Je suis sûr que la décoratrice va vouloir mettre son grain de sel, ajoute-t-il. Mais elle a travaillé avec Rebecca et elle comprend que notre but est d'impressionner les visiteurs, avec des œuvres d'art tout autant qu'avec son travail sur le design.

Je n'ai jamais travaillé avec une décoratrice, c'est un peu intimidant. Je me demande si Rebecca avait de l'expérience en la matière avant son poste à la galerie. Je prends conscience que je ne sais rien d'elle avant son arrivée ici. Comment ai-je pu rater un indice aussi important et potentiellement décisif dans mes recherches ?

— Pour l'instant, reprend Ryan, vous pouvez commencer à réunir des idées. La taille des pièces à aménager requerra peut-être des achats extérieurs à la galerie, et je me suis dit que vous auriez besoin de temps pour la coordination du projet.

Il se lève et je le suis pour le raccompagner jusqu'à l'entrée, mais il sourit à Amanda et s'arrête devant son comptoir d'accueil.

Tous les deux engagent une petite conversation anodine et mon instinct de mère et de professeur me souffle qu'il flirte avec elle. Cet homme est un proche de Mark et probablement membre de son club, et Amanda une jeune étudiante de dix ans sa cadette. Je reste auprès d'eux, incapable d'abandonner cette dernière. Une fois qu'il a fini de jouer les jolis cœurs, je le conduis jusqu'à la porte.

En revenant, je fais une petite halte à l'accueil pour discuter avec Amanda.

— Il est très sexy, s'extasie-t-elle, rayonnante qu'il lui ait accordé son attention. Et jamais auparavant il ne s'était arrêté pour me parler comme ça.

— Il est trop vieux pour vous, lui fais-je remarquer.

— Pas du tout ! s'insurge-t-elle. Un homme plus âgé, c'est sexy.

Encore ce mot !

— Et autoritaire, lui assuré-je.

Elle m'offre un large sourire.

— Il peut jouer l'autorité avec moi quand il veut. Contrairement à Mister Boss, ajoute-t-elle à voix basse. Lui, il m'excite tout en m'agaçant – c'est l'effet qu'il produit sur toute la gent féminine, d'ailleurs. Ryan, lui, ne m'effraie pas. Rien d'étonnant à ce que Rebecca l'ait autant apprécié.

— Il est aimable.

Je dois bien l'admettre, cependant je repense aussi à la façon dont Rebecca voyait cet autre homme de son journal, à savoir comme un intrus dans sa relation avec Mark. Je ne peux m'empêcher de penser qu'il s'agissait de Ryan. Je comprends à présent pourquoi Mark le choisirait pour un ménage à trois : il ne risque pas de menacer son rôle de roi.

— Mais... ? fait Amanda, surprise que je n'ajoute rien.

— Mais souvenez-vous que parfois les plus aimables sont ceux qui ont les secrets les plus sombres.

Me rendant compte un peu tard que je m'engage sur un terrain dangereux, je préfère éluder.

— Mary est là ?

— Elle est toujours malade, m'annonce Amanda. Vous êtes toute seule aujourd'hui.

Quelques secondes après, je suis installée à mon bureau quand mon portable vibre dans le tiroir. Nouveau message. Je sors l'appareil de sa cachette et découvre que le SMS date en fait d'il y a un moment. Il représente Chris en compagnie d'un jeune adolescent, dont je devine qu'il s'agit de son petit protégé atteint de leucémie. L'enfant semble heureux, quoique très mince et pâle. Et même si Chris arbore un large sourire, je distingue la tristesse logée dans la profondeur de ses pupilles. Ça le tue, de se tenir aux côtés de cet enfant, tout en sachant qu'il n'a aucune chance d'en réchapper.

Chris est un homme plein de surprises, sa personnalité se compose de nombreuses strates dont certaines ne sont connues de personne.

Tu es incroyable.

Il me répond dans l'instant : Tu auras l'occasion de me prouver que tu le penses vraiment la prochaine fois qu'on se verra.

En souriant, je poursuis l'échange de SMS : Comment ?

À quoi il répond : Utilise ton imagination.

Il y a peu, il m'a accusée d'avoir peur de son imagination. C'est faux.

Je continue : Peut-être ai-je besoin que tu me tires le portrait à nouveau.

Il m'envoie : Oui, peut-être.

J'ai toujours le même sourire bête aux lèvres quand notre échange prend fin et que je commence à passer en revue ma liste de possibilités pour le déjeuner. Malheureusement, mon esprit revient sans cesse à la relation entre Chris et Mark. C'est frustrant. Tous deux étaient des adeptes du contrôle à tout prix. Tous deux avaient des activités au club. Et si leur dispute venait d'une tentative de se partager une femme qui aurait mal tourné ? Cette idée me tord le ventre pour toutes sortes de raisons, et je préfère la repousser. Non. Ce n'est pas ça. Car cela signifierait que Chris m'a menti sur ses goûts en matière sexuelle. Enfin, je crois... Il m'a avoué ses préférences. Mais a-t-il pour autant prétendu n'avoir jamais exploré d'autres pistes ? S'il ne m'a pas menti, est-il possible qu'il ne m'ait pas révélé toute la vérité ? Je déglutis avec peine. Qui suis-je, après tout, pour juger où doivent se placer les limites ? Je n'ai pas été complètement honnête avec Chris, et j'ignore même si je suis en mesure de l'être. Pas sans nous détruire, en tout cas.

Ma journée touche à sa fin peu avant 19 heures et je suis sur le point de rassembler mes affaires pour partir.

— Prête à filer d'ici ? me demande Ralph depuis la porte. Je vous raccompagne à vos voitures respectives, Amanda et vous.

Je n'ai pas la moindre envie de regagner ma voiture – ou plutôt celle de Chris – seule, mais encore moins l'énergie de répondre aux questions qui ne manqueraient pas de m'assaillir si mes deux collègues découvraient que je conduis la 911. Vu les complications que cela entraîne, je regrette de l'avoir prise. De toute façon, le parking est équipé de caméras de vidéosurveillance, et puis Mark est encore dans les locaux.

— Partez sans moi, j'ai encore deux ou trois bricoles à voir avec Mister Boss.

Amanda apparaît dans l'embrasure.

— C'est censé être calme, le mardi, d'où la présence d'un personnel en nombre réduit, mais aujourd'hui, c'était de la folie ! Qu'est-ce que vous avez fait pour attirer autant de clients ? Ils demandaient tous après vous.

— Mark m'a fourni une liste de prospects à joindre. Il faut croire que mes appels ont porté leurs fruits. Malheureusement, aucun d'entre eux n'a acheté quoi que ce soit. J'ai bon espoir que certains reviennent, cela dit.

Je continue à discuter avec eux quelques minutes, puis ils finissent par partir. De mon côté, je suis plus que prête à les imiter. Le rapide repas chinois que j'ai avalé froid, entre deux clients, est oublié depuis longtemps, et ma nuit blanche m'a épuisée.

— Qu'est-ce que vous devez voir avec moi, exactement ?

Je lève les yeux et découvre Mark dans l'encadrement de la porte, le cheveu ébouriffé et la cravate desserrée. Aujourd'hui, il a eu un rendez-vous qui a duré des heures, avec plusieurs personnes, et il semble étrangement harassé.

— La liste des prospects, réponds-je. J'espérais que vous pourriez m'indiquer lesquels possèdent des pièces susceptibles d'intéresser *Riptide* afin que je puisse les contacter demain.

— Je vous ai envoyé cette liste par mail en début d'après-midi.

— Ah, euh... J'aurais dû consulter mes mails. J'ai été assaillie de monde aujourd'hui.

— Et pourtant nous n'avons fait aucune vente.

Mon dos se raidit et je suis aussitôt renvoyée à mon passé, quand mon père et, oui, Michael s'empressaient de m'enfoncer à la moindre anicroche. La colère monte, mais elle n'est pas dirigée contre Mark. Je croyais pourtant en avoir fini avec tout ça. Manifestement ce n'est pas le cas. « Choisissez le succès », m'a-t-il dit. Et pourtant il est là, à essayer de me faire admettre un échec qui n'existe pas ? La colère change de couleur et d'objet, elle vire à l'intérieur de moi. Peu importe l'issue, je ne vais pas m'aplatir devant Mark comme je l'ai fait par le passé.

— Vous savez, commencé-je, fière de la force de ma voix, de la fermeté de mon regard, si vous voulez m'inciter à *choisir le succès*, partir du principe que j'ai échoué ne risque pas de m'aider. On n'a peut-être pas conclu de ventes aujourd'hui, mais j'ai plusieurs clients qui, je pense, vont acheter, et bien acheter.

Sa lèvre frémit.

— Je suis content de voir que vous êtes suffisamment sûre de vous pour me remettre à ma place.

J'écarquille les yeux. Je viens vraiment de remettre Mark Compton à sa place ? Et il m'aurait laissé faire ? Il semble même plutôt amusé – alors que je le crois incapable d'un sentiment proche d'un quelconque amusement ? Je sens mes doutes habituels m'envahir, que j'essaie d'étouffer en me répétant qu'il ne paraît pas vexé. Mais rien n'y fait, je suis obligée de me justifier.

— J'essaie juste… de vous montrer que je n'aime pas l'échec non plus.

— Et j'apprécie.

Ses paroles et la lueur que je perçois dans ses yeux font naître un frisson de plaisir à travers tout mon corps. Plaire à Mark me fait plaisir, et ça n'a rien de sexuel. Non. Chris jouit de cette partie-là de moi, avec une force telle qu'il n'y a plus de place pour personne d'autre. C'est le pouvoir qui transpire de Mark, ainsi que sa position d'autorité qui m'impressionnent. Soudain, le plaisir se dissout et disparaît au rappel inconfortable de l'influence que mon passé exerce encore sur moi ; car si j'ai osé me rebeller face à Mark, je n'ai pas soutenu l'affrontement, et encore moins gagné la bataille contre mes démons.

— Vous avez l'air fatiguée, me fait-il remarquer. Je suis dans le même état que vous, cela dit. Je peux vous raccompagner jusqu'à votre voiture ?

— J'ai « l'air fatiguée », répété-je. Votre don pour la flatterie vous mènera loin, Mister Boss.

— Ah, ronronne-t-il d'une voix grave. Si seulement c'était aussi facile.

La chaleur qui émane à présent de son regard me fait attraper mon sac et mon attaché-case à la hâte. Je déglutis avec peine et les mots – bon sang, que ne tourné-je ma langue cent fois dans ma bouche ? – s'échappent presque malgré moi :

— J'ai l'impression que les choses faciles ne retiennent pas votre intérêt.

Et merde ! Je rêve ou est-ce que je viens de le défier ? Je n'en avais pas l'intention, pourtant. Je lève les yeux vers lui.

— Non que je…

Un rire profond et rauque comme sa voix monte de sa gorge.

— Détendez-vous, mademoiselle McMillan. Je sais que vous n'avez pas voulu me lancer un défi. Cela dit, si vous avez changé d'avis et que vous penchez désormais dans mon sens, je serais ravi de le relever. (Il sort ses clés de sa poche.) Allons-nous-en d'ici. Je suis d'avis que nous avons tous deux passé une nuit bien trop agitée pour affronter une journée aussi dure.

Non, songé-je en me levant, ressentant déjà l'absence de Chris dans son propre appartement. *La mienne a été trop courte, si l'on considère que Chris va être absent encore plusieurs jours.*

Nous quittons la galerie et gagnons le parking faiblement éclairé par un lampadaire qui illumine l'arrière du bâtiment. Nos deux voitures sont les seules encore garées là, ce qui signifie, en procédant par élimination, que la Jaguar cabriolet est celle de Mark.

— Il veille à ce que l'on remarque votre relation, à ce que je vois, constate sèchement mon patron en jetant un coup d'œil en direction de la 911.

— Il déteste ma Ford Focus, c'est tout.

Mark fronce les sourcils, sévère.

— Ne vous habituez pas trop à ce qu'il vous offre, ou vous risquez de ne plus avoir envie de le gagner par vous-même. Ce qui poserait un problème pour vous et moi, mademoiselle McMillan. À demain.

Il m'a éconduite, et pourtant il ne s'éloigne pas. Je finis par comprendre qu'il attend de me voir monter en voiture. Il a touché une corde sensible et je croise son regard. J'hésite une seconde à laisser tomber, mais non.

— Je suis issue d'un milieu aisé, Mark. J'ai eu de l'argent, beaucoup, et je pourrais en avoir à nouveau si je me pliais à ce que l'on attend de moi. Alors, voyez-vous, Chris ne peut pas m'habituer à quoi que ce soit que je ne connaisse pas déjà et dont je ne sois pas encline à me tenir éloignée. Je veux vivre par mes propres moyens. Et...

Mon hésitation provoque chez lui un haussement de sourcils, et je me rends compte que je n'ai pas envie de lui en révéler plus. Je n'en ai pas besoin. Ça ne le regarde pas.

— Et bonne nuit.

Je grimpe dans la voiture sans lui laisser une autre chance de parler, débarrassée de mes regrets d'avoir pris la Porsche. Je ne veux pas cacher ma relation avec Chris, ni m'excuser ou trouver des prétextes pour expliquer que je conduis sa voiture. C'est ma vie et j'ai bien l'intention de la vivre.

En m'engageant sur la route, je ressens de nouveau une poussée d'adrénaline, et je suis fière de l'avoir provoquée par mes actes. Mes pensées vont à Rebecca et à la façon dont elle utilisait l'homme de son journal pour susciter en elle-même de telles poussées, à la probabilité qu'un autre homme que Chris ait pu susciter ça chez moi. Mon désir de la retrouver et de vérifier qu'elle est bien engagée sur le chemin de ses rêves, qu'elle est en sécurité et heureuse, devient plus puissant que jamais.

La 911 est un vrai plaisir à conduire, un luxe qui m'est familier depuis l'enfance, vu les préférences de mon père pour cette voiture, mais je n'étais pas montée dans un modèle de cette gamme depuis des années et n'en avais surtout jamais conduit. La facilité avec laquelle Chris m'en a confié les clefs en dit beaucoup plus long qu'il ne le croit. J'ai déjà eu une jolie voiture en ma possession – mon père n'aurait pas supporté que sa fille lui fasse honte en se promenant dans une Ford Focus comme celle que je possède à présent –, je conduisais même une sage petite Audi au lycée et à l'université, changée tous les deux ans bien sûr. J'avais adoré la première, mais détesté les deux suivantes, ayant commencé à percevoir ce qui se cachait derrière le voile de ma vie et de celle de ma mère. Il n'y a plus de voile, à présent. Je suis seule et au volant d'une Porsche 911.

J'esquisse un sourire et appuie sur la pédale d'accélérateur, histoire de m'offrir une pointe de vitesse le temps d'un demi-pâté de maisons. Sitôt que je relève le pied, le véhicule continue d'avancer avec fluidité. La tranquillité retrouvée après mon accélération me rappelle les changements extrêmes que j'ai remarqués et vécus dans les humeurs de Chris. Décidément, cette voiture lui va comme un gant. Je me demande si j'ai réellement su voir ce qui, sous la surface, provoque ces hauts et ces bas. Et lui, que penserait-il, s'il savait ce qui se cache sous ma surface, à moi ?

Je décide de dévier le cours de mes pensées et me gare devant le luxueux gratte-ciel qu'habite Chris, à quelques rues seulement de la galerie. Rich, le portier, vient m'ouvrir la portière et m'accueille poliment.

— Bonsoir, mademoiselle McMillan.

En lui tendant mes clefs, je me souviens de la plaisanterie de Chris, la dernière fois : « N'allez pas faire le fou au volant, hein, Rich ! »

— Je n'ai pas conduit comme une folle, lui dis-je en souriant. Enfin, presque pas.

Il me rend mon sourire.

— Ça restera entre nous.

— Merci.

Je glisse la bandoulière de mon attaché-case sur mon épaule et le salue avant de me diriger vers l'entrée du bâtiment, où je trouve Jacob derrière le comptoir d'accueil.

— Mademoiselle McMillan, dit-il en hochant la tête quand je m'arrête près de lui, je déduis de votre silence que votre journée s'est passée sans encombre, depuis notre conversation téléphonique de ce matin.

— Exact. Vous savez, pour ce matin, je ne voulais pas risquer de vous déranger si vous n'étiez pas en service.

— Je suis toujours en service, m'informe-t-il. Je vis sur site et j'ai expressément promis à Chris de veiller sur vous. Il n'est pas du genre à demander des traitements de faveur, mademoiselle McMillan. Il l'a fait pour vous et je n'ai pas l'intention de le décevoir. Je veille sur vous, mais j'ai aussi besoin que vous communiquiez avec moi. Si vous sortez, merci de m'en informer.

Je revois comme dans un flash-back les nombreuses années durant lesquelles ma mère et moi n'allions nulle part sans un agent de sécurité dont nous n'avions nullement besoin. Je ne le comprenais pas, j'étais trop jeune. Ce n'est qu'une fois à l'université que j'ai enfin quitté mes lunettes roses. Je me suis alors rendu compte que nous étions confinées tels des animaux, les animaux de compagnie que mon père contrôlait, mais ne protégeait pas. Il se contentait de nous cacher les autres vies qu'il menait et les nombreuses femmes avec qui ma mère faisait mine de ne pas le partager.

— Mademoiselle McMillan ?

Je relève les yeux.

— Oui, murmuré-je. Merci, Jacob.

Même s'il vient de briser le fil de mes souvenirs, je lui suis vraiment reconnaissante de son attention. Contrairement à ce que pourraient laisser supposer mes actions de la nuit précédente, je n'ai pas pour habitude de me comporter de façon stupide, quoi qu'en dise mon père. Il y avait bien quelqu'un avec moi dans le box hier soir. Ce n'étaient peut-être que des adolescents désœuvrés, mais peut-être pas. Quoi qu'il en soit, ajouté aux craintes que je nourris concernant Rebecca, je ne suis pas sûre d'avoir digéré la frayeur de la veille.

Il étrécit les yeux, dans lesquels je perçois une lueur compatissante.

— Peu importe l'heure, du jour ou de la nuit, appelez-moi si besoin. Il n'y a pas de raison trop bénigne. Mieux vaut prévenir…

— … que guérir, oui, je sais. Je vous appellerai en cas de besoin, promis.

Quelques minutes plus tard, je sors de l'ascenseur et pénètre directement dans l'appartement de Chris, où m'accueille la magnifique vue sur les immeubles de la ville. L'épuisement me gagnant, je me dirige vers la chambre et m'arrête dans l'embrasure de la porte pour fixer des yeux l'immense lit défait.

« Bébé, les façons dont je vais te baiser sont trop nombreuses pour qu'on les dénombre, mais pas ce soir. Ce soir, je vais te faire l'amour. »

Et il l'a fait. J'ignore si cela signifie qu'il est en train de tomber amoureux de moi, en tout cas, pour moi c'est fait. Oui, je suis déjà amoureuse de lui.

J'humecte mes lèvres soudain desséchées et me débarrasse de mes chaussures, avant de me rendre à la salle de bains. Là, je tombe sur le tee-shirt de Chris, celui que j'ai gardé pour dormir. Je me déshabille pour passer le vêtement, que je hume avec délice. L'odeur de Chris est comme un coin de paradis. Je gagne ensuite la cuisine, que je prends le temps d'explorer, ravie d'y découvrir une boîte de macaronis au fromage : voilà qui fera un parfait dîner. Sitôt que ce dernier est prêt, je me laisse aller à ma curiosité, qui me conduit devant la porte de l'atelier de Chris. Mon dîner dans une main, mon téléphone et mon ordinateur portable dans l'autre.

Une fois la lumière allumée, je ne vois plus le superbe panorama sur la ville qui m'entoure. Ne reste plus que le rouleau de Scotch abandonné aux pieds du tabouret. Si je ferme les yeux, je peux quasiment me retrouver assise sur ce siège, avec la bouche et les mains de Chris partout sur mon corps. J'installe mes petites affaires au sol près du mur avec l'intention de me mettre à l'aise, pourtant je ne m'assieds pas. En cet instant enfin, je m'autorise à penser à ce qui est revenu hanter mes pensées plusieurs fois au cours de la journée, mais que j'ai repoussé : la peinture.

Lentement, je m'avance, le cœur battant de plus en plus vite au fur et à mesure que j'approche du portrait que Chris a fait de moi, pieds et poings liés. Il se trouve au milieu de l'atelier, et sitôt que je le discerne, ma bouche et ma gorge s'assèchent, tandis qu'une intense chaleur me consume le bas-ventre. L'image est en noir et blanc, un style qu'il affectionne, bien avancée et plutôt détaillée, trop pour n'être qu'une ébauche. Il y travaille donc depuis un moment, il l'a laissée bien en vue pour que je la voie, ce matin et maintenant. Chris ne fait rien au hasard. Il s'agit là soit d'un message soit d'un défi, je ne sais pas trop. À moins que ce ne soit les deux. Ma réaction à cette œuvre n'est pas très claire non plus, car je suis à la fois excitée et mal à l'aise. Je suis au cœur du sanctuaire de Chris. Que cherche-t-il à signifier, en m'attachant sur la toile et dans la vraie vie ?

9

À contrecœur, je détache le regard de la peinture et retourne à l'endroit où j'ai posé mes affaires. Les genoux tremblants, je me laisse glisser contre le mur et reste assise un moment, à essayer de comprendre ce que je ressens. Soudain, je suis frappée par une envie de savoir. J'allume mon ordinateur et entre « douleur et plaisir » dans le moteur de recherche et tombe sur une pleine page de corps dénudés et attachés dans des salles ressemblant à des donjons. Apparemment, fouets et chaînes sont le thème prédominant, et mon ambition première de m'instruire est déçue. Au contraire, je suis terrorisée. J'essaie « bondage » et « BDSM » et arrive plus ou moins au même résultat.

Enfin, j'atterris sur un site qui présente des histoires du style « Joue avec ton amant », et contient des liens vers des produits tels qu'un instrument à fessée rose qu'ils appellent *paddle* et une paire de pinces à seins en forme de papillons. Imaginer Chris en train d'utiliser quoi que ce soit de *rose* ou de *papillon*, c'est presque cocasse.

Mon téléphone sonne. Avec son sens irréprochable du timing, c'est Chris. Je décroche.

— Salut.

Dès que j'entends sa voix, mon malaise commence à se dissiper jusqu'à disparaître, et je sais que c'est simplement parce qu'il est Chris. Je n'ai plus besoin d'autre explication. Mes lèvres s'étirent en un sourire et je le devine souriant, lui aussi. Hélas, ce constat me fait perdre toute retenue concernant ma recherche sur Internet.

— Qu'est-ce que tu fais ? me demande-t-il.

Je n'hésite que deux secondes, et malgré mon embarras encore tout récent, la confession coule librement de mes lèvres.

— Je mange des macaronis au fromage tout en consultant un site intitulé « Adam et Ève ».

Un rire profond et grave, incroyablement sexy, vient me chatouiller l'oreille et me faire bouillir les sangs.

— « Adam et Ève » et macaronis au fromage, je regrette de ne pas être là. Tu y trouves ton bonheur ?

Je décèle une touche taquine dans sa voix et j'imagine la lueur canaille qui doit danser au fond de ses pupilles vertes.

— Ah, donc tu connais le site ?

Voilà qui m'étonne. Je me demande si une autre femme a essayé d'adoucir son côté sombre en lui présentant certains aspects plus doux du sadomasochisme. Peut-être l'une des actrices de Los Angeles avec qui j'ai lu qu'il était sorti avant notre rencontre. L'idée m'est déplaisante à bien des titres, en plus elle ne correspond pas au personnage de Chris, si mystérieux soit-il.

— Les instruments qui m'intimident le moins seraient une paire de pinces à seins en forme de papillon et un *paddle* en fourrure rose bonbon. Rien qui n'entre dans ta panoplie habituelle.

— Ne décide pas pour moi, m'ordonne-t-il d'une voix devenue grave, quoique toujours empreinte de séduction. Découvrons ensemble ce qui nous convient. Mais qu'est-ce qui t'a poussée à faire des recherches sur les *sex-toys* ?

— Le tableau.

— De toi dans mon atelier.

— Oui, de moi. Tu voulais que je le voie ce matin et ce soir.

C'est une affirmation, pas une question.

Il reste muet quelques secondes et je sens venir l'un de ses changements d'humeur.

— Oui, je voulais que tu le voies.

Je décèle une tension subtile dans un ton qui se veut toujours neutre.

— Pour me faire peur ?

— Et ça a marché ?

Comme j'hésite trop longtemps à son goût, il me presse.

— Est-ce qu'il te fait peur, Sara ?

— Est-ce cela que tu espères, Chris ? M'effrayer ? Me chasser ?

Cette fois, c'est lui qui reste trop longtemps silencieux, alors je suis sur le point de revenir à la charge, quand il évite ma question par une révélation surprenante.

— Cette toile, elle ne parle pas de bondage, à mes yeux. Elle parle de confiance.

Une boule se forme dans ma gorge à la pensée de mon secret, du poison auquel je ne peux échapper.

— De confiance ?

— Le genre de confiance que je désire de ta part et que je n'ai pas le droit d'exiger.

Sauf que moi, je veux qu'il l'exige. Je veux qu'il me fasse confiance.

— Je veux la même chose venant de toi.

Un autre long silence s'ensuit, trop long. Je déteste la distance qui m'empêche de lire dans ses yeux.

— Où es-tu ? demande-t-il enfin.

— Dans l'atelier.

Et j'abats l'un de mes murs pour essayer de franchir l'un des siens.

— Je voulais me trouver à l'endroit où je me sentirais le plus proche de toi.

— Sara...

Sa voix est rauque, comme si dire mon nom lui procurait une vive émotion, une brûlure au fond de la gorge. Telle est l'intensité de ce que je suscite en lui, et je doute qu'il soit certain de susciter la même en moi.

Doucement, je demande :

— Et toi, où es-tu ?

Voyant qu'il hésite, j'ai la sensation qu'il est soulagé de pouvoir se focaliser sur autre chose que ses sentiments.

— Dans ma chambre d'hôtel, enfin. Est-ce que tu as regardé la toile que j'ai peinte pour Dylan, le gamin dont je t'ai parlé ?

— Non, pas encore. Tu veux que je le fasse ?

— Oui, va voir.

La solennité de sa requête éteint toute la fièvre que je pourrais ressentir à l'idée de découvrir une nouvelle œuvre de Chris Merit.

— OK, j'y vais.

Je me remets debout et me dirige vers la pièce du fond, que j'allume pour éclairer quelques chevalets dissimulés sous des draps. Un seul tableau n'est pas recouvert et j'éclate de rire en le voyant.

— Est-ce que c'est vraiment une représentation de Freddy Krueger et de Jason, de *Vendredi 13* ?

Il fait écho à mon rire, mais de façon plus tendue.

— Oui. Ce gamin est fan de films d'horreur. Tu sais distinguer les deux personnages ?

— Petit comique, va. Bien sûr que oui !

— Tu en étais incapable, au box.

— OK, il m'arrive parfois de confondre Michael et Jason, mais je reconnais Freddy car il me flanque une peur bleue. Je dois admettre que tu as parfaitement su recréer cette atmosphère qui me terrifie, les couleurs sont si vives ! (Le visage vérolé, rouge et orange me donne le frisson.) Qui eût cru que tu savais peindre un monstre aussi bien qu'un paysage urbain ?

— Dylan, apparemment. Je lui ai déjà dessiné toute une ribambelle de ces trucs-là sur papier. C'est le premier que je lui fais sur toile.

Toute trace de la légèreté que j'aime tant chez lui a disparu, laissant place à un sinistre malaise.

— Je pense qu'il aime les films d'horreur parce qu'il essaie de se montrer courageux. Mais je perçois de la peur dans ses yeux. Il ne veut pas mourir.

Ses paroles me glacent l'échine, et je meurs d'envie de serrer dans mes bras cet homme, dont je découvre peu à peu qu'il ne se résume pas, loin de là, à un cocktail de douleur et de plaisir.

— Dis-toi que tu contribues à embellir cette partie de sa vie.

— Mais je n'effacerai jamais la torture que ce sera pour ses parents de le perdre.

Une certitude me submerge soudain, tel un torrent. Si je ne comprends pas encore d'où lui vient la profondeur de sa passion pour cette œuvre caritative, je sais avec certitude que Chris essaie de racheter un péché qu'il s'imagine avoir commis par le passé, peut-être inconsciemment, ou même, sachant ce que je sais de lui, consciemment. Et si c'est une cause géniale pour laquelle il œuvre beaucoup, je redoute que la douleur qu'il ressent pour cet enfant ne l'entraîne en terrain miné. Cette douleur, ajoutée à celle qu'il semble recéler en lui, ne risque-t-elle pas de causer un désastre ?

Nous raccrochons quelques minutes plus tard, et je me rallonge au sol pour observer les centaines de petites étoiles blanches peintes au plafond. Mais c'est mon portrait que je vois, et la voix de Chris que j'entends, à l'instant où il a affirmé qu'il s'agissait d'une représentation de la confiance. Il m'a demandé si cela m'effrayait. Se peut-il que cet homme puissant, confiant et talentueux ait peur ? Et si oui, de quoi ?

Le matin et mon heure de reprise du travail – 9 heures – arrivent bien trop vite malgré mon amour pour mon nouvel emploi : je viens de passer une deuxième nuit blanche d'affilée. Heureusement, Mark n'est pas encore à la galerie, et mes nombreux arrêts près de la machine à café se passent sans mauvaise rencontre.

À 10 heures j'en suis à ma troisième tasse, j'en ai les mains qui tremblent mais la lourdeur de mes membres persiste. Le Maître ne s'est toujours pas montré. Je relis des informations sur Alvarez pour préparer notre entrevue du soir, quand un mail de Mark arrive dans ma boîte, prouvant qu'il ne fait pas la grasse matinée. À moins qu'il ne vienne juste de se lever. Le message est court mais aimable. Je pouffe : mon patron est beaucoup de choses, mais aimable…

Il m'envoie une sorte d'antisèche de thèmes – avec leurs réponses – que je pourrais aborder, l'air de rien, au cours de la conversation. Tous sont en lien avec le vin, l'opéra et la musique classique, censés impressionner la clientèle. L'information est complète et judicieuse, et je me demande pourquoi il ne m'a pas donné ça d'emblée au lieu de m'obliger à tout apprendre sur ces sujets en un temps record.

Alors que j'y réfléchis, certains passages du journal que j'ai lus avant que je ne l'enferme dans le coffre-fort me reviennent à l'esprit. Quel effet cela doit-il faire de s'éveiller avec cette passion retrouvée pour la vie, et non plus de s'interroger sur la nature du prochain jeu ? Je ne souhaite absolument pas prendre part aux jeux de Mark et j'espère que ce changement d'attitude dans sa façon d'appréhender mon travail indique que je me suis bien fait comprendre sur ce point.

À 10 h 30, j'ai survolé les informations qu'il m'a envoyées et essayé de joindre Ella trois fois, en obtenant toujours le même résultat : sa ligne est perpétuellement occupée. Je décide de rappeler le bureau de David, mais dois raccrocher, frustrée que l'opératrice se montre aussi peu coopérative. Pour ajouter à mon désarroi, je n'ai pas parlé à Chris aujourd'hui. Et j'ignore pourquoi cela me perturbe. Car enfin, nous n'avons jamais décrété qu'il devait m'appeler en début de journée, peut-être d'ailleurs espère-t-il que ce soit moi qui l'appelle. Mais je ne voudrais pas qu'il me trouve trop envahissante. Bref, quand Mary s'arrête devant la porte de mon bureau, je suis dans un état d'agitation avancé. La jeune femme est aussi pâle que ses cheveux blonds et mon chemisier blanc, mais son regard est toujours aussi hostile lorsqu'il se pose sur moi.

— Tu n'assistes pas à l'événement de ce soir ?

— J'ai un rendez-vous à l'extérieur.

— Et moi j'ai la grippe. Que va-t-il se passer si je dois rentrer ?

Jusqu'à présent, Mary me snobait, mais elle ne s'était jamais montrée ouvertement agressive.

— Je vois Ricco Alvarez au sujet d'une vente importante, expliqué-je, les sourcils froncés. Je déplacerais le rendez-vous si je le pouvais, mais je ne suis pas sûre qu'il soit d'accord. Cela dit, si tu te sens vraiment mal et que tu le souhaites, je peux essayer.

— Ricco Alvarez, répète-t-elle, les lèvres pincées. Bien sûr.

Et elle s'en va. Qu'est-ce que... ?

Ralph entre à ce moment-là, pour déposer une liasse de papiers sur mon bureau.

— C'est un inventaire avec la liste des prix, j'en génère un chaque mois, m'explique-t-il, avant d'ajouter à voix basse : Ne vous approchez pas de Mary quand elle est malade. Elle a tendance à arracher les têtes, un vrai carnage.

— Merci de m'avertir, mais c'est un peu trop tard.

— Mieux vaut tard que jamais.

— Pas dans ce cas. Vous savez pourquoi elle a réagi bizarrement quand je lui ai dit que je voyais Alvarez ?

— C'est une fille ambitieuse, une battante, or il a toujours refusé de lui accorder de son temps, avant ou après Rebecca.

— Pourquoi ?

— Elle a une personnalité qui déplaît à certaines personnes, voilà tout.

— Et tout le monde dit qu'Alvarez n'est pas facile.

— Je suppose que c'est pour cette raison que Mister Boss embauche des charmeuses comme Rebecca ou toi : vous réussissez à amadouer la bête et à lui faire ouvrir son portefeuille. Il sait que Mary est une bombe à retardement, en termes de personnalité.

— Pourquoi la garder, dans ce cas ?

Ralph jette un coup d'œil par-dessus son épaule, avant de reporter son regard sur moi.

— Il a failli la virer après une querelle avec Rebecca, mais elle a réussi à repérer et à faire entrer à la galerie quelques pièces hors de prix, que Mister Boss a pu revendre à prix d'or par le biais de *Riptide*. Autant dire qu'elle a gagné son passeport sécurité, ce jour-là.

— Attends un peu, elle travaille avec *Riptide* ?

— Oh non ! N'oublie pas ce que je t'ai dit : c'est une bombe à retardement. On lui a ordonné de transférer la gestion des pièces à Rebecca.

Amanda passe la tête dans l'encadrement de la porte.

— J'ai le comptable de *Riptide* en ligne pour vous, Ralph.

Il se lève et m'offre un regard d'excuse. En le suivant des yeux, je laisse mes pensées divaguer encore. En des endroits dangereux. À quel point Mary détestait-elle Rebecca ? Dans quelle mesure pensait-elle que se débarrasser d'elle lui permettrait d'atteindre ses objectifs de carrière ? Je refuse d'envisager ce que cela pourrait signifier pour moi.

Je porte les doigts à mes tempes douloureuses pour les masser. Je m'inquiète pour Rebecca. Je m'inquiète pour Ella. J'ignore comment localiser l'une et l'autre. Pas étonnant, si je considère que pendant bien longtemps, j'ai été incapable de me trouver moi-même, y compris lorsque je me regardais dans un miroir.

Il est cependant une chose que je sais : toute cette situation me semble moins compliquée avec Chris dans ma vie. Je ne peux pas rester sans rien faire ou laisser notre relation s'effondrer, pourtant j'ai la sensation que nous sommes engagés dans cette direction. Poussant un long soupir, j'admets que je dois parler à Chris, afin de lever un peu plus le voile, et ce avant que je ne perde le peu de courage qui m'anime.

J'attrape donc ma veste sur le dossier de ma chaise, fourre les papiers dans mon attaché-case et prends téléphone et sac à main, avant de sortir du bureau pour me diriger vers la réception. Ayant repéré Amanda, je lui lance sans m'arrêter :

— Si Mister Boss me cherche, je vais au café me prendre un café *mocha* et lire un dossier que l'on m'a remis.

Avant même d'avoir franchi les portes de la galerie, j'étudie déjà les différentes manières d'approcher Chris sur ce qui me tracasse. Mais le vent glacial dissipe toutes mes idées cohérentes. Je l'affronte néanmoins et pousse la porte du café. La jeune étudiante qui m'accueille derrière le comptoir et prend ma commande m'indique sur-le-champ qu'Ava n'est pas là, malheureusement. Et moi qui comptais la sonder au sujet de Rebecca et d'Alvarez avant mon rendez-vous de ce soir… Cela dit, en cet instant j'ai du mal à penser à autre chose qu'à Chris.

Un café supplémentaire dont je n'ai pourtant pas besoin à la main, je m'installe à une table dans un coin et quitte ma veste, après avoir tiré mon portable de la poche. Je prends une profonde inspiration et compose le numéro de Chris. Mon cœur bat à peu près dix fois par sonnerie jusqu'à ce que la voix de sa messagerie retentisse. Je ne laisse pas de message et me déclare officiellement nauséeuse, sans avoir touché à mon café que je suis bien incapable de boire désormais.

Soudain, mon téléphone vibre au creux de ma main et je découvre un SMS de Chris.

`Salut bébé. J'ai petit-déjeuné tôt, pas voulu te réveiller. Suis à l'hôpital. Tout va bien ?`

Mon corps tout entier est immédiatement plus léger et je réponds :

`Oui. J'avais juste envie de parler. Appelle quand tu as un moment, OK ?`

Sa réponse me parvient sur-le-champ : `J'avais déjà prévu de le faire. Dans une heure environ.`

`Merci`, réponds-je machinalement.

`Merci ? Tu es sûre que ça va ?`

`Oui. Trop de caféine.` (J'hésite, avant de décider qu'il n'y a pas d'entre-deux.) `Pas assez de toi.`

`Je t'obligerai à me prouver ça à mon retour.`

`J'en ai bien l'intention.`

Je repose mon portable, n'attendant plus de réponse. Le plaisir que m'a procuré cet échange devrait me calmer un peu, en réalité il ne fait que mettre mes nerfs à vif. Puis-je vraiment le lui dire ?

10

Les yeux rivés sur la pendule, j'attends le coup de fil de Chris quand Ava entre dans le café. Je la regarde suspendre sa veste au portemanteau situé près de la porte, songeant que j'aurais bien besoin de détourner mes pensées des circuits sans fin où elles tournent en boucle depuis un moment. Ava porte un slim noir, un chemisier rouge, et ses longs cheveux bruns lui tombent en cascade dans le dos. Peut-être est-ce dû à l'éloignement – plusieurs tables nous séparent – mais sa peau café au lait est impeccable, malgré les morsures du vent.

M'ayant repérée, elle m'adresse un signe amical. Cette femme respire la confiance, le naturel et la grâce, autant de qualités que j'admire énormément. Elle ne serait pas le genre de fille à renverser son café comme moi, le jour où j'ai rencontré Chris ici même.

Elle vient se glisser sur le siège en face de moi et nous nous saluons. Mon ordinateur portable encombre la petite table ronde et je le referme, un geste qui attire le regard d'Ava sur les papiers posés devant moi.

— Encore du travail donné par Mark ?

Je suis frappée qu'elle l'ait appelé par son prénom – étant donné qu'à ma connaissance, Chris est le seul à le faire –, ce qui me replonge dans le cercle vicieux de mes réflexions. Cela dit, comment l'appellerait quelqu'un qui le connaît bien, sans toutefois partager son intimité, si ce n'est par son prénom ?

Mieux vaut me concentrer sur les relations entre Ava et Rebecca.

— Oui. Je me demande si Rebecca aussi a dû supporter tout ça ou s'il m'a réservé ce genre de traitement. La prof qui redevient élève, voilà une ironie qui semble l'amuser beaucoup.

Elle esquisse un sourire.

— On dirait que les hommes fantasment pas mal sur les profs, pas vrai ?

Zut ! Elle n'a pas rebondi sur mon allusion à Rebecca.

— D'après mon expérience, ce ne sont jamais les bons qui se comportent de la sorte, réponds-je en grimaçant face à sa réflexion rebattue.

— Vous ne tarderez pas à trouver un homme digne d'un fantasme ou deux, j'en suis sûre. Comment se porte un certain artiste que nous connaissons et dont nous apprécions grandement le sex-appeal toutes les deux ?

Ses paroles me piquent au vif. C'est ridicule, elle ne fait sans doute que partager des cachotteries purement féminines, en répétant ce que disent les filles d'un homme sexy. Et pourtant, une vague de jalousie déferle sur moi, que j'essaie en vain de repousser.

— En fait, réponds-je d'une voix trop rauque, pressée de changer de sujet, j'ai bien un artiste en tête, aujourd'hui. Avez-vous déjà rencontré Ricco Alvarez ?

— Oui, je le connais. Il passait souvent ici, à une époque, et nous discutions.

— Alors vous savez qu'il ne travaille plus avec la galerie ?

— Il ne vient pas de participer à la soirée caritative ?

— Si, mais apparemment, elle avait été organisée avant le départ de Rebecca. Quand elle est partie, il est parti aussi.

— Aïe. Je parie que Mark n'en est pas ravi. Cela étant, vu que Rebecca chouchoutait Alvarez, ça doit être sa façon à lui de faire un caprice.

— Rebecca le chouchoutait ?

Peut-être suis-je enfin sur le point d'obtenir de vraies réponses.

— Eh bien, c'est en tout cas ce que j'ai cru comprendre. Pendant les heures de bureau, je suis l'oreille de tout le monde. Ils viennent prendre un café et ils s'épanchent. Dans le cas de Rebecca, elle était toujours surexcitée au sujet de telle ou telle vente, ce qui nous a conduites à parler de Ricco. Elle se montrait très protectrice vis-à-vis de lui, et semblait comprendre son tempérament d'artiste, contrairement à tout le monde. C'était presque bizarre, commente-t-elle en frissonnant. Un peu comme si elle avait développé un sentiment maternel à son égard. Alors que lui, même s'il avait la quarantaine et vingt ans de plus qu'elle, ne la considérait assurément pas comme sa fille.

Elle n'a pas besoin de m'expliquer son idée plus avant. Mon propre père arpente toutes sortes de contrées exotiques où il craque pour des femmes qui ne sont pas beaucoup plus vieilles que moi.

— Je le vois ce soir, afin d'essayer de le convaincre de nous accorder quelques soirées privées. Il y a quelque chose dont je devrais me méfier ?

Ses grands yeux marron, d'une teinte plus sombre que les miens, s'écarquillent.

— Vous l'avez convaincu de vous rencontrer ?

— Oui, je…

Mon téléphone sonne et j'oublie tout le reste. Un coup d'œil à l'écran me confirme l'identité de l'appelant. Chris.

— Désolée, je dois répondre.

Elle fronce les sourcils, manifestement un peu vexée.

— Pas de problème, on rediscutera plus tard.

Je décroche, néanmoins Ava se trouve encore un peu trop près de moi à mon goût.

— Ne quitte pas une seconde, Chris.

Je balaie la salle du regard mais je suis entourée d'autres clients, la salle étant petite. Comment ai-je pu m'imaginer que c'était le bon endroit pour faire ce que j'avais à faire ?

— Il va falloir que j'aille quelque part où je pourrai parler plus librement. Enfin, si tu as quelques minutes, cela va de soi.

— Oui, bien sûr que oui.

Sa voix riche et profonde irradie à travers mon corps et, malgré l'anxiété que me procure cet appel, je frissonne de plaisir. Voilà le pouvoir que cet homme exerce sur moi, et la seule perspective de le perdre, si cette conversation tourne mal, me transperce douloureusement.

Je jette un coup d'œil en direction de la porte, mais écarte rapidement l'idée de devoir me concentrer dans le froid, dehors. Mieux vaut me réfugier dans les uniques toilettes du café. Je referme la porte à clé derrière moi.

— Voilà. Tu m'entends ?

— Oui. Pourquoi est-ce que tu sembles à peu près aussi énervée que le soir où je t'ai appelée et où tu venais de quitter le box de stockage ?

— Parce que je le suis, quoique d'une façon différente, me surprends-je à avouer. Tu peux discuter tranquillement, là où tu es ?

— Oui. Qu'est-ce qui ne va pas, Sara ?

— Rien, réponds-je en arpentant l'étroit espace où je suis enfermée. Enfin pas vraiment. Je veux juste m'assurer que rien ne cloche, voilà. Et je préfère t'avertir, je vais parler à tort et à travers. Je fais toujours ça, quand je suis nerveuse.

— Tu n'as pas besoin d'être nerveuse avec moi. Jamais. Dis-moi simplement ce qui te préoccupe, le plus vite possible, avant que je devienne dingue à essayer de deviner ce qui se passe.

— Je vais le faire. Je suis en train de le faire. Je... eh bien, je pensais aux *paddles* roses et aux papillons et...

— On ne fera rien qui ne te plaise pas.

— Je sais, et c'est justement ça le truc. Enfin pas tout à fait. (Et voilà, je commence à tergiverser.) Le truc, le vrai, c'est que tu pourrais m'emmener sur le terrain des *paddles* roses et des papillons, alors que ce n'est pas ton univers. Toi, tu es cuir et douleur, tu es sombre.

— C'est ainsi que tu me perçois, Sara ?

— C'est ainsi que tu es, Chris. Et j'aime qui tu es, ce qui signifie que je veux être ces choses-là, moi aussi.

— Sara...

— S'il te plaît, laisse-moi finir avant que j'en sois incapable. (Les genoux flageolants, je m'adosse contre le mur.) J'ai laissé ma peur de l'échec me retenir pour toutes sortes de raisons trop compliquées à expliquer maintenant, d'ailleurs je ne suis pas sûre de me comprendre complètement moi-même, même si j'essaie. Bref, je ne veux plus que ces choses me retiennent, alors je vais t'ouvrir mon cœur d'une traite sans m'arrêter pour respirer. Je sais que j'ai dit n'être pas une fan de sadomasochisme, et c'est le cas, je ne le serai jamais. Pourtant, je n'imagine pas vivre sans toi non plus. À mes yeux, cela signifie que je dois aller où tu as besoin de m'emmener. Et ne prétends pas que tu n'as besoin de rien d'autre que de moi. J'aimerais que ce soit vrai, et ça me touche beaucoup quand tu me dis ça, mais tu as un style de vie à toi, un lieu où tu vas pour t'échapper. Tout chez toi, de ta peinture au club en passant par ta façon d'être en général, me hurle que c'est ça que tu es. Je ne veux pas que quelqu'un d'autre te procure ces choses, quand tu en as besoin. Je veux que ce soit moi. Je veux que tu saches que je ne m'enfuirai pas.

Je m'immobilise et le silence qui suit mes paroles est insupportable. Je n'arrive pas à m'empêcher de le remplir par d'autres mots.

— Chris, bon sang, dis quelque chose ! Je deviens folle.

— Et si tu ne peux pas le supporter ?

Il n'a rien nié de ce que je lui ai affirmé.

Un poids énorme s'abat soudain sur ma poitrine. Voilà ce qu'il redoute, voilà ce dont il a peur : que je ne sois pas capable de supporter ce qu'il est.

— Nous avons tous les deux besoin de savoir si je peux le faire. Je ne veux pas que toi et moi ce soit fichu, sans savoir si ça vient du fait que je n'ai pas essayé.

— Tu ne pourras pas.

— OK, réponds-je d'une voix cassée par la douleur qui s'intensifie. Alors je crois que tout est dit.

— Qu'est-ce que tu entends par là ?

— J'entends que tu sais déjà que je ne suis pas celle qu'il te faut. Je sais aussi que je ne le suis pas. Alors inutile de faire traîner ça en longueur. Je vais faire mes bagages…

— Non. Tu ne fais pas tes bagages. Tu ne pars pas. Pas après ce qui s'est passé au box.

Une vague de panique m'oblige à porter une main à ma gorge. Avait-il prévu de rompre avec moi, avant que l'incident du box ne l'en empêche ?

— Tu ne me dois pas ta protection ni un abri où me garder. Je n'ai pas besoin de ta pitié, Chris.

— Ce n'est pas ce que je voulais dire. Bon Dieu, Sara, je ne veux pas que tu partes !

J'ai mal. Chris est plein de douleur enfouie, et à présent moi aussi.

— « Je veux », « j'ai besoin ». Le bien, le mal. Je suis complètement perdue, et j'en ai assez d'être perdue, Chris. Nous, tout ça, notre relation… Ça va me détruire si on continue ainsi.

— Tu vas me détruire si tu me quittes, Sara.

Encore cette douleur. La sienne, cette fois. Elle irradie de ses paroles et s'insinue profondément dans mon âme, comme il l'a fait, lui. En cet instant précis, je crois qu'il a besoin de moi autant que moi de lui.

— Je ne veux pas te quitter, murmuré-je.

— Alors ne pars pas.

Sa voix n'est plus qu'une douce supplique, révélant au grand jour l'un de ses rares moments de vulnérabilité. Je suis incapable de lui résister.

— Je rentre à la maison ce soir, on va trouver une solution ensemble.

— Non ! Ne fais pas ça. Savoir que tu en as envie me suffit. Je serai là quand tu rentreras, je te le promets. Je serai là.

— Je peux prendre un vol demain matin.

— Non, s'il te plaît, non. Ce que tu accomplis là-bas est trop important, et puis de toute façon, je dois travailler tard.

— Je reviens à la maison. (Une voix au loin appelle son nom.) Je dois y aller, reprend-il. Je n'aurai peut-être pas l'occasion de te rappeler, mais on se voit bientôt.

— Je ne réussirai pas à te convaincre de ne pas rentrer, c'est ça ?

— Aucune chance.

Nous nous disons rapidement au revoir, pressés par une voix qui l'appelle à nouveau. Quand la ligne coupe, je laisse retomber ma tête en arrière contre la surface boisée de la porte. Je suis bien trop heureuse que Chris se mette en quatre pour me voir ce soir, et il est bien trop ravi de s'imposer la corvée d'un aller-retour. Que sommes-nous en train de nous faire ? Et pourquoi aucun de nous n'est-il capable d'arrêter ?

Après m'être remise de mes émotions, je sors des toilettes et une drôle d'intuition me fige sur place. Je lève les yeux pour en découvrir la source et ma gorge se serre à la vue de Mark. Debout au comptoir, de profil par rapport à moi à la droite de la caisse, il discute avec Ava. Je ne vois pas son visage, mais Ava n'a pas l'air ravi, surtout quand Mark se penche vers elle, très près de son oreille, pour terminer sa phrase. Leur relation est plus étroite que ce que j'avais cru, je me demande au fond si je connais ces personnes ne serait-ce qu'un peu.

Les yeux d'Ava croisent les miens et je me rends compte que non seulement je les fixe, mais que je viens d'être prise sur le fait. Pour me forcer à détourner mon attention, je me précipite vers ma table, sentant le regard de Mark rivé sur moi, intense et lourd. Les autres clients de ce café sentent-ils aussi que l'électricité qui emplit l'air provient de lui, ou perçoivent-ils le craquement que j'ai ressenti en sortant des toilettes, sans pour autant pouvoir l'identifier ? Rien que par sa présence, il emplit la pièce.

Persuadée qu'il va venir me réclamer des explications sur les raisons de ma présence ici plutôt qu'à la galerie, je ramasse mes affaires en réfléchissant à une bonne excuse. Mais il n'en fait rien. Bien sûr, il préfère laisser monter la tension, s'assurer que je tremble pour son plus grand plaisir. C'est une méthode de contrôle avec laquelle je suis familière, pour l'avoir subie, et qui sied à Mark comme un gant. Elle m'allait bien, à moi aussi, avant, mais plus maintenant. J'ai longuement progressé sur le chemin de la connaissance, et aujourd'hui j'arrive même à voir les côtés positifs chez Mark. Enfin, connaître ne signifie pas apprécier tout ce que je vois, or en cet instant je n'apprécie pas.

Alors que je suis quasiment arrivée à la porte du café, il se matérialise à mes côtés. Tellement plus grand que moi. Il m'ouvre la porte, ses yeux sombres irradiant le défi qu'il me lance en permanence.

— Je commençais à craindre que vous ne soyez partie sans laisser d'adresse, comme Rebecca, mademoiselle McMillan.

Je cligne les yeux, mais les semaines écoulées semblent avoir agi sur ma retenue : je n'en ai plus aucune !

— J'ai indiqué à Amanda où j'allais. Et par ailleurs, il n'est pas si facile de se débarrasser de moi.

Je pousse la porte et me crispe au contact du froid qui me gifle le visage, à l'instant où je la franchis. Mark me rejoint juste quand le double, voire le triple sens qu'il pouvait entendre dans mes paroles me frappe. S'il a tué Rebecca, il peut y voir une manière de lui indiquer qu'il ne réussira pas à me tuer, moi ; mais je ne pense pas qu'il l'ait tuée. À mon avis, il se contentait de la baiser. De toutes les façons possibles. J'ai donc potentiellement détruit le lien ténu que j'avais réussi à établir entre nous, en lui lançant une invitation à m'essayer, tout en promettant que je ne m'enfuirais pas s'il tentait quelque chose.

Je m'arrête et me tourne vers lui.

— Euh… Je ne voulais pas forcément dire ce que vous avez peut-être compris.

Ses yeux noirs scintillent d'amusement.

— Je sais, mademoiselle McMillan. Mais n'oubliez pas que changer d'avis est la prérogative des femmes.

— J'ignore pourquoi j'ai du mal à croire que vous puissiez laisser à une femme la liberté d'agir ainsi.

— Vous seriez surprise de ce que j'autoriserais à la bonne personne.

Le rouge me monte aux joues.

— Je n'ai pas l'intention...

Il éclate d'un rire profond et grave, qui me prend par surprise. Je ne pense pas l'avoir jamais entendu rire avant.

— Je suis conscient que vous n'avez pas l'intention de faire bien des choses que j'aimerais vous voir faire.

J'ouvre la bouche pour protester – pourquoi est-ce qu'on parle de ça, d'ailleurs ? – mais il m'interrompt.

— Et non, je ne vais pas vous mettre la moindre pression. Retournons à la galerie, intime-t-il en me faisant pivoter dans la bonne direction. Je vous ai déposé un petit cadeau sur votre bureau.

Heureusement que je lui tourne le dos, ainsi il ne voit pas ma réaction à ses paroles. Mark a réussi à faire ce que seul Chris avait réussi avant lui. Il a fait grimper mon taux d'adrénaline en flèche, à tel point que je parviens tout juste à marcher normalement. J'ignore à quoi m'attendre. Une œuvre d'art rare ? Une offre d'emploi officielle ? Les possibilités sont nombreuses.

Je m'attends à ce qu'il me suive à mon bureau, mais encore une fois il est imprévisible. Je suis soulagée, car moins il me verra réagir, moins il en saura sur ce qui me fait plaisir et mieux ce sera. À l'instant où j'entre dans la pièce, je me fige. Sur ma table de travail se trouve un carnet parfaitement identique à ceux que j'ai enfermés dans le coffre-fort de Chris.

11

Le journal intime que Mark a laissé à mon intention est posé sur mes genoux tandis que je me rends en voiture au manoir victorien d'Alvarez, situé dans le quartier chic de Nob Hill. À tout juste dix minutes de la galerie *Allure*, c'est là que se regroupent les riches et célèbres, et en plus des innombrables manoirs, les quartiers commerciaux et culturels environnants accueillent l'élite de la ville. Moi qui évite tout ce qui me rappelle l'argent que j'ai laissé derrière moi, voilà que je me jette dans la gueule du loup.

Je m'engage dans l'allée, qui m'apparaît comme remarquablement peu remarquable, mais dans une ville de moins de cent vingt mille mètres carrés, même dans un coin pareil c'est normal de n'avoir qu'un espace assez réduit. Ce qu'il n'autorise pas en extérieur est compensé par le glamour dont on jouit à l'intérieur. En faisant mes recherches d'itinéraire sur Internet, je suis tombée sur une référence à un architecte de renom, il est donc certain que cette maison-là ne fera pas exception à la règle.

Je coupe le moteur de la 911 et je fixe des yeux la porte rouge de la bâtisse, les dents serrées sur ma lèvre inférieure. Non, je ne me jette pas dans la gueule du loup. Je ne me cache plus. Je ne suis plus dans le déni. J'ai rendez-vous avec le célèbre et talentueux Ricco Alvarez. Alors pourquoi diable est-ce que je ne bondis pas de la voiture, vu que mon rendez-vous est dans cinq minutes et que ça fait toujours bonne impression d'arriver en avance ?

Mes doigts serrent le journal qui, je l'ai découvert, était à la fois un trésor et une déception. Il est bien loin de la plongée sombre et révélatrice dans l'âme de Rebecca que procurent les autres tomes. Il s'agit en fait d'un compte détaillé de chaque pièce qu'elle a vendue ou évaluée pour *Riptide*. Les parties les plus intéressantes consistent en de brefs commentaires sur le personnel, les acheteurs, les vendeurs et les artistes qu'elle a rencontrés, ainsi que leurs traits de personnalité, leurs centres d'intérêt et leur histoire.

Ses notes concernant Chris sont gribouillées, et j'ai beau m'y esquinter les yeux, je ne parviens pas à les déchiffrer. Je constate en revanche sans surprise qu'il a beaucoup vendu via *Riptide*, au bénéfice de l'hôpital des enfants. Mais je n'ai pas le temps de réfléchir à tout ça maintenant. Car je dois partir à la conquête de mon rendez-vous et le réussir, en dépit du malaise tapi au fond de moi, un malaise sans fondement aucun. Les notes de Rebecca sur Alvarez sont positives : généralement incompris, et quoique motivé par le succès et l'argent, il s'est montré formidablement généreux par ailleurs.

Je ne suis pas loin de la galerie. Je dois appeler Mark après le rendez-vous. Les gens savent où je me trouve. Et pourtant… Je ne veux pas être ridicule, mais… et si Mark et Alvarez étaient les deux hommes du journal ?

Saisissant mon portable dans mon sac, je compose le numéro de Jacob que j'ai préenregistré. Il répond à la première sonnerie.

— Tout va bien, mademoiselle McMillan ?

— Oui. Tout est parfait. Je voulais juste m'assurer que ça le reste. Je suis sans doute paranoïaque, mais...

— Mieux vaut être paranoïaque que négligent.

J'ignore tout de ce qu'il sait sur Rebecca ou sur moi, mais je ne pense pas que cela importe.

— Je me rends à un rendez-vous professionnel et mon patron sait où je me trouve, mais à la lumière des incidents récents, je préfère que quelqu'un d'autre soit au courant aussi.

— Quelle est l'adresse ?

— C'est la galerie privée de l'artiste Ricco Alvarez, lui expliqué-je après lui avoir donné l'adresse exacte. Je ne sais pas trop combien de temps va durer l'entrevue. Ça pourrait être quinze minutes comme deux heures. Mais si ça n'est pas trop long, je me rendrai ensuite à une soirée donnée à la galerie.

— Pourriez-vous me rappeler dans une heure, afin de me confirmer que tout va bien ?

— J'essaierai, mais je ne veux pas me montrer impolie pendant l'entretien.

— Un simple SMS suffira, c'est plus discret.

— Bien, d'accord. Merci, Jacob. (J'hésite une fraction de seconde, grimaçant à l'idée de la réaction de Chris quand Jacob l'informera de l'endroit où je me rends.) Jacob, n'en parlez pas à Chris tant qu'il est encore sur le chemin du retour. Il va s'inquiéter. Son voyage a été éprouvant et je ne veux pas le stresser plus qu'il ne l'est déjà.

— S'il me pose la question, je devrai lui répondre, mais... Je n'irai pas révéler la chose moi-même.

— Merci beaucoup, Jacob.

— De rien, mademoiselle McMillan, c'est un plaisir. Et je le pense vraiment. Chris semble différent, depuis qu'il vous fréquente.

Sa marraine m'avait fait le même commentaire, quand nous avions visité sa cave à vins.

— Et c'est positif ?

— Oui. Faites attention.

— Promis.

Espérons que tout ira bien. Je le salue et raccroche. Sans passer plus de temps à me tracasser, je saisis mon attaché-case et sors de la voiture. Alors que je me dirige vers la porte, je fourre mon téléphone dans la poche de ma veste, où j'ai l'habitude de le garder.

Plusieurs volées de marches plus tard, je suis sous le porche et constate avec soulagement qu'il y a deux entrées, dont l'une au-dessus de laquelle est écrit ATELIER. Voilà qui est réconfortant, car plus professionnel, et je me sens un peu rassurée. Au moment où je lève la main pour frapper à la porte indiquée comme étant celle de l'atelier, son battant s'ouvre à la volée sur Ricco Alvarez. Il a quelque chose de frappant. Il n'est pas beau du tout, mais il émane de lui une sorte d'arrogance confiante qui produit un effet plus affable que belliqueux. Il a la peau mate, les traits acérés et bien nets, à l'instar de son coup de pinceau, et d'après ce que j'ai entendu dire, de sa personnalité.

— Bienvenue, mademoiselle McMillan.

— Sara. Et merci.

Sa blouse de travail sarcelle, accordée à un pantalon fluide noir, met en valeur ses yeux du même bleu que son haut.

— Sara, répète-t-il en hochant aimablement la tête.

La tension qui me raidissait le dos s'apaise quelque peu en entendant mon prénom. Il s'écarte pour me laisser entrer et mes yeux sont immédiatement attirés vers les immenses plafonds en verrière.

— Spectaculaire, pas vrai ? fait-il.

— Absolument, admets-je en lui abandonnant mon attaché-case et ma veste. Et le sol aussi.

En effet, le plancher de bois clair et lustré est presque trop brillant pour que l'on ose y poser le pied.

— Vous, les artistes, vous avez un don pour les décors théâtraux.

Il accroche mes affaires sur une patère en acier ouvragé montée contre le mur.

— Moi plus que d'autres, diront certains.

Étant donné tout ce que j'avais entendu dire de lui, je suis surprise par son sourire et j'apprécie qu'il n'hésite pas à se moquer de lui-même.

— C'est en effet ce que l'on raconte, osé-je répondre du bout des lèvres.

— Au moins je fais parler les gens, conclut-il en m'incitant à avancer. Bienvenue dans mon atelier, Bella.

Bella. Belle en espagnol. Un terme aussi affectueux devrait me mettre encore plus mal à l'aise. Au lieu de quoi, je songe immédiatement qu'il cherche à ajouter une touche de romantisme à tout, de son manoir grandiose à sa conversation.

Côte à côte, nous passons sous une arche d'au moins deux mètres cinquante de hauteur, et Ricco domine l'espace de son bon mètre quatre-vingt-dix. Quand nous parvenons de l'autre côté, j'ai l'impression de me retrouver à la galerie *Allure*. La pièce, étroite et rectangulaire, est ornée de plusieurs élégantes installations, et d'au moins six peintures sur chaque mur.

Se postant près de moi, Alvarez désigne l'espace de la main.

— Voici les œuvres dont je dispose et que j'accepterais de voir en vente privée.

Je lève les yeux vers lui, avant de corriger son annonce par une que j'estime plus juste.

— Celles que vous êtes disposé à me montrer à ce stade, vous voulez dire.

— Vous êtes plutôt directe, Sara.

— Je suis curieuse de découvrir toutes les œuvres incroyables que vous souhaitez me montrer, réponds-je en balayant la pièce de la main. Je peux ?

— Je vous en prie.

Je m'avance sans hésiter vers une peinture disposée au fond et à droite, m'arrêtant devant un paysage méditerranéen de style Picasso, lignes brutes et couleurs dynamiques, qui met tous mes sens en éveil.

— Vous aimez *Meredith* ? s'enquiert-il.

— J'adore, admets-je en lui jetant un regard en coin. Pourquoi l'avez-vous intitulée *Meredith* ?

— Une femme que j'ai connue, bien entendu.

— Elle doit être fort honorée.

— Elle me hait, mais hélas, la ligne est ténue entre l'amour et la haine.

— Dans ce cas, Mark et vous devez être quasi amoureux.

Mon commentaire volontairement polémique devrait l'inciter à m'en révéler plus sur les raisons qui l'ont poussé à retirer ses œuvres de la galerie, du moins je l'espère.

Une lueur amusée brille dans ses yeux.

— Vous avez un sacré caractère, Bella. Je vous aime bien, et je comprends pourquoi Mark vous apprécie.

— Qu'en savez-vous ?

— Eh bien, il vous fait assez confiance pour vous envoyer ici, or je sais qu'il veut reprendre le commerce avec moi.

— Pourquoi l'a-t-il perdu ?

— Pourquoi vous a-t-il dit qu'il l'avait perdu ?

— Il m'a dit que vous réclamiez les coordonnées de Rebecca et qu'il était dans l'incapacité de vous les fournir.

Cette fois, c'est du dédain qui emplit son regard.

— C'est bien plus complexe que ça et Mark le sait.

— Je serais ravie de l'entendre de votre bouche.

— J'en suis certain.

Pour la première fois, je perçois de la dureté dans sa voix, ce qui me porte à le croire en effet capable de blesser rien qu'à l'aide des mots.

— Cependant, par respect pour Rebecca, je n'en dirai pas plus, poursuit-il.

— Je vous prie de m'excuser, je ne voulais pas me montrer indiscrète.

Je vois la tension se dissiper peu à peu de ses traits, et son regard d'acier s'adoucit tout à coup.

— Ne m'en veuillez pas, Bella. Rebecca est un sujet délicat pour moi. Bon, pourquoi ne pas passer les toiles en revue, afin que je vous en apprenne un peu sur chacune ?

J'ai manqué l'occasion de lui soutirer des informations, mais je ne désespère pas d'en trouver une autre. Nous nous déplaçons dans la pièce, je l'interroge et m'extasie sur son travail. Entre deux questions, je réponds à celles qu'il me pose aussi : « Qui est votre artiste préféré de la Renaissance ? », « Comment vous assurez-vous que vous n'acquerrez pas un faux ? », « Quelles toiles se sont le mieux vendues au cours des cinq dernières années ? ». Au bout d'un moment, il semble satisfait de mes réponses et la conversation devient plus légère.

Ayant remarqué que trois de ses toiles portaient des noms de femmes, je ne peux m'empêcher de faire un commentaire.

— Vous semblez être un homme à femmes.

— On m'a affublé de noms d'oiseaux pires que cela, m'assure-t-il. Peut-être d'ailleurs suis-je coupable. Je dirais que cela dépend de qui établit la définition d'un homme à femmes.

Sa réponse me frappe par sa justesse, au-delà même de l'intention première de son auteur. Combien d'entre nous autorisent-ils les autres à nous définir, devenant ainsi ce qu'ils veulent faire de nous, au lieu d'être ce que nous devrions ou pourrions être ?

Nous poursuivons notre conversation sur l'art et j'ai perdu le fil du temps quand nous en terminons avec ses œuvres.

— Vos connaissances sont impressionnantes, Bella.

Cette fois, je n'essaie même pas de réprimer un sourire.

— Ravie que vous le pensiez. J'ignore lequel de Mark ou de vous m'a le plus mise sur le gril pour vérifier mes connaissances en la matière.

Il fronce les sourcils.

— Vous autorise-t-il à l'appeler Mark ?

Zut ! J'ai commis une bévue.

— Non. M. Compton.

— Bien entendu, fait-il sur un ton clairement acerbe. Mes amis m'appellent Ricco, Sara, je vous prie d'en faire autant.

— Cela signifie-t-il que vous m'autorisez à montrer votre travail à mon client ? demandé-je, pleine d'espoir.

— Vous le pouvez, oui. Mais pas à Mark. Et je vous octroierai une commission de vingt-cinq pour cent. Mark ne recevra rien.

Je me sens blêmir et tous les muscles de mon corps se crispent. Il m'utilise pour punir Mark de quelque péché censément commis par mon patron à son endroit.

— Je ne peux pas faire ça. Je travaille pour lui, ce ne serait pas correct.

— Mark n'agit que pour son propre profit. Vous l'apprendrez bientôt, ou il vous brisera, comme il a brisé tous ceux qui l'entourent. Ne vous laissez pas exploiter, Bella.

Désespérée que cette rencontre échappe ainsi à mon contrôle, je cherche un moyen de restaurer la relation entre les deux hommes.

— Vous avez pourtant participé à une vente caritative avec Mark, non ? C'était une bonne action que vous avez partagée là. Pourquoi ne commencerions-nous pas par quelque chose dans le même style ?

— C'est Rebecca qui avait organisé cet événement, et je peux faire don de mes œuvres par de nombreux biais. J'avais choisi de recourir à *Allure*, sur les conseils de Rebecca. Je vais vous montrer comment dénicher et vendre sans l'aide de personne, ajoute-t-il, revenant à son idée initiale.

— J'apprécie votre offre, mais...

— Ne le laissez pas vous aspirer dans son monde. C'est un monde dangereux et Mark est dangereux.

Pourquoi tous les artistes cherchent-ils à m'éloigner de Mark ?

— Tant qu'il ne vient pas au travail armé d'une machette, je peux le gérer, tenté-je de plaisanter.

— Les hommes comme Mark n'ont nul besoin de machettes pour saccager votre indépendance et votre ego. Ils vous dézinguent le cerveau.

Peu importe que son affirmation soit juste, fausse ou quelque part entre les deux, je la reçois comme une gifle et me retiens tout juste de reculer d'un pas.

— Je vais devoir y aller, mais j'adore votre travail. Je le pense vraiment. Et je serais honorée de le représenter.

— Et je vous en donne la possibilité, mais à vous et vous seule.

— Je ne ferai pas une chose pareille.

Nous regagnons la sortie côte à côte, et tandis que je m'apprête à quitter l'atelier, il attrape ma veste et m'aide à l'enfiler. Je sens immédiatement la vibration au fond de ma poche. Et merde ! Combien de temps s'est écoulé ? Je passe la lanière de mon attaché-case sur mon épaule et glisse la main dans ma poche, refermant les doigts autour de mon portable. Quelle idiote, j'ai oublié d'avertir Jacob !

Alvarez s'arrête, une main sur la poignée de la porte d'entrée.

— Ce fut un plaisir de vous rencontrer, même si l'issue n'a pas été celle que vous ou moi espérions.

— Vous savez, je ne m'estime pas vaincue, je vais essayer de vous convaincre de retravailler avec nous.

— Je sais.

Il m'ouvre la porte et je fais un pas dehors. Après de brèves salutations, je m'apprête à descendre l'escalier quand une question me vient à l'esprit, qui m'immobilise sous le porche. La soirée caritative à laquelle Ricco a participé chez *Allure* était destinée à l'hôpital pour enfants que Chris soutient, or comme ils ne semblent pas être amis, je suis curieuse d'apprendre comment l'événement a été organisé. Je me retourne pour frapper à la porte, mais mon portable vibre de nouveau dans ma paume.

Je le sors de ma poche : un SMS et six appels manqués. J'ouvre le message de Chris.

`Ne retourne pas dans cette maison.`

Mon cœur bondit dans ma gorge et je fais volte-face pour scruter l'allée. Une ombre attire mon regard : la Harley garée derrière la 911. Chris est adossé à la carlingue.

12

J'entame la descente de l'escalier monumental du manoir Alvarez, la poitrine si serrée que j'ai l'impression d'avoir le rouleau de Scotch de Chris tout entier enroulé autour de mes côtes, et autour de ma pauvre vie. Je suis furieuse qu'il soit venu jusque-là et gênée à l'idée des caméras de vidéosurveillance qu'Alvarez a certainement fait installer sur la propriété et qui lui permettront donc de visionner la scène, si ce n'est sur le coup, du moins quand on l'en avertira. La ligne de démarcation entre mon travail et notre relation est plus que floue. En fait, je suis quasi certaine à présent d'être la seule qui ait cru un jour que cette ligne existait.

Je me suis persuadée à tort qu'il était moins dominateur qu'il ne l'est en réalité, et à cette seule pensée le claquement de mes talons s'alourdit sur les pavés. J'avance d'un pas décidé vers la 911, la voiture que j'ai accepté de troquer contre la mienne, au lieu de me raccrocher à ma propre identité. J'ai beau ne pas regarder Chris, je le sens partout, en moi et sur moi, y compris en des endroits intimes où je ne parviens pas à convaincre mon corps qu'il n'est pas le bienvenu. Il est plus que frustrant de constater que la colère n'est pas assez puissante pour contenir le bourdonnement, le frisson que sa seule présence engendre. Pour la énième fois, je ressens dans mon âme les paroles lues dans le premier journal de Rebecca. *Il était mortel, comme une drogue, et je redoutais qu'il...* Je m'identifie à elle, je comprends la passion incontrôlable qu'elle éprouvait et dans laquelle elle s'est perdue. Mais je ne veux pas être elle. Je ne suis pas elle. Pour la première fois depuis mes premières rencontres avec Chris, je me demande si je suis attirée par lui à cause d'une tendance à l'autodestruction qui m'anime – et réciproquement.

J'atteins le flanc de la voiture et toute à ma hâte de me réfugier dans la 911, je n'ai pas sorti les clés. Toujours sans regarder Chris, je fouille dans mon sac. Je l'imagine accoudé à sa Harley, tout de cuir et de jean vêtu, sexy en diable. Les clefs m'échappent et tombent par terre. Je m'accroupis pour les récupérer, espérant restaurer aussi ma dignité.

Et soudain Chris est là, à mon niveau, comme la première fois que je l'ai rencontré et que j'avais renversé mon sac. Je lève les yeux vers les siens et une onde puissante me traverse de part en part. Mes seins se font lourds, mes cuisses douloureuses. Ma peau picote. Une ligne ténue entre l'amour et la haine, comme l'a dit Alvarez. En cet instant, je comprends tout à fait le sens de ses paroles. Les yeux rivés aux siens, je me demande si lui aussi repense à la soirée de notre rencontre et à toutes les fois où nous avons fait l'amour. À toutes les façons dont nous l'avons fait, à toutes celles dont nous ne l'avons pas fait et dont j'aimerais que nous le fassions, contre toute logique. Je devrais au contraire chercher à établir mon espace, mon indépendance et mon identité propres, trois choses qu'il menace en prenant ma vie en charge. Ce que je ressens n'a pas de sens, dans ces instants d'éternité. Comment puis-je être aussi furieuse après lui et en même temps aussi puissamment, aussi complètement perdue en lui ?

— Nous avons pas mal de choses à nous dire, pas vrai ? fait-il, rompant le charme.

Sa voix est grave, et la colère qui transparaît évidente. Elle me renvoie brutalement à la réalité. Il se pointe au domicile de mon client et c'est lui qui est furieux contre moi ?

La colère que je ressens dépasse toutes les autres émotions qui font rage en moi. Mais quand je tends la main vers mon trousseau de clefs, la sienne se referme dessus et une onde brûlante me remonte le long du bras, jusqu'à la poitrine.

— Ne refais plus jamais ce que tu as fait ce soir, Sara.

L'autorité et la rudesse de sa voix touchent une corde sensible : tous mes mauvais souvenirs de domination masculine, et Dieu sait qu'ils sont nombreux, remontent à la surface d'un coup. J'essaie de dégager ma main, mais il me retient fermement. Il ne me reste plus que les paroles comme arme.

— Idem pour toi, Chris, rétorqué-je. Et oui, on a pas mal de choses à se dire. De préférence ailleurs que dans la cour de mon client.

Ses pupilles vertes scintillent et il finit par desserrer son emprise sur ma main, pour m'aider à me remettre debout. Il y a une possessivité dans ses gestes qui m'incite à m'appuyer contre lui alors même que je devrais l'envoyer balader. Il le remarque, d'ailleurs, et je vois ses yeux s'étrécir légèrement, brillant de la lueur satisfaite que je désire et que j'abhorre à la fois.

— Je te suis jusqu'à chez moi, m'informe-t-il.

— Je n'ai aucun doute là-dessus.

J'actionne le déverrouillage automatique de la 911. Je suis sur le point d'ouvrir ma portière quand Chris pose sa main dessus et se penche vers moi, si proche que je sens son souffle chaud dans mon cou et sur mon oreille. Son odeur boisée, dans laquelle je pourrais me lover pendant toute une vie, s'insinue en moi, mettant à mal mes défenses déjà affaiblies.

Sa hanche se colle à la mienne.

— Et ne t'imagine surtout pas qu'une fois arrivée en bas de mon immeuble, tu vas te contenter de récupérer ta voiture et de partir.

Difficile de lui résister quand il se presse ainsi contre moi. Néanmoins, je m'efforce de ne pas croiser son regard sous peine de voir voler en éclats ma résolution de garder mes distances.

— Si je décide de m'en aller, tu ne pourras pas me retenir.

— Ne me cherche pas, bébé. Tu montes à mon appartement.

Je me débats.

— Je ne veux pas...

— Moi si.

Et avant que j'aie le temps de réagir, il plonge les doigts dans mes cheveux et m'attire dans ses bras, tout contre son corps dur et chaud.

— Lâche-moi, sifflé-je en posant une paume contre son torse.

J'ai l'intention de le repousser, mais sa chaleur me brûle la main, irradiant tout mon bras. Mon coude se plie, me rapprochant aussitôt de lui, mais pas assez.

— Pas question, fait-il, juste avant de plaquer sa bouche sur la mienne, autoritaire.

De la langue, il force la barrière de mes lèvres, puis l'assaut suivant me prive de toute volonté. Je suis faible, si faible face à cet homme. Comme toujours avec Chris, il exige que je réponde et j'obtempère, incapable que je suis de lui résister. Je me sens humide et excitée, mes tétons pointent sous l'effet du désir.

J'essaie de résister à l'attrait qu'il représente, mais son goût, familier et presque brutalement viril, se mêle à sa colère et à la mienne. L'effet est explosif. Passionnel. J'ai envie de lui crier dessus, de le pousser, de l'attirer à moi, de le déshabiller et de le punir pour ce qu'il me fait endurer, pour ce qu'il me prend. Pour le besoin qu'il crée en moi.

Quand ses lèvres se détachent des miennes, à la fois trop vite et pas assez, je dois me retenir de ne pas le reprendre dans mes bras.

— C'était pour les caméras, Chris ? lui jeté-je, haletante et furieuse de ma propre faiblesse.

— C'était parce que tu m'as fait une peur bleue en ne répondant pas au téléphone. Quant aux caméras, je m'en contrefiche.

À nouveau, ses lèvres fondent sur les miennes tandis que ses mains glissent sous ma veste, remontant dans mon dos pour m'attirer contre sa magnifique érection.

Excitée comme jamais, je lâche un gémissement et passe les mains sous le cuir de sa veste pour l'enlacer. Il me caresse le dos, me plaquant à lui, me marquant du feu torride de la passion qui menace de dérober le peu de raison qu'il me reste. Aucun homme ne m'avait jamais fait oublier où j'étais avant, ni pourquoi je devrais me retenir.

— Ça, souffle-t-il d'une voix rauque en s'écartant, c'était pour les douze dernières heures, où j'aurais dû penser affaires. Au lieu de quoi je n'ai fait que visualiser des *paddles* et autres pinces à seins en forme de papillons, et songer à tous les endroits que j'allais lécher, embrasser. Alors je t'avertis, tu seras punie pour tout ça. Et pas plus tard que tout à l'heure.

Rien qu'à l'écouter, je manque gémir à nouveau. J'ignore où je trouve le cran d'émettre une mise en garde, mais j'y parviens.

— Si tu t'imagines que le sexe va t'épargner cette discussion, tu te trompes lourdement.

— Tout à fait d'accord, mais c'est un bon moyen pour commencer et clore la conversation éclairante que nous ne manquerons pas d'avoir, mon joli petit cul.

Il m'écarte de lui et de la portière suffisamment pour l'ouvrir.

— Rentrons à la maison, j'ai hâte de te prendre jusqu'à en oublier le tracas que tu m'as causé. Et tu pourras en faire autant.

Je lève les yeux vers lui, mais la foule de choses que je pourrais dire ou faire est balayée par le mot *maison* qui passe et repasse en boucle dans ma tête. Il ne cesse de l'utiliser, et ça me touche chaque fois. Ça me touche profondément, douloureusement, et ça me rend aussi fragile et vulnérable. *Chris* me rend fragile et vulnérable.

Voyant que je ne bouge pas, il m'attire de nouveau à lui et me caresse les cheveux, avant de déposer un baiser léger sur mes lèvres.

— Monte dans cette voiture, Sara, m'ordonne-t-il.

Et comme toujours, même si je suis quasi certaine qu'il prétendrait le contraire, j'obéis.

Quand je me gare devant l'immeuble de Chris, dix minutes plus tard, je suis encore sous le choc de son assaut torride, mais j'ai tout de même réussi à aligner deux ou trois pensées cohérentes. Je suis plus calme. J'ai compris que Chris était réellement, sincèrement inquiet, ce qui est à peu près aussi aphrodisiaque que le goût de sa bouche encore sur la mienne. Il est évident que j'ai donné des raisons d'inquiétude à Jacob. Entre l'incident du box et le fait que je ne répondais pas à mon portable, Chris avait toutes les raisons de se tracasser. Ça, je l'accepte. Mais Chris est un dominateur de la pire espèce, et si j'ai découvert que lui accorder le contrôle en privé me procurait un plaisir immense et addictif, en dehors de la chambre j'ai besoin de ma liberté. Or je ne suis pas sûre qu'il soit capable de me l'accorder.

Le voiturier ouvre la portière de la 911 et ce qui reste de ma colère s'envole dans la froideur de la nuit. J'ai besoin de Chris. Besoin d'être dans ses bras, de le sentir proche. Avec cet homme, j'ai des besoins auxquels il m'est impossible d'échapper.

Dès que je pose un pied hors de la voiture, je cherche immédiatement Chris des yeux. Il est en train de descendre de sa Harley et, bon Dieu, qu'il est sexy sur cette bécane ! Si Mark est le pouvoir, Chris est la domination absolue, et il le sait. Je le vois dans sa grâce nonchalante, curieusement mêlée d'une rudesse mâle et dominante. Il n'a pas besoin que les gens l'appellent d'une certaine façon, ni de les intimider au point de leur faire boire leur café froid, comme Mark l'a fait avec moi. Quand il a besoin du pouvoir, il l'a. Quand il le veut, il le réclame. Quand il me veut, il me réclame et mon estomac se noue de peur à l'idée que cela cesse un jour.

Il tend son casque et ses clefs à un deuxième portier, puis son attention se porte entièrement sur moi. Un désir pur, animal et puissant se déverse de lui à grands flots et m'engloutit. Incapable de bouger, je reste sous le choc. Il s'approche de moi de sa démarche arrogante et tranquille, et quand Rich me tend mon attaché-case, il le lui prend des mains pour passer la bandoulière sur son épaule. Ses doigts effleurent alors mon bras et ma veste ne suffit pas à me protéger de la décharge électrique que provoque ce contact.

— Entrons pour… discuter, murmure-t-il.

Je déglutis avec peine.

— Oui, allons discuter.

Nous avons gravi deux marches lorsque j'entends le portier nous rappeler.

— N'oubliez pas ceci.

Il apparaît devant moi et me tend le journal.

Le souffle coupé, je lève les yeux vers Chris, au moment où il les baisse sur la reliure de cuir rouge que j'ai désormais entre les mains. D'interminables secondes s'égrènent, au terme desquelles je devrais m'expliquer, mais une partie de moi cherche sans doute à être punie, au fond. Alors j'attends sa réaction. Enfin, il relève la tête et dans son regard, je ne lis qu'accusations et doutes. J'en ai le cœur qui saigne. Je lui ai avoué avoir lu une page du journal avant de l'enfermer, et au lieu d'avoir gagné sa confiance par mon honnêteté, c'est tout l'inverse que je recueille. Sentant que je vais exploser, malgré les nombreux regards rivés sur nous, je prends une profonde inspiration et parviens à me maîtriser. Faire une scène n'est pas mon style, surtout quand cela ne m'apportera qu'une satisfaction momentanée.

Rappelant Rich, je me tourne pour l'attraper par le bras.

— J'ai besoin de ma voiture, lui dis-je.

— Non, intervient Chris d'une voix grave et menaçante. (Sa main se referme sur mon avant-bras.) Elle n'en a pas besoin.

Je lui jette un coup d'œil censé le remettre à sa place, au lieu de quoi je me retrouve capturée par son regard acéré et autoritaire.

— Je te jure, Sara, lâche-t-il à voix basse mais avec une intensité impressionnante, je te porterai sur mon épaule, s'il le faut.

Je suis désarmée quelques secondes par le frisson exquis que sa menace fait courir à travers mon corps. Je suis humide, je suis chaude et n'ai en fait qu'une envie : me retrouver sur son épaule et dans son appartement, nue et à sa merci. Même si son manque de confiance me blesse profondément, je ne peux réprimer le plaisir que suscite un traitement barbare promis avec une telle vigueur. Preuve s'il en était besoin que je suis vulnérable face à cet homme.

Je soutiens son regard, persuadée qu'il serait capable de mettre sa menace à exécution.

— OK, je monte, mais je ne reste pas.

Il ne cille pas, ne répond pas non plus. Il m'étudie, me passe aux rayons X, et je me demande s'il lit ma réaction à sa menace sur mon visage, si je suis aussi transparente que la vitre contre laquelle il m'a prise une fois.

Sans un mot, il me libère et je me dirige vers la porte. Il m'emboîte le pas. Je serre dans ma main le journal, bien décidée à ne pas oublier sa défiance et je me sens mal à l'aise à la pensée que si je ne l'ai pas méritée cette fois-ci, je mérite quand même ce qu'il pense de moi. Je goûte en fait un aperçu de ce qui arrivera quand il apprendra le vrai mensonge que je lui ai raconté. Et je n'aime pas ça. Quelque chose commence à bouillonner au fond de moi, mélange d'émotions sauvages, brûlantes et dangereuses, que je parviens tout juste à contenir.

Nous pénétrons dans le bâtiment. Jacob est à la réception. Je réussis à le saluer d'un petit signe de tête. Puis Chris et moi montons dans l'ascenseur, côte à côte, à seulement quelques centimètres l'un de l'autre. L'air semble s'épaissir dans la cabine, lourd de non-dits qui créent une tension prête à exploser à tout instant.

Sans que je décide consciemment d'agir, cela se produit à la seconde où les portes se ferment. Je pivote vers Chris et lui flanque le journal contre la poitrine.

— Mark me l'a donné aujourd'hui. Ce sont les notes professionnelles de Rebecca. Je t'ai dit que j'avais mis ces fichus journaux intimes au coffre, et je l'ai fait.

Il me menotte le poignet et m'attire à lui. Le journal se retrouve coincé entre nous deux.

— Tu ne sens pas que je n'ai aucune envie d'entendre prononcer le nom de Mark, là ? Il n'aurait jamais dû te laisser aller seule chez Alvarez.

Sa voix est tendue, ses paroles rendues acerbes par la colère qu'il m'a avouée lorsque nous étions devant chez Ricco, et je me rends compte qu'il a soigneusement maîtrisé sa fureur. Je le sens dans la raideur de son corps plaqué au mien, le vois dans la lueur dure qui allume ses prunelles. Tout chez lui est régi par cette sacro-sainte maîtrise de soi, j'ai trop souvent tendance à l'oublier.

— C'est mon patron, parviens-je à répondre malgré mes lèvres tremblantes. Ça n'est pas mon tuteur, et d'ailleurs toi non plus.

Ses yeux verts scintillent de lames d'ambre et d'acier.

— Je te l'ai dit, Sara, je vais te protéger.

Ses mots recèlent une possessivité absolue qui m'excite et m'irrite à la fois. Une fois de plus, je suis frappée par le peu de choses que je sais en fait de moi-même, et les raisons qui me poussent à réagir comme je le fais devant cet aspect-là de la personnalité de Chris.

— La ligne de démarcation entre me protéger et me contrôler, Chris, c'est mon travail.

— Pour le moment, je me contrefiche des lignes, Sara. Je n'ai aucune intention de revivre l'enfer que j'ai vécu ce soir quand tu refusais de décrocher ton téléphone.

Je suis sidérée par la véhémence de sa réponse, la gravité du ton, que je sens empreint d'une menace dont je ne comprends pas l'objet.

— Qu'est-ce que ça veut dire, ça ?

Il plonge les doigts dans ma chevelure et me tire à lui, jusqu'à ce que ma bouche soit juste à côté de la sienne. Si proche que je peux presque goûter la domination qu'il exerce si aisément.

— Ça veut dire, souffle-t-il, ça veut dire que ce soir, Sara, il n'y aura ni *paddles* roses ni fourrure, ni pour toi ni pour moi.

13

Sitôt que le tintement indique l'ouverture des portes, Chris m'attrape par la main et m'entraîne à l'intérieur de son appartement. Avant que j'aie le temps de souffler, je me retrouve face au mur de la pièce, une main toujours agrippée au journal, l'autre plaquée contre la surface froide. Chris se positionne derrière moi, couvrant mon corps du sien, imposant, et la dureté que je sens est tout autant physique que psychologique.

Sa main se colle au milieu de mon dos, comme pour me marquer, me contrôler, puis il me débarrasse de mon sac à main qu'il jette au sol. Je le devine qui retire sa veste d'un mouvement sec, avant de s'attaquer à la mienne, mais elle se prend dans le journal. La main de Chris se referme sur le carnet.

L'air semble s'épaissir et pendant plusieurs secondes nous cramponnons tous les deux le journal, les doigts serrés ensemble sur le cuir rouge. Des images érotiques suscitées par les mots de Rebecca dansent devant mes yeux, notamment un passage concernant Chris. Je me demande si lui aussi pense à ça, ou à quelque chose de complètement différent. À Rebecca peut-être ? J'ai envie de lui poser la question, mais le pincement violent qui me tenaille la poitrine m'en empêche.

Finalement, Chris récupère le journal, je n'ai aucune idée de l'endroit où il le remise. En un instant il est parti et ma veste avec. Puis il revient se poster derrière moi et j'oublie tout le reste. Il place une main possessive sur chacune de mes hanches et sa bouche, cette bouche délicieuse, quoique parfois brutale, m'effleure l'oreille.

— Tu réclames de la douleur, bébé, tu veux voir mon côté sombre ? Eh bien, tu as gagné.

Une onde de choc me traverse à l'annonce de cette promesse inattendue. Je nous revois tous les deux agrippés au journal, je pense aux pages les plus sombres qui me terrifient et m'intriguent à la fois.

— Tes craintes que je ne sois pas capable de supporter cet aspect de toi ont-elles disparu, Chris ? parviens-je à demander d'une voix tremblante.

— Ce qui est arrivé ce soir a tout changé, réplique-t-il. (Il n'y a pas une once d'incertitude dans sa voix, qui n'est qu'acier et colère froide.) Et je vais te donner une vraie bonne raison de réfléchir à deux fois avant que ça recommence.

Des émotions contradictoires me submergent : j'attends sa possessivité autant que j'y résiste. Je suis tirée brutalement de mes pensées quand il relève soudain ma robe jusqu'à mes hanches, révélant mes fesses. J'entends la soie de ma culotte se déchirer, avant de sentir la morsure du tissu arraché à mon corps. Les mains de Chris me caressent le dos et la tension incroyable qu'il exsude me renverse telle une vague.

Il s'appuie contre moi, ses lèvres chatouillent mon lobe, son souffle chaud sur ma peau promet des instants délicieux et interdits que Chris seul sait inventer.

— Avant la fin de la nuit, je t'aurai fessée, Sara.

Ses paroles sont velours et menace à la fois et j'ai du mal à respirer, alors pour ce qui est de donner une réponse cohérente... Il me fait pivoter face à lui et me relève les bras au-dessus de la tête, les maintenant d'une seule main.

— Mais avant, je vais t'emmener aux portes de l'extase et t'en éloigner tant de fois que tu croiras devenir folle. Comme moi, quand tu ne répondais pas au téléphone.

Il descend la fermeture Éclair de ma robe jusqu'à la taille, dégrafe mon soutien-gorge et entreprend de titiller mes tétons.

— Des objections ?

— En tiendrais-tu compte ? murmuré-je, déjà soulevée par des vagues de plaisir.

— Non, hormis si tu me demandes d'arrêter.

Il se penche et me mordille la lèvre comme il l'a fait la dernière fois, avant d'apaiser la morsure en y posant sa langue.

— Mais si tu dis « stop », Sara, sois bien sûre de toi, car j'obéirai. Compris ?

— Chris…

— Réponds-moi, Sara.

Ses doigts glissent entre mes cuisses, écartant la chaleur humide de mes chairs sensibles, tandis que mes seins en demandent plus. J'ai la très nette impression qu'il est en train de me rappeler pourquoi prononcer le mot « stop » serait une erreur.

— Oui, haleté-je. Oui, je comprends.

Il me caresse le clitoris de son pouce et glisse deux doigts à l'intérieur de ma fente, qu'il étire pour me remplir. Le plaisir et l'anticipation du moment où il va me pénétrer m'arrachent un gémissement.

— Jouis avant que je t'en donne l'autorisation et tu auras droit à ta fessée sur-le-champ.

— Qu… Quoi ? bredouillé-je. Je ne peux pas…

— Si, tu peux. Et tu vas le faire.

Ses paroles sont aussi puissantes que ses caresses et je sens monter en moi le goût doux-amer de l'orgasme.

— Pourquoi ai-je la sensation que tu te réjouirais de mon échec ?

— Parce que j'ai très envie de te fesser.

Ses lèvres effleurent les miennes, ses doigts me touchent avec une précision lente et démoniaque qui me rend dingue.

— Et que tu as envie que je le fasse aussi.

Il a raison, même si j'ignore pourquoi, pourtant la certitude qu'il le fera est d'un érotisme si intense que mon sexe se serre autour de ses doigts. La montée de l'orgasme est presque aussi excitante que sa main posée au creux de mes reins.

Mais soudain ses doigts me quittent, me refusent le plaisir et je lâche un grognement frustré.

— Chris, merde...

— Maudis-moi autant que tu veux, tu ne jouiras pas avant que je t'en donne la permission.

Il me caresse un téton, qu'il pince et tire sans ménagement.

— Je vais te libérer les poignets, mais tu ne les bougeras pas. Compris ?

Non, je ne comprends pas ! J'opine néanmoins du chef, certaine que lui obéir est mon seul moyen d'obtenir satisfaction.

La main qui me titille le téton retombe et il me scrute, comme s'il jaugeait ma force mentale, à moins qu'il ne soit juste en train de me torturer en refusant de me toucher. Je suis sur le point de hurler à l'injustice quand il tombe sur un genou devant moi, les paumes sur mes hanches.

Levant les yeux vers moi, il accroche mon regard et j'ai envie de coller les parties les plus intimes de mon corps contre sa bouche. Lentement, celle-ci descend, mais pas à l'endroit où je meurs d'envie qu'il la pose, non, sur mon ventre. Le contact doux et tentateur de ses lèvres, suivi par la délicate caresse de sa langue, fait courir un frisson à travers tout mon corps et mon ventre tremble sous sa bouche. Le contraste entre son extrême tendresse et sa dureté intransigeante m'excite au plus haut point, jamais je n'ai éprouvé pareille fièvre.

Lentement, il laisse glisser ses lèvres sur la peau tendre, sa langue plonge dans mon nombril, dessine ma hanche, avant de s'arrêter juste au-dessus du V de mes jambes.

Ma respiration se fait saccadée, je me retiens à grand peine de le toucher, et les muscles de mon sexe se serrent si fort que ç'en est douloureux.

— Chris, supplié-je quand je n'en peux plus.

Il récompense mon impatience d'un coup de langue sur le clitoris. *Oh oui ! S'il te plaît, encore !* pensé-je, sans pour autant oser prononcer les mots à haute voix, de peur qu'il ne fasse exactement le contraire. Je gémis et une autre caresse s'ensuit. Quand enfin sa bouche se referme sur mes lèvres intimes, une exquise chaleur m'envahit. Il suçote mon clitoris gonflé, s'enfonce profondément entre mes chairs ultrasensibles, usant de sa langue juste aux bons moments, tant et si bien que je suis sur le point de perdre la tête. Les sensations déferlent sur moi, me privant de toute volonté, de toute maîtrise de mon corps. Je plonge dans l'orgasme et immédiatement il retire sa bouche, me refusant une satisfaction complète, laissant mes muscles pulser de cette jouissance inachevée.

Mes genoux flageolent mais déjà il est debout, un bras passé autour de ma taille, et il me soutient. Il me soulève même dans ses bras et se dirige vers sa chambre. Ses paroles repassent en boucle dans ma tête : « Jouis avant que je t'en donne l'autorisation et tu auras droit à ta fessée sur-le-champ. » Chris ne fait jamais de promesses en l'air. Mon cœur s'emballe à la certitude du châtiment qui m'attend.

14

Chris me porte jusqu'à sa chambre et je me rends compte qu'en fait je suis bien plus excitée qu'inquiète à l'idée de cette fessée. Je suis trop perdue dans mon désir pour me soucier de pénétrer les sombres secrets de Chris Merit. Au contraire, je demande à avoir cet aperçu de sa psyché depuis longtemps déjà, et je croyais qu'il me faudrait plus longtemps pour l'obtenir. Je suis bien consciente que sa colère et son besoin possessif de me protéger ont ouvert une brèche vers son côté obscur, et je me délecte de ma capacité à susciter de tels émois en lui. Certes, je vois bien que la façon dont nous réagissons l'un à l'autre reflète l'état pitoyable dans lequel nous sommes, mais en cet instant je préfère ne pas y penser.

Il me repose au centre de la pièce, le lit est dans mon dos et la salle de bains face à moi. Je m'aperçois dans le miroir. Le haut de ma robe est ouvert, le bas relevé jusqu'à la taille, ce qui me laisse quasi nue, plutôt ridicule que sexy.

Alors que j'essaie de baisser le tissu, Chris vient à ma rescousse et descend les bretelles de la robe et du soutien-gorge sur mes avant-bras, avant de les faire glisser sur mes hanches. La robe tombe à mes pieds, je me retrouve en bas et escarpins.

Je me débarrasse de mes vêtements et Chris me ceint la taille de ses bras puissants. Je fonds contre les lignes dures de son corps musculeux. Il me soulève, repousse mes vêtements au loin, puis il me repose délicatement au sol, sans me lâcher.

Nos regards se croisent et s'emprisonnent, la lueur prédatrice qui allume le sien est sans équivoque, tout comme l'excitation extrême qui alourdit l'atmosphère.

— Je t'avais ordonné de ne pas jouir sans ma permission, murmure-t-il d'une voix rendue rauque par le désir.

Je me mordille nerveusement la lèvre inférieure.

— Je n'ai jamais été très douée pour respecter les règles.

Ses pupilles scintillent de flocons ambrés.

— Je m'en rends compte. Et il se peut même que j'aime ça, encore plus que si tu étais soumise.

J'agrippe son tee-shirt.

— Parce que tu veux me fesser ?

Sitôt la bouche refermée, je baisse les yeux, embarrassée par ma propre question.

Il passe un doigt sous mon menton, m'obligeant à le regarder dans les yeux.

— Et toi aussi, tu en as envie.

— Je... Je ne sais pas ce que je veux.

Il me tourne face au lit, une main plaquée sur mon ventre dans un geste possessif, et son gland épais me titille le bas du dos.

— Eh bien, il est temps de le découvrir, alors.

Sa voix est sexy en diable, ses lèvres m'effleurent l'épaule, faisant courir un frisson le long de mon échine.

— Ne te retourne pas.

Immédiatement, une vague de panique déferle sur moi.

— Mais...

— Tu sauras quand ça va arriver, me promet-il, tandis qu'il promène les mains entre ma taille et mon fessier nu, dont il caresse puis tapote doucement un globe.

La sensation inattendue me tire un petit cri sourd auquel il répond par le doux roulement de son rire grave. Le son me pénètre et vibre à travers moi. Il n'est plus furieux, plus dirigé par les émotions qui, je pensais, lui dictaient ses actes, et pourtant il va me fesser. Je ne sais que faire de cette information, et de toute façon je suis trop perturbée et trop nerveuse pour réfléchir. Un froissement de tissu me parvient – il se déshabille – et j'essaie de visualiser ce qu'il fait, de prévoir ses gestes, de peur d'être surprise. Certes, il m'a dit qu'il m'avertirait avant de me frapper, mais si ça se trouve, ce sera trois secondes avant le coup. Il a l'air de prendre tout son temps, en tout cas, à moins que ce ne soit l'effet de mon impatience. Je n'en peux plus. J'essaie de me contorsionner pour tourner la tête mais il me saisit par la taille et je sens la pulsation dure de son sexe contre mon bassin.

— Il va vraiment falloir qu'on travaille sur cette histoire d'obéissance aux ordres, on dirait, chuchote-t-il.

Sur quoi il me soulève sans avertissement, pour me reposer sur le podium où trône le lit.

— Tu vas grimper au centre du lit, à quatre pattes, Sara. Une fois en place, je vais te fesser six fois seulement, vite et fort, puis je te prendrai jusqu'à ce que nous jouissions tous les deux. Compte les coups et tu sauras quand ça va finir. Compris ?

À cet instant précis, je comprends enfin la raison pour laquelle cette histoire de fessée me plaît. Depuis le début, j'ai senti non seulement que Chris était capable de me comprendre, mais que lui seul, à cause de la connexion que je ressens avec lui, pouvait m'aider à me dépêtrer du « moi » que j'ai laissé tapi tout au fond d'un recoin secret de mon esprit. Il m'oblige à faire face à ce moi, et en même temps il est mon exutoire quand ça devient trop dur. Ce soir, cet exutoire a atteint un stade nouveau. Il m'emmène en un lieu où la douleur de mon passé refait surface et se mue en plaisir. Du moins je l'espère.

— Dis « non » et nous arrêtons tout, murmure-il doucement à mon oreille.

— Oui.

Ma voix est rauque et je répète ma réponse plus fermement.

— Oui. Je comprends ce qui va se passer.

— Dis-le, afin que j'en sois bien sûr.

Je m'humecte les lèvres.

— Je vais monter sur le lit, à quatre pattes. Tu vas me fesser et puis on baisera. Je suis censée compter jusqu'à six.

— Monte sur le lit, Sara, ordonne-t-il après un silence.

Je décèle une tendresse dans sa voix qui n'était pas apparue jusqu'à présent, ce soir.

Lentement, je m'approche du lit et le matelas s'enfonce sous le poids de nos deux corps. Chris me suit, les mains toujours posées sur mon dos, mes fesses, qu'il touche, qu'il caresse, visiblement titillé par ce qui va suivre. Une fois au centre du lit, je suis soulevée par une vague d'adrénaline, consumée par l'excitation du moment où il va me battre. C'est presque plus que je ne peux en supporter. Un coup d'œil par-dessus mon épaule, avide de réponses, me révèle Chris à genoux derrière moi.

— Regarde droit devant toi, ordonne-t-il.

Immédiatement, je retourne la tête, mais la panique me gagne. Les mains de Chris sont toujours sur mon dos et ma taille. Encore et encore, il me caresse et je n'en peux plus d'ignorer quand la douceur va se transformer en quelque chose de très différent. Il faut que j'interrompe ça tout de suite. Il faut...

La main s'abat sur ma fesse, un coup vif qui me mord la chair, et alors que je m'apprête à crier le deuxième coup tombe déjà, puis le suivant. Je ne sais comment, je pense à les compter. Trois. Quatre. Le cinquième est plus dur, plus profond. J'arc-boute le dos face à la sensation et le sixième atterrit avec plus de puissance encore. Je me rends tout juste compte que la fessée est terminée et que Chris s'introduit en moi, que son membre épais étire ma peau sensible. Il plonge loin, fort, il s'enfonce profondément, sans perdre de temps en préliminaires. Il entame sur-le-champ un va-et-vient, balançant les hanches tandis que son membre me pénètre avec force, ressort, rentre à nouveau. Encore. Encore.

Je ressens chaque assaut dans mon corps tout entier, comme si mes terminaisons nerveuses étaient plus vivantes que jamais. Le plaisir surpasse tout le reste et je me tends vers lui, haletante, gémissante, jusqu'à ce qu'enfin la jouissance qui m'a été refusée plus tôt soit à nouveau à portée de main, je peux presque la toucher, l'attraper et ne plus jamais la laisser m'échapper.

Je m'entends hurler, mais je ne reconnais pas le son qui sort de ma gorge. Jamais je ne crierais aussi fort, et pourtant c'est bien moi, et mon corps tout entier réclame son dû. Chacun de mes muscles semble en feu, et soudain mon sexe se crispe autour de celui de Chris. Une série de spasmes s'empare de moi. Mon corps sursaute, le plaisir tourbillonne tout au fond de mon ventre, avant de se répandre à travers mon organisme. Un son grave, guttural s'échappe des lèvres de Chris, qui s'enfonce plus profondément encore. Et quand je sens la chaleur humide de son sperme, mes membres commencent à se détendre. Mes bras sont soudain mous, je tombe sur les coudes. Chris roule sur le flanc et me prend dans ses bras pour coller mon dos à son torse.

Il noue ses jambes aux miennes, m'enveloppe de ses bras. Je me sens protégée, choyée et, à ma plus grande surprise, extrêmement émue. J'ai les yeux qui picotent, une tempête émotionnelle monte en moi que je crains de ne pouvoir maîtriser. Les larmes coulent, un sanglot s'échappe de ma gorge et avant que j'aie le temps d'opposer la moindre résistance, mon corps est secoué d'autres sanglots, il tremble de façon incontrôlable.

Morte de honte, j'essaie de me lever, mais Chris me retient pour enfouir son visage dans mon cou.

— Laisse sortir les émotions, bébé.

Ce que je fais, car de toute façon je n'ai pas le choix. J'ignore combien de temps je pleure, mais quand cela prend fin, je me cache le visage entre les mains, gênée d'avoir perdu le contrôle. Chris me caresse les cheveux avec la délicatesse que je commence à aimer, puis il me tend un mouchoir. Je m'essuie les yeux, maudissant mon nez aussi douloureux que si on y avait enfoncé une épingle à nourrice.

Je n'ose toujours pas regarder Chris.

— Je ne sais pas ce qui s'est passé.

Il me tourne pour que je me retrouve face à lui et capture mon regard.

— C'est l'adrénaline, m'explique-t-il, avant de glisser un oreiller sous notre tête. Ça arrive à plein de gens.

— Je croyais que l'idée était de trouver le plaisir à travers la douleur, pas de craquer.

— Tu dois découvrir tes points sensibles et tes limites.

Il me passe une mèche de cheveux derrière l'oreille.

— Après que tu m'as parlé des *paddles* roses, je me suis douté que tu voulais essayer, sinon je ne t'aurais pas emmenée où nous sommes allés ce soir.

Je me rappelle le moment où j'ai compris que Chris n'était plus en colère, et où il m'a tout de même fessée.

— Tu as donc changé d'avis, tu es prêt à explorer tes passions obscures avec moi ?

— Jamais je n'ai refusé d'explorer quoi que ce soit avec toi, Sara. Mais j'ai des limites strictes et qui ne changeront pas.

— C'est-à-dire ?

— Pas de clubs. Pas de colliers. Pas de bâtons ni de fouets. Pas de jeu de maître et soumise. Du moins, précise-t-il, une lueur canaille dans les pupilles, tant que tu comprends que c'est moi qui décide.

Je ris, sachant qu'il fait exprès de garder une certaine légèreté et d'éviter plus ou moins ma question, mais je décide de le laisser s'en tirer à bon compte, hormis sur cette histoire de contrôle.

— Pendant l'amour seulement.

Il hausse un sourcil.

— On verra ça.

— Non, on ne verra rien du tout.

— Dans ce cas, je vais peut-être devoir t'attacher au lit, suggère-t-il en m'attirant à lui.

Je ne suis pas certaine qu'il plaisante complètement.

— Je dois m'estimer heureuse que cette riche idée n'ait pas germé dans ton cerveau quand tu étais furieux, j'imagine. Tu étais plutôt remonté.

Son humeur prend le virage à cent quatre-vingts degrés auquel je me suis habituée et sa voix devient soudain très grave.

— Je suis toujours fou furieux contre toi, Sara, mais tu dois savoir que jamais je ne te toucherais sans avoir ton plaisir en ligne de mire. Ce qui ne signifie pas que je n'ai pas apprécié de te rendre dingue, tout comme tu l'as fait pour moi ce soir. J'y ai pris beaucoup de plaisir. Bref, tu n'aurais pas dû aller chez Alvarez seule.

Mes défenses se réveillent.

— Chris…

Il se penche pour déposer un baiser sur mes lèvres.

— C'est ton travail, j'ai compris. Mais si tu t'imagines que ça va m'empêcher de te protéger, tu te trompes. La prochaine fois, n'oublie pas ton portable dans ta veste.

J'esquisse une grimace.

— Et toi, la prochaine fois, ne va pas t'imaginer le pire.

— Tu fais allusion au journal ?

— Oui. Ça m'a blessée que tu aies pu suspecter un mensonge de ma part.

— Je suis désolé. Jamais je ne te blesserais volontairement.

Aucun des mâles dominants que j'ai rencontrés dans ma vie ne se serait excusé aussi facilement. Selon moi, c'est un signe de force, pas de faiblesse.

— Ma réaction n'avait rien à voir avec un manque de confiance, poursuit-il. En revanche, ça me rend dingue de penser que tu puisses me juger à travers les actes des autres. (Ses yeux prennent une lueur plus tendre.) Je ne suis pas obligé de partir avant demain, assez tard. Je sais d'avance comment tu vas réagir, mais écoute-moi jusqu'au bout : j'aimerais que tu t'arranges pour prendre l'avion avec moi.

J'ouvre la bouche, prête à objecter, mais il m'embrasse, sa langue entamant une lente et sensuelle caresse.

— Écoute-moi, répète-t-il.

— Tu m'as convaincue.

— De venir avec moi ?

Je souris.

— De t'écouter.

— Il y a un certain nombre de grosses pointures, parmi mes partenaires de ces prochains jours, dont je sais que Mark rêverait d'obtenir la clientèle. Ta venue à L.A. pourrait lui être présentée comme un investissement pour sa galerie.

— Il y aura qui, par exemple ?

— Maria Mendez. Elle n'a jamais exposé son travail chez *Allure*. Je pense qu'elle pourrait se laisser convaincre de donner une toile en faveur de la fondation et de passer par *Riptide* pour en organiser la vente. Nicolas Matthews, le *quarterback* star des New York Jets, sera là, lui aussi. Ce n'est pas un artiste, mais je crois qu'obtenir de lui un don pour *Riptide* serait aussi facile que de lui tendre un ballon et un stylo pour qu'il te signe un autographe.

La perspective de faire ce voyage avec Chris me plaît beaucoup.

— Tu penses que ce sera suffisant pour que Mark accepte ce voyage ?

— J'en suis sûr et certain.

— Parce que tu connais Mark ?

— Je connais Mark bien mieux que je ne le souhaiterais.

Il roule hors du lit avant que je puisse lui soutirer plus d'informations, puis il traverse la pièce dans toute sa splendide nudité pour récupérer son pantalon. Il en retire son portable, qu'il me lance.

— Je n'ai pas mémorisé son numéro, dis-je en l'attrapant.

— Appuie sur le numéro 4, il est préenregistré.

— Tu as le numéro de Mark en raccourci clavier ?

— Le prix à payer pour faire des affaires avec lui, c'est que je ne pourrai jamais me débarrasser de lui, et vu qu'il effectue des dons à ma fondation, je n'en ai pas très envie non plus.

Il avance vers moi, plein de grâce masculine et d'assurance, puis me rejoint sur le lit.

— Au cas où tu aurais besoin d'une incitation supplémentaire pour quitter la galerie, j'ai rendez-vous avec le détective privé demain et tu peux m'accompagner si tu es libre.

J'appuie sur le 4.

— Merit ? répond Mark en décrochant.

Le ton est tendu.

— Non, en fait, c'est moi.

— Mademoiselle McMillan. Je crois comprendre pourquoi je n'ai pas reçu mon appel après votre rendez-vous avec Alvarez. Vous étiez occupée.

Et merde.

— J'avais oublié mon portable dans ma veste, mais quoi qu'il en soit, ça ne s'est pas très bien passé. Il prétend que vous comprendrez ses raisons de ne pas travailler avec vous.

— Dans ce cas, pourquoi a-t-il accepté de vous recevoir ?

— Pour essayer de me voler à vous.

Chris hausse un sourcil surpris et je hoche la tête à son intention pour lui confirmer que ça s'est bien passé ainsi. À sa façon de se frotter la mâchoire, je comprends qu'il n'est pas ravi.

À l'autre bout du fil, le silence de Mark m'indique la même chose. Il s'étire sans fin.

— Je lui ai répondu que je tenais à rester fidèle à *Allure*. À ce propos, j'ai une autre opportunité dont je voudrais vous faire part.

Mes nerfs commencent à prendre le dessus et je me lance dans un long discours sur l'événement, les invités et *Riptide*.

— Et voyez-vous...

— Assez, mademoiselle McMillan. Dites à Chris qu'il a bien œuvré, en vous armant de raisons susceptibles de me convaincre, mais assurez-vous surtout de me ramener des clients.

Sur ce, il raccroche sans un au revoir. J'écarte le téléphone de mon oreille et continue de le fixer, les yeux écarquillés.

En riant, Chris me prend l'appareil des mains.

— Arrête de regarder cet appareil comme s'il allait te mordre. Je crois que je te dois un orgasme ou deux, ajoute-t-il en m'attirant contre lui.

— Six, précisément, corrigé-je. Un pour chaque coup que tu m'as donné.

Il a les yeux qui brillent.

— Cinq alors, vu que tu en as déjà eu un.

Il se penche pour me donner un baiser et je pose mes doigts sur sa bouche.

— Si tu te débrouilles bien, tu pourras me fesser à nouveau.

— J'ai toujours aimé les défis.

Il recouvre ma bouche de la sienne et je suis bien certaine que quel que soit le nombre au final, c'est là un défi que je ne peux pas perdre.

Trois orgasmes plus tard, je suis nue quand Chris m'emporte jusqu'à sa salle de bains. Il me pose sur le rebord du lavabo, puis il se dirige vers l'étagère à serviettes. J'en profite pour étudier le dragon tatoué sur son bras, en songeant à l'adolescent perdu et blessé qu'il était quand il se l'est fait faire. À quel âge est-il entré dans le monde du BDSM ? Que me cache-t-il ?

— Tu as déjà fait une réaction à l'adrénaline semblable à la mienne, ce soir ?

Par ma question, j'espère l'amener à me parler. Mais il se fige, alors qu'il était sur le point de lancer la serviette sur le rebord de la cabine de douche. Manifestement, j'ai touché une corde sensible.

Il finit néanmoins par terminer son geste, puis il me jette un coup d'œil et entre dans la cabine.

— Non. Je te l'ai dit, je me maîtrise toujours. Je procure aux gens ce qu'ils aiment, néanmoins je ne donne pas dedans moi-même.

Il ouvre le robinet d'eau.

— Mais comment peux-tu faire ça quand quelqu'un… t'inflige de la douleur ? Tu as pourtant dit que tu aimais ça, non ? Que c'est ce dont tu as besoin ?

— Dont j'avais besoin, corrige-t-il en revenant me soulever dans ses bras. Et je ne mélange jamais ça avec le sexe.

— Tu demandes juste à quelqu'un de… de te battre ? je bredouille, sidérée.

— C'est de l'histoire ancienne.

Il me dépose dans la douche avec lui et l'eau chaude nous enveloppe. Me collant contre lui, il baisse les yeux vers moi.

— Si j'ai besoin de me perdre, je me perdrai en toi.

Et sa bouche se pose sur la mienne. Le baiser qu'il me donne est empreint de la douleur et du tourment qu'il ne m'autorise jamais à voir. Il est tellement plus abîmé que je l'imaginais, je me demande ce qu'il me reste à découvrir sur mon bel et talentueux artiste. Je me demande si je l'atteindrai vraiment un jour, si je parviendrai à stopper la souffrance qu'il garde en lui. Dans l'éventualité où j'ose me laisser aller à l'aimer de peur de ne pas lui suffire… Enfin, de toute façon, il est trop tard. Je l'aime déjà et je meurs d'envie de le lui avouer, de lui faire éprouver le même sentiment. Mais il me reste des choses à lui avouer avant, des choses qui vont me causer plus de souffrance que le fouet qu'il a juré ne jamais utiliser sur moi.

15

Je n'aime pas les flagellations publiques, mais je n'ai pas mon mot à dire. Il est mon Maître et j'ai accepté d'agir selon ses volontés. C'est toutefois mieux que lorsqu'il me partage, cela dit. Je déteste quand il me partage et peu m'importe qu'il prétende que c'est pour mon plaisir. Ça lui fait plaisir à lui, pas à moi, tout comme les nombreuses paires d'yeux que je dois endurer ce soir. La séance m'a semblé interminable, j'étais attachée à un poteau tandis qu'il me tournait autour, prêtant une attention égale à chaque partie de mon corps. Quand ça en a été fini, mes mamelons étaient douloureux, mon dos à vif et mes fesses cramoisies. J'étais mal à l'aise. J'ignore pourquoi ce soir était différent des autres, mais c'était bel et bien le cas, et je me sentais mal. Et du coup… lui aussi.

Je ne regrette pas que ce soit arrivé. Ça lui a fait plaisir, et après il m'a séduite avec la même perfection qu'il avait eue à me punir. Alors que je suis assise à écrire ces mots, je l'aime plus que jamais, même si je ne peux m'empêcher de me demander quel prix je devrai encore payer pour cette émotion. Il a été clair : il n'y a pas de place pour ce genre de sentiments dans sa vie et pas non plus dans la mienne, par voie de conséquence. Il pense que les déclarations d'amour compliquent la vie et entraînent des réactions irrationnelles chez les gens. Il dit que l'amour n'existe pas, qu'il s'agit seulement de différentes nuances de désir sexuel.

Je m'éveille en sursaut, cette page du journal de Rebecca dans la tête. Je cligne les yeux et la douce lumière du jour qui pénètre dans la chambre me tire progressivement de ces pensées pernicieuses. Le rêve enfin dissipé, j'esquisse un sourire en trouvant les bras de Chris enlacés autour de moi. Son corps tout entier est moulé au mien, l'une de ses mains d'artiste talentueux posée sur ma hanche et pour une fois, ce n'est pas son talent sur une toile qui traverse mes pensées, mais plutôt sa capacité à me donner du plaisir. Je pourrais aisément m'habituer à m'endormir totalement repue, pour me réveiller blottie contre un grand corps chaud d'homme.

— J'aime bien t'avoir dans mon lit. Je pense que je vais te garder là.

Mon sourire s'étire et je me tourne vers lui. Il a les cheveux ébouriffés d'une manière très sexy, en partie par l'œuvre de mes doigts.

— Tu aurais du mal à prendre ton avion depuis le lit.

— Je parlais plus généralement. Viens vivre avec moi, Sara.

Je blêmis.

— Quoi ?

— Tu m'as très bien entendu, fait-il en me caressant la joue. Viens vivre avec moi.

— On ne se connaît que depuis quelques semaines.

— J'en sais suffisamment sur toi.

Comme il se trompe !

— Tu n'avais jamais invité aucune femme à partager ton lit avant, et voilà que tu me proposes de vivre avec toi ?

— Elles n'étaient pas toi.

Ses paroles me réchauffent, au point que je suis tentée de plonger dans une mer profonde et bleu turquoise avec lui, prête à prendre le risque. Je le ferais, s'il n'y avait mon secret.

— Chris...

— Ne réponds pas tout de suite. Donne-toi le week-end pour y réfléchir.

Son portable sonne, et il roule sur le dos, vers la table de nuit.

— Bonjour, Katie.

Je m'adosse à la tête de lit en l'entendant mentionner sa marraine et le regarde actionner la télécommande des stores électroniques. Lentement, la magnifique lueur des gratte-ciel de San Francisco apparaît, mais je ne l'apprécie pas à sa juste valeur. Car je sais que le temps presse. Je dois tout dire à Chris, or je ne suis pas prête.

— Oui, elle est ici, répond-il à Katie. Elle te salue, m'informe-t-il alors que je tourne les yeux vers lui.

— Bonjour, Katie ! lancé-je, touchée que sa marraine s'inquiète de ma présence.

Je fais de mon mieux pour avoir l'air enjoué alors qu'au fond, j'ai l'impression de retenir une vitre brisée à bout de bras afin qu'elle n'explose pas en mille morceaux.

— Il faut que je voie avec Sara son planning pour décider quand nous pourrions passer, poursuit-il.

Un délicieux frisson me parcourt à l'idée qu'il m'imagine à ses côtés pour rendre visite à sa marraine, jusqu'à ce qu'il ajoute :

— Je ne retournerai pas à Paris sans passer te voir.

Paris. Je n'aurais pas cru pouvoir être plus bouleversée que je ne l'étais déjà ce matin, et pourtant ce seul mot me fait l'effet d'un coup en plein ventre. Toutes mes suppositions selon lesquelles son invitation signifiait quelque chose sont soudain anéanties. Le passage du journal que j'ai lu à mon réveil hurle dans ma tête. *Il dit que l'amour n'existe pas, qu'il s'agit seulement de différentes nuances de désir.* Je ne peux m'empêcher de me demander si Chris ressent la même chose. Comment peut-il me proposer d'emménager avec lui, de modifier ma vie tout entière, alors qu'il rentre bientôt à Paris ? Tout ça pour quoi ? Quelques semaines de parties de jambes en l'air, si exquises soient-elles ? Assez en tout cas pour me briser le cœur.

Tirant la couverture avec moi, je descends du lit et enfile à la hâte le tee-shirt de Chris que j'ai porté durant un raid à la cuisine, au beau milieu de la nuit. Son odeur mâle et boisée me pénètre, mais ça n'est pas très étonnant, si ? Le sexe, c'est son domaine d'expertise.

Je traverse la pièce à grandes enjambées, malgré son regard rivé sur moi, priant pour qu'il ne remarque pas mon humeur chagrine. Alors que je suis presque sortie de la chambre, sa main s'abat sur mon bras et je ferme les yeux.

— Je te rappelle, Katie, l'entends-je annoncer à son interlocutrice.

Il me fait pivoter face à lui, et je me rends compte de mon désavantage en posant le regard sur son corps magnifique. Et nu.

— Je dois y retourner pour les vacances et pour participer à des manifestations caritatives, m'explique-t-il. Je veux que tu viennes avec moi.

Je secoue la tête, persuadée que ça ne pourra que me faire souffrir.

— Je…

— Tu as un travail, achève-t-il à ma place. Je sais. Tu as ton acte de naissance ?

— À mon appartement, mais…

— Bien. On va passer le prendre, ainsi tu pourras faire ta demande de passeport aujourd'hui même.

— Je ne peux pas partir comme ça.

— Les opportunités sont immenses à Paris, et je peux t'ouvrir des portes.

— Toute ma vie durant, d'autres personnes ont obtenu des choses pour moi. Je ne veux pas répéter ce scénario. Non, pas question.

— Tu as peur de compter sur moi.

— J'ai peur de ne pas pouvoir compter sur moi-même.

Je perçois une lueur émue dans son regard scrutateur, puis son expression devient indéchiffrable. Il relâche mon bras.

— Je comprends, fait-il d'une voix monocorde.

J'ai dû le blesser, et la réalité me frappe soudain en plein visage. Je me suis persuadée qu'il était une sorte de démon, pour éviter les vrais démons de mon passé. En deux petits pas, je suis devant lui et je noue les bras autour de son cou pour poser la joue contre son torse.

— Je ne crois pas que tu te rendes compte à quel point je tiens à toi, ni avec quelle facilité et quelle brutalité tu pourrais me blesser. (Je lève le visage pour qu'il puisse lire la vérité dans mes yeux.) Alors oui, j'ai peur de compter trop sur toi.

Je sens la tension fuir son corps et son expression s'adoucir. Il me passe une main dans les cheveux, avec une extrême délicatesse.

— Eh bien, dans ce cas, nous aurons peur ensemble.

— Tu as peur, toi ?

J'avoue que cette confession me sidère.

— Tu es la meilleure poussée d'adrénaline que j'aie eue de ma vie, bébé. Bien plus agréable que la douleur que tu as remplacée.

Pour la première fois, je songe que peut-être, oui peut-être, je suis tout ce dont Chris a besoin.

Une heure plus tard, je me tiens devant l'évier de la cuisine à siroter mon café, pendant que Chris discute au téléphone avec l'un des membres de sa fondation, dans la pièce adjacente. Je songe encore à sa proposition d'emménager avec lui, repassant dans ma tête un souci après l'autre. Comment parviendrai-je à conserver mon travail et mon identité ? Ai-je besoin de mon travail pour garder mon identité, si je saisis de nouvelles opportunités ? Est-ce que tout cela importera encore, une fois que Chris apprendra que je lui ai menti ? Comprendra-t-il pourquoi je l'ai fait ? Pourquoi ai-je autant honte de la vérité ? Car si quelqu'un est en mesure de l'appréhender, je pense sincèrement que c'est Chris.

— Tu es prête ?

Il me rejoint dans la cuisine et mes lèvres s'étirent en un sourire quand je le vois. Il porte un jean et un tee-shirt marron estampillé « Galerie Allure » assorti au mien – qui lui est rose –, deux cadeaux de Mark reçus par coursier spécial.

— Je n'arrive toujours pas à croire que tu aies accepté de porter ce tee-shirt.

Il s'immobilise face à moi et son odeur délicieusement boisée – c'est Chris, cette odeur – me taquine les narines avant de s'immiscer à travers les pores de ma peau.

— J'ai eu des désaccords avec Mark, mais il a toujours soutenu l'hôpital.

J'ouvre la bouche pour demander exactement de quels désaccords il s'agit, mais il me prend ma tasse des mains et en avale le contenu. Ce n'est pas la première fois que nous partageons un café, pourtant je ressens une intimité nouvelle entre nous, au plus profond de mon être. Nos regards se croisent et aussitôt je serre les jambes pour retenir l'humidité qui les brûle.

Chris m'enlace en posant la tasse dans l'évier, une main sur ma nuque et sa bouche sur la mienne. Je frissonne et le sourire qui s'esquisse sur ses lèvres m'indique qu'il a remarqué ma réaction.

— Tu as un goût de café et de tentation, murmure-t-il. Si on n'y va pas maintenant, on ne partira jamais.

Il se redresse et je jette un coup d'œil approbateur à son tee-shirt marron qui moule chaque muscle de son torse ciselé.

Alors que nous regagnons le salon, je me fige en découvrant la pile de carnets posés sur la table basse.

— Qu'est-ce qu'ils font là ?

Chris se saisit d'un sac en cuir et entreprend d'y ranger les journaux intimes.

— Le détective privé souhaite les voir.

— On ne peut pas les lui donner.

— Jacob est en train de les photocopier, ensuite il les remettra sous clé.

— Tu as confiance en Jacob ?

— Entièrement. J'ai fait effectuer une enquête de moralité sur lui avant de l'embaucher pour un boulot privé à la fondation.

— Et l'intimité de Rebecca, alors ?

— Si nous finissons par faire intervenir la police, les journaux seront quasiment rendus publics. Mieux vaut permettre au détective de tout vérifier avant d'en arriver là.

— Il pense qu'on devrait aller voir la police ?

— Tout ce que je sais, c'est qu'il a besoin de plus d'informations pour avancer dans son investigation, et il espère que les journaux l'aideront, ainsi que tes impressions, maintenant que tu vis pratiquement l'existence de Rebecca.

J'écarquille les yeux. Suis-je en train de vivre l'existence de Rebecca ? Cette idée me donne la nausée. Moi qui essaie de me retrouver, de créer la vie dont j'ai toujours rêvé, est-ce que je me suis tout bêtement perdue dans celle de Rebecca ?

Pensant à l'homme qui lui a volé son identité, je dévisage Chris. Cet homme m'a consumée, mais je rejette toute comparaison entre lui et le Maître du journal. Car Chris m'a au contraire aidée à m'affronter moi-même, en m'obligeant à regarder mon passé en face.

Après que nous avons déposé ma demande de passeport, Chris gare la 911 devant plusieurs boutiques de grands créateurs, à quelques rues de la galerie.

— Où est ta banque ? demandé-je, étonnée, puisqu'il m'a indiqué que c'était là que nous allions.

— Au bout de la rue. Je me suis dit qu'on allait d'abord faire quelques courses.

— Pourquoi ?

— Tu as besoin d'une robe pour samedi soir.

— J'ai ce qu'il faut à la maison.

J'ai une robe. Pathétique, certes, mais une robe à moi.

Chris glisse ses doigts dans mes cheveux et attire ma bouche vers lui, pour la caresser de la sienne.

— Je vais t'acheter une robe. Si tu ne viens pas la choisir, c'est moi qui le ferai.

— Je n'ai pas besoin...

Il m'embrasse et sa langue est un délicat murmure qui cesse trop tôt.

— Tu en as besoin, et moi aussi.

Il me relâche pour sortir de la voiture. Peut-être ne parlait-il pas de la robe.

Quand j'ouvre ma portière, il est déjà là, qui me tend sa main. À l'instant où ma paume entre en contact avec la sienne, une décharge électrique me parcourt. J'ai compris.

— Tu sais, commencé-je en me postant crânement face à lui, je n'aime pas...

— Dépenser mon argent, finit-il. Pas grave, moi j'aime ça pour deux.

— Tu n'as pas besoin de dépenser d'argent pour moi. J'aime...

Je m'interromps, stupéfaite de la facilité avec laquelle l'aveu a failli m'échapper.

Son regard se fait plus perçant et il s'approche de moi pour passer un bras autour de ma taille.

— Tu aimes quoi, Sara ? me demande-t-il doucement.

Je suis au bord de lui faire une confession qu'il vaut mieux réserver à une conversation privée.

— J'aime...

Je me tais de nouveau, hésitant à prononcer ce qui suit.

— ... être avec toi.

Une lueur coquine danse dans ses yeux et ses lèvres se retroussent.

— J'aime... (Il s'interrompt comme moi.) être avec toi.

J'écarquille les yeux. Venons-nous d'avouer notre amour ? Sans doute pas.

— Tu aimes... être avec moi ?

— Beaucoup, m'assure-t-il en mêlant ses doigts aux miens. Et samedi soir, je vais adorer t'ôter la robe que nous nous apprêtons à acheter. Je me dis que ça va me permettre de supporter le calvaire de mon smoking de pingouin.

J'éclate de rire.

— J'ai hâte de te voir dans ta tenue de pingouin.

Et voilà, alors que nous nous dirigeons vers la boutique Chanel, je suis d'humeur légère. Cette boutique que j'adore mais que j'évite depuis que je suis devenue une pauvre enseignante. Chris me lâche la main pour me laisser déambuler dans le magasin. Une robe longue et étroite couleur émeraude attire mon attention. Sa couleur me rappelle les yeux de Chris quand il est dans cette contrée sombre et dangereuse que j'en suis venue à adorer.

Je me plante devant la robe pour en admirer la soie magnifique. Je ne peux m'empêcher de regarder l'étiquette. La main de Chris s'enroule autour de la mienne.

— Ne pense même pas à jeter un coup d'œil là-dessus.

Je renverse la tête en arrière pour le regarder.

— Essaie-la, m'ordonne-t-il.

— Oui, Maître.

— Comme si tu avais la moindre intention de m'autoriser à te diriger, ricane-t-il.

J'ouvre une bouche ronde pour lui signifier mon choc à l'idée que lui n'aurait rien contre, à quoi il répond par un sourire canaille.

— Je ne veux pas être ton Maître, Sara, poursuit-il à voix basse. Je veux juste que tu fasses ce que je te dis.

En pouffant, je prends la robe.

— Bonne chance.

Il regarde la robe, puis moi, et je lui fais les gros yeux.

— Elle me plaît. Je ne l'essaie pas parce que tu m'as ordonné de le faire.

— Bien entendu.

Je m'éloigne, non sans emporter quelques autres robes au passage. Dans le salon d'essayage, je tombe sur Ava postée près d'un portant juste à côté de l'entrée, magnifique dans une robe bleu pâle cintrée.

— Sara ! s'exclame-t-elle en m'embrassant. Le monde est petit, ajoute-t-elle avec un hochement de tête en direction de Chris. Je vois que vous savez comment prendre soin d'une femme.

Je sens mes joues s'empourprer et Chris glisse une main dans mon dos, apaisant sans un mot la brûlure du commentaire.

Ava passe la main sur la robe émeraude.

— Oh, elle va être sublime sur vous ! J'ai un peu de temps, je reste pour le plaisir de vous voir dedans.

Chris se tourne vers moi.

— Je te laisse à ton shopping, je vais à la banque prévenir que tu vas utiliser mon compte, achète ce qui te fait envie. Nous avons une bonne heure devant nous avant notre rendez-vous. Le restaurant où nous nous retrouvons est à quelques rues d'ici.

Je sens le regard d'Ava posé sur nous, et je n'aime pas trop ça.

— Je serai prête quand tu reviendras.

— Moi je suis toujours prêt, me chuchote-t-il à l'oreille.

Je me mords la lèvre pour ne pas rire.

— Oui, ça, je sais.

Il me caresse les cheveux et si son expression reste indéchiffrable quand il salue Ava, j'ai néanmoins la nette impression qu'il n'est pas content de la voir ici.

Quelques minutes plus tard, je sors de l'une des cabines et me retrouve dans l'espace commun où Ava m'attend tranquillement, une coupe de champagne à la main.

— Elle est spectaculaire sur vous ! s'exclame-t-elle en voyant la robe émeraude.

— Je l'aime bien, admets-je, m'approchant d'un miroir en triptyque. En général, j'aime toujours moins les vêtements repérés sur les cintres, une fois que je les passe, mais là c'est le contraire.

— Eh bien, voici une bonne raison de fêter ça.

Elle appelle la serveuse.

— Une coupe pour Sara, pour célébrer la robe parfaite. Venez là, ajoute-t-elle en tapotant le banc en velours bleu sur lequel elle est assise. Je meurs d'envie d'en apprendre plus sur Chris et vous.

Impossible d'échapper à sa curiosité. Soupirant mentalement, je m'assieds à l'endroit indiqué.

— Nous partons à L.A. pour assister à un gala, j'avais besoin d'une robe.

— Intéressant, commente-t-elle.

Elle esquisse une sorte de rictus qui parvient encore à être joli, sur elle, alors que sur moi, ce ne serait rien de plus qu'une grimace.

— C'est-à-dire ?

— Depuis toutes les années qu'il fréquente mon établissement, pas une fois je ne l'ai vu avec une femme. Je pensais qu'il avait une chérie à Paris.

Immédiatement je songe à la tatoueuse, et la remarque d'Ava me frappe avec la vigueur d'un coup de poing en plein ventre.

— Oh, ma beauté ! ronronne Ava en me serrant la cuisse. Je vous ai blessée. Je ne voulais pas sous-entendre par là qu'il avait une autre femme. Ce n'était qu'une supposition, parce qu'un homme comme lui doit avoir des dizaines de femmes à ses pieds.

À ses pieds ? Des dizaines de femmes ?

— Sara, voyons ! s'exclame encore Ava. Il n'a pas des dizaines de femmes. Vous en pincez gravement pour lui, pas vrai ?

— Je... Oui, acquiescé-je. Je pense que oui.

Elle sourit.

— C'est un homme génial, chérie. Soyez heureuse, pas paranoïaque. Il vous regarde comme si vous étiez la septième merveille du monde.

— Je croyais qu'il me regardait comme s'il voulait me dévorer toute crue ? C'est ce que vous m'aviez dit une fois, non ?

Le jour où Chris et moi nous étions croisés dans son café, précisément.

— Aussi, en effet. (Son portable sonne et elle grimace.) Mon ex, grrr. Je ne le supporte plus, mais je dois répondre, sinon il va me harceler.

Elle se lève et se dirige vers l'autre bout de la pièce, tandis que la vendeuse apparaît, une coupe de champagne à la main.

— C'est pour vous, dit-elle en me tendant aussi un morceau de papier.

Sourcils froncés, je le déplie et découvre l'écriture de Chris.

« J'ai mis cinq mille dollars sur mon compte, à la boutique. Dépense-les, sinon c'est moi qui le ferai. »

— Désirez-vous que je vous apporte d'autres pièces à essayer ? me propose la vendeuse.

Au ton enthousiaste de sa voix, je devine qu'elle est payée à la commission. Une autre chose est certaine : Chris est très sérieux et nous allons devoir parler argent.

— S'il vous plaît, oui, réponds-je.

Et je lui indique certaines de mes préférences, distraite du problème de l'argent par un autre sujet de préoccupation : Paris et ce qui, ou plutôt celle qui peut-être y attend Chris. *Il t'a demandé d'y aller avec lui*, me rappelé-je.

— Tu es le pire connard que j'aie jamais rencontré de ma vie ! siffle Ava, peu avant de raccrocher brutalement et de revenir s'installer près de moi.

— Tout va bien ?

— Il essaie de récupérer la moitié du café.

— Oh ! Vous êtes en pleine procédure de divorce ? Quand vous l'avez appelé votre ex, j'ai cru que vous étiez déjà divorcés.

— Cela fait deux ans que nous sommes séparés. Il refuse de signer les papiers depuis, et l'an dernier, il s'est mis à fréquenter une mannequin pour me rendre jalouse. Non seulement c'est un crétin, mais en plus il a le charisme d'un nounours en guimauve, au lit.

Je m'étrangle avec mon champagne.

— Un nounours en guimauve ?

Elle sourit.

— Je préfère les hommes bien plus autoritaires qu'il ne le sera jamais.

— Eh bien, vous avez un modèle tout trouvé, avec Mark.

Ava vide sa coupe de champagne et détourne les yeux. On dirait que j'ai touché une corde sensible...

— Oui, sauf que Mark est le genre à vous essayer et à vous jeter comme une vieille chaussette.

— Vous et lui...

— Si nous avons baisé comme des bêtes ? Oui, mais je connaissais l'issue à l'avance. C'est l'homme d'une nuit, pas d'une vie.

— Et... Vous êtes allée au club ?

Elle esquisse un sourire, plus dédaigneux qu'amusé.

— Vous êtes au courant, pour le club.

— Oui.

— Et vous en êtes membre ?

— Non, ça n'est pas pour moi.

— Ah non ?

— Pas du tout, confirmé-je fermement.

— Eh bien, je suppose que ça explique pourquoi Chris ne vient plus.

Elle a vu Chris au club ? Oui, bien sûr, elle vient quasiment de l'admettre. Ont-ils été ensemble ? Je repousse cette idée ridicule. Non. Absolument pas. Chris me l'aurait dit. Et vu comme Ava tient sa langue, quelque chose me dit qu'elle l'aurait mentionné aussi.

La vendeuse réapparaît, chargée d'une brassée de vêtements, et je me précipite dans la cabine d'essayage, dont je referme rapidement la porte. Ava se met à discuter d'une boutique de lingerie où je devrais aller, mais je n'écoute pas la moitié de ce qu'elle raconte. Je repense à son commentaire sur le fait d'essayer Chris ou quelque chose du genre. Je ne suis pas jalouse, mais ses mots continuent à me perturber, pour une raison qui m'échappe. Ça n'est pas logique, après la façon dont elle m'a rebattu les oreilles avec les sentiments que

Chris éprouve à mon égard. N'empêche, quelque chose chez Ava me chagrine.

Quand enfin j'en arrive à l'essayage de mon dernier ensemble, un jean bleu marine avec un débardeur en lamé orange, j'ai néanmoins réussi à faire la conversation avec elle, et Ava se montre si élogieuse sur mon style que je ne comprends pas ce qui me rend aussi méfiante.

J'ouvre la porte de ma cabine pour découvrir que Chris est revenu. Ava est assise face à lui, sa jupe remontée sur ses magnifiques jambes croisées. Il a quitté sa veste et replié les bras, ce qui met en valeur son tatouage étiré sur ses biceps impressionnants. Il me dévisage mais je n'arrive pas à le regarder dans les yeux. Ce que j'ai appris à leur sujet, à savoir qu'ils sont tous les deux membres d'un club qui jamais ne fera partie de mon univers, me dérange plus que je ne peux l'avouer. Car ce club, Chris en a fait une partie de son univers.

— Oh ! J'adore ce débardeur ! s'exclame Ava en bondissant sur ses pieds pour m'inspecter.

Son visage est animé, dépourvu de l'expression admirative qu'elle offrait probablement à Chris l'instant d'avant.

— Celui-là, il vous le faut.

Prenant sur moi, je parviens à opiner brièvement du chef.

— Oui, je l'aime bien, réponds-je en jetant un rapide coup d'œil en direction de Chris. Je vais me rhabiller et nous pourrons y aller.

De retour dans la cabine, je m'adosse à la porte et ferme les yeux, espérant me calmer par la seule force de ma volonté et chasser de mon esprit toutes les suppositions qui conduisent toujours aux pires conclusions. Je dois parvenir à sortir d'ici la tête haute et l'air assuré.

Mais la porte bouge dans mon dos et manque me renverser.

— Occupé !

— Je sais, lance Chris en me poussant à l'intérieur avant de refermer la porte. Par nous.

— Tu es fou ? C'est réservé aux femmes, ici !

— C'est réservé à ma femme, corrige-t-il.

Et il me presse contre le mur, une main à plat près de ma tête, l'autre sur ma taille. Ses yeux trop perçants rivés sur moi me clouent sur place et je ne peux m'empêcher d'être touchée à la fois par sa présence et par l'affirmation que je suis sa femme.

— Parle-moi, m'ordonne-t-il d'un ton implacable.

Je suis piégée, c'est clair et net.

16

Je repousse le torse de Chris, mais il est solide comme un roc, en plus obstiné. Et plus sexy.

— Pourquoi est-ce que tu fais ça ? grondé-je, exaspérée.

— Faire quoi ?

— M'obliger à parler quand je n'en ai aucune envie.

— Parce que je tiens à toi.

— Ah oui ?

Je ne peux m'empêcher de le défier.

— Je t'ai proposé d'emménager avec moi, Sara. Ça devrait répondre à ta question.

Il passe une mèche de mes cheveux derrière mon oreille et je réprime à grand-peine un soupir. J'ai perdu le compte des occasions où j'ai songé que cet homme avait trop de pouvoir sur moi. Chaque fois, comme maintenant, où je me sens vulnérable et...

D'un ton ferme, il m'incite à en dire davantage.

— Qu'est-ce qui ne va pas ?

— Je ne peux pas en parler ici. Quelqu'un pourrait entendre.

— J'ai renvoyé tout le monde.

J'écarquille les yeux.

— Comme ça ? Tu as renvoyé tout le monde ?

— Oui, déclare-t-il d'un ton neutre.

Me voilà bel et bien piégée. Je ne sortirai pas d'ici avant d'avoir eu cette conversation. Baissant les yeux, je serre mes poings sur son torse – bon sang, il est magnifique, ce torse, et il sent bon ! Je me demande si Ava le sait aussi.

— Sara.

Je relève brusquement les yeux.

— J'aurais aimé que tu me dises qu'Ava était membre du club de Mark. C'était embarrassant de l'apprendre de sa bouche.

— Je te l'aurais dit si j'avais su.

— Tu l'ignorais ?

— Je ne mens jamais, Sara.

Un point pour lui : c'est exact. Et j'aime cet aspect de sa personnalité, surtout quand j'attends des explications.

— Elle, en tout cas, elle sait que tu en es membre.

Il fronce les sourcils.

— Quoi ? Ça n'a pas de sens. L'adhésion est secrète et je ne suis jamais allé sur les forums publics.

Je secoue la tête, perdue et pas du tout rassurée par sa réponse.

— Comment le saurait-elle, dans ce cas ?

— Bonne question, j'aimerais bien le savoir aussi. D'autant que les membres qui souhaitent garder l'anonymat paient pour ce service.

— Elle ne faisait pas partie des femmes que tu…

— Absolument pas. J'ai sélectionné dans les dossiers du club, avec une extrême attention.

Est-ce cela que j'ai senti chez Ava ? Ce qui me tracasse ?

— Vous portiez des masques, non ? Est-ce qu'elle n'aurait pas pu…

— Sara. Je n'ai pas été avec Ava.

— Donc tu connaissais les noms des femmes que tu choisissais ?

Il crispe la mâchoire et la réponse se lit sur son visage. De nouveau, mon estomac fait un tour de grand-huit.

— Tu as peut-être...

— Non.

Le ton est ferme, absolu.

— Je te l'ai dit, je n'ai pas été avec Ava.

Tendant la main, je dessine le contour de son tatouage coloré.

— Difficile de te rater ou de t'oublier, avec ces ornements.

Il s'empare de ma main et rive son regard au mien.

— Je le saurais, Sara. Je le sentirais quand je me trouve en sa présence.

Ma poitrine se serre au souvenir d'une autre partie de ma conversation avec Ava.

— Quand je lui ai dit ne pas être membre du club et ne pas vouloir le devenir, elle a sous-entendu que tu avais cessé de le fréquenter pour moi.

— Et du coup, tu t'inquiètes de me voir regretter ce monde. Je n'en ai plus besoin, Sara. Et je n'en aurai plus jamais besoin. Mais j'aimerais bien savoir ce qu'elle avait en tête, pour chercher à te faire croire ça.

— Je ne pense pas qu'elle ait eu une idée spéciale en tête. Selon elle, le fait que tu aies quitté le club montrait plutôt que tu tenais à moi. Elle ignorait que c'était un sujet sensible pour moi. J'ai réagi de façon excessive, pardonne-moi.

— Je préfère ça plutôt que tu ne me dises rien, Sara.

Il pose la main sur la courbe de mes reins et m'attire tout contre lui.

— Pour moi, c'est toi le sujet sensible.

Il penche la tête et me chatouille le cou du bout de son nez, de son souffle chaud.

— Tu en es consciente, pas vrai ?

— Hmm, murmuré-je, incapable de combattre le désir que ses caresses éveillent en moi. Tu peux me le rappeler aussi souvent que tu veux.

Il me suçote le lobe et chuchote :

— Pourquoi pas maintenant ? Tu as déjà eu un orgasme dans une cabine d'essayage ?

— Quoi ? haleté-je. Non !

Son visage est empreint d'une détermination canaille.

— Non, Chris, on ne peut pas.

Il fait passer mon débardeur par-dessus ma tête d'un geste si prompt que je n'ai pas le temps de l'en empêcher. Sitôt que mes bras sont libérés, cependant, j'essaie de le ralentir.

— Chris…

Sa bouche se plaque sur la mienne, brûlante et autoritaire, et il profite de ma surprise pour dégrafer mon soutien-gorge. Quand il prend mes seins dans ses paumes pour me pincer les tétons, je réprime à grand-peine un gémissement qui aurait à coup sûr attiré l'attention.

Il s'attaque alors au bouton de mon jean et je parviens à ânonner un faible :

— Arrête. Tu m'as promis que tu t'arrêterais si je te le demandais.

Son rire profond et sexy traverse mon corps qui se tend des pieds à la tête.

— Ça, c'était hier soir. Nouvelle journée, nouvelles règles.

— Mais…

De nouveau, il m'embrasse, usant de sa langue séductrice pour me faire taire, avant de proclamer :

— Tu ne quitteras pas cette cabine tant que je n'aurai pas vu un sourire sur ton visage.

Sur ces mots, il tombe sur un genou et pose la bouche sur mon ventre, comme la veille, et l'effet produit est tout aussi saisissant. Je sais où se dirige cette bouche, et si ma tête convient que notre environnement n'est pas adapté à ce genre d'activité, mon corps n'a rien contre l'endroit où il veut se rendre.

Sa langue délicieusement talentueuse plonge dans mon nombril, me tirant un frisson. Je le sens sourire contre ma peau, puis il lève vers moi un regard torride.

— J'avais remarqué que tu aimais bien ça.

— J'avais remarqué que tu pouvais te montrer irrésistible.

Et joueur et sombre à la fois, et un mélange de tous les contraires qui m'excite comme une folle.

Il descend la fermeture Éclair de mon jean.

— J'ai bien l'intention de l'être, ça et tout un tas d'autres choses, avant que nous ne quittions cette boutique.

Passant les doigts sous ma ceinture, il fait glisser le jean sur mes hanches. Je tente de le retenir, mais il est déjà trop tard.

— On n'a pas le temps, Chris.

— Raison pour laquelle tu dois te déshabiller rapidement. Lève la jambe.

Il ordonne et j'obtempère. En moins de temps qu'il ne faut pour le dire, je suis débarrassée du jean. Car enfin, le garder à mes chevilles serait ridicule.

— On n'a pas le temps...

D'une caresse, il écarte ma culotte pour effleurer la peau sensible en dessous.

— Chris, non...

— Chris, oui, contre-t-il en soulevant ma jambe pour la poser sur son épaule.

— Chris...

Sa bouche se plaque sur moi.

Un halètement m'échappe et je renverse la tête contre le mur tandis qu'il commence à me lécher avec gourmandise. Il est sans pitié dans son exploration, du pouce il titille mon clitoris pendant que sa langue plonge et ressort, tourne et contourne. Ses doigts s'insinuent dans ma fente, s'enfoncent à l'intérieur du passage sensible. Un souffle rauque s'échappe par saccades de ma gorge sèche, je pose une main sur sa tête. Pour la première fois, il m'autorise à le toucher. Ça me plaît, c'est presque aussi érotique que l'alliance magique de ses doigts et de sa langue. Il me caresse, il me rend folle.

Le sang bourdonne dans mes oreilles et j'oublie tout ce qui n'est pas le point sensible qu'il touche, avant de passer au suivant. En fait, chaque parcelle de mon corps qu'il caresse devient sur-le-champ un point sensible. Le temps cesse d'exister, la pièce disparaît. Une poigne de fer me serre l'intérieur du ventre, qui descend, descend... Au loin, j'entends mes halètements s'accélérer, les doux gémissements qui s'échappent de ma gorge malgré moi. D'ailleurs, j'ai oublié pourquoi je devais les réprimer. Chris titille mon clitoris exactement où et comme il faut et mes doigts se crispent dans ses cheveux. *Oui, là. Reste là.* Une vague de chaleur irradie de ce point précis, qui se répand comme un feu de joie à travers mes membres. Je m'arc-boute contre lui et fais basculer mon bassin, parvenant tout juste à ne pas hurler dans l'attente insoutenable de ce vertige bientôt à portée de main. Mon corps s'immobilise et mon cœur semble s'arrêter de battre. Le plaisir surgit, si fort, si profond que je le sens jusque dans mes os.

Quand Chris repose ma jambe pour remonter le long de mon corps, je suis complètement ramollie. Il m'embrasse, me faisant goûter la saveur salée de sa langue.

— Goûte-toi sur moi. Ça veut dire que tu m'appartiens. Ne l'oublie jamais.

Quinze minutes plus tard, chargés de trop de sacs pour mon goût, Chris et moi quittons la boutique. Ava n'était plus là quand nous sommes sortis de la cabine, ce dont je remercie le ciel. Malgré la pulsation de mon clitoris qui me rappelle que Chris est aussi doué avec sa langue qu'avec un pinceau, le malaise que je ressens au sujet d'Ava est encore intense.

Quand nous nous garons devant le restaurant, je n'ai pas encore réussi à comprendre pourquoi. Ce n'est pas une histoire de manque de confiance en Chris. Cependant, il y a une zone grise dans ma tête que je ne parviens pas à déchiffrer, et ça me perturbe.

Une fois à l'intérieur du restaurant, le genre de lieu où tout le monde trouve son bonheur, je m'oblige à oublier Ava. C'est Rebecca, ma préoccupation, et la simple idée de ce que nous risquons d'apprendre du détective privé me fait serrer les poings contre mes flancs.

L'hôtesse nous fait signe d'avancer et Chris me prend la main, desserrant mes doigts pour y mêler les siens.

— Détends-toi, bébé.

C'est incroyable, la facilité avec laquelle il lit en moi.

— J'ai tellement envie de savoir qu'elle va bien et que j'étais paranoïaque !

— Je sais. Moi aussi.

Deux hommes nous accueillent à la table que l'on nous indique – beaux, musclés, vêtus de jeans et de tee-shirts estampillés « Walker Security ». Une vague de testostérone m'enveloppe tandis qu'ils se lèvent pour nous saluer.

— Blake Walker, annonce l'un d'eux en me tendant la main.

Il a les cheveux longs et noirs, attachés dans la nuque, et des yeux marron pétillant d'intelligence dont la profondeur reflète l'enfer qu'il a vécu.

— Kelvin Jackson, fait le second, yeux bleus et cheveux châtain clair qui bouclent sur son front. Je suis le responsable de notre bureau de San Francisco.

Blake ricane.

— Enfin, dès que nous aurons des bureaux. En attendant que le bâtiment sorte de terre, il travaille de chez lui. D'où ce lieu de rendez-vous. J'ai hâte de quitter son salon pour retourner à New York.

Je fronce les sourcils, peu rassurée qu'ils ne soient pas mieux établis dans notre ville, et tandis que nous nous installons Chris semble lire dans mes pensées une fois de plus.

— Walker Security n'est pas seulement l'une des meilleures entreprises dans son domaine, précise-t-il. Kelvin est un ancien agent du FBI de San Francisco.

— Et moi j'étais à l'ATF, le bureau de surveillance de l'alcool, du tabac et des armes à feu, ajoute Blake. Mon frère Luke est un ancien des SEAL, la principale force spéciale de la marine de guerre américaine. Mon autre frère, Royce, était lui aussi au FBI. Je ne vais pas vous faire toute la liste, elle serait trop longue. Au fait, reprend-il en jetant un rapide coup d'œil en direction de Chris, votre homme nous a transmis les carnets.

Me voilà soulagée. Et impressionnée. Chris s'adosse à son siège et passe un bras autour de ma chaise.

— Jacob est un homme fiable.

— J'ai remarqué, commente Kelvin. J'aurais bien besoin d'un mec comme lui.

— Ne vous avisez pas de l'approcher. Je préfère mon immeuble quand il y assure la surveillance.

— Le fait que vous lui accordiez votre confiance ne le rend que plus désirable à mes yeux, conclut Kelvin, nullement découragé par l'avertissement goguenard de Chris.

— Avez-vous découvert quelque chose au sujet de Rebecca ? interviens-je, impatiente de savoir ce qu'ils ont à nous apprendre.

La serveuse apparaît, anéantissant ma chance d'obtenir une réponse immédiate, et Chris ouvre son menu.

— Nous ferions mieux de commander maintenant, sinon nous allons être limites pour le vol.

Je m'efforce de me concentrer sur le menu et commande mon plat préféré entre tous : des pâtes. Les hommes optent tous les trois pour des hamburgers.

Une fois que la serveuse s'est éloignée, Blake reprend la conversation où nous l'avions interrompue.

— Revenons-en à Rebecca. Nous avons retrouvé le fameux nouveau petit ami à New York. D'après lui, ils ont fait un voyage aux Caraïbes et s'apprêtaient à enchaîner ensuite avec la Grèce, mais elle a changé d'avis et souhaité rentrer plus tôt. Nous avons vérifié sa version. Elle est partie avec lui mais elle est en effet rentrée seule.

Un frisson glacé me descend le long de l'échine.

— Elle est rentrée à San Francisco ?

Kelvin hoche la tête, sûr de lui.

— Il y a six semaines de cela.

La nausée qui me taraude ces derniers jours réapparaît.

— Elle n'est pas allée récupérer ses affaires au box de stockage ; elle n'est pas revenue au travail. Alors, où est-elle ?

— Nous l'ignorons, admet Kelvin. Et nous n'avons trouvé aucune trace d'une quelconque utilisation des transports publics pour quitter la ville.

— Nous avons aussi vérifié les locations de voitures, ajoute Blake en se beurrant une tartine. Idem. Et elle ne possède pas de véhicule à son nom que nous pourrions traquer.

La culpabilité me tord les tripes. J'avais senti que Rebecca avait des problèmes, j'aurais dû faire confiance à mon instinct et insister plus avec mes questions. Et surtout plus tôt.

— Qu'est-ce qu'il nous reste, alors ? La police ?

Je n'arrive pas à réprimer mon impatience et mon inquiétude.

Blake pousse un profond soupir.

— Ce n'est pas évident. Nous avons assez de pièces pour signaler sa disparition, mais elle est adulte et a tout à fait le droit d'aller et venir comme bon lui semble.

— Et elle a averti tout le monde qu'elle quittait la ville, ajouté-je.

— Exactement, acquiesce Blake. Difficile d'obtenir que la police se démène pour ce genre de cas.

Repoussant ses couverts en argent, Kelvin pose un classeur sur la table.

— En plus, nous souhaitons éviter que la police aille poser des questions qui pourraient inciter certaines personnes à dissimuler des preuves sur lesquelles nous serions en mesure de mettre la main autrement.

Des preuves ? Je me crispe. Manifestement, ils envisagent eux aussi l'affaire avec pessimisme.

— Pour l'instant, nous pensons que la déclarer disparue serait contre-productif, conclut Kelvin.

— Tu peux leur faire confiance, bébé, m'assure Chris, qui me caresse l'épaule du bout des doigts. Ils savent ce qu'ils font.

— Je leur fais entièrement confiance, affirmé-je, autant à lui qu'au reste de la tablée. Et je comprends leur point de vue sur la déclaration de disparition. C'est juste que je n'aime pas ce que cela semble impliquer. Et je redoute ce qui a pu arriver à Rebecca.

Blake serre les lèvres.

— Croyez-moi, nous sommes comme vous.

— Ce qui m'amène au sujet de l'implication de Sara, fait Chris. Des nouveautés sur l'incident du box ?

— Nous y sommes passés, commence Kelvin en ouvrant le classeur, et nous avons trouvé des vidéos intéressantes provenant d'une caméra de vidéosurveillance placée dans une entreprise voisine. (Il sort une photo, qu'il dépose au centre de la table.) Ce type est entré dans le bâtiment après Sara et en est ressorti environ dix minutes après elle.

Je retiens mon souffle.

— C'est l'employé bizarre que j'ai croisé.

— Il ne travaille pas là, m'informe Kelvin. C'est un détective privé de bas étage nommé Greg Garrison. Il a été embauché par quelqu'un pour retrouver les journaux intimes.

— Par qui ? demande vivement Chris.

— Il prétend qu'il l'ignore, intervient Blake. Il aurait été payé par mandat cash et, d'après ses dires, aurait reçu ses instructions par mail depuis une adresse intraçable.

Serrant les bras autour de ma poitrine, je frissonne. J'avais donc raison. Je n'étais pas seule dans le noir.

Chris me prend la main, qu'il presse.

— Ça va ?

— Moi oui, réponds-je sombrement. Pour ce qui est de Rebecca, en revanche, j'en suis moins sûre.

Je regarde tour à tour Kelvin et Blake.

— Aucun nom n'apparaît dans les journaux. Je les ai tous lus.

— Et pourtant quelqu'un les veut avec suffisamment de force pour louer les services de Greg, me fait remarquer Blake. Autrement dit, nous devons d'abord chercher à savoir pourquoi, et utiliser ces journaux pour découvrir des détails que nous aurions ratés.

— Exact, acquiesce Kelvin. Tout en gardant à l'esprit qu'il peut y avoir d'autres journaux. Nous aimerions faire plus de recherches dans le box.

— Nous vous communiquerons le code d'accès avant de partir, promet Chris.

Mes pires craintes concernant Rebecca sont en train de se confirmer. Je veux que ces hommes fassent tout leur possible pour la retrouver.

— Je sais comment travaille Greg, indique Kelvin en rangeant la photo dans son classeur. S'il a éteint les lumières, je parie que c'était pour remplacer votre cadenas par un verrou que lui seul pourrait ouvrir. Y êtes-vous retournée depuis ?

Je secoue la tête au moment où nos plats arrivent.

— Et s'il y est retourné, lui ? demandé-je une fois la serveuse repartie.

— Si c'est le cas, nous le forcerons et le remplacerons, répond Kelvin en avalant une frite.

Chris, quant à lui, ne touche pas à sa nourriture. Il semble tout aussi inquiet que moi.

— Vous croyez que nous devons nous tracasser pour la sécurité de Sara ?

Déjà je n'étais pas affamée, mais cette fois j'ai complètement perdu l'appétit. Je ne parviendrai pas à avaler quoi que ce soit, j'en suis sûre.

Blake soupire, et je déduis de son expression tendue que je ne vais pas apprécier sa réponse.

— Il n'y a pas de raisons de devenir paranoïaque, cela dit, quelqu'un est manifestement assez désespéré pour avoir engagé Greg afin de retrouver les journaux. Si l'on ajoute à cela la disparition de Rebecca... Je vous conseille la prudence.

— Ne posez plus de questions sur Rebecca, par exemple, ajoute Kelvin. Laissez-nous nous en charger.

Chris plonge son regard dans le mien.

— Tu as entendu, bébé ? Laisse-les s'en occuper.

— Je suis sans doute en mesure de découvrir des choses qu'ils ne trouveraient pas, objecté-je en me remémorant ma conversation avec Ralph. L'une des commerciales d'*Allure* déteste Rebecca.

Cette information nous amène à discuter du personnel de la galerie dans son ensemble jusqu'à la fin du repas. Quand nous quittons le restaurant, je n'ai qu'une hâte : m'éloigner de la ville, m'en aller quelque part où je n'aurai pas à regarder par-dessus mon épaule pendant quelques jours.

17

Chris et moi repassons par son appartement afin d'ajouter quelques affaires à nos bagages, dont ma robe. Jacob ayant déjà rapporté les journaux, j'ai convaincu Chris de les emporter. S'il les lit, peut-être pourra-t-il repérer quelque indice qui m'aurait échappé.

La 911 étant trop petite pour nos deux sacs, nous appelons un voiturier. Une fois que nous sommes installés dans le véhicule, les informations que nous venons d'apprendre au sujet de Rebecca ravivent mon inquiétude pour Ella. J'essaie donc de l'appeler, mais après plusieurs essais vains, j'abandonne.

— Elle va bien, m'assure Chris en pressant tendrement ma cuisse. Elle est en voyage de noces à Paris.

Je parviens à lui offrir un sourire tendu.

— Je sais.

— Non, tu ne le sais pas. Je le vois sur ton visage.

Tirant son portable de sa ceinture, il appuie sur un bouton.

— Blake ? Oui, je voulais savoir si vous auriez un homme en rab à qui demander de vérifier autre chose, s'il vous plaît ?

Je suis plus que touchée qu'il fasse ça pour moi. Cela me rappelle la première fois, à la soirée œnologie, quand il m'avait dit qu'il me protégeait et que j'avais répondu n'avoir pas besoin d'être protégée. Je pense la même chose aujourd'hui, cependant il est agréable d'avoir un protecteur dans ma vie. C'est peut-être même trop bien, si l'on considère les doutes que m'inspire notre relation.

— L'amie de Sara est partie en voyage de noces et son portable ne fonctionne plus, explique-t-il à Blake. Et à cause de cette histoire avec Rebecca, elle ne peut s'empêcher d'envisager le pire. Pourriez-vous appeler les compagnies aériennes et vérifier qu'elle est bien partie, ainsi que la date prévue de son retour ? (Il écarte l'appareil de sa bouche.) Quel est son nom de famille et quand est-elle partie ?

Ayant consulté le calendrier sur mon portable, je lui relaie les détails demandés. Qu'il transmet à son tour, avant de raccrocher.

— Nous aurons reçu des nouvelles rassurantes d'ici à l'atterrissage.

La tension s'apaise quelque peu.

— Merci, Chris.

— Je ferais tout pour que tu arrêtes de t'inquiéter, répond-il en m'embrassant.

Dans ses bras, je me détends enfin, et le temps du trajet en voiture, je m'autorise à le laisser jouer le rôle de mon Prince noir, sans plus me soucier de ce que l'avenir nous réserve.

Presque deux heures après notre déjeuner d'affaires, Chris et moi embarquons enfin à bord de l'avion. Nous nous arrêtons au niveau des sièges de première classe qu'il nous a réservés et je ne peux m'empêcher de songer à tout l'argent qu'il a dépensé pour moi aujourd'hui.

Il me fait signe de m'installer près du hublot.

— J'ai eu ma dose de jolies vues, toi tu n'as pas beaucoup voyagé.

Je me glisse à ma place et il me suit. Une fois ma ceinture bouclée, je me tourne vers lui et ne résiste pas à repousser une mèche égarée de ses beaux cheveux.

— Merci.

Il emprisonne ma main dans la sienne et la pose sur l'accoudoir entre nous deux.

— De quoi ?

— Les vêtements. La place en première classe. Ton aide concernant Rebecca et Ella. Tout cela a un coût, j'en suis bien consciente.

— L'argent n'a pas d'importance à mes yeux.

Le ton est nonchalant, presque dédaigneux.

— Qu'est-il arrivé à l'adolescent que tu étais, avide d'argent et de pouvoir ?

— Il est devenu un homme.

— Doté d'argent et de pouvoir.

Il m'offre un sourire désabusé.

— Je vais reformuler ma réponse : cela ne me dérange pas de dépenser mon argent, car j'en ai plein. Je n'ai aucune envie d'abandonner le pouvoir qu'il me confère, car c'est synonyme de contrôle. Or j'aime le contrôle.

— Tu parles !

La taquinerie lui tire un autre sourire, et il passe le pouce sur ma lèvre inférieure, bientôt suivi de sa bouche.

— Tu aimes bien quand je prends le contrôle.

— Parfois, admets-je.

— Je travaille à ce que ça soit tout le temps le cas.

— Ne retiens pas ta respiration en attendant que ça arrive, ou le monde va perdre un artiste brillant.

— Ça, je vais devoir te le faire payer, réplique-t-il en ricanant.

Tandis que l'hôtesse se lance dans l'annonce des consignes de sécurité, une onde brûlante me remonte l'échine. J'ignore où Chris m'emmènera la prochaine fois, mais je n'ai aucun doute sur une chose : ce sera délicieusement inoubliable.

— Tu sais quoi ? chuchote-t-il à mon oreille. Je connais un club que nous pourrions rejoindre ensemble.

Je me raidis et son rire grave me caresse le cou, séduisante promesse.

— Le club du septième ciel.

Je pivote pour lui faire face.

— Oublie ça tout de suite, et ce n'est pas négociable, quoi que tu fasses. Il y a des gens partout !

— Et si je nous louais un jet privé pour le retour ?

Il ne peut pas être sérieux.

— Tu ferais ça uniquement pour que nous... euh... devenions membres ?

Ses lèvres s'étirent en un sourire canaille.

— Sans hésitation. En fait, vu que c'est l'un des nombreux voyages où je compte t'emmener, je me dis que ça pourrait être la meilleure façon de voyager, désormais.

Une expression intriguée se peint sur son beau visage.

— À ce propos, comment se fait-il que tu aies grandi dans un environnement fortuné et que tu n'aies jamais voyagé ?

Comme si je venais d'être touchée par une balle, je me raidis.

— Trop prise par mes activités d'enfant et d'adolescente, je suppose, éludé-je.

L'avion se prépare au décollage et, craignant qu'il ne lise ma panique, je me tourne brusquement vers le hublot, feignant de m'intéresser au paysage. Mais au fond, je me morigène de n'avoir pas saisi cette occasion qu'il m'offrait de partager avec lui une partie de mon passé. Mais j'ai la sensation que, si j'ouvre la boîte de Pandore et en laisse sortir le démon, même s'il ne s'agit que d'un tout petit démon, les plus gros, les plus sombres ne tarderont pas à s'en échapper aussi. Avant que je ne sois prête.

La main de Chris relâche la mienne, et je sens que ce geste va bien plus loin qu'une simple rupture de contact physique. Je dois me retenir de ne pas ramener sa main sur mes cuisses.

— On dirait qu'une tempête se prépare, murmuré-je en remarquant les lourds nuages noirs qui se sont amoncelés.

L'averse menace d'éclater, à l'instar de mes secrets.

— Tu n'as pas peur, dis-moi ?

Je me demande s'il parle de notre voyage dans la tempête. Avec Chris, il y a toujours un double sens. Au prix d'un énorme effort, je me recompose un visage calme et me tourne pour croiser son regard pénétrant. Il sait que j'évitais ses questions, je le lis dans ses yeux.

— J'ignore à quoi m'attendre, tout ça est très nouveau pour moi, réponds-je.

— Parce que tu n'as quasiment jamais voyagé.

Ce n'est pas une question, et cette fois, je suis certaine que nous ne parlons plus de la météo. Clignant des yeux, je me heurte à son expression indéchiffrable, mais je perçois une attente de sa part. Je suis sur le point de lui révéler pourquoi je n'ai jamais voyagé, ma réponse est là, prête à sortir, mais j'ai du mal à la formuler.

— Exact, je n'ai quasiment jamais voyagé.

Nous décollons et l'appareil est aussitôt secoué. Je serre les doigts autour de l'accoudoir, si fort que mes phalanges blanchissent. Chris pose sa main sur la mienne, comme un peu plus tôt, et je soupire d'aise de retrouver son contact.

— Ce ne sont que quelques turbulences, me rassure-t-il. Ça va se calmer dès que nous aurons pris un peu d'altitude et dépassé les nuages.

Comme pour le contredire, l'avion plonge, on a l'impression de tomber. Le souffle bloqué au niveau de la gorge, je me crispe un peu plus encore.

— Tu es sûr que c'est normal ?

— Tout à fait.

— OK, fais-je en relâchant ma respiration. Je te fais confiance sur ce point.

— Pas sur tous les points, donc ?

Son regard est froid, et je me demande dans combien de temps ses murs de protection finiront par se heurter aux miens. De nouveau, je suis acculée. Si je dis tout à Chris, je risque de le perdre. Si je refuse de m'ouvrir à lui, il pourrait se refermer. Il est temps de s'engager sur le sentier qui conduit à mon enfer.

Nous subissons un autre soubresaut et cette fois, j'ai la sensation que mon cœur vient de me tomber dans l'estomac.

Retirant ma main de sous la sienne, je relève l'accoudoir et avec lui, du moins je l'espère, le mur symbolique qui nous sépare.

— Nous étions les joujoux de mon père, commencé-je en pivotant vers lui. Il nous laissait à la maison pendant qu'il filait rejoindre ses nombreuses maîtresses.

Son expression se fait compréhensive et lui aussi se positionne face à moi.

— Quand as-tu appris, à propos des autres femmes ?

— Une fois que je suis partie vivre sur le campus universitaire. C'est là que j'ai ôté les lunettes roses que ma mère s'était obstinée à me coller sur le nez.

— Elle savait.

Là encore, il ne s'agit pas d'une question.

— Bien sûr que oui, elle savait.

Je n'arrive pas à apprivoiser l'amertume qui transparaît dans ma voix.

— Si nous étions ses joujoux, elle était son toutou. Si éperdument amoureuse de lui qu'elle acceptait les moindres miettes qu'il consentait à lui jeter. Il ne lui en accordait pourtant pas beaucoup.

L'expression de Chris se fait songeuse. Inquiète, même.

— Quelle part prenait-il à ta vie ?

— Il était mon idole, aussi absolu qu'absent. Je vénérais le sol qu'il foulait, tout comme ma mère. J'ignorais que nous étions sa famille témoin, celle qu'il utilisait pour faire bonne impression dans ses affaires. Enfin, j'imagine que c'était pour cela qu'il nous gardait. Une histoire de pouvoir, quoi. Ou bien tout simplement parce qu'il en avait la possibilité. Ou parce qu'il ne voulait pas que ma mère récupère tout son argent. Je n'en sais rien, au fond. J'ai cessé d'essayer de comprendre voici des années. Il devait cependant y avoir une raison sensée de son point de vue.

— Tu penses que ta mère savait, elle ?

— Je crois qu'elle s'était convaincue qu'il l'aimait. Elle était totalement aveugle.

— Ne le prends pas mal, fait-il doucement, mais est-ce que c'était de l'amour ou juste pour l'argent ?

Je déteste cette question, que je me suis posée, avant de la repousser, des centaines de fois au moins.

— Je ne sais pas vraiment ce qu'elle avait en tête. La mère que je croyais connaître n'était pas celle que j'ai découverte après avoir retiré les fameuses lunettes. Mais non, je n'ai jamais eu l'impression qu'elle en ait eu après son argent.

Mon esprit voyage dans le passé.

— Elle a abandonné tout ce qu'elle aimait, à l'exception de la peinture. Elle cachait ses œuvres et son matériel, quand il rentrait.

— Tu m'as dit qu'elle avait suscité ta passion pour l'art.

Je hoche la tête.

— Oui, absolument.

Je lâche un profond soupir, essayant d'échapper à la sensation étouffante qui bloque mes voies respiratoires.

— Avec le recul, c'était une relation malsaine, presque comme le syndrome de Stockholm, quand le captif se met à adorer son geôlier.

L'avion bondit de nouveau et je saisis la main de Chris. Et alors que sa force et son calme s'immiscent en moi, je suis soulagée de lui avoir parlé.

— Est-ce que tu as des œuvres de ta mère ? me demande-t-il après quelques secondes.

— Non. Après mon départ pour l'université, elle a complètement abandonné. Mon père exigeait qu'elle passe son temps à œuvrer pour des associations caritatives de renom, à organiser des événements destinés à améliorer son image. Elle rentrait justement de l'une de ces soirées quand elle est morte. Mon père n'était même pas sur le sol américain. Comme par hasard.

— C'est pour ça que tu lui reproches sa mort.

Je baisse les yeux vers ma main, qui s'est posée comme de son propre chef sur la jambe de Chris. Je revis le souvenir douloureusement vivace du moment où j'ai appris la mort de ma mère.

Chris me caresse la joue.

— Ça va, bébé ?

— Je… Je repense au jour où elle est morte.

Je dois me tirer presque physiquement de mes sombres pensées pour pouvoir continuer.

— Je ne lui reproche pas sa mort. Je lui reproche la vie misérable qu'il lui a fait mener. Certes, elle était libre de ses choix, mais ça ne rend pas les abus de mon père plus acceptables.

Un liquide acide coule dans mes veines à la pensée de ce que je m'apprête à révéler.

— Il n'a même pas pleuré à ses funérailles, Chris. Pas une seule larme. Pas une.

Me glissant une main derrière la nuque, il pose son front contre le mien. Comme je le soupçonne sur le point de parler, je le mets en garde sur-le-champ.

— Ne me dis pas que tu es désolé, tu sais que ça ne sert à rien.

— Non, c'est vrai.

Lentement nous nous appuyons à nos dossiers respectifs et je me cale contre son épaule. Il ne dit rien de plus, il n'en a pas besoin. Encore une fois, il est là pour moi, une sensation douce-amère car je sais que mes prochains démons ne seront pas uniquement les miens. Ils deviendront les siens.

Une fois que nous sommes arrivés à Los Angeles et installés à l'arrière de la voiture affrétée par l'hôtel, Chris consulte ses messages.

— Blake a trouvé le vol qu'a pris Ella pour sortir du territoire. C'était un aller simple. Tu crois qu'elle avait prévu de rester à Paris mais ne souhaitait pas t'en informer ?

— Elle a laissé ici tout ce qu'elle possédait et m'a dit qu'elle serait de retour dans un mois. Non, terminé-je en secouant obstinément la tête, elle n'avait pas prévu de rester. D'ailleurs, elle devait aussi aller en Italie.

Il envoie un SMS contenant ces informations à Blake, auquel il reçoit une réponse immédiate.

— Blake dit qu'il a cherché d'éventuels enregistrements pour des vols au départ de Paris à son nom. Aucune trace d'un projet de voyage en Italie. Il veut savoir si tu es sûre qu'elle n'a pas démissionné de son travail.

Les sourcils froncés, je compose déjà le numéro, bien décidée à laisser un message à la responsable du personnel de l'école.

— Je n'avais pas pensé à ça. Espérons qu'ils me rappellent vite.

— Renseigne-toi au sujet de son statut professionnel, et si elle n'a pas démissionné, j'enverrai l'équipe de Blake creuser un peu plus.

J'acquiesce et me prépare mentalement au rappel de l'école. Non seulement j'ai besoin d'entendre qu'Ella est saine et sauve, mais il est aussi grand temps que je démissionne moi-même. Or malgré ma nouvelle carrière de rêve, j'avoue que c'est un peu effrayant.

La voiture s'arrête devant l'hôtel et nous nous précipitons afin de déposer nos affaires dans la chambre, avant de filer à l'hôpital. Nous arrivons juste à temps pour l'événement que Chris a organisé en faveur d'un groupe de vingt gamins, qui tous se battent contre le cancer, et la plupart des parents sont présents aussi. Après avoir été accueillis par des applaudissements enthousiastes et avoir posé pour des photos dans lesquelles je suis incluse contre toute attente, je rencontre enfin Dylan, le jeune garçon atteint de leucémie. Il est clairement très attaché à Chris, et vice versa. C'est un enfant adorable, à la fois sympathique et intelligent. Mon cœur se serre à la vue des cercles noirs sous ses yeux, de son crâne chauve, résultat du traitement, et de sa silhouette frêle, qui lui donne l'air bien plus jeune que ses treize ans.

Chris prend place près d'un chevalet à l'avant de la pièce et je vais m'asseoir à côté de lui avec Dylan. Ensemble, le garçonnet et moi, nous observons l'artiste effectuer des dessins spéciaux sur demande. Je suis fascinée par le contact qu'il entretient avec la foule, et mon cœur se gonfle d'amour et de fierté tandis qu'il fait naître un sourire sur bien des visages hantés.

Alors que la soirée a commencé depuis une heure, je me rends à la cafétéria pour acheter une boisson et un snack à Chris – il est 19 heures et il n'a rien mangé depuis le déjeuner. La mère de Dylan, Brandy, une jolie blonde d'une trentaine d'années, me rattrape dans le couloir.

— Ça ne vous ennuie pas si je vous accompagne ?

— Pas du tout, venez. Dylan est vraiment un enfant génial, je comprends pourquoi Chris est aussi attaché à lui.

— Merci. Et oui, ils ont développé un lien très spécial. Chris est un cadeau du ciel, à bien des niveaux.

Les portes de l'ascenseur s'ouvrent et nous y pénétrons.

— Saviez-vous qu'il appelle Dylan chaque jour ? poursuit-elle. Et en plus de ça, il nous appelle, mon mari, Sam, ou moi, pour s'assurer que tout va bien.

— Je l'ignorais, mais je ne suis pas surprise outre mesure. Il me parle de vous très souvent.

Nous sortons de l'ascenseur et nous dirigeons vers la cafétéria.

— Il a payé ce que notre assurance ne prenait pas en charge, et je peux vous assurer que c'est une somme.

Je perçois un mélange d'admiration et de tristesse dans la voix de Brandy.

— Il paierait tout l'or du monde pour sauver Dylan, dis-je simplement.

Elle s'immobilise.

— Aucun argent ne le sauvera.

Sortie d'une bouche tremblante, la phrase de la jeune femme se termine dans un murmure. Des larmes contenues gonflent ses paupières.

— Il va mourir, reprend-elle en me saisissant par le bras, ses doigts s'enfonçant dans ma chair avec l'urgence du désespoir. Vous êtes consciente que Chris va se le reprocher, n'est-ce pas ?

Ma gorge se serre.

— Oui, je le sais.

— Ne le laissez pas s'en vouloir.

— Je ne crois pas pouvoir l'en empêcher, mais je serai là pour lui, réponds-je doucement. Et pour vous aussi, si vous avez besoin de moi. Enregistrez donc mon numéro dans votre portable. Vraiment, n'hésitez pas à m'appeler, Brandy, à n'importe quel moment. Vous pouvez me demander tout ce que vous voudrez.

Son étreinte se desserre peu à peu sur mon bras et nous échangeons nos numéros, avant de reprendre notre chemin vers la cafétéria, sans rien dire. Si étrange que cela puisse paraître après un aussi lourd silence, nous parvenons bientôt à discuter de tout et de rien. Un peu plus tard, nous sommes au fond de la salle à regarder Chris et Dylan en grande conversation, occupés à s'empiffrer de chocolat.

— Les médecins n'apprécient pas qu'il mange des sucreries, me chuchote Brandy, mais comment lui refuser ce qu'il aime tant ?

— Je réagirais comme vous.

Mon regard passe du jeune garçon à Chris. Il est doué avec les enfants, je me demande s'il a jamais envisagé d'en avoir. Pour ma part, je n'ai jamais pensé aux enfants, et après une journée comme aujourd'hui, je ne suis pas sûre de vouloir devenir mère. Comment aimer autant et accepter que l'on puisse vous arracher la prunelle de vos yeux ? Perdre ma mère a déjà été bien assez dur, si je devais perdre Chris...

— Vous l'aimez, commente Brandy avec douceur. Ça se voit sur votre visage quand vous le regardez.

— Oui, admets-je, les yeux rivés sur Chris. Oui, je l'aime.

— C'est bien, approuve-t-elle tandis que je reporte mon attention sur elle. Sam et moi voyons bien la souffrance qu'endure cet homme. Il a besoin de quelqu'un pour la partager avec lui.

Son analyse me fait l'effet d'un coup en pleine poitrine. Depuis l'adolescence, Chris subit seul tout ce dont la vie l'a chargé. Le fait que Brandy ait perçu la douleur qu'il cache sous des dehors affables en dit long sur le genre de personnes qu'ils sont, elle et son mari. Ces gens-là traversent une épreuve terriblement douloureuse, et pourtant ils arrivent à se faire du souci pour Chris. Je repense à son mal-être au téléphone, l'avant-veille, il est clair comme de l'eau de roche qu'il a besoin de moi pour l'aider à porter son fardeau ce week-end. Ce n'est pas le moment de partager avec lui mes démons intimes, et pas parce que je tiens à repousser cet instant redouté. Non, ce week-end je dois être là pour Chris, lui montrer que je l'aime, même si je n'ose pas le lui avouer tant qu'il ne sait pas qui je suis vraiment.

— Ah, je crois qu'on nous appelle, m'indique Brandy en désignant l'avant-scène.

Levant les yeux, je découvre Chris et Dylan qui nous font signe de les rejoindre. Quelques minutes plus tard, j'ai succombé à l'impensable en acceptant de regarder *Vendredi 13* avec Chris et Dylan, pendant que Sam et Brandy rentreront chez eux profiter d'un peu de repos bien mérité.

Trois heures plus tard, quand le film d'horreur se termine enfin, Chris et moi sommes recroquevillés sur le fauteuil placé près du lit d'hôpital de Dylan, la peinture de Freddy et Jason offerte par Chris posée sur une table roulante. Dylan n'a pas cessé de rire de mes cris effarés, et son bonheur est comme une douce musique à mes oreilles. Cet enfant est décidément incroyable, il mérite tant de vivre !

Chris attrape la télécommande du lecteur de DVD qu'il éteint, avant de jeter un coup d'œil sur la pendule.

— Il est 23 heures, tu dois dormir, à présent, Dylan.

Je lui offre une grimace.

— Dors pour moi aussi, Dylan, je sens que je ne vais pas réussir.

Éclatant de rire, l'enfant se blottit sous ses draps.

— Vous restez jusqu'à ce que je m'endorme ?

Chris croise mon regard et je hoche la tête pour lui signifier mon accord.

— On ne bouge pas de là, mon pote, lui assure Chris.

Il installe le fauteuil en position allongée et je me pelotonne contre lui, mon dos collé à son torse, tandis qu'il m'enveloppe de ses bras.

Dylan baisse la lumière grâce à l'interrupteur situé près de son lit et je ferme les yeux, épuisée. La journée a été follement intense, pleine d'émotions de toutes sortes, d'événements et de rebondissements.

— Je suis content que tu sois là, me chuchote Chris au creux de l'oreille.

Un frisson me parcourt.

— Moi aussi, murmure Dylan, qui manifestement a entendu.

— Moi aussi, leur réponds-je à tous les deux.

Oui, la journée a été pleine d'émotions de toutes sortes, d'événements, de rebondissements et de découvertes douces-amères.

18

Il est tout ce que je suis, et tout ce que je ne suis pas. Je ne me rappelle pas où je commence et où il finit, ni où il finit et où je commence. Il est mon Maître. Je suis son esclave. Je tente de me rappeler qui j'étais avant qu'il ne soit. C'est terrifiant de penser que j'aie pu me donner à lui aussi complètement tout en sachant qu'il n'en a pas fait autant pour moi. Que deviendrai-je quand il ne sera plus là ? Oserai-je rester pour découvrir que la réponse est « rien » ? Et que fera-t-il si je lui annonce que je pars ?

Je m'éveille en sursaut avec l'une des dernières et des plus terrifiantes pages de l'un des journaux de Rebecca qui me tourbillonne dans la tête. Le soleil entre à grands flots dans la chambre d'hôpital, où je suis seule. Dylan et Chris sont sortis.

Un morceau de papier me crisse sous la main, sur lequel je découvre l'écriture de Chris. « J'ai emmené Dylan en secret dans la cuisine pour faire une razzia sur les crêpes au chocolat. Nous devons être rentrés à l'hôtel et douchés pour 10 heures. L'infirmière t'a laissé une trousse de toilette dans la salle de bains. »

Un coup d'œil à la pendule m'indique qu'il est 8 heures. J'ai du mal à croire que Chris et moi ayons dormi si longtemps et si profondément sur un fauteuil. Je me lève et m'étire, puis je me dirige vers la salle de bains, mon portable à la main pour le cas où Chris appellerait. Sur le lavabo, sous la petite trousse de toilette, se trouve un autre morceau de papier qui m'est manifestement destiné. Je le déplie et découvre avec surprise une photo de Chris, Dylan et moi, sous laquelle Chris a griffonné : « Voilà qui devrait faire plaisir à Mark. » Sourcils froncés, je mets quelques secondes à comprendre. Ah oui, Mark sera content de nous voir avec nos tee-shirts *Allure*. Ils sont clairement visibles sur le cliché. Je prends le tout en photo et le lui envoie. J'ai tout juste eu le temps d'ouvrir ma brosse à dents que je reçois déjà sa réponse. `Le tee-shirt vous va mieux qu'à Chris.` Je relis le SMS à deux fois et lâche un petit rire. Voilà bien le genre de réponse inattendue que Mark peut m'envoyer par mail, et visiblement aussi par SMS, où il apparaît plus comme un homme que comme le Maître. Cet homme est plus complexe que ce qu'il cache derrière ses « mademoiselle McMillan ceci, mademoiselle McMillan cela », et je me demande s'il est vraiment celui des journaux de Rebecca. J'ai du mal à voir le Maître dont elle parle dans ses mémoires faisant ce genre de blagues ou terminant un mail par une citation de *Hunger Games* (« Et puisse le sort vous être favorable »), comme il l'a fait un jour. Je lui tape une réponse que j'efface deux fois avant de reprendre la brosse à dents. Qu'est-ce que j'ai à me tourmenter pour un SMS à Mark ?

Quelques minutes plus tard, j'ai réussi à démêler la masse indisciplinée de mes cheveux, et mes yeux marron eux aussi semblent donner à ma peau une teinte plus pâle qu'à l'habitude, laquelle confine au blême, aujourd'hui. Pourtant, ça a moins d'importance que ç'en aurait eu il y a encore vingt-quatre heures. Voir ces gamins et leurs familles se battre pour la vie m'a aidée à mettre mes insécurités en perspective. Ça m'a aussi fait comprendre à quel point vivre l'instant présent est important. La vie peut vous être retirée en un claquement de doigts – comme dans le cas de ma mère ou de celle de Chris. Si terrifiante que soit la décision finale, je dois démissionner de mon poste d'enseignante dès lundi.

Je quitte la salle de bains et retourne dans la chambre de Dylan bien résolue à partager ma décision avec Chris, mais je suis toujours seule. Un bruit de voix attire mon regard vers la porte entrouverte, par laquelle j'aperçois Brandy en grande conversation avec un homme en calot et blouse blanche. Elle n'a pas l'air heureuse. L'homme que je suppose être le médecin traitant de Dylan lui serre l'épaule avant de s'éloigner. Brandy se prend le visage entre les mains.

Je traverse la chambre d'un trait.

— Brandy ?

Ses mains retombent et je vois les larmes ruisseler sur les joues.

— Mon Dieu, que se passe-t-il ? demandé-je en l'enlaçant.

Elle s'agrippe à moi comme à une bouée de sauvetage.

— Son cancer progresse plus vite que prévu.

J'ai la sensation que l'on vient de m'ouvrir la poitrine pour en saisir le cœur dans une poigne glacée. Et Dylan n'est même pas mon enfant. Je n'ose imaginer ce que peut ressentir Brandy. Comment puis-je la consoler ne serait-ce qu'un peu ?

Au bout d'un long moment, elle s'écarte de moi.

— Je veux voir mon fils. Je dois appeler Sam. Il est au travail.

— Je vais l'appeler. Allez vous rafraîchir et profitez de Dylan.

M'ayant transmis le numéro professionnel de Sam, elle m'embrasse de nouveau. Elle tremble comme une feuille. Levant les yeux, j'aperçois Chris qui sort de l'ascenseur en compagnie de Dylan. Le cœur serré, je lui fais un signe de la main destiné à l'éloigner et il remonte en vitesse dans la cabine, entraînant Dylan avec lui. Je lâche un soupir silencieux en songeant au désastre émotionnel que nous venons d'éviter de justesse entre la mère et son fils. Je ne sais pas comment, mais je dois aider Brandy à retrouver son calme et à se montrer forte face à son fils. Alors même qu'à l'intérieur elle se meurt avec lui, je le sais. Je vais aussi devoir aider Chris à traverser cette épreuve. Au fond de moi, je devine que cela va rouvrir des blessures mal cicatrisées chez mon homme déjà bien abîmé. Cette seule pensée me fait un mal fou.

Quand enfin j'estime que Brandy est à peu près solide, j'envoie à Chris un SMS pour lui indiquer qu'ils peuvent nous rejoindre, avec Dylan. Quelques minutes plus tard, le garçonnet entre tranquillement dans la chambre, souriant et fredonnant la chanson des *Griffes de la nuit*, « Un, deux, voilà Freddy l'affreux. Trois, quatre, remonte chez toi quatre à quatre. Cinq, six, prends ton crucifix. »

Chris entre à sa suite, les joues ombrées d'une barbe d'un jour, les cheveux adorablement ébouriffés et le regard aussi hanté que celui de Brandy. Il ignore encore que le cancer de l'enfant s'aggrave, mais il est suffisamment intelligent pour avoir flairé une mauvaise nouvelle.

Chantonnant toujours, Dylan se laisse tomber sur son lit.

— Sept, huit, surtout ne dors plus la nuit.

— Assez ! m'exclamé-je.

Mais je souris de sa taquinerie, qui m'est évidemment destinée.

— Oui, assez ! ajoute Brandy en riant. À moi aussi, elle me fait peur, cette chanson.

— Ne me dites pas qu'il suffit d'une chanson pour vous effrayer, quand même ! s'esclaffe Dylan.

Rien que le souvenir de ce film me fait frissonner.

— Il y a plein de raisons pour lesquelles j'ai accepté de regarder *Vendredi 13* au lieu des *Griffes de la nuit*, et éviter cette chanson arrivait en tête de liste.

— On va l'obliger à le regarder la prochaine fois, lui promet Chris en s'asseyant au chevet de l'enfant.

Dylan lève le poing.

— Oui ! s'exclame-t-il, hilare.

L'idée me frappe tandis que je les regarde se faire leurs adieux avant notre départ prévu le lendemain : Dylan et Chris remplacent une horreur par une autre. Dylan utilise les films et les monstres pour combattre le cancer, et Chris utilise la douleur pour combattre la douleur. Pas étonnant que ces deux-là soient aussi étroitement liés.

— Alors ? me demande Chris quand nous entrons dans l'ascenseur.

Au prix d'un énorme effort, je lui donne la réponse demandée, qui va forcément le faire souffrir.

— Son cancer progresse plus vite que prévu.

Il renverse la tête en arrière, face vers le plafond, et le tourment que je perçois en lui me brise le cœur. Je l'enlace par la taille et pose la joue sur son torse. Les battements de son cœur s'affolent.

— Je suis désolée.

Il enfouit le visage dans mes cheveux et inspire profondément, comme si ça le soulageait.

— J'ai déjà vécu ça, mais ce gamin, il est spécial.

Je lève le menton vers lui et plonge les yeux dans son regard troublé.

— Je sais. Je vois bien le lien qui vous unit tous les deux.

L'ascenseur s'ouvre et il mêle ses doigts aux miens. Très vite, nous émergeons dans la chaleur de Los Angeles – la différence de température avec San Francisco est énorme – et essayons de héler un taxi. L'affaire s'avère bien plus compliquée que nous ne le pensions, or Chris n'a pas besoin de ça en ce moment. Enfin, nous voilà en route pour l'hôtel et j'aborde le sujet épineux du père de Dylan.

— J'ai promis à Brandy d'appeler son mari. À mon avis, elle se doutait que lui parler en personne allait provoquer chez elle une nouvelle crise de larmes. Tu veux t'en charger, ou je le fais ?

Chris sort son portable accroché à sa ceinture.

— Je m'en occupe.

Je l'observe tandis qu'il explique à Sam ce qui s'est passé. Pendant toute la conversation, il arbore un masque neutre, mais il empoigne sa jambe si férocement que son biceps se noue sous le tatouage dragon.

Quand nous nous garons devant l'hôtel, il est toujours au téléphone. Il jette au chauffeur un billet de cent dollars pour un trajet qui en vaut dix, lui faisant signe de « garder la monnaie ». Il raccroche enfin au moment où nous sortons de l'ascenseur à notre étage, et la tension qui émane de lui est palpable. Vu qu'il ne me regarde pas non plus, j'hésite entre dire quelque chose – mais quoi ? – ou rester plantée là, en silence, tandis qu'il glisse la carte-clef dans la serrure et pousse la porte.

Je suis surprise qu'il entre devant moi, alors qu'en général il se serait effacé pour me laisser passer. Je referme la porte derrière nous, à temps pour le voir frapper le mur, puis appuyer les poings contre la surface. Il laisse retomber sa tête en avant et les muscles longs et fins de son corps se crispent.

Je m'approche et tends le bras vers lui.

— Non ! m'ordonne-t-il d'un ton sec, dur même, saisissant ma main à la volée. Je ne suis pas en état.

— Laisse-moi t'aider à traverser ça, Chris.

Le désespoir qui creuse ses yeux est si profond qu'il semble conduire droit en enfer.

— Je t'ai avertie que cette partie de moi n'était pas fréquentable.

— Je ne t'ai pas abandonné quand tu m'as avertie, je ne vais pas t'abandonner maintenant non plus.

Il me saisit violemment et me positionne entre le mur et lui.

— C'est dans ce genre de circonstances que je...

— Je sais, l'interromps-je. C'est dans ce genre de circonstances que tu as besoin que la douleur remplace la douleur. Je comprends, après ce que j'ai vu ces dernières vingt-quatre heures. Pourtant, Chris, si tu veux que ça marche entre nous, tu dois trouver un moyen d'aller avec moi dans ce monde qui est le tien.

— Je n'ai rien de délicat quand je suis comme ça. Tu n'as pas envie de me voir dans cet état-là, crois-moi.

— J'ai envie de connaître chaque aspect de toi, Chris.

Pendant plusieurs secondes, il me dévisage, et soudain ses doigts s'enfouissent dans mes cheveux et il est en train de m'embrasser. Sa colère, sa douleur saignent dans ma bouche, me brûlant de leur intensité. Je porte les mains à son torse et il les menotte dans l'une des siennes.

— Ne me touche pas. Pas avant que j'aie surmonté ça.

— OK.

Je ne sais par quel miracle, je parviens à parler d'une voix suffisamment forte alors que je suis bouleversée par sa sincérité absolue.

— Déshabille-toi, m'intime-t-il. Je ne me fais pas assez confiance pour m'en charger moi-même.

Je n'ai pas la moindre idée de ce qu'il entend par là, mais il s'écarte de moi et passe son tee-shirt par-dessus sa tête. J'en fais de même avec le mien, puis je m'attaque au soutien-gorge, avant de déboutonner mon pantalon, avec un peu de mal tant mes mains tremblent.

Chris se dresse devant moi dans l'instant qui suit, retenant mon poignet.

— Bon sang, je savais que c'était une erreur ! Je te fais peur.

— Tu ne me fais pas peur, Chris. Tu as mal, alors j'ai mal aussi.

Une tempête d'émotions passe sur son visage et il pose son front contre le mien comme il l'avait fait dans l'avion. Sa respiration est saccadée, signe qu'il bataille pour réprimer ce qu'il ressent – même si j'ignore ce que c'est.

Il m'est quasi impossible de résister au besoin de le toucher.

— Arrête d'essayer de te contrôler, Chris. Laisse sortir ce qui est en toi, je peux le supporter.

— Pas moi.

Il s'éloigne de moi et, à ma grande surprise, il se dirige vers la salle de bains. Je cligne plusieurs fois les yeux, incrédule. Il ne peut pas le supporter ? Qu'est-ce que ça veut dire ? Entendant la douche couler, j'essaie de rester où je suis car il a manifestement besoin d'espace. Mais je n'y arrive pas. J'oublie ma nudité et le fait que ce n'est pas la tenue la plus appropriée pour une confrontation – après tout, ce n'est pas comme s'il était habillé, lui.

Je me précipite vers la porte ouverte et entre juste au moment où il pénètre dans la cabine en verre transparent. Sans m'arrêter, je le suis et je fais coulisser le battant.

— Pas toi, quoi ? Tu ne peux pas le supporter ? le défié-je. Qu'est-ce que ça veut dire, Chris ? Que tu ne peux pas être avec moi ? Tu veux que je parte ?

Il se penche par l'entrebâillement et m'embrasse.

— Non, je veux dire que je ne peux pas, que je ne veux pas faire quoi que ce soit qui puisse te donner envie de partir.

Il me passe son pouce mouillé sur la joue.

— Or là, tout de suite, je risquerais de le faire.

Cependant, la tension extrême s'est un tout petit peu apaisée, son humeur changeante a viré, comme souvent. Il n'est plus celui qu'il était il y a encore quelques minutes. J'ose entrer dans la douche et l'enlacer. Le jet m'enveloppe et, à mon grand soulagement, ses bras aussi. Je sens son sexe durcir et s'allonger, s'épaissir, ce qui m'encourage encore, jusqu'à ce que je lève vers lui des yeux mouillés et perçoive la tempête encore grondante. Il n'est pas tout à fait remis. Pas du tout, même. Il prétend que le sexe ne fait pas partie des moyens auxquels il recourt pour gérer sa douleur, pourtant il est excité, or je ne peux pas lui faire de mal. C'est complètement exclu. Je n'ai que du plaisir à lui offrir.

Je le plaque contre la paroi, à l'écart de la force battante du jet d'eau, et il me laisse faire. Prenant cela pour un signe positif, je glisse lentement le long de son corps et tombe à genoux. Sa légère inspiration me fournit un encouragement supplémentaire, que j'apprécie. Écartant mes cheveux mouillés de ma bouche, j'enroule les doigts autour de son membre pulsant. Sans le titiller. Il a besoin de jouir fort et de jouir vite. D'une libération. D'un soulagement. Enfin, je pense. J'espère. Je suce la peau tendue sur sa magnifique érection, l'aspire dans ma bouche. Le goût salé de son désir me taquine la langue. Je ne m'attarde pas et l'avale tout entier, du moins autant que je le peux et il me pose une main sur la tête.

— Plus fort, ordonne-t-il d'une voix autoritaire et bourrue.

Il arque le bassin à la rencontre de ma bouche et je le sens palpiter contre ma langue.

Levant les yeux, je le regarde me regarder, les dents serrées, la mâchoire crispée, désir et fureur mêlés dans son regard torride. C'est très excitant de sentir cet homme puissant et sexy répondre à mes caresses, me désirer, avoir besoin de moi. Or c'est le cas. Je n'en ai jamais été aussi sûre qu'en cet instant.

Mes doigts se serrent autour de lui et je l'aspire, je l'avale avec plus de force, l'enfonçant plus loin dans ma gorge. Il effectue d'amples va-et-vient contre moi, il me baise la bouche, et son désir devient vivant, une entité qui me possède. Je ne m'en lasse pas, je ne me lasse pas de lui. Je fais glisser ma langue sous son sexe, contre la veine pulsante, lui arrachant un gémissement sourd, guttural. Il rejette la tête en arrière contre le carrelage et je le sens sombrer dans les profondeurs de l'oubli.

Mon corps brûle de le goûter, de le sentir contre ma langue, du pouvoir qu'il me donne de l'emmener loin de sa douleur. Passant une main derrière sa cuisse pour m'équilibrer, je sens à la dureté de son muscle qu'il est tout proche de l'extase.

— C'est bon, bébé, murmure-t-il d'une voix rauque, sexy en diable. Tellement bon.

Ses mains se crispent sur mon crâne et il me transmet l'urgence qu'il ressent. Il se met à s'engager plus avant à l'intérieur de ma bouche, enfonçant son membre jusqu'à ma gorge et je le prends, je le prends goulûment, ne vivant que pour le moment qui approche. Un gémissement rauque s'échappe de ses lèvres. Son sexe est secoué de spasmes et je sens le goût de son sperme salé sur mes papilles, là où sa colère saignait il y a encore quelques minutes. Je continue à faire glisser ma langue et mes lèvres de haut en bas, recueillant peu à peu jusqu'à la dernière goutte de son plaisir.

Il baisse la tête, haletant, et me regarde fixement durant de longues secondes. Quand je me remets debout, il m'attire contre lui.

— Dis-moi que je t'ai aidé.

Ma phrase est plus une requête qu'un ordre. J'ai besoin de m'assurer que je peux être ce dont il a besoin, que nous pouvons traverser les ténèbres ensemble.

— Tu fais plus que m'aider. Tu es la raison pour laquelle je respire.

Sa déclaration rauque, murmurée contre mes lèvres, est aussitôt suivie d'un baiser. Et la tendresse de ce contact, la douceur de sa langue qui caresse la mienne en disent plus long encore que ses mots.

Le baiser prend fin mais nous ne parlons pas. Nous nous collons peau contre peau, perdus l'un dans l'autre, pourtant ça n'a rien à voir avec le sexe ou le désir, et tout à voir avec le lien qui se tisse entre nous. Quand le moment vient où il me pousse contre le mur et plonge en moi, nos yeux se trouvent comme nos corps, et ce qui passe entre nous m'emplit comme jamais je n'ai été emplie avant. Il a besoin de moi et j'ai besoin de lui. Jamais je n'ai douté de ça. J'ai toujours su que nous étions les deux pièces d'un puzzle qui s'emboîtent parfaitement dans l'espace qu'est notre douleur. À une époque, j'étais certaine que nous étions trop abîmés pour ne pas nous détruire mutuellement. À présent je pense que nous nous sauvons.

19

Mes espoirs que les turbulences qui agitent Chris soient derrière nous sont bien vite réduits à néant. Peu après notre arrivée au repas de bienfaisance, en fait. Nous sommes assis à l'une des vingt-cinq tables, écoutant un homme raconter l'histoire de son enfant qui se meurt du cancer. Je ne peux m'empêcher de songer à Dylan et je lâche l'orateur des yeux pour scruter le visage de Chris, de profil. Son expression est toujours aussi impassible, son dos raide. Je sais qu'il sent mon regard sur lui, pourtant il ne détourne pas les yeux, et je vois sa mâchoire se contracter à plusieurs reprises. Sous la table, je lui prends la main. Lentement, il se tourne enfin vers moi et l'espace d'un bref instant, il me laisse deviner la souffrance éclatée en flocons ambrés dans ses prunelles vertes. Je lui caresse la joue, lui signifiant ainsi que je comprends, alors il serre ma main, puis reporte graduellement son attention sur la scène.

Une fois de plus, une sombre certitude m'assaille. Chris est ténèbres et douleur, quoi qu'il prétende et même s'il maîtrise cette partie de lui-même. C'est faux. Je ne suis pas certaine qu'il veuille réellement la maîtriser. Je souhaite le guérir, être présente pour lui, mais je me demande si c'est possible, au fond. Je ne suis pas certaine qu'il me le permette.

Cette pensée s'attarde en moi jusqu'à la fin des discours, et je suis soulagée quand le repas se termine. Sauf qu'il n'y a pas moyen d'échapper à la suite. Tandis que Chris et moi nous mêlons au reste des invités, je suis sidérée par la façon dont il parvient à maintenir sa façade de légèreté, à lancer le bon commentaire au bon moment, à amener des sourires sur les visages.

Une heure plus tard, nous sommes à l'hôpital au chevet des enfants, à qui Chris dessine des esquisses d'animaux amusants et de personnages de BD. Si incroyable que cela paraisse, personne à part moi ne semble remarquer à quel point il est bouleversé. À force de l'observer, je vois au-delà de l'homme splendide et sexy, je vois celui qui, malgré sa propre souffrance, donne tout à ces familles. Et je tombe un peu plus amoureuse de lui.

Une fois la tournée des visites terminée, nous nous dirigeons vers la chambre de Dylan, dont nous avons prévu de faire notre destination finale, quand soudain Chris s'immobilise pour lire un SMS.

Son air sinistre m'inquiète.

— Quoi ?

Il envoie un bref message avant de me répondre.

— D'après Blake, le cadenas n'avait pas été touché, pourtant le box semble avoir été fouillé. Il voulait savoir s'il y avait du bazar au sol, la dernière fois que nous y étions.

— Non. Dis-lui que non.

— Je viens de le faire.

Il lit un autre SMS, me relayant les informations au fur et à mesure.

— Il pense que ce détective de bas étage a profité de la coupure de courant pour changer les cadenas.

Je vois où il veut en venir et poursuis à sa place :

— Autrement dit, ce n'est pas mon cadenas que nous avons refermé en quittant le box, mais le sien. Du coup, il a pu y retourner tranquillement.

— Exact. Je suis sûr qu'il attendait le moment propice, le soir où tu l'as croisé. Nous pouvons déduire qu'il a remis en place le cadenas d'origine, le tien, une fois qu'il a déniché ce qu'il cherchait dans le box.

Je sens poindre un début de migraine.

— Il a remué beaucoup de choses ?

— Apparemment, les affaires de Rebecca ont été éparpillées un peu partout.

Un gémissement frustré m'échappe.

— On peut appeler la police ?

— Blake pense que nous n'arriverons jamais à prouver qu'il y avait quelqu'un d'autre dans le box, et que, par ailleurs, nous ne devrions pas impliquer la police tant que nous décidons d'agir discrètement.

À contrecœur, j'accepte la situation d'impuissance dans laquelle nous nous trouvons.

— S'il existait d'autres journaux, eh bien, ils sont perdus à jamais.

Et avec eux les potentielles réponses quant au lieu où se trouve Rebecca et à l'identité du responsable de sa disparition.

— Blake et toute l'équipe de Walker Security sont les meilleurs. Si quelqu'un peut la retrouver, ils le feront.

— S'ils sont aussi bons que tu le dis et qu'ils ont tant de mal à la trouver, alors je suis plus inquiète que jamais, Chris.

Il serre les lèvres.

— Malheureusement, je suis de ton avis.

J'essaie de me débarrasser de mon humeur maussade avant d'entrer dans la chambre de Dylan, mais mes efforts sont réduits à néant sitôt que je le vois. Le garçonnet plein d'énergie que j'ai rencontré la veille a disparu. Dylan est allongé, penché au-dessus d'une bassine et il vomit, pendant que sa mère fait tout son possible pour l'apaiser. La seule chose qui me retient de hurler, c'est le besoin absolu que j'ai d'empêcher mon compagnon de hurler. Brandy effectue chacun de ses gestes d'une main tremblante ; quant à Chris, il s'est mué en une boule d'énergie, pareil à un animal sauvage arpentant une cage dont il ne pourrait s'échapper.

Et pourtant, il parvient à se maîtriser. Quand il apprend que Brandy n'a ni mangé ni dormi, il l'oblige à s'octroyer une pause pendant que nous restons au chevet de Dylan. Chris s'assied au bord du lit du petit malade et se soumet à sa supplique de lui dessiner un autre Freddy Krueger. Et comme par miracle, Dylan semble se requinquer tandis que Chris entame son croquis sur le bloc qu'il a emporté avec lui.

À 16 heures, Chris doit s'absenter pour assister à une réunion regroupant des donateurs, alors je reste auprès de Dylan et Brandy, ayant prévu de le rejoindre à l'hôtel à 17 h 30. À 17 h 45, cependant, je suis toujours devant l'hôpital. Cela fait une demi-heure que j'attends un taxi. J'ai envoyé un SMS à Chris, auquel il n'a pas répondu.

Enfin, il m'appelle.

— Je viens de sortir de la réunion. Tu en as eu un ?

— Non, réponds-je, exaspérée. Il y a deux conventions et une avant-première au cinéma, alors…

— Dis à la compagnie de taxis qu'ils recevront un pourboire de cent dollars. Je t'attendrai devant l'hôtel pour les régler. Si ça ne marche pas, je t'envoie une voiture privée.

Quinze minutes plus tard, il m'accueille sur le parvis de l'hôtel en jean et tee-shirt uni blanc, ses cheveux humides lui encadrant le visage. Il ouvre ma portière à la hâte et se penche par la vitre avant, côté passager, pour payer le chauffeur. Pressée d'aller me doucher et m'habiller, je descends du taxi. Chris pose les deux mains sur mes épaules et me plante un baiser sur les lèvres.

— Tu m'as manqué.

Pour quelqu'un de plutôt réservé en public, il semble se moquer des gens qui nous entourent. Levant vers lui des yeux surpris, j'aperçois cette rare vulnérabilité dans son expression, qui résonne toujours si profondément en moi et me bouleverse. J'écarte une mèche de ses cheveux humides et une avalanche d'émotions s'écrase sur moi.

— Chris, je...

Un klaxon m'interrompt et Chris m'attire contre lui au moment où un taxi fou passe à quelques centimètres de moi. Sur le trottoir, je termine ma phrase dans ma tête : *je t'aime*.

— Ils sont dingues, ces taxis ! marmonne-t-il en mêlant ses doigts aux miens.

Nous nous dirigeons vers l'entrée de l'hôtel, mais ma confession spontanée vient d'être effacée par un taxi jaune. Sans doute est-ce mieux ainsi, au fond. J'étais folle de me lancer maintenant, ni le lieu ni le moment n'étaient bien choisis. Pourtant, je ne peux m'empêcher de songer que j'ai perdu une occasion que je vais regretter.

Je ressors d'une douche rapide et enfile le peignoir fourni par l'hôtel pour m'atteler au maquillage et à la coiffure. Je viens de finir de lisser mes cheveux au fer quand Chris apparaît en smoking dans l'encadrement de la porte. Je repose la brosse et me tourne vers lui pour mieux profiter de la vue magnifique qu'il offre dans cette tenue. Parfaitement ajustés et repassés, le pantalon et la veste mettent en valeur sa silhouette mince et musclée. Le résultat est tout bonnement à croquer. Et s'il s'est conformé au « costume de pingouin » attendu, comme il l'a désigné, il ne s'est pas rasé et ses joues sont ombrées d'un duvet châtain foncé. Quant à ses cheveux, ils sont ébouriffés, lui donnant l'allure sauvage de l'homme que j'aime, un rebelle déterminé.

— Tu es l'homme le plus sexy du monde.

Il me sourit et pour la première fois de la journée, le sourire se lit aussi dans ses yeux.

— Je te laisserai me prouver que tu le penses vraiment ce soir, quand nous rentrerons.

Il sort une boîte en velours noir de derrière son dos et me la tend.

— C'est pour toi. Et moi.

Sitôt que j'aperçois le logo d'Adam et Ève sur le paquet, je retiens mon souffle. Il s'agit de la boutique en ligne sexy dont je lui ai parlé l'avant-veille au téléphone.

— Je suppose que ce n'est pas une *paddle* en fourrure rose...

— N'aie pas l'air si déçue, me taquine-t-il. J'en commanderai une dès que nous rentrerons à la maison.

Il soulève le couvercle et, disposés sur une pièce de soie noire, je découvre trois bijoux : deux boucles en argent identiques, chacune terminée par une longue chaîne de rubis scintillants ; le troisième bijou est constitué d'une boucle en argent et d'une larme sertie des mêmes rubis.

— À porter sous ta robe, m'annonce-t-il.

Instantanément, l'un des passages du journal de Rebecca me revient en mémoire, comme si elle me parlait au creux de l'oreille. *Il me retourna, baissa d'un coup sec ma robe et mon soutien-gorge, avant de me clamper les tétons, m'ordonnant d'endurer la douleur.*

— Non, fais-je en croisant les bras et secouant la tête. Je ne peux pas porter ça à la fête.

Il repose la boîte sur ma trousse de toilette et s'approche de moi. Je fais un pas en arrière, mais déjà il est là, et il prend mon visage dans ses mains.

— Ce ne sont pas des pinces à seins, si c'est ce que tu penses. Jamais je ne te demanderais de porter ce genre d'attirail sur une longue période. Ce sont des bijoux. Rien de plus qu'un délicieux frottement pour toi, et une distraction tentatrice pour moi. Or j'en ai bien besoin, ce soir, tu peux me croire.

— Ah…

— Ah… répète-t-il, esquissant un sourire taquin.

Les yeux rivés aux miens, il m'attrape par le gros nœud de ma ceinture de peignoir.

— Laisse-moi te montrer.

La panique qui m'a saisie l'instant d'avant se transforme en une chaleur torride au creux de mon ventre. Sans lâcher son regard pénétrant des yeux, je laisse tomber mes bras et le peignoir s'ouvre. L'air frais titille ma peau nue. Une expression approbatrice se peint sur les traits de Chris tandis que du bout des doigts, il effleure mes tétons. J'essaie de ravaler un gémissement, en vain. Il échange nos positions, me plaçant de dos au lavabo pour coller son bassin au mien. Je sens la pulsation sourde de son érection contre mon ventre.

D'un geste tranquille, il pince mes mamelons rosés jusqu'à les transformer en pointes dures et d'exquises sensations me traversent. Je l'attrape par le poignet.

— Arrête, on doit y aller et je ne suis pas encore habillée.

— Je m'assure juste que tu es prête.

— Je le suis, c'est bien ça le problème.

Prenant mes seins dans ses paumes, il les presse l'un contre l'autre et se penche pour donner un coup de langue sur les deux tétons en même temps. Incapable de me retenir, je cille et pose la main sur sa tête. Je n'ai pas le courage de lui répéter d'arrêter, il faudra que je m'habille plus vite, voilà tout. Je ne remarque pas le moment où il s'empare de l'un des anneaux, pourtant soudain il est en train d'en passer un sur la pointe gonflée et hypersensible.

Me mordant la lèvre, je baisse les yeux vers le bijou scintillant.

— Ça fait mal ? me demande-t-il en titillant l'objet du doigt.

En se balançant, le bijou envoie des flèches de plaisir qui descendent directement dans mon sexe.

— Non, soufflé-je. Ça ne fait pas mal.

Je vois son beau visage s'éclairer d'une lueur satisfaite, puis il penche de nouveau la tête pour suçoter mon téton nu. Cette fois, tandis que je le regarde placer le second anneau, je suis excitée par autre chose que la vision du bijou sur mon corps : l'idée que Chris va y penser tout au long de la soirée.

Il me soulève pour me déposer sur le rebord du lavabo et m'écarte les jambes. Ses paumes remontent le long de mes cuisses, s'arrêtant sur les chairs humides et gonflées de mon sexe, que son pouce caresse et titille.

— Est-ce que tu penses à me faire l'amour, Sara ?

— Non, je pense à toi en train de me faire l'amour.

Il éclate de son rire si grave et sexy qui me fait fondre. Je me sens de plus en plus mouillée sous ses caresses, et il le sent aussi. Je le vois à la façon dont son regard s'assombrit, à l'ambre brûlant qui danse dans l'émeraude de ses prunelles.

— J'adorerais te faire l'amour, bébé, mais ça n'en sera que meilleur après l'attente.

Il saisit l'anneau clitoridien et entreprend de le refermer sur mon bouton gonflé et sensible.

— Ne bouge pas, indique-t-il en m'écartant un peu plus les cuisses. Je veux te regarder.

Il recule d'un pas. Rabattant le peignoir d'un geste brusque, je descends du lavabo et viens me planter devant lui, sans le toucher, le menton haut.

— Tu m'as excitée. Eh bien, toi aussi tu attendras pour me voir.

Sur ce, je l'esquive et mets suffisamment de distance entre nous pour tournoyer sur moi-même, devant lui.

— Bon, maintenant sors d'ici. Je dois enfiler ma robe.

— Sans soutien-gorge ni culotte.

C'est un ordre. Chris, le mâle dominant que je connais et que je trouve tellement excitant, dans toute sa splendeur.

— On verra ça.

Il s'est rapproché de moi et avant que j'aie le temps de réagir, il m'a attirée contre lui.

— Sans soutien-gorge ni culotte. Compris ?

Son cœur gronde sous ma paume. Il n'est clairement pas insensible à cet échange. Et s'il n'a pas tout le pouvoir, son besoin de domination emplit l'air, aussi prégnant que lorsqu'il me touche.

Me haussant sur la pointe des pieds, je dépose un baiser sur ses lèvres.

— Oui, j'ai compris.

Il reste un moment encore raide et autoritaire, puis sa main glisse sous mon peignoir pour se plaquer dans mon dos. Ses lèvres effleurent les miennes, puis sa langue, ébauche de contact aussitôt disparu.

— Comment se fait-il que tu fasses toujours l'exact contraire de ce à quoi je m'attends ? demande-t-il d'une voix grave.

Enfin il m'écarte de lui et sort de la salle de bains.

Je reste plusieurs secondes les yeux braqués sur la porte refermée derrière lui, à me demander si faire le contraire de ce à quoi il s'attend est une bonne chose ou pas. À la vérité, je ne m'efforce pas de modifier ma personnalité en sa présence, contrairement à ce que j'ai fait par le passé avec d'autres hommes. Là, je me redécouvre, peut-être même que je me trouve pour la toute première fois.

Mais ce n'est pas le moment de disséquer tout cela, il faut que je me secoue. Passant à l'action, je me glisse dans mes bas noirs, mes escarpins à hauts talons de la même couleur, et enfin la robe vert émeraude. Sans soutien-gorge. Ni culotte. Déjà les rubis me titillent, impitoyables, à l'instar de Chris avec ses doigts et sa bouche. Je scrute mon reflet dans le miroir. Décidément, j'adore cette robe, encore plus qu'à la boutique. Le vert profond met en valeur ma peau pâle et le tissu épouse mes formes sans être ostensiblement sexy. Et par chance, le corsage ajusté est assez couvrant pour masquer les anneaux de rubis accrochés à mes tétons.

Je pose la main sur la poignée de la porte, puis m'immobilise un instant, en proie à une montée d'adrénaline à l'idée de Chris qui m'attend derrière. Je sors enfin dans la chambre et le trouve adossé à la porte d'entrée, jambes et bras croisés. Il m'observe attentivement, avec gourmandise, m'ordonnant sans un mot de me diriger vers lui. Je suis bien incapable de le défier, trop excitée par sa façon d'emplir la pièce, et moi avec, de sa présence torride. Il suit des yeux chacun de mes pas, me touchant sans me toucher, me séduisant par la promesse du plaisir que lui, et lui seul, sait me donner, j'en ai déjà eu la preuve à maintes reprises.

Je me plante face à lui, et il ne bouge toujours pas, ne tend pas même la main vers moi.

— Tourne-toi.

Obtempérer est devenu un automatisme. Il a raison. J'adore ces moments où il prend le contrôle et l'excitation bouillonne dans mon bas-ventre à la pensée de ce qu'il envisage pour la suite. Avec lui, je peux me laisser aller, alors que je n'ose pas le faire ailleurs ou avec quelqu'un d'autre.

Une sensation fraîche m'enveloppe le cou et je comprends qu'il s'agit d'un collier qu'il attache dans ma nuque. Machinalement, je porte la main à ma gorge.

— Va te regarder dans le miroir, murmure-t-il à mon oreille.

Curieuse, je me précipite à la salle de bains et découvre dans la glace le pendentif en émeraude et diamants qui scintillent, telle une nuée d'étoiles, dans mon décolleté. Chris apparaît derrière moi, ses yeux rencontrant les miens dans le miroir, et ce contact provoque un délicieux sursaut désormais familier, mais jamais démenti. Son expression affiche un désir quasi animal qui court bien plus profondément qu'un simple besoin physique entre nous. Ce cadeau a une signification particulière pour lui. C'est une offrande spéciale, rien à voir avec les babioles dont mon père gratifiait ma mère, et il a à cœur que je l'apprécie.

— Il ne pourrait pas être plus parfait, commenté-je doucement. Merci.

Il pose une main possessive sur mon ventre, avant d'enfouir le visage dans mes cheveux, pour presser la bouche contre mon oreille.

— C'est toi qui es parfaite, chuchote-t-il d'une voix rauque.

Tout ce que fait Chris est instinctif et réel, comme la douleur qu'il essaie d'enfouir dans les profondeurs insondables de son âme. Et je redoute le moment où il découvrira à quel point je ne suis pas parfaite.

20

Chris et moi quittons notre chambre pour monter dans l'ascenseur bondé. Il s'adosse à la paroi et m'installe dans le creux de son bras. Son contact est pareil à un marquage au fer rouge, à la fois brûlant et réconfortant, trop intime pour le lieu. Les rubis dansent entre mes jambes, provoquant une friction contre mon clitoris, exquise et pas du tout douloureuse, mais impossible à oublier – tout comme le sexe dur contre mon flanc. Chris enfouit son visage dans mon cou, me tirant un frisson. Je ressens quasi physiquement son plaisir à ma réaction, et ses mains montent et redescendent le long de mes côtes, effleurant le tissu de ma robe et les anneaux à mes seins. Je pose les mains sur les siennes pour les maintenir en place, réprimande silencieuse, et son rire grave et si sexy m'emplit l'oreille.

Son humeur joueuse me tire un sourire. Je suis frappée par le contraste entre ce moment et une autre occasion où je ne portais pas de sous-vêtements – à la cave à vins. Je m'étais reproché, à l'époque, d'avoir osé voir une quelconque histoire de cœur dans ce qui n'était sans doute qu'une aventure sexuelle. Même la rencontre avec son parrain et sa marraine, par cette douce soirée d'août, n'avait pas suffi à me rassurer.

J'ignorais où nous allions, Chris et moi. Si je cédais à ma tendance naturelle, je serais bien capable de m'engluer dans les doutes, de dresser la liste des détails susceptibles de tourner mal ce soir. Les raisons de m'inquiéter sont nombreuses : le prochain départ de Chris pour Paris, mon choix de carrière à venir, mon secret... Le ventre noué, je regarde s'ouvrir les portes de l'ascenseur.

Tandis que je sors de la cabine, je décide d'abandonner mes soucis à l'intérieur. Ce soir, Chris a besoin que je sois présente et concentrée. Mon Prince des ténèbres est au bord du précipice avec Dylan : à tout instant, il pourrait choir dans la pénombre qui l'aspire. Je veux être la corde à laquelle il se raccroche, sa ligne de vie.

Une fois dans le couloir, il mêle ses doigts aux miens, un contact à la fois intime et tout simple qui me serre le cœur. Il me réchauffe aussi, bien plus que la danse langoureuse des bijoux entre mes cuisses tandis que je marche. Je lui jette un coup d'œil de côté et découvre qu'il fait de même. J'ai l'impression d'être caressée par une brise d'été. Il flotte en moi, il me complète, et pour la première fois de ma vie je me sens pleinement engagée dans une relation, plutôt que seule ou possédée. Quelle ironie, si l'on considère que c'est avec l'homme que j'ai quasiment supplié de me contrôler, de me posséder. Il est sombre passion et chaleur torride, et je ne suis jamais rassasiée de lui.

Nous sortons de l'hôtel dans la nuit chaude et sans nuage. Des dizaines d'étoiles brillent au-dessus de nos têtes, et je passe la bandoulière de mon minuscule sac à main en strass noir sur la fine bretelle émeraude de ma robe. La voiture avec chauffeur que Chris a réservée pour nous est là, mais nous nous retournons en entendant un couple de personnes âgées, qui eux aussi se rendent au gala et bataillent pour trouver un taxi.

Nous échangeons un regard, et Chris s'adresse au couple :

— Montez donc avec nous, messieurs dames. Nous nous rendons au même endroit.

Une Porsche 911 rutilante s'arrête devant un portier et je revois en flash-back la nuit où nous avions dégusté du vin, à la galerie. J'étais sortie de chez *Allure* pour découvrir Chris adossé à sa 911, le modèle préféré de mon père. Ce soir-là, j'avais comparé les deux hommes, qui justement sont incomparables, et les sourires que Chris vient d'offrir à ce couple âgé suffisent à me le confirmer.

À l'arrière de la voiture, installée entre la dame et Chris, j'entame la conversation avec elle tandis que Chris pose la main sur mon genou, caressant machinalement mon bas de soie. Sa chaleur me traverse et des ondes de plaisir remontent le long de ma jambe, tout droit jusqu'à mon clitoris gonflé et toujours hypersensible.

J'ai de plus en plus de mal à me concentrer sur la conversation. Alors, quand je n'y tiens plus, je lui saisis la main et l'immobilise, tout en lui envoyant un regard d'avertissement.

— Un problème ? fait-il en arquant un sourcil.

Nouveau regard sévère de ma part.

— Tu sais exactement ce qui se passe, rétorqué-je à mi-voix.

— En effet, acquiesce-t-il avec un début de sourire. Je le sais.

— Évidemment.

En réalité, c'est plus érotique qu'embarrassant. C'est pourquoi je lui retiens la main pendant les dix minutes que dure encore le trajet.

Nous sortons de la voiture devant le *Children's Museum* où se tient le gala, sous les crépitements des appareils photo. Le malaise de Chris est palpable tandis que nous remontons le tapis rouge étalé sur l'escalier conduisant à l'entrée principale. Je ne suis pas étonnée de le voir décliner un passage par la salle de presse. Ses réticences à se retrouver sous les feux de la rampe à l'occasion de cet événement en disent long sur l'importance que la cause revêt à ses yeux.

Une fois à l'intérieur du bâtiment, nous attendons sous une arche monumentale qui marque l'entrée de la salle principale triangulaire, avec une centaine d'invités qui se massent entre nous et la scène où se produit un groupe, à l'autre bout. La musique nous parvient par le dôme impressionnant qui nous surplombe, et dont je ne me lasse pas d'admirer les peintures ornementales.

— Ça me rappelle le bureau de Mark, fais-je remarquer à Chris, songeant à un mur plus proche de chez moi. C'est de toi, pas vrai ?

Je note une légère crispation au niveau de ses lèvres.

— Oui.

— Oui ? C'est tout ?

Il hausse les épaules.

— Il a juré de vendre l'une de mes toiles chez *Riptide* pour un prix de folie, et moi j'ai accepté de peindre son mur s'il y parvenait.

— Et tu as fait don de l'argent à l'hôpital.

Je vois une lueur émue éclairer brièvement son visage, puis son expression reprend sa dure inflexibilité.

— J'ai payé les traitements de Dylan et créé un fonds de placement pour sa famille. Ils ignorent encore qu'il existe.

Je ressens ses paroles comme le coup en plein ventre qu'elles sont aussi pour lui.

— Toi et Mark semblez faire beaucoup de choses ensemble, pourtant vous entretenez une relation bizarre.

— Nous entretenons une relation d'affaires.

— Mais vous avez été amis.

— « Amis » est un terme utilisé de façon impropre par trop de gens, commente-t-il sèchement.

Il en a assez de parler de Mark, c'est évident.

— Tu as faim ? s'enquiert-il en désignant un buffet.

— Je suis affamée, réponds-je avec légèreté.

Je n'en suis pas moins ennuyée qu'il évite ce sujet épineux.

Passant une main autour de ma taille, Chris nous serre discrètement l'un contre l'autre, et mes pensées négatives s'envolent quand il murmure :

— Moi aussi, je suis affamé. Mais pas de nourriture.

Il a en effet l'air de vouloir m'avaler toute crue et sur-le-champ. Ce à quoi mon corps réagit en enflammant mon entrejambe – une humidité que l'absence de culotte rend impossible à ignorer.

Je rougis sans trop savoir pourquoi. Moins d'une heure plus tôt, cet homme me léchait les tétons avant d'y attacher les rubis, mais ce ne sont pas les seuls instants où Chris se transforme en un mâle surpuissant qui me fait fondre.

Et il le sait bien. Je le vois sur son visage, dans la lueur torride qui allume les profondeurs de ses yeux émeraude. Je m'en fiche, car je n'ai plus peur de lui montrer l'effet qu'il produit sur moi, contrairement à avant. J'observe sa bouche sensuelle se fendre peu à peu d'un lent sourire, effaçant les cernes noirs et la tension du visage. À mon grand soulagement.

— Tiens, tiens, fait-il doucement, le ton séducteur. Voilà que ma gentille maîtresse d'école se met à rougir. On dirait que je n'ai pas encore réussi à la corrompre complètement. Mais j'y travaille, conclut-il après une pause.

— C'est toi qui m'as accusée de te corrompre.

— Tu l'as fait, bébé, mais de façon positive.

Je fronce les sourcils.

— C'est-à-dire ?

— Si tu ne le sais pas encore, tu comprendras bientôt.

Sur ce, il m'entraîne dans la foule, me laissant réfléchir au sens de sa phrase. Je ne devrais pas m'en étonner, puisqu'il est spécialiste des messages codés, cachés et autres doubles sens que je ne comprends qu'à retardement. Quand je les comprends.

Nous passons en revue plusieurs tables chargées de victuailles, avant de nous arrêter devant un assortiment de mets à grignoter. Nous nous en remplissons chacun une petite assiette et faisons de notre mieux pour manger entre deux discussions avec les nombreux invités qui souhaitent s'entretenir avec Chris. Je termine un mini-sandwich quand, sortie de nulle part, Gina Ray se matérialise à côté de Chris. C'est une actrice relativement connue que Google répertorie parmi les conquêtes amoureuses attribuées à Chris.

Elle arbore des cheveux bruns soyeux et une robe rouge taillée pour faire étalage de son décolleté avantageux, qu'elle presse d'ailleurs contre le bras de Chris en l'embrassant comme du bon pain.

— Chris ! s'exclame-t-elle. Quel plaisir de te voir !

Sa voix est complètement à son image : un riche et délicieux mélange de vulgarité et de glamour hollywoodien.

La seule chose dont je puisse faire étalage, pour ma part, ce serait mon insécurité, que je me suis juré de laisser à l'hôpital mais qui a manifestement réussi à se frayer un chemin jusqu'à la salle de gala. Comparée à cette femme, je me sens gauche et peu féminine, et surtout pas digne d'être une star, encore moins au bras de Chris. Je redeviens la petite maîtresse d'école qui n'a rien à faire à cette fête et dois combattre l'envie pressante de m'enfuir, même si j'ignore totalement où.

Chris semble sentir mon mal-être, car il se libère de l'étreinte de Gina pour m'enlacer.

— Sara, je te présente Gina Ray. Elle fournit un soutien majeur à notre fondation depuis plusieurs années maintenant. Et – il baisse vers moi un regard éloquent – contrairement à ce que prétendent les paparazzi qui la pourchassent comme des animaux affamés, je ne suis jamais sorti avec elle. Gina, je te présente Sara McMillan, avec qui je sors en revanche, et que tu verras souvent à mes côtés, j'espère.

Son annonce me procure un soulagement immense, sous la forme d'une vague chaude au creux de la poitrine. Je me love contre Chris et sens ses doigts serrer ma hanche.

Gina lève des yeux amusés au plafond.

— J'ai payé cher ce scandale, Chris, et au sens propre, il me semble ! Arrête de me faire culpabiliser.

Elle fixe sur moi ses yeux bleu pâle. Si différents des miens, chocolat sombre et profond, ils me rappellent des diamants au clair de lune.

— Enchantée de vous rencontrer, Sara, ajoute-t-elle en tendant une main que j'accepte.

Un flash accompagne notre geste et, tenant toujours ma main, Gina lance à Chris un regard faussement belliqueux.

— Tu ne viendras pas me le reprocher, demain, quand les journaux titreront que Gina Ray s'est disputée avec la nouvelle petite amie de son ancien amant. Je-N'y-Suis-Pour-Rien.

Quelqu'un l'appelle et elle me lâche la main.

— Je vous rejoins plus tard.

— Tu as lu les journaux à scandale qui prétendaient que nous sortions ensemble, m'accuse Chris sitôt que nous nous retrouvons seuls.

— Qu'est-ce qui te fait croire ça ? demandé-je, coupable.

— Tu as failli t'étrangler avec ton sandwich quand elle m'a embrassé.

Je hausse les épaules.

— C'est une star du cinéma, j'étais éblouie.

— Ah oui ? fait-il avec un léger sourire.

— OK, j'ai peut-être fait quelques recherches sur Internet à propos de toi.

— Et tu as découvert autre chose dont je doive m'expliquer ?

— Non, rien.

C'est vrai. Je pense qu'il garde des secrets, mais aucun d'eux ne me sera révélé par un moteur de recherche. Ils se trouvent plutôt au sein de sa douleur, à laquelle j'espère être autorisée un jour à accéder.

— Je sais tout ce que j'ai besoin de savoir, ajouté-je d'une voix douce.

Une lueur tourmentée – décidément, j'ai le chic pour provoquer cela chez lui – allume ses pupilles vertes.

— Sara...

Il est interrompu par un groupe de gens qui se pressent soudain autour de nous. Tous désirent parler avec Chris et me rencontrer. Je reste sur ma faim quant à ce qu'il s'apprêtait à me dire. Nous nous laissons emporter par les conversations, mais nos regards ne se quittent pas et des paroles muettes passent entre nous, brûlant d'être entendues.

Pendant l'heure qui suit, Chris et moi nous mêlons à la foule animée et je suis soulagée que l'événement vire progressivement à la soirée légère et agréable. Je savoure la façon qu'a Chris de chercher souvent mon contact, chaque effleurement de sa main ajoutant à la chaleur de mon âme, où il a trouvé sa place et pris racine. Et toutes les fois que nos regards se croisent, une chaleur m'envahit qui n'a rien à voir avec le frottement incessant des rubis, et tout à voir avec notre lien qui s'approfondit. Je suis heureuse, un sentiment que je n'ai pas souvenir d'avoir éprouvé souvent dans ma vie d'adulte. Un sentiment qui ne dure pas, mais pour lequel je me sens prête à me battre cette fois.

Je repère le personnel en train de dresser une table destinée à recevoir diverses préparations à base de café, chocolat et crème fouettée. Alors que j'essaie d'y entraîner Chris, il est accosté par une fan sexagénaire particulièrement agitée. D'après ce que je comprends de son babillage, elle est en possession d'un pinceau qu'il lui a signé lors d'une autre soirée, et elle en veut un autre pour son fils.

— Je serai à côté du chocolat, lui indiqué-je, avant d'ajouter, plus bas, en lui déposant un baiser sur la joue : C'est mon deuxième péché mignon après toi.

Il me chuchote quelque chose en français, je ne doute pas une seconde que c'est coquin. Et le son de la voix à lui seul est si sexy que je m'en mords la lèvre.

Je souris encore de notre échange quand la serveuse me tend un café *mocha* surmonté d'une tonne de crème fouettée. Je m'installe à un petit mange-debout et en avale une cuillerée. Délicieux. Comme mon flirt avec Chris. Je n'en reviens pas de me sentir aussi à l'aise avec lui.

— Bonjour, Sara.

Je m'immobilise, une deuxième cuillerée dans la bouche, les yeux rivés sur le smoking planté devant moi et la main familière qui se pose à l'instant sur la nappe blanche. Cette voix... Ce pourrait tout aussi bien être un acide que l'on me verserait dans la gorge. Ce n'est pas possible. Il ne peut pas être là. Deux ans se sont écoulés depuis que je l'ai menacé de faire établir un ordre restrictif contre lui. Deux ans de silence qui m'ont paru une éternité.

Lentement, je repose ma cuillère sur la soucoupe en maudissant le tremblement de ma main qu'il va forcément remarquer. C'est un manipulateur, il se sert des gens. Un salaud que je ne veux plus jamais revoir. Mais je ne suis plus la fille que j'étais il y a cinq ou même deux ans. Je n'ai plus peur.

Préparée au choc, je lève les yeux, mais je ne vois pas l'homme grand et séduisant qui, pour la plupart des gens, incarne la beauté ténébreuse, un homme dont les incroyables prunelles bleu cristal vous clouent sur place. Non, je ne vois plus que le monstre découvert la dernière fois que je me suis retrouvée en sa présence.

— Michael.

Je déteste la façon dont son nom m'écorche la bouche, dont ma gorge se serre malgré moi. Et le fait que je le laisse avoir un certain pouvoir sur moi. Une vague de panique me submerge, comme si le sol se dérobait sous mes pieds. Non. Ce n'est ni le lieu ni le moment pour que Chris découvre mon passé. Il a trop de choses sur les épaules ce week-end pour porter mon fardeau en plus. C'est pourquoi je ne peux pas me permettre de m'effondrer. Ça n'arrivera pas. Je serai forte.

Je serre les poings.

— Qu'est-ce que tu fais ici ?

— J'ai vu ta photo dans le journal, et comme je devais me rendre à notre laboratoire de recherches dans la Silicon Valley... Ton père et moi avons pensé que l'occasion était parfaite pour contribuer à une bonne cause tout en prenant de tes nouvelles par la même occasion.

Mon père... Lui qui n'a pas fait la moindre tentative pour me contacter, avec toutes les ressources à sa disposition, et ce en cinq ans. Lui qui ne s'est même pas présenté à la cérémonie organisée en la mémoire de ma mère – c'est d'ailleurs là que j'ai vu Michael pour la dernière fois. Je déteste la force avec laquelle ses actes me nouent encore le ventre. Je déteste ce besoin que j'ai encore d'un parent qui n'a jamais fait le moindre cas de moi, pas plus que de ma mère qui pourtant l'aimait de tout son cœur.

— Nous savons tous les deux que mon père ne t'a pas envoyé ici, rétorqué-je, les lèvres pincées.

— Et pourtant si, détrompe-toi. Tu sais, on garde un œil sur toi, Sara, on l'a toujours fait. Autrement dit, on se renseigne sur les gens que tu fais entrer dans ta vie. Voilà qui m'amène au présent et au choix de tes derniers compagnons en date.

La chaleur envahit mes joues et mon cœur bat follement.

— Qu'est-ce que tu entends par là ?

— J'entends que Chris Merit a des déviances intéressantes, tu ne crois pas ?

Mon cœur explose dans ma poitrine. Chris. Il utilise Chris contre moi. Il sait, pour le club. C'est sûrement ce à quoi il fait allusion. Non, ce n'est pas possible. C'est un cauchemar, je vais me réveiller.

— Nous espérions que tu te rendrais compte de sa nature destructrice et que tu t'en irais, poursuit-il, mais si maintenant tu t'affiches en public avec lui, que tu te fais photographier à son bras pour faire la une des journaux, eh bien, on ne peut plus rester en dehors de tout ça. Car ce pourrait être dommageable, autant pour toi que pour nous.

— Nous ? Tu ne fais partie d'aucun « nous » auquel j'appartiens.

— Encore faux. Car vois-tu, en tant que nouveau vice-président de ton père, je suis affecté par ce qui l'affecte – et vice versa. Et par ailleurs, je suis persuadé qu'une fondation destinée aux enfants se trouverait fort perturbée par les « centres d'intérêt » de Chris. Tu ne penses pas ?

Ce type est obsédé, complètement malade.

— Si tu veux me récupérer, c'est uniquement pour que j'hérite et que tu mettes la main sur ma part du magot.

Il se penche un peu trop près et je dois prendre sur moi pour ne pas m'écarter. Ce serait lui montrer ma faiblesse.

— Tout ce que je veux, Sara, c'est que la femme que j'aime revienne à la maison.

Il n'y a pas la moindre trace d'amour dans sa voix, rien que de la possessivité. Il veut me posséder.

— Je suis descendu à l'hôtel *Marriott* de l'aéroport. Je t'y attends très vite.

Sur quoi il contourne la table et disparaît, me laissant patauger dans les sables mouvants de ses menaces.

Je suis comme pétrifiée, glacée à l'intérieur. La pièce s'efface et il ne reste plus que les événements survenus deux ans auparavant, ainsi que le trou noir de mon tourment et la certitude de nous avoir nui, à Chris et moi, à cause de mes actes et de ma bêtise. Ma faiblesse. Mais j'étais tellement seule, tellement perdue, et Michael était l'unique lien qui me restait avec ma mère et le père qui semblait ne vouloir rien entendre de moi. Et puis, il paraissait avoir changé. À moins que cette transformation n'ait été que le fruit de mon imagination. Tout au fond de moi, je n'attendais qu'un prétexte pour retourner à la maison, pour avoir un foyer. Michael savait se montrer chaleureux et charmant, j'avais l'impression de le rencontrer pour la première fois, de l'avoir jugé trop durement par le passé. Mais j'avais tort. Sur toute la ligne.

Je me sens engloutie par un tourbillon qui me renvoie à l'enfer de cette nuit-là. Je suis sur le point de m'effondrer et je sais que je dois m'éloigner, m'isoler pour réfléchir à la manière de me tirer de cette situation inextricable. Levant les yeux en quête d'une échappatoire, je rencontre ceux de Chris de l'autre côté de la salle. Je vois l'inquiétude dans son regard, je la ressens malgré la distance qui nous sépare. C'est ça, la puissance de notre lien, et j'ai la sensation que l'on me donne un tour de vis supplémentaire dans la poitrine. Oh, mon Dieu ! J'aime cet homme et je risque de le détruire. Me détournant, je fends la foule. Je ne peux pas l'affronter maintenant, je dois d'abord me calmer, sinon je vais craquer devant tout le monde.

Je me fraie un passage au milieu des invités, aussi vite que possible, de peur que Chris me rattrape avant que j'aie eu le temps de reprendre contenance, avant que j'aie trouvé le moyen de régler ce bazar. Mais je n'ai aucune idée d'où je vais. Je marche, je joue des coudes, je cherche aveuglément le chemin vers la solitude.

J'arrête un serveur sur mon passage.

— Les toilettes, s'il vous plaît ?

Il désigne un panneau et je me précipite, tourne à l'angle d'un mur, approche de la délivrance… et entre en collision avec Gina.

— Pardon, je suis désolée.

Elle m'attrape par le bras pour m'aider à reprendre mon équilibre, l'air soucieux.

— Vous vous sentez bien ?

— Oui, oui, j'ai dû manger quelque chose qui ne passe pas. J'ai besoin d'aller aux toilettes.

L'excuse est minable, mais c'est tout ce qui me vient.

— OK, fait-elle en me laissant passer, avant de crier dans mon dos : Vous voulez que j'avertisse Chris ?

— Non ! m'exclamé-je en faisant volte-face. Non, s'il vous plaît. Je ne veux pas qu'il me voie ainsi.

Je pousse la porte et passe devant la femme près du lavabo sans oser la regarder. J'entre directement dans le W.-C. réservé aux personnes handicapées et ferme la porte à clé. Les jambes flageolantes, je m'écroule contre le mur face aux toilettes. Voilà donc à quoi se résume ma vie : à regarder fixement la cuvette d'un W.-C. en essayant de toutes mes forces de ne pas m'effondrer. D'une certaine façon, l'image est tout à fait adaptée.

Soudain, je suis submergée par le souvenir d'il y a deux ans, sous forme de flash-back insistants. Michael qui me conduit à mon hôtel et me raccompagne jusqu'à ma porte. Sa douceur, sa gentillesse apparentes. Et moi qui l'invite à rentrer pour discuter. Juste discuter, comme je le lui ai bien précisé...

Mais sitôt la porte refermée, tout avait changé. Il était furieux, m'insultait de l'avoir quitté, de lui avoir donné le mauvais rôle. Je ressens encore presque physiquement le moment où il m'a plaquée contre le mur pour presser son corps contre le mien. Ses mains partout sur moi. Il me suffit d'y repenser pour que je me remette à trembler. Je ne peux plus m'arrêter de trembler. Entourant ma poitrine de mes bras serrés, j'essaie de repousser les souvenirs. J'ai les yeux qui piquent et j'essaie de retenir mes larmes. Pas question de donner à Michael la satisfaction de me faire pleurer. Je dois retourner à la fête et avoir l'air présentable. Je dois sourire. Je dois tenir bon jusqu'au bout pour ne pas gâcher la fête de Chris.

— Sara !

Je reconnais la voix de Chris. Il est dans les toilettes pour dames ! J'aurais dû m'en douter, cet homme ne fait jamais ce à quoi on s'attend ou ce qui est normalement considéré comme acceptable. Et il est toujours là quand je suis au plus mal. Toujours. Il est le seul, d'ailleurs.

— Elle est dans le W.-C. du fond, lui indique la dame pipi.

— Pourriez-vous nous laisser quelques minutes ? lui demande-t-il.

— Je vais surveiller la porte, répond-elle.

Manifestement, elle le connaît. Super. Elle va s'empresser de raconter au monde entier un incident concernant la cavalière de Chris pour la soirée.

— Sara.

Sa voix est une caresse, douce promesse qu'il est là pour moi, même si c'est peut-être la dernière fois.

— Tu n'as pas le droit d'entrer ici, Chris.

Zut ! Ma voix s'étrangle.

— Ouvre la porte, bébé. J'ai besoin de te voir.

— Je ne peux pas. Je ne peux pas ouvrir la porte.

— Pourquoi ?

— Parce que si je le fais, je vais fondre en larmes et mon maquillage sera fichu.

— Laisse-moi entrer, Sara, insiste-t-il d'une voix douce mais ferme.

— S'il te plaît, Chris. Je sors dans une minute, ça va aller.

Par malheur, ma voix à peine reconnaissable tellement elle est tendue indique tout le contraire.

— Tu me connais suffisamment pour savoir que je ne partirai pas tant que tu ne m'auras pas laissé entrer.

Tu me connais. Oui, je le connais et je sais ce que la confiance et l'intimité représentent pour lui. Je lui ai menti, alors qu'il m'a ouvert les portes de son jardin secret – un jardin secret que Michael s'apprête à révéler à tout le monde.

— Sara.

Il subsiste une forme de pression dans la façon dont il prononce mon nom, un ordre, en douceur certes, mais un ordre tout de même.

Il ne partira pas. Il est bien trop obstiné. Je déverrouille la porte et recule contre le mur opposé, tâchant en même temps d'inventer un mensonge – un autre – afin de ne pas lui gâcher sa soirée. De le protéger. Une fois de retour à l'hôtel, je lui raconterai tout. Tel est mon plan, mais j'échoue lamentablement. À l'instant où je vois Chris, mon incroyable artiste, brillant et torturé, celui qui m'a laissée entrer dans sa vie et que je suis sur le point de perdre, mes dernières forces m'abandonnent. Mes jambes cèdent sous moi et je m'écroule au sol, les larmes jaillissant de quelque endroit profond et bien caché où je ne me suis jamais aventurée mais dont je connaissais l'existence.

Chris s'accroupit devant moi, il pose les mains sur mes épaules, ses mains fortes et sûres, et je sanglote de plus belle. Impossible de stopper l'hémorragie. Il se déplace pour s'adosser au mur et m'attirer à lui.

— Ce n'est pas censé se passer comme ça.

— Qu'est-ce qui n'est pas censé se passer comme ça ?

Caressant mes cheveux, il m'incite à le regarder en plaçant un doigt sous mon menton.

— C'est en rapport avec le type que j'ai vu parler avec toi, pas vrai ?

— Michael. (Mon estomac se noue rien qu'à prononcer son prénom.) C'était Michael. Je...

Je prends une profonde inspiration pour me donner le courage de me lancer dans ma confession.

— Il y a certaines choses que je ne t'ai pas dites. Je voulais le faire. Je savais qu'il le fallait mais je... je n'avais qu'une envie : oublier et...

Je me cache le visage entre les mains, incapable de soutenir son regard. Non, je ne peux pas le regarder. Je tremble de tous mes membres et j'essaie de refouler les larmes qui échappent à mon contrôle.

Prenant mon menton dans sa main, Chris m'oblige à croiser ses yeux verts et perçants. Il voit trop bien en moi, quand il me dévisage ainsi, il voit ce que je ne veux pas qu'il sache, ce que je ne peux pas lui cacher. Il voit les démons que je combats et la facilité avec laquelle ils m'ont possédée.

— Nous avons tous des choses que nous aimerions oublier. Nul ne le sait mieux que moi, mais tu peux tout me dire, bébé. Tu devrais le savoir, non ?

— Tu vas me haïr, Chris.

— J'en suis bien incapable, bébé.

De la pulpe des pouces, il essuie mes larmes et son regard s'adoucit. Il est chaleureux à présent.

— Je t'aime beaucoup trop pour pouvoir te haïr.

J'ai la sensation qu'une poigne de fer vient de se refermer autour de mon cœur. Il m'aime. Chris m'aime, et alors même que c'est précisément ce que je brûle d'entendre, je ne peux l'accepter maintenant.

— Non, non, fais-je en secouant la tête. Ne dis pas ça tant que je ne serai pas sûre que tu le penses vraiment.

— Je le pense déjà.

— Je t'ai menti, Chris, lâché-je tout-à-trac. Il y a quelque chose sur moi que je ne voulais pas que tu saches, alors je t'ai menti. Je... j'ai prétendu que je n'avais pas eu de relations sexuelles depuis cinq ans, mais c'était faux.

Il pose les mains sur mes genoux et je le sens aussitôt se rétracter, comme s'il se préparait à entendre ce que j'ai à lui avouer. Je presse mes doigts tremblants sur mes tempes.

— Il y a deux ans... Non, ça non plus, ça n'est pas vrai. Il y a exactement dix-neuf mois et quatre jours, je suis retournée à Las Vegas pour une soirée caritative organisée en l'honneur de ma mère. Mon père n'est même pas venu, et ça m'a fait mal. Vraiment très mal. Michael était là, moi j'étais seule, vulnérable, et il a fait semblant de s'inquiéter pour moi. Et je...

— Attends un peu, m'interrompt-il d'une voix cassante.

Il me fait pivoter contre le mur, les mains posées sur mes bras.

— Tu sais au jour près quand tu as baisé avec ce type pour la dernière fois ?

Je cille.

— Non. Enfin, oui. Mais ça n'était pas comme ça, c'était...

— Tu l'aimes toujours ? C'est ça, le truc ?

— Non ! Bon Dieu, non ! C'est toi que j'aime, pas lui. Je n'ai jamais aimé Michael. Il... il est venu à ma chambre d'hôtel et j'ai fait l'erreur de le laisser entrer.

Une nouvelle fois, les souvenirs me déchirent et je baisse la tête. Je revois Michael me toucher, sa main sur mon sein, et j'ai du mal à respirer.

— Je l'ai laissé entrer, chuchoté-je en m'obligeant à soutenir le regard de Chris. Je l'ai laissé entrer, Chris.

Il me prend le visage à deux mains, ses yeux fouillent les miens.

— Tu es en train de me dire qu'il t'a violée ?

— J'ai juste... fait ce qu'il voulait.

— Tu voulais qu'il te touche, Sara ?

— Non.

Ma voix n'est plus qu'un souffle, mais les larmes ont cessé de couler. Un froid glacial envahit mes membres, se faufile jusqu'au tréfonds de mon être et s'installe dans mon âme, retrouvant la place qu'il occupe depuis deux ans.

— Tu as dit « non » ?

— Oui. Je le lui ai dit, je le lui ai répété, mais il n'a pas écouté.

Je réussis à reparler d'une voix calme, quoique tendue. Ça n'est toujours pas vraiment moi, mais après tout, qui suis-je ? Je n'en sais plus rien.

— Et puis, j'ignore ce qui m'est arrivé. J'ai... j'ai abandonné, voilà.

— Et il t'a violée.

— J'ai lâché prise, Chris. Il m'a ordonné de faire des choses et je les ai faites. Je les ai faites. J'étais pathétique, j'étais faible, j'ai lâché. Je ne sais pas ce qui m'a pris de ne pas te dire que cela faisait deux ans. C'est que... Si je ne refoule pas les souvenirs, je m'effondre. On venait de se rencontrer, toi et moi, et je ne pensais pas que tu étais... que nous étions...

Il me caresse la joue.

— Je sais, bébé.

— Non, tu ne sais pas, répliqué-je avec véhémence en me remettant sur pied.

Chris m'a rejointe en une fraction de seconde, sa main plaquée au mur près de ma tête, et il répète ce que je lui ai dit un peu plus tôt dans la soirée.

— Je sais tout ce que j'ai besoin de savoir, Sara.

De nouveau, je secoue la tête.

— Non. Tu ne comprends pas à quel point c'était nul. Je me suis réveillée avec cet homme dans mon lit, et je ne peux m'en prendre qu'à moi-même. Je l'ai laissé me repasser un anneau au doigt et m'ordonner de rentrer à Vegas.

— Mais tu n'y es pas allée.

— Non.

J'ai la chair de poule rien qu'à l'idée de ce fameux matin, à la façon dont Michael me touchait, comme si je lui appartenais.

— Parle-moi, m'encourage Chris.

Je baisse les yeux vers son torse et inspire profondément pour essayer de me calmer, mais mon souffle se bloque dans ma gorge et j'ai toutes les peines du monde à expirer.

Les doigts de Chris glissent sous mon menton.

— Que s'est-il passé ensuite, Sara ?

— Je l'ai convaincu que je rentrais en Californie pour faire mes bagages. Puis j'ai attendu d'atterrir à San Francisco, et là je l'ai appelé pour le menacer de faire prononcer une ordonnance restrictive contre lui.

— Et ?

— Il a ri et prétendu que je l'avais quasiment supplié de me baiser, et que c'est ce qu'il dirait aux flics. Quand je lui ai dit que je rendrais l'affaire publique, il a répliqué qu'il me dépeindrait comme la pauvre fille déshéritée qui cherchait à se venger.

— Et qu'as-tu répondu ?

— « Vas-y ». Je me fichais bien de ma réputation, contrairement à lui.

— Et il a gardé ses distances ?

— Jusqu'à ce soir.

Chris m'encadre le visage de ses mains et m'embrasse, juste sur les lèvres, mais ce n'est pas seulement un baiser. C'est la glace et le feu, la passion et la chaleur. L'amour. Oui, il y a de l'amour dans ce baiser, alors je m'appuie contre cet homme, lui prenant les poignets dans mes mains, car je ne veux pas que ce moment finisse. Ses lèvres s'attardent sur les miennes, et l'espace de quelques minutes il n'y a plus rien que nous, plus de Michael, plus de passé, plus d'avenir dont se soucier.

— Sara, murmure-t-il en me caressant les cheveux, les yeux rivés aux miens. Comment pourrais-je te détester pour ça ? Le fait que tu l'aies cru prouve juste que ce type t'a lavé le cerveau.

— Moi je me déteste pour cette nuit-là, Chris. Je hais ma faiblesse, j'étais pathétique. Je hais la façon...

Il m'interrompt d'un baiser, avant de passer le pouce sur ma lèvre inférieure.

— Tu es tout sauf faible. Tu as au contraire géré ça avec beaucoup de courage et d'intelligence. Et il ne te touchera plus jamais, tu as ma parole.

— Chris, chuchoté-je en lui serrant le poignet. Chris, ce n'est pas tout. Ce soir...

— Plus tard. Tu m'en parleras plus tard. Pour l'instant, tu ne bouges pas d'ici. Je reviens te chercher.

Il commence à s'écarter et je suis aussitôt submergée par une vague de panique. Je le rattrape par le bras.

— Non. Arrête. Qu'est-ce que tu fais ?

— Je vais m'occuper de ce Michael moi-même.

— Non ! C'est justement ça que je dois te dire : je pense qu'il est au courant pour le club, et il a menacé de ruiner ta réputation auprès de la fondation. Il en est capable. C'est un monstre, Chris.

Il reprend mes joues dans ses mains.

— Si tu crois que ce connard va me détruire, tu ne me connais pas encore assez bien.

Il se penche pour déposer un autre baiser sur ma bouche, plus puissant cette fois.

— Il ne te touchera plus jamais.

Et il a disparu avant que j'aie pu le retenir.

Je porte la main à mes lèvres, là où le goût qu'il y a laissé est encore présent. Cet homme est apparu dans ma vie telle une brise d'été, il m'a réveillée. Qu'ai-je fait en lui parlant de Michael ? Je me précipite vers la porte des toilettes, puis vers la sortie. Je dois l'empêcher de commettre quelque folie qu'il regrettera.

21

Je suis parvenue à mi-chemin de la sortie des toilettes quand Gina se précipite à l'intérieur, me bloquant le passage.

— Oh non ! fait-elle en levant une main. Vous ne sortez pas d'ici avec la tête que vous avez. La presse va vous assassiner et Chris aussi. Ils sont sans pitié.

— Poussez-vous, Gina.

Je n'ai jamais voulu blesser physiquement une autre personne, mais là, oui. Je veux qu'elle s'écarte de mon chemin.

— Je dois empêcher Chris de faire quelque chose qu'il regrettera.

Elle fixe sur moi un regard déterminé.

— Vous me remercierez plus tard, Sara. Chris a appelé la sécurité pour qu'ils enferment celui qui vous a causé des soucis dans leur guérite à l'arrière du musée. On va arranger votre maquillage et ensuite vous pourrez le retrouver là-bas.

— Non, je…

— Regardez-vous dans le miroir, Sara.

Son ordre s'approche d'un aboiement.

— Songez un peu à l'attention que vous allez attirer sur Chris et vous, en apparaissant dans cet état.

Prenant plusieurs profondes inspirations, j'obtempère. Et constate qu'elle a raison. Mon mascara a dégouliné le long de mes joues, j'ai une tête à faire peur. Je suis un cauchemar digne de faire la une des journaux.

— Mon sac miracle, annonce-t-elle en produisant une sorte de mini vanity-case. Laissez-moi opérer ma magie.

Je me passe les doigts sous mes yeux gonflés.

— Vous aurez beau étaler des tonnes de maquillage là-dessus, ça n'y changera rien.

— J'ai un gel miracle pour régler ça dans mon sac, m'assure-t-elle. Allez, au travail !

J'hésite. Je n'ai pas le temps. Je ne veux pas faire ça avec elle. Je n'ai pas envie qu'elle s'en mêle.

— Laissez-moi vous aider, vous avez le temps, insiste-t-elle en allant déposer son vanity sur le bord du lavabo. Les gars de la sécurité vont bien mettre quelques minutes à retrouver celui que Chris veut attraper, puis à l'escorter jusqu'à leur réduit de façon discrète.

Lentement, je sens mes épaules s'affaisser et je la rejoins près du lavabo.

— S'il vous plaît, faites vite.

— « Rapido », c'est mon surnom quand il s'agit de tromper la presse à scandale.

Elle tire une lingette de ses affaires et entreprend de me tamponner délicatement les joues.

— Et ne vous souciez pas de Chris. Il ne fait jamais rien sans être sûr du résultat.

Mon ventre se serre à cette évocation d'une intimité entre eux.

— Vous semblez très bien le connaître.

— N'allez pas vous imaginer des choses qui n'existent pas, répond-elle en m'appliquant son gel apaisant sous les yeux. Nous ne sommes jamais sortis ensemble, nous ferions d'ailleurs un couple horrible. J'adore les feux de la rampe, et cet homme agit comme s'ils étaient un vrai poison.

Elle déglutit, manifestement avec peine, comme si un gros nœud encombrait son cou délicat.

— Je… ma sœur est morte d'un cancer.

Stupéfaite, je retiens de justesse le banal « Je suis désolée » qui, je sais, lui déplaira.

— Quel âge avait-elle ?

— Seize ans.

Elle se met à étaler au pinceau un fond de teint compact sur ma peau.

— Elle a bénéficié de tous les soins possibles et imaginables, mais elle s'inquiétait qu'il n'en aille pas de même pour d'autres, poursuit-elle d'une voix cassée. Alors elle a fait du bénévolat, jusqu'à ce qu'elle soit trop malade pour continuer. C'est comme ça que nous avons rencontré Chris.

Ses paroles menacent de rompre le calme que j'avais à peu près réussi à retrouver. Chris va perdre tout ce qu'il a créé avec la fondation, si Michael le décrit comme une sorte de détraqué. Je ne peux pas laisser cela se produire. Peu importe ce que cela implique ou ce que je dois faire.

— Je dois y aller, lancé-je en contournant Gina, si vite qu'elle n'a pas le temps de m'arrêter.

— Sara !

Sans prêter attention à son cri, je dépasse la femme qui surveille la porte et avant même qu'elle s'en rende compte, j'ai filé. Je me précipite vers la salle principale, que je traverse en direction de l'arrière du musée, où Gina a dit que je trouverai les locaux du service d'ordre.

— J'ai rendez-vous avec quelqu'un au niveau de la sécurité, indiqué-je au premier serveur que je croise. Où est-ce ?

Il me désigne une arche suivie d'une volée de marches, vers lesquelles je me rue. J'entame la montée de l'escalier un peu trop vite pour mes hauts talons et parviens de justesse à éviter la chute. Enfin, j'aperçois le panneau indiquant les bureaux de la sécurité, mais le mince espoir que j'entretenais encore de rattraper Chris avant qu'il ne parle à Michael s'évapore quand j'entends sa voix.

— Vous allez me donner son numéro tout de suite, dit-il.

— Rêve toujours, connard, répond Michael. Tu n'obtiendras rien de moi.

— Comme vous voudrez. Je le trouverai par mes propres moyens.

Michael ricane.

— Alors là, bonne chance. Même Sara ne l'a pas.

J'entends son téléphone passer en mode haut-parleur et un numéro est composé. Puis Chris reprend la parole.

— Oui, Blake. J'ai besoin du numéro de téléphone personnel d'un certain Thomas McMillan. Oui, oui, je parle bien du PDG de la compagnie du câble. C'est le père de Sara.

Il veut appeler mon père ? Pourquoi appellerait-il mon père ? Je m'approche de la porte pour l'en empêcher, puis j'hésite. Je sais à quel point Michael est vicieux. Il me dirait toutes sortes d'horreurs devant Chris, qui lui casserait la figure sans se soucier des conséquences. Je me mords la lèvre et m'adosse au mur, fermant les yeux en attendant la suite.

— Donnez-moi… allez, soixante secondes, répond Blake.

À travers le haut-parleur, je l'entends taper sur des touches. Jamais il ne l'obtiendra. Il est sur liste rouge. Je ne l'ai pas moi-même, ce fichu numéro. Mais Blake me fait mentir, et ce avant la fin des soixante secondes annoncées. Plutôt trente.

— 702-222-1 215, annonce-t-il. Autre chose ?

— Pas pour l'instant, répond Chris. Je vous rappelle bientôt.

Il raccroche et lâche un rire sec, imitant celui de Michael un peu plus tôt.

— Eh bien, il faut croire que j'ai de la chance.

— Appelle-le, aboie Michael. Il va t'enterrer, espèce de pervers, t'enterrer sous une telle coulée de boue que jamais tu n'en ressortiras.

— Ah oui ? Moi je vous prédis que c'est vous qui allez finir sous une coulée de boue.

S'ensuit un silence durant lequel je suppose que les sonneries s'égrènent et je retiens mon souffle. Mon père va-t-il répondre ?

— Thomas McMillan ? Chris Merit à l'appareil. Oui, c'est ça, l'artiste qui sort avec Sara. (Un silence et Chris lâche un son amusé.) Vraiment ? Si riche ? Ce n'est pas tant que ça, au fond. Très bien. (Nouvelle pause.) Je ne suis pas du genre à comparer la taille de mon portefeuille, mais si vous y tenez absolument, alors allons-y, je vous suis. Ajoutez donc le mot « excessivement » devant l'adjectif riche, et vous aurez une petite idée de ma fortune. En d'autres termes, vos menaces de m'écraser ne me font pas peur.

Si improbable que cela paraisse, je me surprends à sourire de la référence à la question que j'avais moi-même posée à Chris (à savoir s'il était « excessivement riche »), mais mon sourire s'efface aussi vite qu'il est apparu. Il s'agit de mon père. Chris parle à mon père. L'homme qu'une partie de moi refusait de croire de mèche avec Michael. Et pourtant c'est le cas. C'est très clair, à présent.

— Donc on compare toujours nos portefeuilles respectifs ? OK, alors. Oui, c'est exact. Ce que vous avez l'air de considérer comme une broutille, l'argent que je gagne grâce à mon art, correspond à plusieurs millions par an. Heureusement, les œuvres caritatives auxquelles j'en fais don ne le prennent pas de haut comme vous. Vous auriez dû envoyer votre boy-scout faire des recherches sur autre chose que mes petites habitudes, tant qu'à fouiner dans ma vie dans le but de me menacer ensuite. Mon banquier à la Chase Bank de San Francisco s'appelle Rob Moore. Appelez-le, il vous confirmera la somme extravagante que j'ai à ma disposition pour la jeter par les fenêtres. Et il n'est rien qui me ferait plus plaisir que de la jeter par les fenêtres pour vous ruiner, vous et votre acolyte. Ce Michael qui semble penser que « non » signifie « oui » quand il s'agit de poser ses sales pattes sur Sara.

Il y a un long silence durant lequel, je suppose, mon père s'exprime, puis Chris ajoute :

— Je m'en contrefous de ce qui, selon vous, s'est passé ou pas. Si Michael s'approche à nouveau de Sara, je le détruirai et vous avec lui. Je vous le renvoie, à présent. Dernière chose, monsieur McMillan : je ne comprenais pas, jusqu'à ce soir, pourquoi Sara avait fui sa vie d'avant. Maintenant j'ai saisi. Elle n'a besoin ni de vous ni de votre argent. Elle m'a, moi, et je prendrai bien mieux soin d'elle que vous ne l'avez jamais fait.

Pétrifiée contre le mur, je m'enveloppe de mes bras. Mes blessures sont à la fois rouvertes et en voie de guérison. Mon père… Chris… mon père… Je me rappelle la petite fille que j'étais, impatiente de le revoir, espérant qu'il allait bientôt rentrer à la maison. Mais il n'était jamais là avec nous. La maison… Ce mot continue à me hanter.

— Bon, c'est fini, là ? intervient Michael.

— Vous étiez fini avant même de venir jusqu'ici, lui rétorque Chris.

— Désolé, monsieur, mais vous ne pouvez pas partir avant que nous en ayons terminé avec les papiers, entends-je.

La voix m'est inconnue et je suis surprise que Chris ait autorisé une tierce personne à assister à la conversation.

— C'est ridicule, grommelle Michael. Je n'ai rien fait de mal.

— C'est le protocole, monsieur. Toute intervention de sécurité donne obligatoirement lieu à l'établissement d'un procès-verbal.

Rien qu'à entendre la voix de Michael, j'ai l'estomac qui se noue et je dois combattre les souvenirs sur le point de m'assaillir de nouveau. Pourquoi ne peuvent-ils pas rester dans le trou où je les ai enterrés ? Là où les événements d'il y a deux ans n'existaient pas.

Des pas résonnent de l'autre côté de la porte et je me retourne au moment où elle s'ouvre. Chris apparaît, ses cheveux blonds ébouriffés comme s'il venait d'y passer la main. Ses yeux verts se posent sur moi et la lueur dure allumée dans leurs profondeurs s'adoucit sur-le-champ. Il referme la porte derrière lui et m'attire contre sa chaleur.

— Je comprends pourquoi tu es partie, murmure-t-il gentiment. Je comprends tout.

Je m'accroche à lui comme à la bouée qui va me sauver la vie.

— J'aurais dû t'en parler.

— Tu allais le faire, corrige-t-il en s'écartant pour me regarder. Dès que tu aurais été prête. Nous avons tous des démons intérieurs à gérer, chacun le fait à sa façon et à son rythme.

Je passe les doigts sur sa barbe naissante et je ne saisis que trop bien ce qu'il est en train de me dire. Il ne m'a pas tout avoué, lui non plus, et je ne supporte pas l'idée qu'il reste encore quelque chose, un sombre secret qui risquerait de nous déchirer. Alors même que je ne suis pas certaine que nous survivrons à ce qui va suivre.

— Votre voiture vous attend près de la porte arrière, monsieur.

Chris et moi nous tournons vers le gardien en uniforme qui vient d'apparaître près de nous.

— La presse a été écartée.

À la façon dont Chris lui serre la main, il est clair que ces deux-là se connaissaient déjà.

— Merci, Max, vous êtes une perle.

Nous sortons sur un parking et nous faufilons à l'intérieur de la voiture. Je me pelotonne dans le creux du bras de Chris, cherchant la chaleur de son corps, la protection dont j'ai trop souvent juré n'avoir pas besoin. Sauf que ce soir, j'en ai besoin. J'en ai besoin comme j'ai besoin de lui, comme jamais de ma vie je n'ai eu besoin d'un autre être humain. C'est à la fois réconfortant et terrifiant de se rendre compte que ce que je redoutais le plus vient de se produire. Je ne sais plus qui je suis sans Chris. Je ne sais pas où il commence et où je finis. Il dit qu'il est à moi. Il dit que je suis à lui. Mais peu importe ce que dit Chris, il n'est pas réellement à moi. Pas du tout, même. Il est toujours prisonnier de ses propres démons et maintenant aussi, je le crains, des miens.

Durant le court trajet de retour à l'hôtel, aucun de nous ne parle, perdu sans ses pensées. La froide réalité de ce qui vient d'arriver pénètre doucement mon esprit et s'insinue dans mon corps tout entier. Alors, malgré les plus de vingt-six degrés de température extérieure, je frissonne et Chris me frictionne doucement le bras. Je me tourne vers lui pour poser l'oreille contre son torse, essayant de me perdre dans le rythme régulier de son cœur. Mais mes pensées réussissent à se faufiler entre ces battements cadencés. Mon père parvient à s'immiscer à l'intérieur de ma tête. Je devrais être hors de sa portée, je ne devrais pas éprouver quoi que ce soit le concernant, et pourtant c'est le contraire. Ma mère est morte. Mon père se ficherait bien que je le sois aussi. Michael est le fils qu'il désirait et il justifierait n'importe lequel de ses actes, y compris celui qui consiste à me prendre de force.

Quand nous traversons le hall de l'hôtel, je ne suis plus qu'une boule d'émotions, une bombe à retardement. Je tâche péniblement de me frayer un chemin hors de ma propre tête, mais j'ai l'impression qu'il n'y a pas d'échappatoire. Cette fichue douleur, lancinante, refuse de quitter ma poitrine.

Dès que nous pénétrons dans l'ascenseur, Chris m'enveloppe de ses bras, collant mes hanches aux siennes, les deux mains posées dans mon dos. Je passe les doigts dans ses cheveux blonds, scrutant son visage où je trouve la confirmation de mes craintes : il s'inquiète pour moi, pour nous. Il redoute que mon passé, ma faiblesse face à Michael ne signifie que je suis trop fragile pour faire partie de sa vie. Ce n'était pas sa haine que je craignais le plus venant de Chris. La haine, elle vient de moi. Je la possède. Je la vis. Non, ce que je craignais le plus, c'était précisément ça : la pitié. Qu'il me regarde comme un petit animal blessé. Je m'écarte de lui pour tenter d'échapper à son étreinte. Mais ses doigts se mêlent aux miens et il m'attire de nouveau à lui. Je lis la question qui se peint sur son visage, à laquelle j'ai bien l'intention de répondre. Mais pas ici.

Les portes de l'ascenseur s'ouvrent et je me précipite dehors, pressée de retrouver un semblant d'intimité avant d'exploser. À l'instant où nous pénétrons dans la chambre, je me décide à lui faire face.

— Ne me regarde pas comme si j'étais un chiot sans défense qu'il faut câliner, Chris. Ce n'est pas ce dont j'ai besoin, là. Je veux ce dont toi aussi tu avais besoin aujourd'hui. Une échappatoire. J'ai besoin de savoir...

Tant de choses. Trop de choses.

— J'ai besoin...

Les mots ne viennent pas. J'ai besoin, voilà tout.

Étirant les bras dans mon dos, je descends la fermeture Éclair de ma robe et m'en débarrasse à la hâte. Je me retrouve en bas et hauts talons, sans oublier les rubis scintillants. Je rêve de pousser Chris au-delà de ses limites, de l'obliger à me prendre comme il le fait toujours : passionnément, complètement.

Il m'attire contre son corps sans ménagement, et il est dur quand je suis douce, fort quand je suis encore faible. *Oui !* C'est ça dont j'ai besoin.

— Prends-moi, Chris. Emmène-moi là où tu vas et ne sois pas délicat.

Il me caresse les cheveux.

— Pas ce soir, Sara. Pas après avoir entendu ce que cet enfoiré t'a forcée à faire.

— C'était il y a deux ans, Chris.

— Mais tu as dû le revivre ce soir.

— Ne fais pas ça. Ne me traite pas comme un objet fragile, sinon Michael aura gagné.

— Je ne te traite pas comme un objet fragile.

— Si. Et si tu le fais maintenant, tu le feras toujours. Ça va nous changer.

— Non. Une nuit n'est pas une vie.

— Ce n'est pas juste une nuit. C'est cette nuit. La nuit où...

La douleur dans ma poitrine me coupe la parole, mais je la repousse.

— La douleur devient plaisir. La douleur est une échappatoire. J'ai besoin de la même chose que toi, ce soir.

— Non, bébé. Pas question que j'aille là avec toi ce soir.

— Ça veut dire que tu n'iras jamais là-bas avec moi, jamais ! lancé-je, véhémente. Tu as peur de m'y emmener. Ça ne marchera pas, Chris. Il a déjà réussi à nous détruire. Il faut que je sorte d'ici, ajouté-je en secouant la tête. Il faut que je rentre à la maison.

J'essaie de dégager mes bras, mais il me retient sans peine.

— Lâche-moi, bon sang ! Lâche-moi !

— Sara...

Je m'agrippe aux manches de sa veste.

— Je savais que ça se passerait ainsi. Je savais que si je te le disais, tu aurais peur d'être toi-même.

Mes joues sont baignées de larmes. Pourquoi faut-il que je passe mon temps à pleurer ?

— Laisse-moi y aller, que je puisse enfin en finir avec tout ce merdier en une nuit, Chris. Laisse-moi gérer ça à ma manière. Sans toi.

Il m'adosse au bureau, ses mains sur mes hanches, avec une expression indéchiffrable. Il est encore dans la maîtrise totale. Cette fichue maîtrise. Je suis nue, physiquement et moralement, et pourtant il hésite à franchir le fossé qui s'est creusé ce soir entre nous.

— Allez, laisse-moi partir, Chris, répété-je d'une voix à peine audible. S'il te plaît.

Je suis battue, défaite.

Son expression s'adoucit et il essuie mes larmes.

— Sara, bébé, tu n'es pas seule. Et je ne vais pas te repousser.

— Mais si, tu le feras. Tu as déjà essayé de le faire, aujourd'hui, avant même de savoir tout ça. Jamais je ne pourrai croire que tu vas m'emmener dans ces endroits où tu as besoin d'aller avec moi, alors que tu n'y croyais pas toi-même, un peu plus tôt dans la journée.

Je serre encore plus ses manches, et la terrible souffrance que je ressens me fait l'effet d'une bouchée de sable dans ma gorge. J'ai toutes les peines du monde à trouver ma voix.

— Et si moi j'ai besoin d'y aller maintenant ? J'ai besoin de m'échapper. J'ai besoin d'éprouver autre chose que ce que j'éprouve en cet instant, Chris.

Il me dévisage et j'aperçois une ombre dans ses beaux yeux. Je vois la turbulence, l'océan d'émotions profondes que je ne comprends pas, et j'ai peur que nous ne soyons tous les deux en train de nous noyer. Ç'en est trop. Tout ça, c'est vraiment trop.

— Chris, chuchoté-je.

C'est ma supplique, je veux qu'il m'aide à faire disparaître cette douleur qui me ronge de l'intérieur. Qu'il m'emporte loin comme lui seul sait le faire.

Soudain, il me soulève et me dépose sur le lit. Nous nous allongeons et il ôte sa veste à la hâte, qu'il jette au loin. La seconde d'après, il est sur moi. Son poids, son poids si délicieusement réconfortant, me permet à lui seul de ne pas perdre totalement l'esprit.

Il se hausse sur un coude et nos regards se croisent. Je suis perdue dans les profondeurs sauvages de la passion que cet homme éveille en moi.

— Sara.

Il murmure mon nom et l'air qui nous entoure se transforme. Tout à coup, Chris est partout, je le sens à des endroits où il ne me touche même pas. Un frisson me traverse et j'attire sa bouche contre la mienne, je le bois, je brûle pour lui.

Puis ses lèvres quittent les miennes et je ressens physiquement la douleur de cette perte de contact. Cet homme peut me blesser en profondeur. Il pourrait me blesser d'une façon telle que je ne suis pas sûre de m'en remettre, et il est trop tard pour l'éviter.

Tandis qu'il commence à se déshabiller, je m'assieds pour l'observer. Son regard balaie les bijoux suspendus à mes tétons, apportant une chaleur bienvenue dans mon corps glacé. Et je songe que cette nuit pourrait bien signifier un nouveau départ pour nous, plutôt qu'une voie sans issue.

22

Tout en muscles secs et perfection virile, Chris me colle contre le matelas, ses mains couvrant mes seins. Du bout des doigts, il joue avec les rubis, envoyant des milliers de petites flèches de plaisir depuis mes tétons jusqu'entre mes cuisses, où il installe sa magnifique érection.

— J'ai besoin de ce dont tu avais besoin tout à l'heure, lui dis-je en caressant sa joue.

Ma voix est rauque, impatiente, tendue par le poids des événements de cette journée riche en révélations. J'ai même du mal à croire que ça m'est arrivé, à moi.

— Emmène-moi là-bas, Chris. S'il te plaît.

— Là où j'avais besoin d'aller ? C'est précisément l'endroit où j'ai abouti. Je te repoussais, comme je repousse tout le reste dans ces moments-là, mais tu m'as attiré à toi. Tu m'as permis de voir ce qui importe. Ce qui est réel. Tu m'as permis de te voir, toi. À présent, à ton tour de me voir, Sara, conclut-il en effleurant mes lèvres.

— Je te vois.

— Non, pas vraiment. Tu vois ce qui s'est produit ce soir et la signification que tu as décidé d'y voir pour notre relation. Maintenant, regarde-moi, Sara, comme tu m'as obligé à te regarder.

Il embrasse la commissure de mes lèvres, puis sa bouche dessine le contour de ma mâchoire.

— Regarde-moi vraiment.

— J'essaie, promets-je en glissant la main dans ses cheveux. Mais je…

Il m'embrasse, douce caresse de sa langue à la mienne.

— Pas de « mais ». Soit tu me vois, soit pas. Soit tu me laisses entrer, soit pas.

De nouveau sa bouche effleure la mienne, à peine, légère comme une plume.

— Laisse-moi entrer, Sara.

Mon esprit s'embrouille. Est-ce moi qui le repousse ? N'est-ce pas lui qui vient de le faire ? Non. Si. Je ne sais pas. Ses doigts titillent mes mamelons, sa bouche glisse sur ma joue jusqu'à la courbe délicate de mon cou, alors j'ai toutes les peines du monde à réfléchir. Son souffle chaud me balaie l'oreille et sa voix est une promesse, suave, profonde et sensuelle.

— Je suis là.

Ses paroles chuchotées à mon oreille courent le long de mon cou, sur la peau, pour mourir dans ce gouffre profond que seul lui peut remplir.

Posant la main sur son visage, j'attire sa bouche vers la mienne de nouveau.

— Une part de toi, ça n'est pas assez, Chris. Tu ne peux pas te retenir à cause de ce que tu as appris ce soir. Tu ne peux pas.

Sa langue se fait velours pour me séduire.

— Goûte ça. C'est moi. C'est nous. (Nouvelle caresse de sa langue.) Nous, Sara. Oublie tout le reste.

Le baiser qu'il me donne alors est si puissant que je dois combattre la passion qui me consume. Je la combats parce qu'il n'a pas accepté de se laisser aller. Il n'a pas dit ce que j'avais besoin d'entendre et je sais pourquoi : il ne dit jamais ce qu'il ne pense pas. La bataille est perdue d'avance. Je ne peux pas gagner. Pas avec ses mains posées sur mes seins et sa bouche qui se promène de ma bouche à mon cou.

Ma dernière once de volonté – pour l'interroger sur qui nous sommes ensemble et où nous allons – disparaît quand sa langue titille le rubis. Il suçote mon téton, tirant sur l'anneau et – oh, Dieu du ciel ! – son autre main se faufile entre mes jambes, pressant sur les bijoux accrochés à mon clitoris. En gémissant, je glisse les deux mains dans ses cheveux, et il me laisse faire. Une partie de mon esprit enregistre l'information comme anormale : il m'autorise une prise de contrôle inhabituelle. Mais je ne suis plus en état de réagir. Pas quand sa bouche inflige la plus exquise torture à mon téton et que ses doigts s'insinuent en moi. Du pouce, il caresse mon clitoris et il semble avoir trouvé le point précis qui déclenche de délicieuses sensations dans tout mon corps. Je ne peux réprimer un halètement, sidérée de la vitesse à laquelle je suis au bord de l'orgasme, qu'il avale d'un baiser. Le contact de sa langue contre la mienne me fait basculer, une longue vague de plaisir me submerge, me faisant trembler de la tête aux pieds.

— Parfois le plaisir, c'est juste du plaisir, affirme-t-il contre ma bouche.

— Et ça te suffit ?

— C'est loin de me suffire. Très loin.

Sur cette promesse, il glisse le long de mon corps et m'écarte les jambes pour lécher mon clitoris gonflé.

— Non, haleté-je. Je ne peux pas. C'est trop sensible, c'est trop.

Décidément, tout est trop, ce soir.

— Je te dirai quand ce sera trop.

Et il recommence à me lécher, tout en ôtant le bijou, qu'il remplace immédiatement par sa bouche. Le frisson qui me parcourt est dû à un mélange de douleur et de plaisir. Non, en fait, c'est uniquement du plaisir.

C'est du plaisir et je suis perdue. Car à force de caresses et de suçotements, il m'amène à nouveau au bord de la jouissance. Je suis tout proche, et pourtant pas tout à fait là. J'ai besoin d'y être. J'en ai tellement envie ! Ça, c'est de la douleur. De la douleur et du plaisir, c'est Chris qui me pousse, qui m'emmène là où il veut. Il m'emmène toujours là où j'ignore être en mesure d'aller.

Il n'est pas loin du tout, comme mon orgasme. Mon sexe se serre, parcouru de spasmes, vide et en manque, et je gémis. Chris répond à mon cri en recouvrant mon corps du sien, pourtant il ne me pénètre pas. De son membre, il caresse le cœur sensible de ma féminité, me tirant un nouveau gémissement. Je bats furieusement les paupières.

Il place la main sur mon visage.

— Regarde-moi quand j'entre en toi.

Sa voix est rugueuse, intense.

— Vois-moi, Sara.

— Je te vois.

Alors il s'enfonce en moi, en un assaut profond qui m'emplit complètement.

— Sens-moi.

— Oui.

Il baisse la bouche à un souffle de la mienne.

— Et nous, est-ce que tu nous sens ?

Je l'entoure de mes bras, me raccroche à lui.

— Oui.

— Je n'en suis pas sûr, fait-il en effleurant ma bouche. Mais avant la fin de cette nuit, je le serai.

La sonnerie du téléphone sur la table de nuit s'insinue dans mon sommeil profond et repu. Immédiatement, je sens les rayons du soleil qui baignent la chambre d'hôtel et le poids de la jambe de Chris sur les miennes, de son corps dur mêlé au mien.

Il tend la main et saisit l'appareil.

— J'ai besoin de la voiture à 9 h 15. Très bien.

Je roule sur le dos tandis qu'il écoute ce que lui dit son interlocuteur, et passe une main sur l'ombre de ses joues, sur la barbe naissante qui gratte mes doigts. Puis j'attrape une mèche de ses cheveux blonds si sexy et toujours ébouriffés – d'autant plus sexy ce matin que je me sais en grande partie à l'origine de leur aspect décoiffé. Des images de la nuit m'assaillent dans un mélange de chaud et froid, de glace et de feu. Nous avons fait l'amour de façon incroyable, mais il y a tellement plus, entre Chris et moi, que je ressens le besoin de me confirmer que ça existe encore.

Passant de nouveau par-dessus mon corps, il raccroche.

— Bonjour, dit-il en m'attirant contre lui, mon dos contre son torse, son bras autour de moi et son nez dans mon cou.

— Bonjour, murmuré-je. Quelle heure est-il ?

— Il est 8 heures. Et vu que nous devons faire un détour par l'hôpital sur le chemin de l'aéroport, ça ne nous laisse qu'une trentaine de minutes pour une petite partie de jambes en l'air matinale.

Son début de barbe gratte délicieusement ma peau, exquise dureté, comme Chris lui-même quand il le veut. Comme je le veux désormais.

Un pincement me serre la poitrine tandis que la sensation glacée familière se faufile de nouveau en moi.

— Je croyais que tu me trouvais trop délicate pour ce genre d'activités.

Sa main se pose sur mes seins, caressant le téton, et un gémissement de plaisir s'échappe de mes lèvres. Comment est-il possible que je n'aie jamais assez de cet homme ?

— Eh bien, faisons le test, si tu veux, suggère-t-il.

Il me mordille le lobe de l'oreille et glisse son sexe épais et dur contre mes fesses, avant de pousser entre mes cuisses.

— OK. Si tu l'oses.

Passant une main entre mes jambes, j'entreprends de le caresser, manière de le défier. Je le pousse à agir comme je brûle qu'il agisse avec moi.

Il recouvre ma main et la guide vers la chaleur soyeuse de mon sexe.

— Si toi, tu l'oses. Car, vouloir te protéger ne signifie pas que je ne vais pas te prendre, sache-le, bébé. Je suis toujours le même homme, et je vais toujours te baiser de toutes les façons possibles et imaginables. Tu n'as même pas idée.

Serrant mon sein plus fort, il en pince le mamelon et je maintiens sa main en place. Je ne veux pas qu'il arrête. Sa voix est aussi rude que son contact, alcool qui vous brûle quand on l'avale mais vous donne envie d'une autre gorgée.

— Je vais t'attacher, comme sur la toile que j'ai peinte de toi, Sara. Est-ce que cela te fait peur ?

— Non. Rien ne me fait peur, avec toi.

— Ah non ?

Son autre main se pose sur le rebondi de mes fesses. Je me souviens de sa main sur mes fesses, de la brûlure érotique de ses coups. Du moment où son sexe énorme allait et venait en moi. Et du plaisir.

— Non.

— Tu devrais, pourtant.

Ses doigts glissent entre les globes de mes fesses et cette intrusion si intime me coupe le souffle. Je parviens tout de même à le défier.

— On en est revenus à ce stade-là ? Tu me mets en garde ?

Ses doigts explorent mes orifices, avant et arrière.

— La nuit dernière t'a valu un dernier avertissement. Une chance de t'enfuir tant que tu le peux encore.

Il pose les lèvres sur mon épaule, ses dents frottent ma peau, puis la mordillent.

— Mais sache bien ceci, Sara...

Ses doigts s'insinuent plus profondément entre mes fesses, tandis que son autre main vient taquiner mon clitoris, le titillant avec une délicatesse qui contredit le ton autoritaire de sa voix.

— Je vais te posséder, corps et âme. Je vais t'attacher. Je vais prendre ton joli cul, ta bouche. Je vais faire tout ce dont j'ai envie. Et tout cela sera encore bien loin des extrêmes où je suis allé et où jamais je ne t'emmènerai.

Mon corps réagit à sa promesse animale et terriblement érotique. Je suis brûlante, je suis trempée et plus excitée que jamais je ne l'ai été de ma vie. Je combats la brume précédant la jouissance, la douleur qui me serre le sexe et menace de se muer en orgasme. Il me teste, il essaie de m'effrayer, et ça me torture de savoir que c'est à cause d'hier soir : il doute autant de moi que de nous.

— Voilà qui je suis, Sara. Je te protégerai de tout et de tous, mais je suis incapable de te protéger de qui je suis ou de qui je serai si tu restes avec moi.

— Je sais qui tu es, murmuré-je.

Et je suis plus certaine de ce que j'affirme, plus claire dans ma tête que je l'ai été depuis bien longtemps. J'ai besoin de lui. J'ai besoin de lui, depuis l'instant où je l'ai rencontré. Et même alors, au cours de cette première soirée, je me suis sentie libre de me laisser aller avec lui, d'être moi, alors pourtant que je ne me reconnaissais plus.

— Mais tu dois savoir ceci, Chris : je sais qui je suis, moi aussi, à présent. Je sais que j'ai besoin de rester avec toi. Si tu possèdes mon corps, je possède le tien.

J'ai abandonné trop de choses pour me contenter de moins. Je veux tout, désormais.

Son corps se crispe, je sens la tension durcir ses muscles. Un pic fait de colère et de douleur se plante dans mon corps et je tente de me retourner. Mais il me maintient de son bras vissé autour de moi.

— Tu possèdes de moi tout ce que j'ai à donner, réplique-t-il d'une voix rauque.

— Non, Chris. Pas tant que tu ne m'emmèneras pas avec toi en ces lieux où tu jures ne jamais vouloir m'emmener. J'ai besoin de savoir au contraire que ça arrivera un jour.

Et soudain il est parti, il ne me touche plus. Je roule sur le dos pour le découvrir assis au bord du lit, les muscles de ses impressionnantes épaules bandés.

Je me hisse à genoux et lui effleure le bras.

— Chris...

À l'instant où je le touche, il m'attire sur ses genoux.

— Je t'aime, Sara, dit-il en écartant les mèches de mes cheveux retombées sur mon visage. Mais il est des recoins de moi que je hais. Nous n'irons jamais dans ces endroits-là. Jamais, tu m'entends ? Compris ?

Non, je ne comprends pas. Ce que je comprends, en revanche, c'est la haine qu'il s'inspire à lui-même. Et je capte l'émotion qu'il ressent.

— Je t'aime aussi.

Je prends son visage entre mes mains et il se frotte à mes paumes, les paupières closes. Ses mâchoires se décrispent un peu.

— Et rien de ce que tu feras ne changera jamais ça, ajouté-je.

Il serre la mâchoire et ses pupilles se dilatent.

— Oh que si ! Et je ferais mieux de partir avant que ça n'arrive, pour notre bien à tous les deux. Seulement j'en suis incapable, conclut-il en posant le front contre le mien.

Je glisse les doigts dans ses cheveux. Qu'y a-t-il donc de si terrible pour le hanter à ce point ?

Il me soulève et me porte jusqu'à la salle de bains. Nous prenons une douche ensemble, sans faire l'amour. Ce n'est pas comme ça que nous lui sortirons ce problème de la tête. Nous nous contentons de nous serrer l'un contre l'autre. Jadis j'étais perdue, il m'a trouvée. Pourtant je sais désormais que je commence tout juste à connaître Chris. Et lui, il est toujours perdu.

Debout devant le lavabo de la salle de bains près de Chris, je finis de me coiffer. C'est un moment à la fois bizarre et merveilleusement intime. J'ai enfilé un jean et un tee-shirt vert qui me permet d'arborer le collier émeraude que je refuse de quitter et je n'arrête pas de jeter des coups d'œil en direction de mon si bel amant. Même une brosse à dents à la main, il n'a rien de banal. Je sais d'avance que je vais passer la journée à rêver de ses muscles fins et la parfaite dureté qu'il cache sous son tee-shirt marron estampillé « Harley », son jean délavé et ses bottes. Car je le connais très intimement, ce corps de rêve.

Je débranche mon fer à lisser, enroule le fil électrique autour de l'appareil pendant qu'il ferme son sac de voyage et regarde notre reflet dans le miroir. Je suis plus petite que lui d'une bonne trentaine de centimètres et ma chevelure brune contraste avec ses cheveux clairs tombant au niveau du menton, humides et bouclés autour des oreilles. Il émane de lui une confiance, une puissance que je trouve attirantes. Il est à la fois masculin et dur, dans tous les sens positifs du terme. Avec lui je me sens féminine et douce. Et forte, aussi.

Il lève les yeux et nos regards se rencontrent dans le miroir. Une délicieuse sensation me papillonne dans la poitrine, les épaules, avant de s'étendre tel un feu liquide à tout le reste de mon corps.

— Continue à me regarder comme ça, m'avertit-il, et tu ne retourneras pas au travail demain car nous aurons raté notre avion.

Je ne peux m'empêcher de sourire.

— Très tentant.

On entend frapper à la porte et Chris me fixe des yeux.

— Room service ou Chris à ton service ?

Je me mords la lèvre, navrée, puis pousse un soupir résigné.

— Sachant que Dylan nous attend, je dirais que je vais opter pour le choix qui me tente le moins : room service.

Se penchant sur moi, il dépose sur mes lèvres un baiser bref, accompagné d'une caresse brûlante de la langue, avant de se diriger vers la porte.

— Miam ! lancé-je dans son dos en réprimant un sourire. Un bon goût de menthe fraîche.

Le téléphone se met à sonner à cet instant.

— Tu veux bien répondre, Sara, s'il te plaît ?

Je file dans la chambre et décroche prestement le combiné posé sur la table de nuit.

— Un, deux, voilà Freddy l'affreux.

— Nous aussi, nous voilà, Dylan, promets-je en riant. Nous serons avec toi d'ici une demi-heure.

— Vous pouvez me rapporter une barre chocolatée ? chuchote-t-il sur un ton de conspirateur.

— OK, je t'en prendrai une. À tout à l'heure.

Je raccroche au moment où Chris donne son pourboire au groom et nous nous installons sur le lit pour manger.

— Il avait l'air comment ? s'enquiert-il.

— Il m'a chanté la chanson de Freddy.

Il hausse un sourcil et une lueur d'espoir allume ses prunelles.

— Vraiment ? Les effets secondaires du traitement doivent être passés.

— Oui. C'est un point très positif, en effet.

Je reste sur la réserve, car je m'inquiète pour Chris. Il va tomber de haut, avec Dylan.

Soulevant le couvercle de mon plat, j'inspecte les œufs. Nous entamons nos omelettes quand le portable de Chris sonne. Il jette un coup d'œil sur l'écran, puis répond.

— Blake ?

J'écoute, pleine d'espoir, et le regard de Chris se pose sur moi tandis qu'il répond à une remarque de son interlocuteur.

— Mark est le Maître du journal. Je sais qu'il y a deux noms, mais oui, j'en suis sûr. Ils entretenaient une relation. Je n'ai aucune idée de l'identité du second homme du journal.

— Ryan Kilmer.

Chris hausse un sourcil, m'incitant à ajouter :

— L'agent immobilier.

Il écarte le combiné de sa bouche.

— Je sais qui c'est. Mais toi, comment le connais-tu ?

À la façon dont il fronce les sourcils, je devine qu'il n'est pas ravi.

— Je prépare un travail pour lui. À mon avis, c'est lui, dans le journal.

— Qu'est-ce qui te rend si sûre de toi ?

— Une intuition. Une forte impression.

— Fondée sur quoi ?

— Il a l'air d'être un bon ami de Mark et… (J'hésite, certaine que Chris n'approuvera pas mes observations.) Il n'est pas aussi dominateur. Je ne pense pas que Mark pourrait partager une femme avec quelqu'un de trop semblable à lui.

Comme toi, poursuis-je en silence.

Chris me dévisage, immobile, tel un roc impossible à briser, et j'entends un bourdonnement à l'autre bout de la ligne.

— Oui, répond-il enfin. Je suis là. Il y a un type, un certain Ryan Kilmer. Il est membre du club que possède Mark. Ils sont amis. Sara pense que c'est lui.

Il écoute un moment sans parler, puis il met fin à la communication. Il repose son portable sur la table de nuit.

— Ça ne me plaît pas que tu connaisses si bien Mark Compton, lâche-t-il en glissant un bras autour de ma taille pour m'aider à me lever.

La possessivité de son geste et de son expression ne devrait pas me plaire, à moi non plus. Ça ne me plaît pas, d'ailleurs, tout en me plaisant quand même.

— Tout ce que je sais provient du journal.

— Dans ce cas, arrête de lire ces fichus journaux.

— Je les ai apportés pour que tu les lises.

— Je ne souhaite pas les lire, Sara. Ça ne sert qu'à me rappeler sans cesse ce que Mark veut te faire, or je m'efforce de me montrer compréhensif au sujet de ton travail. Les journaux ne vont pas m'y aider. Nous les mettrons sous clé sitôt rentrés à San Francisco, à moins que Blake n'ait besoin que nous en lisions des passages particuliers.

— Oui, Maître.

Je le taquine, espérant ainsi faire retomber un peu la tension.

Mais le résultat obtenu est inverse : il fronce les sourcils de plus belle.

— Ne m'appelle pas comme ça. Je ne suis pas ton maître, tu n'es pas ma soumise et tu ne seras jamais celle de Mark, ça non, jamais !

OK, ma blague avait franchement mieux fonctionné la dernière fois. Me haussant sur la pointe des pieds, je pose mes lèvres sur les siennes.

— Non, en effet. Car je t'aime, Chris.

Sa main se referme autour de mon cou et il m'embrasse. Sans aucune délicatesse. Son baiser est torride, possessif, fougueux et autoritaire. Il fait naître à travers mon corps une onde de désir si intense que j'en tremble.

— Qu'est-ce que tu me fais, toi ? gronde-t-il tout contre ma bouche. En plus de me rendre dingue. Tu sais à quel point j'ai envie de t'emmener à Paris, de t'éloigner de cet homme ? Pourtant je sais que pour l'instant tu ne me suivrais pas. Tu veux ce poste et j'essaie de me montrer compréhensif.

Il m'écarte de lui et se passe une main dans les cheveux, avant de pivoter pour me faire face à nouveau.

— Ryan a donc signé un contrat avec la galerie ? Comme ça ? Cette histoire ne me plaît pas du tout, ça me fait beaucoup trop penser aux journaux.

Malgré moi, un frisson me parcourt l'échine et je m'enveloppe de mes bras. Il y a beaucoup de points communs entre ma vie et ces journaux, mais j'essaie de régler ça.

— Tu as dit que Mark était incapable de faire du mal à Rebecca.

— Je ne pense pas qu'il le ferait, ni qu'il le voudrait, mais il l'a tout de même entraînée dans son monde, un monde auquel elle n'appartenait pas. Il est donc responsable de l'endroit où ça l'a peut-être menée. Je ne sais rien sur Ryan, ni sur les individus avec qui il aurait pu la mettre en contact. Je n'aime pas ça, Sara. Je n'aime pas qu'il essaie de t'attirer dans son monde, à ton tour. Or c'est ce qu'il essaie de faire, sans l'ombre d'un doute, cet enfoiré.

Son tourment est palpable, une vraie boule de feu qui le consume. Je m'approche de lui et le prends dans mes bras, posant le menton sur son torse.

— Il ne peut pas. Aussi longtemps que tu seras dans ma vie, Chris, que tu la partageras avec moi, il n'y aura que nous deux.

La tension s'apaise tandis que nous terminons notre petit-déjeuner pour nous rendre à l'hôpital, où nous trouvons Dylan et Brandy d'une bonne humeur contagieuse. Quand nous embarquons dans l'avion qui nous ramène à San Francisco, nous sommes détendus et rieurs, et je me sens plus à l'aise que jamais avec Chris.

Nous nous installons à nos places et Chris sort son iPad.

— J'ai un remède contre ta peur de l'avion : un film. On peut le commencer maintenant et le terminer à la maison.

— À la maison, répété-je doucement.

Il me prend le visage en coupe.

— Oui. Notre maison. Tu fais partie de ma vie, à présent.

Les paroles de Mark me reviennent : « Il n'y a pas d'entre-deux. Ne le laissez pas vous convaincre du contraire. » Si je veux que ça fonctionne avec Chris, je ne peux pas rester sur la ligne médiane. Il ne peut en effet pas y avoir d'entre-deux. Les détails se régleront par eux-mêmes.

— Oui, absolument.

Il me récompense de l'un de ses sourires à couper le souffle et d'un baiser.

— Oui, absolument.

Il est presque 19 heures, le temps que nous atterrissions à San Francisco et finissions le trajet en voiture. Le portier nous accueille et propose de se charger de nos bagages.

— OK, je vous laisse faire pour cette fois, lui répond Chris, avant de se tourner vers moi. Une pizza devant la fin du film, ça te dit ?

— Parfait, accepté-je avec joie.

Il glisse quelques billets dans la main du portier.

— Et si vous nous commandiez quelques pizzas, tant que vous y êtes ?

— C'est comme si c'était fait, monsieur Merit.

Chris me prend par la main et nous rions d'une scène de *Mes meilleures amies*, mon choix de film, accordé pour me récompenser d'avoir subi *Halloween*, quand nous croisons Jacob dans le couloir.

— Bonsoir, monsieur Merit, mademoiselle McMillan, fait-il en inclinant légèrement la tête.

Chris m'enlace les épaules.

— Blake est passé ?

Au rappel implicite de la disparition de Rebecca et du sale pétrin dans lequel elle semble s'être mise, je redescends de mon petit nuage. La chute est rude.

— En effet, confirme Jacob. Nous avons renforcé le système de sécurité du bâtiment. Si vous avez besoin de quoi que ce soit d'autre, je suis à votre disposition.

Cette fois, mes nerfs sont officiellement en pelote.

— Blake était assez inquiet pour passer et aider les agents de sécurité ? m'étonné-je sitôt que nous pénétrons dans l'ascenseur.

Chris me prend le visage entre ses mains.

— Simple mesure de prudence.

— Parce que tu penses que Rebecca est morte ?

— Parce que je te préfère saine et sauve. Alors sois prudente et dis-nous où tu vas, ces prochains jours. En attendant que nous obtenions plus d'informations.

Réprimant mon malaise, j'opine du chef.

— OK.

Les portes de l'ascenseur s'ouvrent et il me fait signe d'entrer dans le salon.

— Allons finir ce film. Le reste attendra bien demain matin. Ce soir, profitons d'être ensemble à la maison.

Ensemble à la maison. Ça sonne bien.

— Avec plaisir, réponds-je avec un petit sourire.

Une fois sortis de l'ascenseur, il me prend la main et m'enlace.

— Je ne veux pas risquer que tu changes d'avis. Je vais commander des déménageurs pour ton appartement.

Un léger sentiment d'incertitude point à mon horizon, que je repousse aussi vite que les milliers de choses qui pourraient mal tourner. J'ai passé ma vie à me noyer dans les sables mouvants du passé, et Chris est la seule personne qui m'ait jamais posée sur un sol meuble. Optant pour le grand saut, je noue les bras autour de son cou.

— D'accord.

Avec un baiser, il m'entraîne au fond du salon. Notre salon.

Une demi-heure plus tard, Chris et moi avons ôté nos chaussures et nous regardons la fin du film sur l'écran géant accroché au-dessus de la cheminée, en essayant d'avaler nos pizzas entre deux éclats de rire. Une fois le film terminé et nos estomacs pleins, il repasse une scène précise et nous rions de plus belle. Alors que j'essuie les larmes qui me coulent sur les joues, il m'allonge sur le canapé et roule sur moi.

En plongeant dans ses yeux, je sens la brûlure dans le bas de mon ventre, celle qu'il déclenche si aisément. Et je me rends compte qu'à l'issue de ce week-end de folie, je suis heureuse. Or le bonheur est un sentiment étranger pour moi. Pourtant je le ressens bel et bien en ce moment même.

Grâce à Chris.

23

Le lundi matin, j'entre à la galerie arborant une robe pêche clair, des escarpins noirs et un large sourire. Comment pourrais-je ne pas sourire ? Je me suis éveillée aux côtés d'un artiste sexy et brillant, et maintenant je vais exercer la profession dont j'ai rêvé toute ma vie. Alors peu importe si l'artiste sexy et brillant en question se tracasse de ma sécurité au point de m'avoir conduite lui-même au travail. Je préfère ne pas m'attarder sur ce détail, sinon je vais me rendre malade d'inquiétude.

— Bonjour, Amanda.

Celle-ci me scrute attentivement.

— Bonjour, Sara. Vous êtes splendide, aujourd'hui.

— Eh bien, merci.

Je pénètre dans l'arrière-bureau et me fige en tombant sur Mark. Cet homme est réellement désarmant. Comme une lame de feu sur la glace, il est capable de faire fondre n'importe quelle femme.

— Bonjour, parviens-je à lancer.

Je me demande s'il lui arrive d'avoir un cheveu qui dépasse, ou un costume qui ne soit pas parfaitement ajusté – celui du jour, d'un gris pâle, accentue l'éclat de ses yeux.

Des yeux qui se posent sur mon corps, avant de remonter.

— Amanda avait raison. Vous êtes vraiment superbe aujourd'hui, mademoiselle McMillan.

— Merci.

Il s'écarte pour me laisser passer et je me sens comme un lapin-pris-dans-les-phares-d'une-voiture en comprenant qu'il va me suivre du regard jusqu'à mon bureau. Au diable cet homme et ses prises de pouvoir ! Je n'aime pas ça, pas plus que la façon dont il m'a soudain rappelé Michael et mon père, et avec eux ma peur qu'ils causent des ennuis à Chris. Comment dois-je comprendre le fait que Mark me fasse penser à Michael ?

Je prends une brève inspiration et avance d'un pas, essayant de ne pas vaciller sur mes hauts talons, ce qui ruinerait la belle allure sur laquelle on vient de me complimenter. Non que j'aie besoin des compliments de Mark. Pas du tout.

Une fois installée à mon bureau et mes affaires rangées, j'admets cependant, non sans une certaine amertume, qu'en fait si, j'en ai besoin. Pourquoi suis-je encore cette femme-là ? Je ne veux pas de Mark, il est trop dominateur.

— Pas d'entre-deux, voilà, murmuré-je.

— Un problème, mademoiselle McMillan ?

Mark est appuyé contre le chambranle de ma porte et mon regard se pose sur les roses délicates de la peinture de O'Nay sur le mur – celle qu'il a placée là pour Rebecca. Le problème, c'est que Rebecca a disparu. Il est le Maître de ses journaux, il doit forcément en savoir plus sur l'endroit où elle est allée.

J'ouvre la bouche pour le lui signifier, puis la referme en me rappelant que je dois me montrer prudente. Pas question de risquer que des preuves soient précipitamment dissimulées, ni de me mettre en danger d'ailleurs.

— Je suis nerveuse, lui dis-je donc. Je vais démissionner de l'école, aujourd'hui.

Un sourcil se soulève.

— Ah bon ?

— Oui.

Une lueur approbatrice allume ses yeux acier et je suis ravie qu'il apprécie suffisamment ma présence ici pour être satisfait.

— Eh bien, je vais vous laisser travailler, dans ce cas.

Il disparaît et je m'enfonce sur mon siège. À chaque rencontre, cet homme me met les nerfs en pelote, et quand il repart, je suis lessivée. Je reporte mon attention sur la peinture au mur, et mes pensées s'orientent vers Rebecca. *Je ne te prends pas ton travail. Reviens. Sois en pleine forme. Et ça vaut aussi pour toi, Ella.* La pensée d'Ella suffit à me rasséréner. Je me redresse sur mon siège et compose le numéro de téléphone de l'école. Je dois leur laisser un message. Super. Encore un sujet d'inquiétude en perspective.

Ryan m'appelle et m'envoie par mail des photos de la propriété que je suis censée l'aider à décorer, et je me mets à chercher des œuvres à acheter pour le projet. En milieu de matinée, j'ai quelques minutes d'attente entre deux mails et j'en profite pour sortir le journal de Rebecca, dans l'espoir d'y dénicher quelques trucs utilisables pour cette occasion. Je fronce les sourcils en tombant sur une page de notes prises en vrac. *Pièces pour vente* Riptide. *Réglo ? Trouver expert.* J'inspire brusquement. Rebecca faisait des recherches sur une œuvre contrefaite au catalogue de *Riptide* ? Serait-ce cela qui lui aurait attiré des ennuis ? En tout cas, Mark est au courant, car c'est lui qui avait le journal. Il l'a forcément lu. À moins que… Mark ne soit carrément impliqué. Non. Jamais il ne m'aurait remis le journal. Est-ce pour cela qu'il me l'a transmis ? Il veut que je sache ? La foule de possibilités me sidère.

Je relève les yeux juste à temps pour apercevoir Ricco qui passe devant ma porte. Une vague de panique m'assaille. Est-il venu pour se plaindre de la venue de Chris chez lui ? Je saute sur mes pieds et me précipite dans le couloir au moment où il disparaît à l'intérieur du bureau de Mark. Je me mets illico en quête de Ralph, mon informateur officiel, afin qu'il me donne peut-être une explication plausible et rassurante, mais il n'est pas à son bureau.

Mon prochain arrêt sera donc la cuisine, mais ce choix s'avère une grave erreur. Car je me jette droit dans la gueule du loup. Mary se tourne vers moi au moment où j'entre, une tasse à la main.

— Comment ça s'est passé avec Ricco ? s'enquiert-elle.

Faisant de mon mieux pour ne pas avoir l'air dépité, je vais me servir un café.

— Pas bien. Il m'a plus ou moins envoyée balader.

— Vraiment ? Et pourtant il est ici ?

J'ajoute une touche de crème dans mon café.

— J'ignore pourquoi.

Elle ne me quitte pas des yeux.

— Vous avez dû faire quelque chose qui l'aura énervé.

La lueur diabolique qui allume ses yeux ne laisse aucune place au doute quant à son intention de me blesser, et d'ailleurs ça fonctionne. Cette femme est l'image même de la froideur et de la méchanceté.

— Super. Eh bien, merci pour les encouragements.

Je fais demi-tour.

— Très chère, vous avez déjà tous les encouragements qu'il vous faut, puisque le patron en veut à votre petite culotte.

Comment ma matinée si heureuse vient-elle tout à coup de se changer en catastrophe absolue ? Je suis sur le point de démissionner de mon poste d'enseignante, et pourtant de toute évidence je ne suis pas la seule personne à m'inquiéter que Mark me propose ce poste uniquement parce qu'il « en veut à ma petite culotte ». Qu'est-ce qui m'est passé par la tête ? Je retourne à mon bureau et ferme la porte pour appeler Chris.

— Un jour, tu m'as dit que je n'appartenais pas à ce monde, lancé-je sitôt qu'il répond. Tu ne parlais pas du monde de l'art, si ?

— Non, bébé. Tu sais à quoi je faisais allusion.

— Je ne peux pas démissionner de mon poste actuel si la seule raison pour laquelle Mark m'a offert celuici, c'est qu'il envisage de me transformer en Rebecca. Tu penses qu'il ferait ça ? Qu'il m'embaucherait pour des raisons strictement personnelles ?

Un silence bien trop long me répond. N'y tenant plus, j'insiste :

— Chris ?

— J'aimerais te dire n'importe quoi qui te déciderait à quitter cet endroit, mais non. Il ne ferait pas ça. Il voit ton talent, Sara. À l'instar de tous ceux qui ont la chance de passer un peu de temps avec toi.

Amanda me bipe, c'est l'école qui rappelle.

— Faites-les patienter, lui indiqué-je.

— Tu n'es pas enseignante, Sara, insiste Chris. Pas d'entre-deux, bébé.

— OK. Pas d'entre-deux. Je te laisse.

— Tu seras contente de l'avoir fait. Appelle-moi après.

— Promis.

Dix minutes plus tard, je ne fais plus partie du personnel de l'école. Ella, en revanche, est toujours sur la liste des professeurs et je ne sais pas trop que penser. Si elle avait démissionné, je serais vexée qu'elle m'ait rayée de sa vie, mais au moins je saurais qu'elle se tait par choix. J'envoie un SMS à Chris pour lui raconter ma prouesse et il me félicite, promettant d'ordonner des recherches plus approfondies pour localiser Ella.

Je viens juste de ranger mon portable dans mon sac à main quand on frappe à ma porte. Elle s'ouvre immédiatement sur Ricco, très *Antonio Banderas* avec sa beauté hispanique, son pantalon noir fluide et une chemise assortie au col largement ouvert sur son torse.

— Allons prendre un café à côté, Bella.

C'est un ordre.

— Bien sûr. J'espère que votre visite signifie que vous avez reconsidéré votre décision de ne pas travailler avec nous ? ajouté-je en enfilant ma veste.

— Nous en discuterons là-bas, répond-il d'une voix neutre.

Je soupire intérieurement et saisis mon sac. Tous les hommes qui fréquentent cette galerie semblent possédés par le même besoin, intense, de contrôler et faire les choses à leur façon.

Une fois arrivés devant le café, Ricco m'ouvre la porte et j'entre la première. Je ressens immédiatement la présence de Chris, comme si une autre partie de moi s'éveillait à la vie. Oh non ! Sachant ce qu'il pense de Ricco, nous courons droit à l'explosion. Ricco propose de prendre ma veste mais je décline. Je préfère me raccrocher à mon armure, réelle ou imaginaire.

J'avance de quelques pas à l'intérieur du café et j'aperçois Chris à la table du fond. Immédiatement, Ava m'interpelle avec un grand sourire, lui annonçant ainsi ma présence s'il ne m'avait pas déjà vue. Je parviens à répondre à son sourire. Du moins je crois.

— Installez-vous avec vos affaires, m'ordonne Ricco. Je vais commander. Que désirez-vous prendre ?

— Un *mocha* au chocolat blanc, s'il vous plaît.

Tandis qu'il se dirige vers le comptoir, je m'approche des tables et me retrouve sous le feu du regard perçant de Chris. Je baisse instantanément les paupières, incapable de le soutenir. Et je ne parle même pas de la rencontre.

Je m'installe néanmoins sur un banc de bois, en face de lui, car même si je redoute ce que je risque de lire sur son visage, je ne supporte pas l'idée de ne pas le voir non plus. Mon Dieu, je ne sais vraiment plus où j'en suis !

Je pose mon sac à côté de moi et retire ma veste afin de m'occuper les mains. L'envie de le regarder est forte, irrépressible, et sans que je parvienne à les retenir, mes paupières se lèvent et nos regards se croisent. Se lient. Le séisme qu'il suscite en moi chaque fois se propage à travers mon corps, comme pour symboliser la rencontre explosive de nos mauvaises humeurs.

Ricco s'installe en face de moi et pousse une tasse de café dans ma direction. Puis il jette un coup d'œil à Chris par-dessus son épaule, avant de se retourner vers moi. Ses lèvres frémissent, confirmation formelle, s'il en était besoin, qu'il est au courant de la venue de Chris chez lui. Il ouvre la bouche pour prendre la parole et je retiens mon souffle, me préparant à la confrontation.

— Avez-vous reconsidéré mon offre ?

Soulagée d'être sur le gril pour quelque chose que je maîtrise, je me lance :

— Je suis engagée auprès de la galerie.

— C'est honorable, commente-t-il sèchement. J'ai dit à Mark qu'il ne vous méritait pas, pas plus qu'il ne méritait Rebecca.

J'écarquille les yeux.

— Euh, je... Ricco, je...

Un rire grave s'échappe de ses lèvres.

— Ne vous tracassez pas, Bella. Ça ne vous retombera pas dessus. De plus, j'ai l'intention de vous offrir la sécurité de l'emploi aujourd'hui même. J'ai donné une pièce à vendre à *Crystal*, qui est, vous le savez, le plus gros concurrent de *Riptide*. J'envisage de la leur retirer pour la donner à *Riptide*. (Il fait une pause, ménageant ses effets.) À vos bons soins, bien sûr.

Mon crâne se met à me picoter, comme pour m'avertir d'un danger.

— Pourquoi ça ? Et à quelles conditions ?

— Je veux que vous trouviez un moyen de me mettre en contact avec Rebecca.

Je blêmis, choquée par ce retournement de situation.

— Mais je ne la connais pas. Je n'ai aucune idée de la façon d'entrer en contact avec elle, Ricco.

— J'en suis bien conscient, cependant vous pouvez m'indiquer si elle garde des contacts avec la galerie. Vous pourriez peut-être même accéder aux dossiers personnels de Mark.

Ricco serait-il l'autre homme du journal ? L'homme que Rebecca utilisait pour rendre Mark jaloux ?

— Non, réponds-je d'une voix ferme, sûre de moi. Je ne toucherai pas aux dossiers personnels de Mark.

Il se frotte la mâchoire et lève les yeux au plafond.

— Acceptable, commente-t-il toujours aussi sèchement, en posant de nouveau son regard indéchiffrable sur moi. Tout ce que je vous suggère, c'est d'agir dans la limite de votre zone de confort.

Son insistance est à la fois fascinante et terrifiante. S'il aimait Rebecca, j'imagine la douleur que doit lui causer son absence. Cependant, il existe une autre possibilité, plus insidieuse : il l'a blessée et il essaie de savoir ce que l'on a découvert sur sa disparition.

— Je veux m'occuper de vos œuvres, Ricco. J'espérais que vous me les confieriez parce que vous auriez confiance en mon talent.

Il se penche par-dessus la table et sa main se pose sur la mienne. Cette fois, il a l'air vraiment tourmenté par l'absence de Rebecca.

— S'il vous plaît, dites-moi que vous essaierez, Bella, insiste-t-il. C'est tout ce que je vous demande.

Comme j'imagine Chris partant à ma recherche si je venais à disparaître, je me laisse fléchir.

— J'essaierai.

La tension palpable de son corps s'apaise visiblement.

— Génial. Alors marché conclu.

Il se met debout et je l'imite. Prenant ma main, il y dépose un baiser. Je sens le regard de Chris peser sur moi.

— D'après le contrat qui m'unit à *Crystal*, je dispose de quinze jours pour récupérer ma peinture. J'espère avoir de vos nouvelles d'ici là.

Sur ce il se détourne et se dirige vers la porte.

Je n'en reviens pas. Il vient de me faire du chantage ?

24

Je suis en train de rassembler mes affaires avant de partir quand j'entends la voix de Mark en provenance de la réception. Je sors de mon bureau et attire son attention.

— Puis-je vous parler un moment ?

Il me fait signe de retourner dans mon bureau et me suit à l'intérieur, laissant la porte ouverte.

— Vous pouvez fermer ?

Je regrette presque aussitôt ma requête. Car nous nous retrouvons soudain face à face dans un minuscule bureau, ce dont chacun de nous est conscient. L'air s'échauffe et je n'ai qu'une envie : filer.

— J'ai vu que vous aviez reçu Alvarez aujourd'hui.

S'adossant à la porte, il croise les bras.

— Nous avions certaines affaires à boucler.

Il fait exprès de ne me distiller les informations qu'au compte-gouttes.

— Il n'a pas parlé de mon rendez-vous avec lui ?

Ses lèvres se tordent dans un rictus.

— Il m'a conseillé de ne pas vous corrompre comme je l'ai fait avec Rebecca.

Pendant plusieurs secondes, je reste sans voix.

— Et vous lui avez répondu quoi ?

— Que vous étiez parfaitement capable de décider toute seule qui vous corrompait.

Je suppose qu'il s'agit d'un compliment. Ou pas. Avec Mark, on ne sait jamais.

— Il m'a invitée à prendre un café avec lui.

— Et a-t-il obtenu de vous ce qu'il désirait durant ce rendez-vous au café ?

— J'ignore ce qu'il attend de moi, réponds-je d'une voix qui ne masque rien de mon exaspération. Vous vous exprimez tous les deux par messages codés.

— Eh bien, je vais les déchiffrer pour vous, mademoiselle McMillan, car franchement je suis las des petits jeux de Ricco. Il veut Rebecca. Il ne peut pas l'avoir. Il me le reproche. Je pensais que vous pourriez peut-être l'aider à distinguer les affaires et la vie privée. Après la discussion que j'ai eue avec lui aujourd'hui, je ne crois plus que ce soit possible.

Sa réponse directe me désarme.

— Non, je ne le crois pas non plus.

— En ce cas, nous ne travaillerons pas avec lui. Parfois, mademoiselle McMillan, il vaut mieux laisser tomber certaines affaires.

Je songe tout de suite à Rebecca, mais il s'arrange pour m'éloigner promptement de ce sujet.

— Avez-vous démissionné de l'école aujourd'hui ?

— Oui.

— Excellent. Vous êtes donc tout à moi désormais.

Ses yeux scintillent et je sais qu'il a choisi les mots à dessein, très conscient du double sens.

— Bonne nuit, mademoiselle McMillan.

Il s'apprête à sortir, et je ne sais pas ce qui me traverse l'esprit mais je lâche :

— L'avez-vous fait ?

— Fait quoi, mademoiselle McMillan ?

— Avez-vous corrompu Rebecca ?

— Oui.

— Et ? demandé-je, faute de meilleure inspiration.
— Et clairement, c'était une erreur. Sinon elle serait encore là.
Pour la deuxième fois, je reste sans voix. Je ne trouve pas les mots. Mark profite de ce silence pour m'assener le coup final grâce à une autre question inattendue.
— Vous êtes au courant que Chris est complètement cinglé, n'est-ce pas ?
Cette fois, ma réponse est immédiate, défensive, protectrice.
— Ne le sommes-nous pas tous ?
— Pas à ce point-là.
Je ne vais pas lui demander d'où il tient cette information. Le club, peut-être. Ou peut-être une amitié qui existait jadis et a disparu. Peu importe.
— Ce sont ses imperfections qui le rendent parfait, rétorqué-je d'une voix pleine de conviction.
Le regard qu'il me renvoie est férocement pénétrant.
— Je ne souhaite pas vous voir souffrir, c'est tout.
J'entends une légère brisure dans sa voix que je n'avais jamais perçue chez lui avant, et je le crois.
— Comme vous avez fait souffrir Rebecca ?
Une émotion allume ses yeux, qui disparaît sitôt apparue. De la culpabilité ? De la douleur ?
— Oui, admet-il doucement, sans le ton autoritaire qui le caractérise d'ordinaire. Comme j'ai fait souffrir Rebecca.
— Est-ce pour cela qu'elle est partie ?
— Oui.
Je suis de plus en plus confuse. Cet homme et ses actes sont des mystères pour moi.
— En ce cas, pourquoi essayer de m'entraîner sur le même chemin ?
— Vous n'êtes pas Rebecca, pas plus que je ne suis Chris.
Et je le suis des yeux tandis qu'il quitte mon bureau.

Je franchis la porte de la galerie et repère la 911 garée dans le virage. Le soulagement de constater que Chris est là ne suffit pas, loin s'en faut, à dissiper mon appréhension. Je sais qu'il va être mécontent de m'avoir vue avec Ricco.

La portière s'ouvre dans un bruit mat et en le voyant, je me consume déjà. Or en cet instant précis, je ne souhaite pas me consumer à la vue de tout ce qui fait Chris. Pas tant que je suis aussi peu sûre d'où nous en sommes à l'issue de ce week-end.

Je me penche par la vitre pour jeter mes sacs sur le siège arrière et Chris me les prend des mains. L'espace d'un instant il se fige, et je me demande si lui aussi ressent le courant électrique qui me parcourt. Il pose mes affaires sur la banquette et je me glisse sur le siège passager, avant de m'enfermer dans le petit espace à ses côtés. Je brûle qu'il me touche, qu'il pose ses mains sur moi.

Quelques secondes tendues s'écoulent durant lesquelles aucun de nous ne bouge ni ne parle. Agacée par mon trouble, je saisis la ceinture de sécurité qui échappe à ma main tremblante. Alors que Chris se penche pour m'aider, son bras effleure ma poitrine et la chaleur de son corps se déverse en moi. Ses cheveux me chatouillent la joue et il reste là un peu plus longtemps que nécessaire, sa bouche à quelques millimètres de la mienne. Au prix d'un effort surhumain, je parviens à me retenir de tendre les lèvres vers lui, mais soudain il s'écarte et je lâche un soupir saccadé. Il boucle ma ceinture, puis se cale dans son siège, tout cela sans me jeter un regard. Il enclenche une vitesse et manœuvre pour nous engager sur la route.

Du bout des doigts, je pianote sur mes cuisses, et lorsqu'il se gare sur une place de parking, au hasard, je suis au bord de l'explosion.

Nous restons assis sans un mot, les yeux rivés devant nous. Son silence me tue et je réprime un cri frustré, avant de me laisser tomber en avant, enfonçant les doigts dans mes cheveux.

— Sara, tu devais te montrer prudente et nous avertir de tes déplacements.

Je me relève et lui jette un regard froid. Ses paroles sont si inattendues que je ne parviens pas à les assimiler.

— Je suis allée au café d'en face pour me rapprocher de toi, parce que je m'inquiétais pour toi. Et toi, tu y entres tranquillement en compagnie d'Alvarez, en qui je n'ai aucune confiance.

Je le foudroie du regard.

— Alvarez, c'est le travail. Uniquement le travail. Tu dois l'accepter, tout comme j'ai accepté qu'il n'y avait rien entre Ava et toi. Mais tu as raison, poursuis-je d'une voix radoucie, j'aurais dû te dire où j'allais. Je m'excuse de t'avoir causé du souci.

— Bon Dieu, Sara !

Il emmêle ses doigts dans mes cheveux et approche la bouche à un souffle de la mienne.

— Tu es ma raison de vivre, chuchote-t-il. Pourquoi ne le vois-tu pas ?

Sa question balaie ce qui me restait encore de colère. Je me colle contre lui et pose les doigts sur ses joues.

— Rentrons à la maison, bébé, dit-il en m'embrassant sur le front. J'ai quelque chose à te montrer.

Chris me prend par la main tandis que nous entrons dans son appartement. Nous nous engageons dans le couloir et il ouvre une porte.

— Voici ce que j'ai fait cet après-midi. Je ne voulais pas te laisser l'occasion de changer d'avis. Tu emménages.

J'entre dans la pièce où s'entassent des cartons, ainsi que le peu de meubles qui se trouvaient dans mon appartement.

— J'ai dérobé ta clé sur ton trousseau. J'ai demandé aux déménageurs de tout apporter, ainsi tu pourras décider ce que tu souhaites garder. Et j'ai payé ton préavis.

Il m'attire tout contre lui et dans ses bras, je me sens chez moi.

— À partir de maintenant, ce qui est à moi est à toi, Sara.

Je l'enlace, pressant mon oreille contre son torse. Je n'ai pas du tout envie de le relâcher. Même s'il est généreux du point de vue matériel, tout ce qui lui appartient ne m'appartient pas, contrairement à ce qu'il affirme. Car lui seul est détenteur de la souffrance de son passé ; et tout comme le mien, il finira par nous rattraper.

25

Le lendemain matin, je suis devant le miroir de la salle de bains, en train de mettre la dernière touche à mon maquillage avant que Chris et moi ne partions à un rendez-vous petit-déjeuner avec Kelvin. Nous prévoyons d'aborder deux sujets : Alvarez et la référence à une contrefaçon que j'ai peut-être repérée dans le journal de Rebecca. Kelvin a aussi promis de créer une alerte qui se déclenchera si Ella réserve un voyage, sous quelque forme que ce soit. Cela ne me procure qu'un réconfort minime, mais c'est mieux que rien.

Je zippe mon sac à main, prête à me rendre à la chambre, quand Chris apparaît derrière moi. Il dépose une carte American Express noire sur le rebord du lavabo devant moi. Incrédule, je la fixe des yeux, avant de secouer la tête.

— Non, lancé-je en la ramassant d'un geste vif pour la lui tendre. Je n'en veux pas. Je ne veux pas de ton argent.

— C'est juste destiné à m'assurer que tu as tout ce dont tu as besoin ou envie, en attendant que nous nous rendions à la banque pour t'ouvrir un compte.

— Non, Chris, je ne la prendrai pas.

Pas question que je sois, comme ma mère, entretenue par un homme.

— Je veux gagner mon propre argent. Je dois gagner mon propre argent.

Il prend mon visage entre ses mains.

— Et moi, je veux m'occuper de toi.

Je le saisis par les poignets.

— Contente-toi de m'aimer. C'est largement suffisant.

— C'est comme ça que je t'aime, Sara. S'il te plaît, accepte cette carte de crédit.

Je me passe la langue sur les lèvres, m'efforçant de combattre les démons de mon passé que cela réveille.

— Juste la carte, et pour les situations d'urgence, concédé-je. Pas de compte.

— Sara...

— Juste la carte. C'est un compromis, Chris. Et uniquement pour les situations d'urgence.

Il hésite, mais finit par acquiescer, à contrecœur.

— Juste la carte.

Le fait qu'il veuille bien m'accorder cet espace signifie beaucoup plus à mes yeux que je ne l'aurais cru jusqu'à cet instant précis. Me haussant sur la pointe des pieds, je pose mes lèvres sur les siennes.

— Merci, Chris.

Il me prend par la nuque.

— De quoi ?

— D'être toi.

Et de me laisser être moi.

Vendredi arrive avec sa kyrielle de raisons d'arborer un large sourire alors que j'entre chez *Diego Maria*, là où Chris et moi sommes allés pour notre premier rendez-vous. Nous nous sommes engagés dans une routine, une relation qui me comble. Il me dépose au travail et vient me rechercher tous les jours. Nous dînons à la maison, tentons de concocter ensemble les repas, et appelons Dylan, qui se porte plutôt bien, selon ce qu'affirme Brandy au bout du fil. Puis Chris disparaît dans son atelier, pour se perdre dans sa peinture jusqu'aux petites heures de la nuit. Alors il vient m'enlacer et nous dormons. Ensemble. Dans notre lit.

Tandis que la porte se referme derrière moi dans un gai carillon, je fais un petit signe de la main à Maria, et je remarque l'inconnu qui travaille avec elle à la place de son fils Diego, le copropriétaire du restaurant. Je rejoins Chris à la table dressée près de la fenêtre dont il a fait son lieu de prédilection pour faire ses croquis, les après-midi.

— Salut, bébé, dit-il en se levant pour m'accueillir.

Le sex-appeal naturel de ses cheveux blonds contrastant avec sa tenue entièrement noire – un tee-shirt AC/DC et un jean – me dévaste les sens, comme toujours.

— Salut, réponds-je en jouant avec les fines mèches qui lui tombent dans le cou.

Il pose une main à plat dans mon dos et m'attire tout contre lui pour m'offrir un baiser sonore, avant de m'aider à ôter ma veste et de tirer la chaise pour que je m'installe.

— Des nouvelles de Blake et Kelvin au sujet de Rebecca ? demandé-je sitôt assise.

Je pose mon classeur sur la chaise voisine et accroche mon sac à main au dossier. Chris prend place face à moi, les lèvres serrées en une ligne fine.

— Rien à signaler de nouveau sur Rebecca ou Ella.

C'est comme si l'on nous tendait de petites friandises avant de les retirer. Il y a de quoi se décourager.

— De mon côté, je ne trouve aucune référence supplémentaire dans le journal de Rebecca concernant la fausse peinture.

— Pour embrayer sur une note positive, reprend Chris, j'ai reçu un appel de ton père.

Je me crispe, me préparant au coup qui va forcément suivre.

— Quoi ? Il t'a téléphoné ?

Chris pose sa main sur la mienne.

— Détends-toi, bébé. J'ai parlé de « note positive ». Tout va bien. Il m'a certifié avoir géré le problème Michael – après avoir contacté mon banquier, s'entend.

— « Géré » ? Qu'est-ce que cela signifie ?

— En fait, ton père a utilisé le mot « restreint ». Je n'ai pas demandé plus de détails. Quoi qu'il en soit, Blake le garde à l'œil et sous étroite surveillance, pour le cas où.

— « Restreint », répété-je d'une voix tendue. Oui. Mon père est très fort pour cela.

Chris porte ma main crispée à ses lèvres et embrasse mes phalanges.

— Tout va bien ?

— Oui, acquiescé-je. Ça va.

Un coup d'œil vers le comptoir m'indique que Diego n'est toujours pas là.

— Il est parti à Paris à la poursuite d'une étudiante dont il est tombé amoureux lors d'un échange scolaire, m'explique Chris, qui a su lire mon regard interrogatif.

— Il va avoir le cœur brisé si elle le repousse, commenté-je tristement.

D'après ce que m'a dit Maria, la jeune femme ne partage pas la passion de Diego. J'ajoute :

— J'ai même essayé de le dissuader.

Je suis interrompue par la sonnerie de mon portable. Je le sors de mon sac et lève les yeux vers Chris.

— C'est Ricco Alvarez, annoncé-je avant de décrocher.

— Ah, Bella ! Dites-moi tout, lance Ricco, exactement comme il a entamé notre dernière conversation, deux jours plus tôt. Dites-moi que vous avez des informations réjouissantes.

— Désolée, Ricco. Rebecca ne s'est pas présentée à la galerie et personne n'a eu de ses nouvelles non plus.

Il soupire, et la tristesse contenue dedans me parvient à travers l'appareil.

— Je vous en prie, faites de votre mieux.

— Promis.

J'ai tout juste terminé ma réponse qu'il a déjà raccroché. Je pose mon téléphone sur la table et Chris arque un sourcil.

— C'était bref.

— Il n'a qu'une chose en tête : Rebecca. Il est complètement obsédé par elle, Chris.

— Blake et Kelvin ont mis un homme à ses trousses, ils surveillent toute activité suspecte.

— Je ne pense pas qu'il ait pu lui faire de mal. Je crois qu'il l'aime vraiment. Il fait comme Diego, il poursuit des chimères.

— Ou bien il poursuit une erreur qu'il essaie de dissimuler, m'avertit Chris. Ne te laisse pas aveugler par ton grand cœur et méfie-toi du danger.

— Je sais. Je fais attention.

Maria apparaît avec notre commande habituelle. Elle et moi discutons de Diego un moment, et je vois bien qu'elle s'inquiète pour son fils.

Quand elle s'éloigne, Chris m'étudie longuement.

— Ce sont nos cicatrices qui nous définissent, Sara. Diego doit vivre sa vie pour apprécier la vie.

— Oui.

N'empêche, un nœud se forme dans mon ventre à l'idée que j'ignore toujours à quel point les cicatrices de Chris le définissent.

Il termine sa bière et s'empare de sa fourchette.

— Mange, bébé. Ton plat va refroidir.

Je chasse mes soucis d'un hochement de tête tandis qu'il me raconte Paris, dans un nouvel effort pour me convaincre de faire un autre grand saut en l'accompagnant là-bas.

Une fois nos assiettes vides débarrassées, j'ouvre mon dossier.

— Je veux te montrer quelque chose, annoncé-je. Voici les pièces que j'ai choisies pour décorer la propriété sur laquelle je travaille pour Ryan.

Je passe les quinze minutes suivantes à lui montrer chacune de mes découvertes. Lorsque je relève les yeux, je suis captive de son regard attendri. Il me caresse délicatement la joue.

— Tu aimes vraiment ce que tu fais, hein ?

— Oui. C'est comme un rêve, pour moi. Mais je… Je sais que je peux exercer ailleurs que chez *Allure*.

C'est la première fois que je suggère que je pourrais le suivre à Paris.

Il se fige.

— Qu'est-ce que tu entends par là ?

De plus en plus, je songe que Paris serait sans doute le moyen de découvrir les autres aspects de la personnalité de Chris.

— J'entends que je veux être avec toi.

Nous nous fixons et je ressens quasi physiquement la profondeur du lien qui unit nos âmes.

— Oui, fait-il doucement. Et moi aussi.

Le serveur nous interrompt avec l'addition, mais le charme de l'instant n'est pas brisé. Je jette vers Chris un regard timide.

— Je me demandais si un certain brillant artiste acceptait les requêtes particulières.

— Quand on se fait appeler « brillant artiste » par une certaine femme sexy en diable, qui se trouve en plus partager son lit, tout est possible.

Mes joues s'empourprent au souvenir de ce qui a déjà été possible dans notre couche, notamment les liens de cuir qu'il a installés à la tête du lit, pour m'attacher et me tourmenter tout à loisir. Pour mon plus grand plaisir, du reste.

— Oui, bon. J'ai enfin trouvé un moment dans mon emploi du temps de demain pour aller visiter la propriété de Ryan, afin de voir par moi-même comment mes trésors seront mis en valeur. J'espérais que tu viennes avec moi, parce que...

Je tourne les pages de mon dossier, jusqu'à la photo d'un mur à l'intérieur de la propriété, et la lui montre.

— Je rêverais que cet endroit accueille une peinture de San Francisco par Chris Merit. Tu pourrais faire don de l'argent gagné et je...

— À une condition.

Il ne regarde même pas la photo, il me regarde, moi.

— Tu poses pour moi et tu me laisses te peindre.

Par le passé, cette idée m'intimidait, et je me disais que c'était dû au talent et à la célébrité de Chris. Mais il y avait autre chose : ce que capturait son pinceau, les secrets que je craignais de voir révéler. À présent, tandis que je fouille son regard, j'y vois ce qu'il souhaite. Que je lui fasse confiance, que je croie qu'il peut voir le pire en moi et m'aimer malgré tout. Et peut-être, oui, peut-être, si je réussis à lui accorder ce genre de confiance, il en fera autant pour moi.

— D'accord, je poserai pour toi.

En milieu d'après-midi, je termine d'aider un client puis retourne à mon bureau, où je découvre une boîte posée sur ma table de travail, accompagnée d'une carte. J'y reconnais immédiatement l'écriture de Chris. Ouvrant l'enveloppe, je lis : « Pour ce soir. À ouvrir seule et porte fermée. Chris. »

Je suis du bout du doigt sa signature, les lettres fines et précises tracées de cette même main qui crée les chefs-d'œuvre vendus des millions.

Amanda passe la tête à la porte.

— C'est arrivé il y a quelques minutes. Je peux voir ce que c'est ? fait-elle en se mordant la lèvre.

— Euh, non. Ça n'est pas une bonne idée.

Son visage s'éclaire.

— Un cadeau coquin ? Moi aussi, je voudrais bien qu'un artiste célèbre et sexy m'envoie des cadeaux coquins, ajoute-t-elle en soupirant.

Je brise le sceau qui ferme la boîte rouge et ris d'y découvrir une *paddle* rose et une paire de pinces à seins en forme de papillon. Une onde brûlante me traverse le corps, pourtant ce cadeau me fait ressentir bien plus que du désir. Chris n'a pas laissé ce qu'il a appris sur Michael rejaillir sur notre relation. Si c'était le cas, j'ignore ce que j'aurais fait. J'ai besoin de l'exutoire que m'offre Chris, de savoir que je peux me laisser aller avec lui et que jamais il ne me fera de mal. C'est ça, mon vrai cadeau.

La galerie ferme dans une heure et j'ai passé l'après-midi perchée dans les nuages, à anticiper ma nuit avec Chris, quand mon portable sonne. Je jette un coup d'œil à l'écran et sans que je sache pourquoi, une main gelée me serre le cœur sitôt que je reconnais le numéro.

— Dylan ? réponds-je en retenant mon souffle, espérant entendre sa jeune voix pleine de joie.

— Sara.

Le murmure douloureux émanant des lèvres de Brandy me glace les sangs et mes yeux s'emplissent de larmes.

— Non, ce n'est pas possible.

— Il est parti. Mon bébé est parti.

— Je... Je suis désolée, je suis tellement, tellement désolée, Brandy.

Voilà, je les ai prononcés, ces mots tant redoutés. Je n'ai pas pu m'en empêcher.

— Rendez-vous auprès de Chris. Il n'a pas bien pris la nouvelle. Je… Je… Allez le retrouver. Il a besoin de vous.

Oh, mon Dieu, Chris !

— Oui, oui. J'y vais. Je vais y aller.

Entre deux sanglots, elle prend un souffle saccadé.

— Appelez-nous ensuite pour nous dire qu'il va bien.

— Promis.

D'un revers de la main, j'essuie les larmes qui me dégoulinent sur les joues et compose le numéro de Chris. Pas de réponse. Je recommence. Encore. Et encore.

— Amanda !

Elle arrive dans mon bureau en courant et ouvre de grands yeux.

— Qu'est-ce qui se passe ?

— Appelez le restaurant *Diego Maria* et voyez si Chris y est.

Je compose déjà le numéro de Jacob.

— Oui, j'y vais, dit Amanda en retournant à son comptoir d'accueil.

— Chris est là ? demandé-je à Jacob sitôt qu'il répond.

— Non, mademoiselle McMillan. Il n'a pas été là de la journée. Tout va bien ?

— Il y a une urgence. S'il se montre, appelez-moi sans faute.

— Vous êtes en sécurité ?

— Oui. Je ne suis pas inquiète pour moi, mais pour Chris. Appelez-moi si vous le voyez, Jacob.

Je raccroche au moment où Amanda revient.

— Il n'y est pas.

— Vous avez le numéro du café d'en face ?

— Oui. Vous voulez que j'appelle ?

— Non, passez-moi juste le numéro.

Elle démarre en trombe et me bipe quelques secondes plus tard. Je compose le numéro et tombe sur un homme.

— Chris Merit est-il chez vous ? (La réponse est « non ».) Est-ce qu'Ava est là ?

Encore « non ». Mon estomac se noue et je m'arc-boute sur le bureau.

Mark apparaît dans l'encadrement de la porte.

— Dylan, le petit garçon atteint du cancer que Chris et moi adorons... (Je prends une inspiration saccadée.) Il... il...

Je n'arrive pas à le dire.

— Ceci explique cela, donc.

— Ça explique quoi ?

— Pourquoi Chris est au club.

Mon monde se met à tourbillonner, avant de se briser en un million de minuscules morceaux. Je tremble de tout mon corps et les larmes s'échappent de mes yeux en torrents.

— Mademoiselle McMillan, lance Mark d'une voix sèche.

Et tout à coup il est là, me dominant alors que je ne l'ai pas vu bouger.

— Remettez-vous, prenez votre sac et suivez-moi.

J'ignore pourquoi, mais cet ordre est si ferme que j'obéis avec la docilité d'un robot, saisissant mon sac et me mettant péniblement sur pied. Je dois me retenir au bureau pour garder l'équilibre, mais ne parviens pas à aller plus loin tant les sanglots me font tanguer.

Mark me passe un bras autour de la taille et pose un doigt sous mon menton pour m'obliger à le regarder.

— Mademoiselle McMillan, commence-t-il en essuyant mes larmes de la pulpe de son pouce. Je vous avais avertie que Chris était un homme perturbé. Vous l'avez voulu, pas vrai ?

— Oui, mais...

— Il n'y a pas de « mais », aujourd'hui. Aujourd'hui, soit vous acceptez sa façon de gérer la douleur, soit pas. Vous devez décider maintenant.

— J'essaie. Je pensais juste...

— Ne pensez pas. Ça vous causerait des ennuis. Vous avez fait votre choix il y a longtemps déjà. Prenez-le tel qu'il est même si vous ne le comprenez pas. Sinon, quittez-le.

Je passe la langue sur mes lèvres desséchées.

— J'accepte, murmuré-je.

Il me relâche.

— Dans ce cas, allons-y.

— Où ?

— À mon club.

26

Pendant les vingt minutes que dure le trajet en voiture, Mark et moi n'échangeons pas un mot. Il semble comprendre que la moindre parole risque de déclencher une nouvelle éruption de larmes. La tête appuyée contre le cuir doux du siège de sa Jaguar, les yeux perdus dans les lumières et les étoiles qui scintillent à travers la vitre, je m'enfonce loin en moi-même pour rouvrir le fossé noir où j'avais enfoui mes émotions avant de trouver les journaux de Rebecca ; avant de trouver Chris. J'ai besoin de cet endroit, que pourtant j'espérais ne plus jamais fréquenter, sans lequel je croyais pouvoir survivre. À présent je me demande si j'ai bien fait de l'abandonner un jour.

Lentement, je parviens à tisser un mince voile derrière lequel me cacher, un voile qui menace de se déchirer quand j'aperçois le portail de l'imposant manoir, le club de Mark situé dans le quartier chic de Cow Hollow. Vais-je trouver Chris avec une autre femme ? Je suis prête à supporter beaucoup, mais ça, je ne crois pas.

Nous nous garons au pied de l'escalier monumental et un gardien en costume muni d'une oreillette ouvre ma portière. Je ne bouge pas, j'en suis bien incapable.

— Mademoiselle McMillan.

Mark m'ordonne de le regarder. Mais cette fois, son petit jeu du Maître ne fonctionne pas. Je continue à fixer un point, droit devant moi. Il me reste suffisamment de clarté d'esprit pour m'interroger sur ses motivations en me conduisant ici. Ce qui ne m'empêche pas de lui être reconnaissante de me donner l'opportunité d'affronter cela avec Chris, quel que soit le résultat. Cependant, il se peut aussi que Mark consente cet effort dans l'espoir de nous séparer, Chris et moi. À moins qu'il ne s'agisse que d'une réelle inquiétude envers un ancien ami pour qui il éprouve toujours de l'affection. Peu importe, au fond. Chris et moi déterminerons l'issue de cette nuit. Personne d'autre.

— Je ne vais pas aimer ce que je m'apprête à découvrir, c'est ça ? finis-je par demander.

— Non.

L'honnêteté froide et brutale de ce mot me ragaillardit. Quoi qui m'attende là-dedans, j'ai besoin de savoir. Je descends de voiture. Même si j'ai laissé ma veste à la galerie, j'accueille avec plaisir l'air froid qui soulage un peu la douleur qui brûle mes entrailles. Je passe la lanière de mon sac à l'épaule, songeant que mon argent liquide et ma carte de crédit m'offriront le moyen de m'échapper si besoin, et je suis choquée d'avoir encore cette clarté d'esprit. J'ai trouvé mon fossé, ou du moins suis-je perchée tout au bord du précipice que je connais trop bien.

Mark contourne la voiture et me prend par le coude, murmurant quelque chose au gardien que je n'essaie même pas d'entendre, puis il me guide vers l'escalier et la double porte rouge que je n'ai franchie qu'une fois. Elle s'ouvre tandis que nous approchons et un autre homme en costume accueille Mark.

J'ai l'impression que ma bouche est remplie de coton tandis que nous pénétrons à l'intérieur du manoir en foulant le magnifique tapis oriental. Je balaie des yeux les hauts plafonds et le luxueux décor qui m'entourent, et cette façade très convenable manque de me tirer un rire amer.

Mark m'indique l'escalier en colimaçon recouvert d'un tapis rouge, plutôt que le couloir sur la droite que j'avais emprunté la première fois avec Chris. Je n'avais pas remarqué alors qu'il y avait aussi un escalier descendant, et c'est celui que nous prenons. Le trajet tortueux vers les profondeurs me donne l'impression de durer une éternité. J'ai le cœur qui me martèle les tempes, derrière les yeux. Il bat de plus en plus fort. Je m'accroche à la rampe et, à un moment, j'agrippe le bras de Mark pour maintenir mon équilibre. Je ne me rappelle pas comment nous atteignons une autre porte rouge, mais nous sommes soudain plantés devant. Elle est en bois, en forme d'arche et ornée d'un énorme anneau de métal. Mon estomac se noue. Oh, bon Dieu ! Un donjon. Souffrance. Torture.

Mark me fait pivoter face à lui, sans lâcher mon bras.

— Acceptez-le ou repartez.

— Pourquoi faites-vous cela ?

— Parce qu'il est tout proche du précipice et que je crois que vous pouvez l'en écarter.

Je fouille son regard pour évaluer la sincérité de sa réponse, et je la trouve. Je me fiche de savoir pourquoi il se soucie du bien-être de Chris, je sais juste que c'est le cas.

— Conduisez-moi à lui, lâché-je en me redressant.

Il m'observe un long moment, comme s'il voulait jauger mon état d'esprit et, au bout du compte, il semble l'approuver. Sans un mot de plus, il pousse le lourd verrou et ouvre la porte. Une odeur épicée semblable à de l'encens m'emplit les narines, qui se fraie un passage brûlant dans mon corps, tel un acide. Effarée, je fais un pas en avant en retenant mon souffle pour ne plus respirer cette odeur, et je me retrouve dans ce qui ressemble à une geôle de béton, pas plus grande qu'un réduit de six mètres sur six. Une demi-douzaine de lanternes au moins scintillent dans les profondeurs de coffrages en acier, disposés haut sur les murs.

Prenant une profonde inspiration, je pose les yeux sur l'immense écran blanc qui occupe toute la largeur du mur, face à moi. Il ressemble à s'y méprendre à celui que Chris avait utilisé pour me montrer une femme se faisant flageller dans une autre partie du bâtiment. Un froid glacial me transperce jusqu'aux os et je frissonne. Cette sensation de me retrouver enfermée sous le sol est quasi insupportable.

— Où est-il ?

Mark indique la porte de bois sur ma gauche.

— Dans la pièce adjacente. Mais je dois être bien clair : vous autoriser à intervenir pendant une séance va à l'encontre de tous les codes d'honneur que je mets en place dans ce club. J'intercède uniquement si je juge qu'un membre se met en danger.

— Qu'essayez-vous de me dire par là ?

— Il va trop loin, quand il est dans cet état. Le rapport que j'ai reçu en arrivant indique que cette soirée ne diffère des précédentes que sur un seul point : il a franchi même ses limites les plus extrêmes.

Mes ongles se plantent dans ma paume.

— Conduisez-moi à lui.

Il s'approche de l'écran et saisit une télécommande accrochée au mur.

— J'ai besoin de m'assurer que vous êtes en mesure de supporter ce que vous allez découvrir avant de vous autoriser l'entrée dans cette pièce.

— Eh bien, montrez-moi tout de suite, alors.

J'ai les poings serrés contre la poitrine, comme pour empêcher mon cœur en furie d'exploser.

— Les raisons pour lesquelles les gens apprécient nos jeux sont variées. La plupart y trouvent simplement une agréable montée d'adrénaline et un exutoire plaisant. Chris ne s'occupe pas de plaisir, il est là pour se punir.

— Bon sang, Mark, montrez-moi.

Serrant les lèvres, il appuie sur le bouton de sa télécommande et l'écran s'anime. J'entends Chris avant de le voir, j'entends son souffle lourd et rauque. Je mets un moment avant de comprendre ce que je découvre. Chris est à l'intérieur d'une cellule ronde en béton, torse nu, vêtu seulement de son jean. Il a les bras tendus et attachés à des sortes de poteaux. Il ne porte pas de masque, mais la femme postée derrière lui et que l'on aperçoit par une petite vitre en haut de l'écran en porte un. Elle est vêtue d'une combinaison de cuir si moulante qu'on pourrait la croire nue, ainsi que de bottes très hautes et... *Oh non !* Je me couvre la bouche et sursaute au moment où elle fait claquer les lanières d'un fouet contre le dos de Chris. Son corps s'arc-boute sous la brutalité du coup.

— Plus fort ! aboie-t-il néanmoins, malgré la sueur qui perle à son front. Frappe-moi comme tu en as envie, ou sinon envoie quelqu'un qui sera capable de le faire, putain !

Elle recommence. Il se voûte, puis lâche un rire amer.

— C'est toi, la mauviette, ou c'est moi ?

Au moment où la femme lève le bras, je hurle :

— Non ! Arrêtez !

Je me précipite vers la porte, que j'ouvre avant même que Mark ait pu m'en empêcher. J'entre dans la cellule par l'arrière et Chris ne me voit pas. Moi, en revanche, je distingue ses blessures, le sang qui lui dégouline dans le dos. Une vision d'horreur, quasi insupportable.

— Enfin, grogne-t-il. Une remplaçante. J'espère que tu feras mieux qu'elle.

— Détachez-le, sifflé-je à la femme masquée tandis que je contourne les poteaux pour venir me poster devant lui.

Les larmes barrent son visage, la douleur tourbillonne au fond de ses yeux injectés de sang.

— Sara.

Mon prénom s'échappe de ses lèvres, puis il renverse la tête en arrière et lâche un grondement empreint d'une angoisse absolue.

— Chris.

Son prénom sonne comme un murmure peiné, venu du plus profond de mon âme. Et je me mets à pleurer, lui caressant le visage d'une main tremblante, pour l'obliger à me regarder. Il baisse les paupières, refusant ce contact.

La femme n'a pas bougé. Je crie :

— Détachez-le !

J'entends Mark ordonner à travers une sorte d'interphone :

— Faites ce qu'elle dit.

Aussitôt, j'enlace Chris. Mon homme. Beau. Brisé.

— Pourquoi n'es-tu pas venu à moi ? Pourquoi ?

Je sens sa poitrine se soulever contre la mienne.

— Tu n'aurais jamais dû me voir comme ça, lâche-t-il d'une voix lourde de douleur.

L'un de ses bras retombe, puis le second, et nous roulons tous les deux au sol, où Chris enfouit son visage dans mon cou.

— Tu ne devrais pas être ici, murmure-t-il.

— Je veux être où tu es.

— Non, Sara. Non. J'avais tort. Nous avions tort.

Ses paroles me font l'effet d'une main qui plongerait dans ma poitrine pour m'arracher le cœur. Voilà le moment que je redoutais. Le moment où ses secrets vont nous détruire si je n'interviens pas. Je presse mes lèvres contre les siennes.

— Je t'aime, bon Dieu ! Nous pouvons surmonter tout ça.

Il prend mon visage entre ses mains, son souffle est chaud sur ma peau.

— Non. On n'y arrivera pas. Viens avec moi, ajoute-t-il en se levant, m'entraînant à sa suite.

Il me conduit, via une porte située à notre gauche, jusqu'à une pièce privée. Là, il me relâche immédiatement. Vacillante, je distingue tout juste la chambre, pareille à celle d'un hôtel et à celle que j'avais visitée lors de ma première venue au club.

Il récupère sa chemise de je ne sais quel endroit et l'enfile par la tête. J'entends le gémissement de douleur qu'il essaie de réprimer. Il se détourne de moi, se passe les doigts dans les cheveux et les laisse plantés là.

Je m'approche de lui pour le toucher, mais je me ravise aussitôt, de peur de lui faire mal.

— Chris...

Enfin il se retourne pour me dévisager de ses yeux hantés, injectés de sang.

— J'ai essayé de t'avertir qu'il fallait me fuir, chuchote-t-il. Plusieurs fois, j'ai essayé.

— Je suis toujours là, Chris.

— Tu ne devrais pas.

Le ton vénéneux qu'il a employé me fait sursauter, puis je me rappelle que c'est sa douleur qui parle.

— Si, je le dois. Je t'aime.

Ses mâchoires se serrent et se desserrent, et sa réponse met un temps insupportable à venir.

— Je vais prendre l'avion pour aller aider la famille de Dylan.

— Je viens avec toi.

— Non.

Ce seul mot est aussi brutal que le fouet qui nous déchire.

— J'ai besoin de faire ça tout seul.

— Ne me laisse pas sur le bas-côté.

Ma voix tremble.

— Je te protège.

— En me repoussant ? En refusant mon aide pour surmonter cette épreuve ?

— Je vais te détruire, Sara, et je ne survivrai pas à ça.

Je crois entendre la porte se refermer entre nous deux.

— C'est en me repoussant que tu me détruiras.

— Tu me remercieras plus tard, crois-moi sur parole. Je vais demander à Jacob et à Blake de veiller sur toi jusqu'à ce que cette affaire soit réglée.

Comme s'il se faisait un devoir de me protéger.

— Je n'ai besoin de personne pour m'aider à quoi que ce soit. Pas plus que toi, n'est-ce pas, Chris ? Si c'est fini entre nous, c'est fini. J'enverrai un déménageur remporter mes affaires chez moi.

— Non.

Il m'attrape par le bras et m'attire vers lui.

— Ne m'oblige pas à m'inquiéter pour toi, nom de Dieu, pas en plus de Dylan. Tu vas rester à l'appartement et accepter ma protection, jusqu'à ce que Blake m'assure que tu ne crains plus rien. Sinon, Sara, je te jure que je vais t'enfermer à double tour et que tu ne sortiras plus.

Je ferme les yeux, essayant de trouver quelque réconfort dans le fait qu'il refuse de me laisser partir. Peut-être, oui peut-être, se raccroche-t-il à moi, à nous, et ce soir c'est sa souffrance qui parle.

— Va faire ce que tu as à faire.

— Tu restes à l'appartement.

— Bien. Oui, je reste.

Lentement, son étreinte se desserre sur mon bras et il me relâche.

— Je vais demander à un chauffeur de te ramener. Moi, je file directement à l'aéroport.

Je combats la douleur qui me donne envie de faire volte-face et de m'enfuir. Il souffre. Il n'est pas lui-même.

— Je viendrai à l'enterrement.

— Non, ça n'est pas nécessaire. Et puis, de toute façon, ça ne se tiendra pas à Los Angeles.

— Je viens ! insisté-je, avant d'aller déposer un baiser sur ses lèvres. Je t'aime, Chris. Rien de ce qui est arrivé ce soir n'y changera quoi que ce soit.

Lentement, je m'éloigne, mais il ne me regarde pas. Au prix d'un énorme effort, je fais demi-tour et me dirige vers la porte, que je ne vois même pas. Tendant la main vers la poignée, j'hésite, j'attends qu'il me retienne, mais il n'en fait rien.

Il me laisse partir.

J'ignore comment j'ai regagné la sortie du manoir. Soudain je me retrouve à descendre l'escalier, et un type en costume pose sur moi un regard interrogateur. Je ne m'arrête pas au pied des marches. Je ne m'arrête pas devant lui. Je continue à marcher et je sors mon portable de mon sac tout en lui ordonnant :

— Ouvrez le portail. (Je compose un numéro.) Mettez-moi en relation avec une compagnie de taxis.

— À quelle adresse ? demande la femme à l'autre bout du fil.

Je grimace en me rendant compte que je n'en ai aucune idée alors que je suis déjà à mi-chemin de l'allée qui conduit à la sortie. Ne pas savoir où je me trouve, voilà qui est encore bien joué de ma part.

— Je vous rappelle dès que j'aperçois un panneau de signalisation, réponds-je.

Et je raccroche. Devant moi, le portail est fermé.

Il ne s'est toujours pas ouvert quand je l'atteins enfin, et je saisis à pleines mains les barreaux d'acier, posant le front contre le métal. Il est glacé sous mes paumes. Ce qui est de circonstance, vu que je suis complètement gelée.

Le vrombissement d'une voiture derrière moi me redonne l'espoir que le portail s'ouvre et je m'écarte pour découvrir la Jaguar. La vitre descend.

— Montez, m'ordonne Mark.

J'envisage de refuser, mais l'envie de quitter cet endroit est la plus forte. Je veux partir d'ici. Alors je monte en voiture.

27

— Où voulez-vous que je vous dépose ? s'enquiert Mark en laissant tourner le moteur au ralenti.

Je ne le regarde pas. Les yeux rivés à la vitre, je lui indique l'adresse de mon appartement. Peu importe que je n'aie plus de meubles. Chris a sa façon de gérer les choses, et moi la mienne. L'idée de retourner chez lui, qui était censé devenir notre chez nous, m'est insupportable ce soir. Je préfère reporter ça à demain.

— Sara, dit Mark d'une voix douce qui me fait tourner la tête vers lui. Tout va bien ?

— Pas encore. Mais je vais trouver le moyen de survivre. J'y arrive toujours.

— Mieux vaut que vous ne restiez pas seule. J'ai une chambre d'amis et je ne vis pas très loin d'ici.

— Non. Je ne viens pas chez vous. Merci, mais j'ai besoin d'être seule.

Il me considère un moment, puis il enclenche la vitesse. Un engourdissement familier commence à m'envahir. Je me rappelle avoir éprouvé la même sensation à la mort de ma mère, le vide absolu de ce que je ressentais. Et je l'accueille avec plaisir, car c'est la façon qu'a trouvée mon esprit de survivre.

Vingt minutes plus tard, je romps le silence pour indiquer le bâtiment à Mark.

— Vous pouvez me déposer ici, juste devant.

— Je vous raccompagne jusqu'à votre porte.

Je soupire intérieurement. Cette bataille-là, je ne la gagnerai pas. De toute façon, je n'ai plus la force de me bagarrer.

Il se gare et marche avec moi jusqu'au seuil de mon appartement.

— Merci de m'avoir ramenée, dis-je en me tournant vers lui.

— Donnez-moi votre portable.

Sans lui demander pourquoi, je lui tends l'appareil. Il y entre quelque chose, avant de me le rendre.

— J'ai ajouté mon adresse à vos contacts. Et mon offre tient toujours. Indéfiniment. Si vous avez besoin de moi, ma porte vous est ouverte.

Je ne l'interroge même pas sur ses motivations, tout bonnement parce que je ne suis pas en état de juger de la validité de grand-chose.

— Merci, j'apprécie.

Il m'observe attentivement.

— J'attends que vous entriez chez vous avant d'y aller.

Ayant plongé la main dans mon sac, j'appuie mon front contre la porte.

— Je n'ai pas mes clés.

Mark s'appuie au chambranle pour me faire face, sa veste déboutonnée, et je suis frappée par sa tenue irréprochable en ces circonstances. Par sa maîtrise de lui-même. Je lui envie ces qualités.

— Venez chez moi, répète-t-il. Laissez-moi prendre soin de vous ce soir.

Je lève la tête et plonge dans ses yeux gris acier. Une partie de moi rêve de succomber à son contrôle, de m'en nourrir. Mais non. Si Chris apprenait que je suis allée chez Mark, même pour dormir dans sa chambre d'amis, ça le détruirait. Ou peut-être pas. Je préfère penser qu'il tient suffisamment à moi pour que la première éventualité soit la bonne.

— Je ne veux pas faire ça à Chris.

Il m'étudie un long moment, avec une expression aussi indéchiffrable que d'habitude.

— Où va-t-on, alors ? demande-t-il en se redressant.

— Chez Chris...

Soudain une idée me vient. Je m'écarte de la porte pour fouiller dans mon sac. Bingo ! J'ai les clés d'Ella.

— Ce sont les clés de ma voisine, lancé-je à Mark en les agitant devant lui. Elle est en voyage à l'étranger.

Me dirigeant vers son palier, je glisse la clé dans la serrure. Grâce au ciel, elle s'ouvre. J'allume la lumière et me tourne vers Mark.

— Encore merci.

— Vous êtes sûre d'être en sécurité, ici ?

— Oui, certaine.

Il hésite.

— Appelez-moi si besoin.

— Promis.

Je le regarde s'éloigner, puis j'entre dans l'appartement d'Ella et referme la porte. Appuyée au battant, je balaie la pièce des yeux – le canapé en similicuir bleu, les immenses chaises assorties – aussitôt les soirées vin-pizza et nos longues conversations avec Ella me reviennent à l'esprit. Elle devrait rentrer la semaine prochaine, si elle a prévu de reprendre les cours à la rentrée. Non, pas « devrait », elle *doit* rentrer à la maison. Elle doit être saine et sauve.

Quelque chose en moi se déclenche. Posant mon sac à main, je me mets en quête d'un indice, n'importe quoi en fait qui m'indiquerait qu'elle va bien. Je fouille dans ses papiers, ses tiroirs, ses placards. Rien. Pas même de photos d'elle et David. Pas non plus d'allusion à Paris ou au mariage. Rien de rien.

Je finis dans sa chambre, où je m'affale sur son lit recouvert d'une couette blanche bien moelleuse. Ma mère est morte. Mon père est un enfoiré qui se ficherait bien que je sois morte. Dylan est mort. J'ai perdu Ella. J'ai perdu Chris. Tous ceux que j'ose aimer disparaissent.

Glissant un oreiller sous ma tête, je me recroqueville. Seule, voilà comment je dois rester. Car seule, je ne risque pas de souffrir.

Je lui ai dit que je ne pouvais plus le faire. Je ne peux pas être ce qu'il a besoin que je sois. Il m'a répliqué de ne pas m'occuper de réfléchir, que c'était sa partie. De le laisser décider ce que je pouvais être. Sur ce, il a relevé ma jupe d'un geste sec et m'a pénétrée. Quand cet homme s'introduit en moi, je suis perdue. Mais peut-être est-ce là le problème. Je suis perdue.

Je me réveille en sursaut au milieu d'un rêve induit par l'un des passages du journal de Rebecca. Entourée des ombres profondes de la nuit, je balaie la chambre d'Ella du regard. Un bruit de coups me fait de nouveau sursauter. Je me réfugie au fond du lit. La porte. Quelqu'un frappe à la porte. Un espoir fou m'envahit à la pensée qu'il s'agit peut-être de Chris.

Me précipitant, je m'apprête à ouvrir mais une once de bon sens m'en empêche à la dernière seconde.

— Qui est là ?

— Blake.

Je pose le front contre la porte. Zut ! Zut, zut et zut !

— Alors, vous me laissez entrer ? demande-t-il au bout de plusieurs secondes.

— Comment avez-vous su que j'étais là ?

— Mark a suggéré que c'était peut-être le bon endroit où vous chercher.

Bien sûr. Mark lui a dit. Avec un soupir résigné, j'ouvre la porte et le découvre adossé au montant, une main sur la tête, quelques mèches de ses longs cheveux s'échappant ici et là de son catogan.

— Chris m'a envoyé vous chercher. Il s'inquiète parce que vous n'êtes pas chez lui.

— Il y est ?

Serrant les lèvres, il secoue la tête.

— Il est à L.A.

Je me faufile à ses côtés.

— Bien. Quelle heure est-il ?

— Deux heures du matin.

— Je ne veux pas y retourner cette nuit.

— Vous êtes plus en sécurité là-bas.

— C'est vrai, répété-je. Parce que je suis en danger à cause d'un inconnu qui a peut-être tué Rebecca. Sauf qu'on n'arrive pas à remettre la main sur elle, ni sur Ella, et qu'on n'a aucune preuve de tout ça.

Il m'étudie longuement de ses yeux marron perçants, avant de se radoucir.

— Retournons chez Chris, Sara. Ça nous rassurera.

Je m'apprête à argumenter, mais à quoi bon ? Au moins, Chris se soucie assez de mon sort pour se rendre compte que je ne suis pas à la maison. *Enfin, chez lui*, me corrigé-je en silence. Chris a clairement exprimé le souhait que j'y reste, en tout cas jusqu'à ce que le mystère Rebecca soit résolu. En d'autres termes, chez lui n'a jamais été chez moi.

— OK.

Attrapant mon sac à main, je referme l'appartement d'Ella.

— Où on en est, pour Rebecca ? demandé-je une fois qu'on est en voiture, engagés sur la route principale.

Blake me raconte tout, et quand nous arrivons devant l'immeuble de Chris, je suis à la fois réconfortée et perturbée par la précision de Blake dans son travail et le peu d'indices qu'il a pu glaner sur Rebecca.

Le portier vient m'ouvrir la portière.

— Sara ! me rappelle Blake avant que je ne quitte la voiture.

— Oui ?

— Ma femme vient passer le week-end. Elle travaille pour Walker Security, elle aussi. Vous pourriez peut-être vous retrouver pour faire tous ces trucs que font les femmes entre elles et discuter un peu, non ? Peut-être vous souviendrez-vous d'un détail utile ?

Autrement dit, j'aurai un garde du corps dont je ne veux pas.

— J'ai du travail. Profitez bien de votre femme.

Je sors de la voiture et passe devant l'agent de sécurité, soulagée que ce ne soit pas Jacob. Je ne tiens pas à voir son air soucieux, cela risquerait de me plonger de nouveau dans les affres de la séparation.

Je prends l'ascenseur jusqu'à l'étage de Chris et quand les portes s'ouvrent sur son appartement, je reste immobile. C'est seulement à l'instant où elles commencent à se refermer que je glisse ma main pour les retenir et que j'entre dans la pièce. L'odeur boisée de Chris, familière, est présente partout, et pourtant lui n'est nulle part.

Après une nuit passée sur le canapé, je me lève et accomplis ma routine matinale tel un zombie. J'enfile une robe noire bouffante, des collants noirs et des escarpins. Au fond du placard, mon attention est attirée par le coffre-fort et je m'agenouille pour secouer la porte. Elle est toujours fermée, bien sûr, et je n'ai pas la combinaison.

Quelques minutes plus tard, alors que je suis debout au milieu de la cuisine, un peu désœuvrée, je me décide à appeler Chris. Chaque sonnerie me fait l'effet d'une lame que l'on m'enfoncerait dans le cœur. Enfin, je tombe sur sa boîte vocale, mais je ne laisse toujours pas de message. Je compose ensuite le numéro de Brandy, c'est son époux qui me répond. Les funérailles ne se tiendront pas avant la semaine prochaine, à cause de tests que l'on doit effectuer sur Dylan à des fins scientifiques. Elles se dérouleront en Caroline du Nord, il transmettra les détails à Chris afin qu'il me les donne.

Dans le hall, je tombe sur Jacob.

— Je veux ma voiture.

— Mademoiselle Mc...

— Je veux ma voiture, Jacob.

Ses yeux perçants s'étrécissent.

— Monsieur Merit...

— ... n'est pas ici.

— Vous savez bien qu'il vous faut rester prudente.

— Oui, je suis consciente de ça, mais je veux quand même ma voiture.

Il va me la chercher et je m'installe au volant, regrettant amèrement d'avoir laissé derrière moi la sécurité du monde que je connaissais. Tout est fichu, désormais. Je suis fichue.

Je ne me souviens même pas de mon trajet jusqu'au travail. La première chose que je trouve en arrivant, c'est une enveloppe blanche sur laquelle on a griffonné mon nom – l'écriture de Mark, je pense. Je m'assieds pour l'ouvrir, et découvre à l'intérieur ma commission d'un montant de cinquante mille dollars, signée de la main du patron. Un petit mot est attaché au chèque.

Mademoiselle McMillan,

Étant donné les circonstances, je vous remets le chèque en avance. On est toujours plus tranquille et plus libre quand on a de l'argent en banque.

Après la nuit dernière, je me suis dit que ça vous serait utile. Si vous avez besoin de poser quelques jours pour aller assister aux obsèques, considérez que c'est accepté.

Mister Boss

Certes, j'apprécie la rentrée d'argent, je ne peux néanmoins m'empêcher de songer à l'ironie de ses paroles, vu la façon dont j'ai gagné cette somme. Posant le chèque contre mon front, je revis la scène, dans la cave à vins, et le moment où Chris était monté au créneau face à Mark : « Je suis venu soutenir Sara. Je veux qu'elle touche les commissions sur mes ventes. » Quand je lui avais demandé pourquoi il avait agi ainsi, il avait répondu que c'était pour éviter que Mark m'avale toute crue et me détruise. Puis il m'avait embrassée pour la première fois, et à partir de cet instant j'étais à lui.

— Et je le suis toujours, murmuré-je, pliant le chèque pour le ranger dans mon portefeuille.

Le problème, c'est que je ne pense pas que lui soit à moi. Il ne l'a jamais vraiment été, en réalité.

Cette pensée est si décourageante, si perturbante que je dois m'asseoir à mon bureau, incapable de décider que faire de moi. Non. C'est au bureau de Rebecca, que je suis assise. Qui est-ce que j'essaie de tromper, là ? C'est sa vie, son monde. Moi, je ne suis qu'une intruse, qui lui doit bien plus que son boulot, d'ailleurs. Cette idée-là m'enflamme. Je vais fermer la porte et je me mets à fouiller la pièce. Je feuillette les livres, les classeurs, les magazines, et soudain je touche le gros lot : collé au fond de l'étagère, bien caché derrière une rangée de livres, je découvre un autre journal. Je le sors et en entame immédiatement la lecture. Au bout de quelques pages, je me rends compte qu'il s'agit en fait du récit détaillé d'une enquête qu'elle a menée sur des œuvres livrées par Mary à *Riptide* et qu'elle estimait contrefaites. Il y a là des notes sur Ricco Alvarez, qui aurait évalué des pièces pour elle. Une rapide recherche sur Internet m'indique que Ricco est considéré comme un expert dans l'authentification d'un certain type d'œuvres artistiques. En revanche, il n'y a dans le journal de Rebecca aucune indication permettant de supposer que Ricco aurait effectivement examiné les œuvres en question.

Je compose le numéro de Ricco, qui répond sur-le-champ.

— Bella…

— Retrouvez-moi au café.

— Dans quinze minutes.

Une montée d'adrénaline me secoue telle une tornade, et j'entreprends de passer en revue les rapports que Mark m'a confiés, afin que *Riptide* découvre quelles pièces Rebecca avait dénichées dans ses notes. Elles se sont vendues juste après son départ – enfin, sa disparition. Je passe des rapports papier à mon écran d'ordinateur et j'imprime les informations concernant ces œuvres, ainsi que les nouvelles peintures listées par Mary pour la prochaine vente. Je glisse les feuillets dans mon attaché-case, attrape mon sac à main, mon manteau et, déjà debout, j'appelle le bureau de Mark. Pas de réponse.

En route pour la sortie, je m'arrête près du comptoir d'accueil d'Amanda.

— J'ai rendez-vous avec un client en face. Mark est à la galerie ?

— Non. Il ne doit revenir qu'après le déjeuner, mais il m'a demandé de vous informer qu'il avait annulé votre rendez-vous de ce soir avec Ryan. Il a pensé que vous préféreriez choisir vous-même la date pour le reprogrammer.

Je déteste le plaisir que me procure cette nouvelle. J'ai tant rêvé de ce travail, et voilà que cette vie est devenue un véritable enfer.

Mary apparaît à l'autre bout du comptoir. La certitude qu'elle est impliquée, d'une façon ou d'une autre, dans la disparition de Rebecca m'empourpre les joues.

— Appelez-moi si Mark arrive avant mon retour, indiqué-je à Amanda, avant de me précipiter vers la porte, impatiente de parler à Ricco.

Dès mon entrée au *Cup O'Café*, j'inhale les odeurs de café et autres sucreries, et parviens même à accorder à la propriétaire des lieux un signe maladroit de la main. Ricco est déjà là, je vais donc m'installer à sa table, tâchant de ne pas regarder en direction de celle où Chris prend toujours place. En vain. Je tourne la tête, comme s'il risquait d'apparaître par magie, et je ravale les émotions que suscite son absence.

— Vous avez réussi à dénicher le numéro de Rebecca ? m'interroge impatiemment Ricco.

— Non, désolée. Mais je poursuis une affaire sur laquelle elle travaillait. Vous a-t-elle posé des questions sur de faux tableaux ? (Je sors mon classeur et lui montre les pièces en question.) Avez-vous examiné ces œuvres-là pour elle ?

— Oh oui, je me souviens que Rebecca avait mentionné ses inquiétudes, mais ça n'est pas allé au-delà d'une requête verbale. Elle ne m'a jamais fourni ce dont j'avais besoin pour évaluer le travail suspect.

— De quoi aviez-vous besoin, exactement ?

— Je peux commencer sur des photos numériques, mais idéalement il me faut examiner les œuvres elles-mêmes.

— Combien prenez-vous par pièce ?

— Je ne me fais pas payer. J'estime que ça diminuerait ma crédibilité.

Je glisse le classeur dans sa direction.

— J'ai des détails sur chaque œuvre et des photos numériques. Deux des quatre pièces sont exposées chez *Allure*. Les deux autres n'y sont pas. Accepteriez-vous d'y jeter un coup d'œil, s'il vous plaît ?

— C'est en lien avec les inquiétudes de Rebecca ?

— Oui.

— Vous pensez que ça peut être lié à sa disparition ?

Disparition. Le mot reste suspendu dans l'air et je me rappelle à la prudence. Est-ce que je viens de commettre une erreur ? Ricco pourrait-il être de mèche avec Mary ?

— Peu probable, réponds-je. Je ne crois pas qu'elle soit allée bien loin dans ses recherches.

Son regard se fait perçant, et sa réponse vient lentement.

— Très bien, Bella. Je vais examiner ça, fait-il en prenant le classeur. Puis-je vous raccompagner à la galerie ?

— Non, merci, je vais rester un peu.

En le suivant des yeux tandis qu'il franchit la porte, j'envisage d'appeler Mark, mais j'hésite. Pour la énième fois, je me demande s'il est possible que mon patron soit impliqué. Les deux premières œuvres dont Rebecca remettait en question l'authenticité se sont vendues pour des sommes considérables. Je choisis plutôt de composer le numéro de Blake.

Je lui annonce ce que j'ai découvert et un long silence me répond avant qu'il ne prenne la parole.

— Vous savez que je suis un ancien de l'ATF, et que le vol d'œuvres d'art et la contrefaçon sont parmi nos spécialités, pas vrai ?

— Je n'avais pas vraiment fait le lien entre les deux pièces de votre puzzle.

— Eh bien, voilà, je l'ai fait pour vous. Et oui, je pense aussi qu'il y a quelque chose là derrière. Je gère. Vous, en revanche, vous n'êtes pas censée poser de questions. Je vous le répète : nous avons pris la mesure de la situation. Et post-scriptum : je m'occupe de Ricco Alvarez.

— Mark est-il impliqué ?

— Mark Compton peut être accusé de bien des choses, mais d'après ce que j'en sais, pas de vol. Cela dit, je ne suis pas encore au stade où j'écarte la moindre possibilité.

— Est-ce que... Est-ce que vous pensez que Rebecca a mis le nez là-dedans et qu'on...

— Je n'ai rien qui me permette de lier sa disparition et cette histoire de contrefaçons, mais ce serait en effet un lien logique. En d'autres termes, restez en dehors de tout ça. Si j'avais mon mot à dire, je vous mettrais dans un avion pour L.A. afin que vous soyez avec Chris.

Si j'avais mon mot à dire, moi aussi je sauterais dans un avion pour retrouver Chris. Après avoir raccroché, je compose à nouveau le numéro de Chris. Pas de réponse. Serrant l'appareil dans mon poing, je me demande ce qu'ils ont, comme clubs, à L.A., jusqu'à quelles extrémités il ira pour se cacher de sa peur et avec qui il le fera. J'appelle Brandy et tombe encore sur son mari, pour apprendre que sa femme a pris des somnifères et qu'elle est dans un état catastrophique. Alors que je raccroche, une certitude me frappe : à moins que Chris m'invite à le rejoindre, il sera contrarié si je me présente aux funérailles, et Brandy sera contrariée qu'il soit contrarié. Il est désormais évident que la vie qui, je m'en étais convaincue, était devenue la mienne ne l'a jamais été. Je ne peux même pas pleurer dignement la mort d'un jeune garçon sans me sentir une intruse.

Dépitée, je rassemble mes affaires et me dirige vers la porte, mais je m'immobilise en voyant entrer Ryan et Mark. Les deux réunis, c'est de la testostérone à l'état pur dans leurs costumes parfaitement taillés. Leurs cheveux bruns pour l'un et clairs pour l'autre forment un contraste saisissant, mais la beauté virile qu'ils exsudent tous deux est presque un crime. En tout cas pour nous, pauvres humaines normalement constituées, elle est carrément aveuglante

— Bonjour, beauté, me lance Ryan en me jetant un regard scrutateur sans être désagréable. Vous êtes superbe.

Son charme naturel me tire même un petit sourire. Je pense que ça tient à la chaleur de ses yeux marron, si différente de la lueur acier qui ne quitte pas ceux de Mark.

— Merci, Ryan, mais je sais que j'en suis loin, aujourd'hui.

— La robe noire signifie-t-elle que vous vous envolez pour L.A. ? s'enquiert Mark.

— Non. Jusqu'à nouvel ordre, je n'y vais pas.

Je songe soudain qu'Ava risque de raconter à Mark que j'ai vu Ricco.

— Je suis venue ici pour un deuxième rendez-vous avec Ricco, mais il n'a pas changé d'avis au sujet de ses œuvres. Je dois aimer tendre le bâton pour me faire battre.

— Oui, acquiesce Mark avec une touche d'ironie désabusée. Il faut croire que c'est le cas.

Je me crispe intérieurement car il fait sans aucun doute référence à Chris, et je réprime une réplique bien sentie, du style « il est le genre de punition que j'aime bien » quand la porte carillonne derrière nous. Pour laisser le passage, Ryan s'approche de moi au même moment que Mark. Je me retrouve collée à mon patron, les yeux rivés à ses prunelles grises si perçantes. Les battements de mon cœur s'accélèrent et je fais un pas en arrière.

— Il est temps que je retourne à la galerie.

Mark esquisse un sourire goguenard.

— Je ne mords pas, mademoiselle McMillan.

— Je ne sais pas pourquoi, mais j'en doute fort.

Les mots sont sortis avant que je puisse les retenir. Mark hausse un sourcil arrogant et Ryan éclate d'un rire bonhomme.

— Oh oui ! J'aime les femmes qui ont du répondant. Mais avant que vous ne filiez à la galerie, Sara, je voulais vous parler des œuvres que vous avez commandées pour la démonstration. Elles sont arrivées et si vous rentriez à la propriété avec moi, vous pourriez m'aider à diriger l'équipe de maintenance afin qu'elles soient disposées où vous le souhaitez.

Je jette vers Mark un regard interrogateur.

— Allez-y, me fait-il avec un geste de la main. Allez voir les œuvres d'art que vous avez appréciées au point de les acheter et faites-nous gagner plein d'argent à tous en finalisant l'affaire. Ça va vous requinquer. En tout cas, je sais que ça va me faire du bien, à moi.

La seule chose qui pourrait m'apporter un soupçon de réconfort, ce serait d'entendre la voix de Chris.

— Eh bien, dans ce cas je vous accompagne à la propriété, Ryan. Je vous suis ?

— Avec plaisir.

Sa main se pose sur mon épaule, l'air de rien, un geste audacieux si l'on considère que nous nous connaissons à peine, mais c'est un type naturellement amical.

— Laissez-moi juste le temps de m'acheter un café pour la route. Je vous en offre un ?

— La caféine fait toujours partie de mes priorités, réponds-je en plaisantant.

Alors que je me tourne vers la caisse, je découvre qu'Ava n'y est plus. Ce qui me paraît bizarre, sans que je sache pourquoi. Plus bizarre encore, cette impression ne me quitte pas jusqu'à ce que nous atteignions la propriété de Ryan. Celle-ci donne directement sur l'océan, et son élégant appartement jouit d'une immense baie vitrée très semblable à celle de chez Chris. Je m'approche de la cheminée en marbre blanc, qui contraste avec les sols en bois d'acajou, et fixe des yeux le mur vierge au-dessus. J'avais prévu d'y accrocher un original de Chris Merit… Eh bien, il est aussi vide que moi.

28

Six jours après le départ de Chris, et quelques jours seulement avant la rentrée du 1er octobre pour Ella, j'ai l'impression de devenir folle, à force d'attendre un appel de l'un ou l'autre. Nous sommes jeudi, il est presque midi, et pour la première fois de la semaine, j'essaie de me préparer psychologiquement à ma rupture avec Chris. Je me suis même remise à porter mes propres vêtements, à savoir une jupe noire toute simple et un chemisier en soie rouge. Il va bien falloir que je me décide à faire renvoyer mes affaires chez moi, c'est inévitable. Et mieux vaut que je le fasse maintenant plutôt que de laisser Chris s'en charger à son retour.

Je me sens de plus en plus comme ma mère, la femme entretenue d'un homme absent, et je n'ai qu'une hâte, fuir l'espace confiné de la galerie. Par souci pour la tranquillité de Chris, je fais la même chose que depuis des jours : j'informe Jacob avant de me rendre au petit restaurant indien situé à trois rues de là. Une fois sur place, je commande un sandwich œuf et salade et me dégotte une table dans un coin, au fond. Mais je n'arrive pas à manger. Je n'ai rien avalé depuis le départ de Chris.

Le carillon tinte, signalant l'entrée d'un nouveau client et je lève les yeux : Mark et Ava viennent de pénétrer dans le restaurant. La façon dont elle le dévisage est torride, même à l'autre bout de la pièce. Je plains son époux, car face à Mark il n'a aucune chance.

Quand celui-ci tourne la tête, nos regards se croisent. Il chuchote quelque chose à Ava et s'écarte d'elle. L'espace d'un instant, j'aperçois une lueur proche de la haine dans les beaux yeux de cette jeune femme. Waouh ! Voilà qui est nouveau. Je pense avoir déjà perçu cette méchanceté en elle, mais la constater *de visu* me fait soudain prendre conscience de la réalité : elle me hait.

Sans me demander mon avis, Mark me rejoint et s'assied face à moi, à une table plutôt conçue pour un que pour deux.

— Vous avez l'intention de le manger, ce sandwich, ou de le regarder comme un programme télé ?

— Tiens, voilà donc ce fameux sens de l'humour que je pensais réservé aux mails et aux SMS.

Il ne rit pas.

— Vous avez maigri, constate-t-il en poussant le sandwich vers moi. Mangez.

Bizarre, cette attitude de papa poule, chez un Maître qui manie le fouet. Cela dit, dans ce cas précis, il a raison. J'ai perdu plus de deux kilos que je portais bien, mais malgré ses bonnes intentions, je ne suis pas d'humeur à me laisser commander.

— Je n'ai pas envie de manger, et cessez de me donner des ordres comme si j'étais votre soumise. Je ne le suis pas.

— Mademoiselle McMillan...

— Sara, sifflé-je.

Je suis à cran, irritée d'avoir eu la sensation que nous avions noué une forme d'amitié, cette semaine, alors qu'il n'est même pas capable de m'appeler par mon prénom.

— Pourquoi ne pouvez-vous pas m'appeler Sara, alors que vous appelez Amanda « Amanda » ?

Il m'offre l'un de ses regards gris indéchiffrables et incroyablement intenses.

— D'accord, alors Sara, je m'inquiète pour vous.

— C'est inutile.

Il se penche un peu plus vers moi.

— Qu'est-ce que je peux faire ?

— Rien. Rien que vous n'ayez déjà fait. Je sais que vous avez convaincu Ryan de me confier la décoration de l'entrée de la propriété. Ça m'a aidée, en me donnant de l'ouvrage, et j'apprécie beaucoup le geste.

— Ryan vous adore. Il faut en profiter pour tirer le plus d'argent possible de lui, pas vrai ?

— L'argent, c'est le pouvoir.

C'est ce que Chris m'a dit, un jour.

— Or nous savons tous les deux combien vous aimez le pouvoir.

— Ah oui ? fait-il en haussant un sourcil.

— Absolument.

Il se radosse à son siège et ébauche un sourire.

— Eh bien, nous avons au moins réussi à régler un point.

Il s'interrompt, serre les lèvres, et je pressens le changement de sujet avant qu'il n'arrive.

— Vous avez de ses nouvelles ?

— Non.

J'essaie de lâcher un rire sec, mais ne parviens qu'à produire un son étranglé.

— Il faut croire que je n'ai pas vraiment réussi à l'approcher. Comme vous sembliez le prévoir.

Je masse mes épaules tendues. Une question brûlante, toujours présente à mon esprit, m'incite à profiter de l'attention dont je bénéficie pour une fois de la part de Mark, et d'une bonne humeur peu fréquente chez lui.

— Pourquoi, Mark ?

— Pourquoi quoi, Sara ?

— Pourquoi avez-vous tous les deux besoin d'aller là-bas ?

Ma question ne semble pas le perturber.

— Je vous l'ai dit. Les raisons sont différentes pour chacun, or Chris et moi, nous sommes le jour et la nuit, en l'occurrence. Il veut se punir. La douleur, c'est sa façon de vivre. Elle le contrôle.

— Et vous ?

L'éclat que je connais bien allume ses yeux gris acier. Je le vois se muer en ce Maître si intensément, si follement provocateur qu'il serait capable de séduire une pièce pleine de femmes par sa seule présence.

— Rien ne me contrôle que moi-même. Je suis qui je suis et j'apprécie chaque seconde de ma vie, comme tous ceux qui entrent sur mon domaine. J'y veille.

Je suis captivée par son regard perçant, perdue par cet homme qui n'est que pouvoir et sensualité, et plus encore par l'idée de posséder moi-même pareille confiance. On dirait qu'il le sent, à moins qu'il ne lui suffise de le lire sur mon visage ; quoi qu'il en soit, il s'approche de moi et sa voix se mue en murmure séducteur :

— Jamais je ne ferais passer mon plaisir, pas plus que ma douleur d'ailleurs, avant vos besoins, Sara.

Pas de doute, sa promesse vise à accentuer l'effet du sort qu'il m'a jeté, toutefois son stratagème ne fonctionne pas. Au contraire, une foule de possibilités, que je refuse d'envisager, me frappe en plein visage, en réaction à quoi je passe en mode défensif. Je me redresse sur mon siège, le dos très raide.

— Il ne fait pas ça. Chris ne fait pas passer ses besoins avant moi.

— Comment appelez-vous ce qu'il fait, en ce cas ?

— Il essaie de me protéger.

— Et cette protection, elle produit quel effet sur vous ? Ce que je vois, moi, c'est une femme qui ne se nourrit plus et qui ne dort pas. Si c'est ainsi qu'il vous protège, il a échoué.

— Comme vous avez échoué avec Rebecca.

À ma grande surprise, je le vois ciller, preuve évidente qu'il n'est pas sans faille en ce qui concerne Rebecca.

— Elle voulait ce que je n'étais pas en mesure de lui donner et que je ne lui avais jamais promis.

— À savoir ?

— Un amour de façade. Le même poison qui vous fait renoncer à votre sandwich. Songez à ce que vous inflige cet amour de contes de fées que vous vous êtes créé. Et quand vous serez prête à vous débarrasser de cette émotion méprisable, alors je vous montrerai comment y parvenir.

Sur ce, il se met debout.

— C'est la soirée portes ouvertes à la propriété, tout à l'heure. Départ à 18 h 45, je vous emmène.

Cette fois, c'est moi qui cille tandis qu'il s'éloigne.

J'ai le plaisir de réussir une grosse vente à la galerie en fin d'après-midi, le seul problème étant que cela nous empêche, Mark et moi, de quitter les lieux à l'heure dite. Du coup, nous arrivons aux portes ouvertes quarante-cinq minutes seulement avant la fin de la soirée. Sitôt que Mark a garé la Jaguar devant l'entrée donnant sur l'océan du gratte-ciel de trente étages, deux portiers en livrée nous ouvrent les portières. Mon patron contourne la voiture pour me rejoindre et pose une main que je juge un peu trop possessive dans mon dos.

L'entrée, complètement bondée, est réchauffée par une cheminée au gaz en pierres naturelles et meublée de petits groupes de sièges en cuir marron foncé. Aux murs, j'aperçois plusieurs toiles que j'ai choisies personnellement. Des gens s'attroupent un peu partout, un verre à la main. Mark et moi nous frayons un chemin entre les visiteurs, nous arrêtant ici et là pour échanger quelques mots ou repérer de nouvelles ventes. Ryan ne met pas longtemps à nous repérer. Dans un costume à fines rayures aussi sombre que ses cheveux de jais parfaitement coiffés offrant un contraste saisissant avec sa cravate en soie d'un rouge éclatant, il est splendide.

— Vous êtes ravissante, Sara, dit-il en me baisant la main, avant d'ajouter à mon oreille : bien plus que la plupart des chefs-d'œuvre exposés ici ce soir.

Mes joues s'embrasent à ce compliment que je ne mérite pas, si l'on considère le luxe et l'élégance qui nous entourent.

— J'aurais dû me changer.

— Mais pourquoi, voyons ? Vous êtes merveilleuse. Vous me suivez à l'étage, pour visiter le showroom ? Il y a pas mal de gens, là-haut, que vous pourrez impressionner avec vos connaissances en matière d'art.

À l'intérieur de l'appartement-témoin du vingtième étage, je passe la demi-heure qui suit à discuter agréablement avec des invités. J'essaie en fait de me noyer dans l'excitation des discussions, dans mes explications concernant les choix artistiques que j'ai opérés pour ce projet. La tâche est ardue, d'autant que le paysage urbain de Chris Merit que j'ai acheté à une galerie locale pour habiller mon mur vierge me fait constamment penser à lui.

Quand la foule se dissipe, je me retrouve seule, et l'éclairage tamisé de l'élégant espace allié à la musique douce qui joue en arrière-fond m'incite à la réflexion. Je me surprends à redouter l'appartement vide qui m'attend.

— On remballe, annonce bientôt Ryan.

Me retournant, je les découvre, Mark et lui, qui se dirigent vers moi.

— L'entrée est vide et nous avons tout fermé, là-haut.

Adossée à la rampe qui court le long des immenses baies vitrées, je ressens une étrange tension dans l'air quand les deux hommes s'arrêtent à mon niveau – la sensation, prise en sandwich comme je le suis, d'être la proie non pas d'un lion, mais de deux.

— La soirée fut un succès, mademoiselle McMillan, me félicite Mark. Et vous en avez été un atout majeur.

L'animal en cage que je suis devenue ces derniers jours est plus que jamais avide des compliments de cet homme. Je tente de me convaincre qu'il s'agit de mon travail, rien de plus.

— J'ai fait de mon mieux.

Ma voix tremblante a une tonalité affectée et, furieuse de me découvrir aussi vulnérable face à des hommes tels que Mark et Michael, dont je quête encore l'approbation, je me rends compte à quel point perdre Chris m'a fait régresser. Ce constat me met en rage.

Ryan écarte une mèche de mes cheveux sur mon épaule, et même si son geste est délicat, il est trop intime. Je me raidis et le toise d'un regard noir.

— Pauvre Sara, murmure-t-il. On lit tant de souffrance, dans vos yeux.

— Je... Je vais bien.

— Non, insiste-t-il gentiment. Non, vous n'allez pas bien. Je vous ai vue saigner émotionnellement parlant toute cette semaine.

— Il faut l'oublier.

Une fois de plus, Mark prouve sa facilité à me troubler. Je me tourne vers lui et le découvre plus proche de moi que je l'aurais cru. Ma cuisse effleure la sienne, suscitant une deuxième décharge électrique.

— Non, parvins-je à bafouiller. Je ne peux pas.

Alors que je m'écarte, les mains de Ryan se posent sur ma taille. Encore piégée, je me sens comme une biche acculée par deux dangereux prédateurs.

Mark reconquiert l'espace que je viens de créer entre nous et plaque ses jambes aux miennes.

— Vous ne pouvez pas ou vous ne voulez pas ?

Mon envie de bondir est annihilée par Ryan, qui colle son nez dans mes cheveux.

— Il vous a laissée, murmure-t-il. Vous devez en faire autant.

Je suis secouée par la vérité de sa remarque, par l'envie folle de le voir se tromper.

— C'est trop tôt.

C'est trop tôt.

Mark pose les deux mains sur mes épaules, me marquant de sa présence.

— Je refuse de vous regarder souffrir ainsi un jour de plus. Oubliez-le, mademoiselle McMillan.

Et il penche peu à peu la tête, la ligne incroyablement sensuelle et ferme de sa bouche s'approche de mes lèvres.

— Pensez-y, insiste-t-il avec douceur. Ne plus rien ressentir que du plaisir. Ne rien attendre d'autre.

De la pulpe des pouces, Ryan me caresse la taille.

— Ne plus souffrir, ajoute-t-il.

La chaleur du souffle de Mark me taquine la joue, son odeur épicée et puissante me submerge. L'espace d'une fraction de seconde, j'ai la faiblesse de désirer ce que m'offrent ces deux hommes. Chris ne veut pas de moi. Il m'a plus ou moins jetée hors de ce qu'il appelait jadis ma maison, vu qu'il ne m'a proposé de rester que jusqu'à la résolution du mystère Rebecca. J'en ai la nausée rien que de me remémorer ses paroles.

— Laissez-vous aller, murmure Mark.

Il me passe les doigts sur la joue au moment où Ryan glisse une main sur mon ventre. Leur chaleur se répand en moi puis se transforme, tourne et tourbillonne à l'intérieur de moi, plongeant vers les profondeurs acides des ténèbres, un endroit que je connais trop bien, hélas, pour l'avoir exploré avec Michael, deux ans plus tôt.

— Non ! (Je repousse Mark.) Non, non, non !

— Mademoiselle...

— Non, Mark. Laissez-moi partir.

Quand Ryan retire ses mains, je me sens un peu soulagée, mais Mark me touche encore, il me retient par les bras.

— Lâchez-moi !

Tous les deux s'écartent comme si je venais de les brûler et, prise d'une soudaine poussée d'adrénaline, j'en profite pour filer. Je cours presque jusqu'à l'escalier conduisant vers la sortie et commence à descendre. Dix étages plus bas, je regrette de m'être enfuie, pourtant je continue, écœurée par ce que Mark et Ryan ont éveillé en moi. Par la façon dont ils ont essayé de me dérober le peu d'espoir qu'il me reste sur Chris et moi. Par ma faiblesse aussi, car j'ai failli me laisser convaincre que je ne pouvais rien faire de mieux que de me soumettre à leur contrôle.

Atteignant enfin le bas des escaliers sur des jambes flageolantes, je prends une profonde inspiration et je sors, non sans me promettre de ne pas craquer tant que je ne serai pas seule. Je me consume de l'intérieur, pareille à un volcan sur le point d'entrer en éruption.

Je m'en sors plutôt bien, jusqu'au moment où je franchis le capteur déclenchant la porte automatique et où Mark apparaît à mes côtés.

— Sara...

— Laissez-moi tranquille, Mark.

— Je vous accompagne à votre voiture.

— Non, je n'ai pas besoin d'un chauffeur.

— J'essayais juste de vous aider, répond-il, sur la défensive, alors que nous quittons le bâtiment. Je peux vraiment vous aider.

Sitôt assurée que la zone d'attente des portiers est vide, je pivote vers lui.

— Ce qui s'est produit là-haut n'aurait jamais dû arriver.

Ma colère irradie depuis les profondeurs de mon âme et enveloppe mes paroles.

— Ça ne doit pas se reproduire. Jamais.

Pressée de m'éloigner de lui, je tourne vers la droite et me fige en découvrant Chris, planté là, tout de jean et de cuir vêtu.

— Chris…

Je le dévore des yeux, et sa présence suscite en moi un infini soulagement. Elle remplit le vide de mon âme et me permet de respirer à nouveau.

Par-dessus mes épaules, il toise Mark.

— Qu'est-ce qui vient de se passer qui ne doit pas se reproduire ?

— Tu la détruis, répond l'interpellé d'un ton ostensiblement dédaigneux.

Le regard vert de Chris s'aiguise et il fait un pas menaçant vers Mark. Je bondis devant lui, pressant mes deux paumes contre son torse pour l'arrêter. C'est tellement bon de pouvoir le toucher à nouveau !

— S'il te plaît, non.

Il baisse les paupières vers moi.

— Qu'est-ce qui s'est passé, Sara ?

Mark devance ma réponse :

— Il s'est passé qu'elle est en train de se perdre à cause de toi, et ce pour rien, imbécile.

Chris relève la tête vers lui, les yeux emplis de fureur.

— Nous savons tous les deux de quoi il retourne, je te conseille de ne pas t'engager dans cette voie.

— Tu me « conseilles », répète Mark avec mépris. Tu es très fort pour conseiller ce dont tu es incapable toi-même.

De nouveau, Chris se rue vers lui, mais je le prends dans mes bras.

— Non, s'il te plaît.

Tandis que les deux hommes se fusillent du regard, le cœur de Chris tonne sous ma main.

— Fiche le camp, Mark, lance-t-il, menaçant. Fiche le camp maintenant, avant que je t'en empêche.

— Mark, s'il vous plaît, le supplié-je par-dessus mon épaule.

Il hésite.

— Si vous avez besoin de moi, Sara, vous savez où me trouver.

J'entends ses pas s'éloigner, mais Chris reste tout aussi crispé et à cran jusqu'à ce que son opposant ait disparu.

Puis il reporte son attention sur moi un instant, pour dénouer mes bras qui le retiennent. Il me saisit par un poignet et m'entraîne, me traîne presque, vers la Harley garée près de la porte.

— Chris...

— Ne parle pas, Sara. Pas maintenant. Pas quand je suis dans cet état de fureur.

Il s'arrête devant sa moto et me jette une veste en cuir à ma taille. J'en reste bouche bée. Il m'a acheté une veste ?

— Enfile ça, Sara.

— Je suis en jupe, je ne peux pas monter sur une moto.

— Monte, sinon je déchire cette fichue jupe pour te faire grimper sur la selle.

Une fois que j'ai enfilé la veste, il me fourre un casque entre les mains.

— Mets ça.

À peine l'ai-je posé sur ma tête qu'il m'attire vers l'engin. Je remonte ma jupe à la hâte et lance une jambe par-dessus la selle. Chris m'emprisonne les poignets et les noue autour de sa taille. Une vague de panique m'envahit : je n'ai jamais fait de moto, et si je tombais ?

Il fait vrombir le moteur, recule un peu et, dans un rugissement, nous nous retrouvons bientôt sur la deux-voies. L'air froid de l'océan fouette mes jambes nues. Quand Chris accélère encore, je pose ma tête contre son dos. Nous parcourons des routes sinueuses, il accélère encore et encore. Il me semble que jamais il ne va ralentir. Jamais il ne va s'arrêter. Il va nous tuer.

29

Terrifiée et furieuse. Ces deux adjectifs sont encore loin de la réalité de mon état quand, dans un crissement de pneus, Chris arrête la Harley au bord de la route côtière, entre les sentiers sinueux et les arbres monumentaux dont les cimes sont doucement éclairées par la lune et les étoiles.

Il me libère les mains et, trébuchante, je descends tant bien que mal de la moto, avant de retirer mon casque d'un geste sec.

— Tu es fou ou quoi ? hurlé-je en repoussant d'un geste impatient ma crinière indomptée. Tu essayais de nous tuer, ou de me punir, Chris ? Tu ne crois pas m'avoir déjà assez punie comme ça ?

— Qui est-ce qui punit qui ? rétorque-t-il.

Posant son casque sur la selle, il s'avance vers moi. Je lève machinalement des mains rendues tremblantes par l'adrénaline et l'émotion mêlées.

— Reste là. N'approche pas. Je n'arrive pas à croire que tu viens de me faire ça.

Il me saisit par le bras et me retourne, me plaquant contre un arbre. Je plante les doigts dans le tronc dur quand ses hanches se collent à mon dos. Aussitôt et d'un seul coup, un mélange de colère et de désir, ainsi qu'un immense besoin de lui, s'allument en moi.

— Est-ce que tu as couché avec Mark, Sara ?

— Non !

Ses mains remontent jusqu'à ma taille, sous la veste, pour se poser sur mes seins. La délicieuse rudesse de son contact me fait fermer les yeux. Non, je ne veux pas y réagir. Pas quand il est à ce point en colère, pas comme ça.

— Est-ce qu'il t'a touchée ici ?

La question, grave, coule dans mon oreille, le ton est accusateur. J'essaie de me figurer ce que j'aurais ressenti en le surprenant avec Ava.

— Non. Chris...

— Tu lui as dit « non », Sara ?

Il relève ma jupe et me prend par les hanches tandis que son bassin s'arque contre mes fesses.

— Oui, haleté-je.

Je me sens incroyablement vivante, sous ses caresses, je ne peux m'empêcher de me lover contre lui, contre le battement de son érection entre mes fesses. Mon corps se fiche bien que je sois furieuse et blessée.

Chris déchire ma culotte.

— Est-ce qu'il a fait ça ?

— Non, soufflé-je.

Sa main glisse sur ma hanche, puis ses doigts s'aventurent entre les chairs moites de mon sexe.

— Oh oui, bébé ! Tu mouilles déjà pour moi. À moins qu'il ne t'ait préparée à me recevoir ?

— Ça suffit ! explosé-je, n'en pouvant plus de sa grossièreté. (J'essaie en vain de me retourner.) Lâche-moi, Chris, laisse-moi m'écarter de cet arbre.

— Pas avant que je sois prêt.

Il pince mes mamelons, sans cesser de caresser les chairs humides et hypersensibles entre mes jambes, provoquant un gémissement incontrôlé.

— Tu as gémi pour lui aussi ?

Ç'en est trop ! Je lui envoie un grand coup de coude dans le flanc. Poussant un grognement, il relâche un peu son emprise, juste assez pour que je réussisse à me tourner. Les mains sur son torse, je me libère un peu d'espace.

— Tu ne m'as donc pas suffisamment blessée ?

Je rabaisse ma jupe sur mon dos et mes fesses soudain glacés. Il va recevoir en plein visage tout ce que j'ai ressenti au cours des six derniers jours.

— Quand est-ce que ce sera assez ? Quand, Chris ? Quand tu m'auras totalement brisé le cœur ? Je n'ai pas couché avec Mark, mais j'aurais pu. Tu avais dit que c'était fini. Bon Dieu, Chris, tu m'as fait croire que chez toi, j'étais chez moi, et puis à la première tempête, tu reprends ta parole en me disant que je peux y rester jusqu'à ce que l'histoire avec Rebecca soit résolue. Comme si je séjournais à l'hôtel. Tu as une idée de ce que j'ai ressenti ? Tu as une idée de la blessure que tu m'as infligée ?

Pendant plusieurs secondes nous restons là, immobiles et muets, à nous dévisager, le clair de lune révélant sur ses traits la colère que les miens doivent refléter. Une colère que je vois peu à peu se transformer, puis adoucir les tachetures ambre dans le vert de ses yeux en une nuance de gris, celle des ombres et du tourment. Il place les mains contre le tronc, de part et d'autre de mon visage.

— Sara.

Mon prénom sort de sa bouche avec l'énergie d'une rafale de vent marin, et puis il enfouit le visage dans mon cou. Son odeur boisée, si masculine m'envahit, elle m'emplit les sens. Elle m'a tant manqué.

Je noue les bras autour de son cou, baissant les paupières. De son côté, il m'enlace la taille et me serre plus fort contre lui.

— Je suis désolé, murmure-t-il d'une voix sombre, quasi hantée. Je suis tellement désolé, bébé.

Il prend mon visage entre ses mains et plonge dans mes yeux.

— Je me saignerais à mort pour toi, Sara. Jamais je ne te ferais de mal intentionnellement. Jamais.

— Tu m'as repoussée alors que… (Ma gorge se serre.) J'aurais dû être là-bas avec toi. On aurait dû affronter cette épreuve ensemble.

— La perte de Dylan…

Il hésite, comme s'il se livrait une bataille intérieure, avant de poursuivre :

— Ça a ressuscité de vieux démons que je croyais disparus.

De nouveau, il enfouit le visage dans mon cou, comme s'il ne supportait pas que je le regarde.

— Tu as la moindre idée de ce que j'ai ressenti quand tu m'as vu ainsi ?

Il déverse sur moi toute son angoisse. Je pose les mains sur son crâne pour le presser contre moi.

— Je t'aime, Chris. Je peux tout supporter, hormis que tu me repousses.

— Tu parles sans savoir.

Un gros doute me pèse sur le cœur, je me demande s'il disparaîtra jamais.

— C'est toi, qui parles sans savoir, chuchoté-je. Tu ne me fais pas assez confiance pour croire en moi, et en nous.

Il relève la tête, me permettant ainsi de voir la honte dans ses yeux, me révélant enfin ce qu'il essayait si désespérément de cacher. De la honte. Un sentiment que je ne comprends que trop bien et que jamais je ne souhaite lui voir éprouver.

— Tu n'as aucune raison d'éprouver ce que tu éprouves en cet instant, Chris. Pas avec moi.

— Une partie de moi évolue dans les entrailles de l'enfer. Tu n'as rien à y faire, toi. Je ne peux pas t'emmener là-bas avec moi. (Il pose le front contre le mien.) Et pourtant je ne peux pas me passer de toi. Je suis incapable de renoncer à toi.

— Ne le fais pas.

Ma voix n'est plus qu'un souffle. Les mains pressées contre sa poitrine, je sens ses muscles se tendre sous mes doigts. J'aimerais tant lui retirer sa douleur, le soigner comme il le fait pour moi.

— Ne renonce pas à moi.

— Non, promet-il, d'une voix caverneuse qui me parcourt l'échine pour remonter directement jusqu'à mon âme.

Ses mains encadrent mon visage et il me fixe sans ciller.

— Je ne peux pas, j'espère juste que tu ne le regretteras jamais.

Sur ce il prend ma bouche, et c'est comme s'il me faisait sienne pour la première fois. Je lui offre tout ce que je suis.

Sa langue se fraie un passage entre mes lèvres et mes dents, rejoint la mienne et la caresse. Je le sens partout, la chaleur de mon désir réchauffant la nuit glaciale. Tout s'efface à l'exception de nous deux, de nos caresses, de nos baisers, de nos deux corps mêlés. Je suis aveuglée par la passion, par le soulagement de son retour, par son corps contre le mien. Le temps s'arrête. Sans que je sache comment, mon chemisier se retrouve ouvert, mon soutien-gorge dégrafé, et je suis collée à l'arbre avec Chris qui suçote et lèche mes tétons. Ma jupe remontée jusqu'à mes hanches, je caresse son gland épais et dur, je descends le long de son érection, désespérée de le sentir s'enfoncer en moi, brûlant de retrouver cette connexion que je croyais ne plus jamais ressentir.

— Chris...

Je halète, je glapis, le tronc de l'arbre me déchire le dos, pénétrant la brume de désir qui m'entoure.

— Ah oui, l'arbre.

Il m'écarte tout en m'embrassant de plus belle, puis il retire rapidement sa veste qu'il étale au sol. M'ôtant la mienne aussi, il l'étale par-dessus. Une rafale de vent me tire un frisson quand il m'entraîne au sol. Alors son grand corps chaud me protège de tout le reste. Oui, il me protège. Il passe son temps à me protéger, y compris de lui-même.

Nos souffles se mêlent, j'attends le baiser qui arrive avec une passion fiévreuse. Mais il ne vient pas, ce baiser. D'une caresse, Chris remonte un peu plus ma jupe au-dessus de mes hanches, son contact provoquant sur ma peau nue un frisson n'ayant rien à voir avec l'air froid de la nuit et tout à voir avec cet homme. Attisée par le feu qui se rallume en moi, je tends la main vers sa ceinture, incapable d'attendre plus longtemps. Et il fait écho à ma supplique muette en baissant son pantalon. Au contact de son érection, de son sexe si dur et si épais entre mes jambes, je lâche un gémissement d'impatience.

En équilibre sur les coudes, il me pénètre à la fois de son regard torride et de son membre tendu, et j'ai l'impression que c'est mon âme qui soupire d'aise quand enfin il se loge au plus profond de mon corps, me remplit tout entière de son membre épais.

— L'idée de ne plus jamais venir en toi a bien failli me tuer.

Sa voix tremble d'une vulnérabilité qui signifie plus encore que son aveu.

Il entame alors un lent et sensuel va-et-vient, les yeux rivés aux miens, me regardant le regarder. Nous faisons l'amour, un amour impossible et à en perdre haleine. Nos corps étroitement mêlés ondulent, effectuant une danse très excitante, et pourtant ce n'est pas l'harmonie de nos corps qui me touche au plus profond, c'est ce qui passe entre nous, dans nos yeux qui ne se lâchent pas. Chris fait autant partie de moi que ma peau et mes os, ce qui me terrifie et me comble tout à la fois.

Il penche la tête et m'effleure les lèvres, taquinant ma langue de la sienne avant de laisser courir sa bouche sur ma joue, mon épaule, pour finir sur mon sein. Chaque coup de langue, chaque contact est tendre, délicat, en opposition avec la dureté de la semaine passée et avec l'homme que j'ai vu attaché à ces poteaux de torture, au club. Tout à coup, j'éprouve le besoin de lui dire que je vois les deux hommes, que je les aime tous les deux.

Je glisse les mains dans la longueur soyeuse de ses cheveux blonds.

— Chris, parviens-je à balbutier d'une voix rauque malgré la délicieuse friction de sa langue contre mon téton et les va-et-vient de son sexe épais dans le mien. Chris...

Il vient poser la bouche sur la mienne, plus dure, plus exigeante, alors qu'un désir brut, animal, remonte à la surface.

— Tu m'appartiens, gronde-t-il. Dis-le.

— Oui. Oui, je t'appartiens.

De nouveau sa bouche trouve la mienne, gourmande, avide, renversante.

— Dis-le encore, exige-t-il.

Et il me mordille la lèvre, serrant mon sein et mon téton entre ses doigts, ce qui envoie une décharge de plaisir directement dans mon sexe.

— Je t'appartiens, haleté-je.

Il me soulève du sol d'une main possessive passée sous mes fesses, positionnant mes hanches de façon à me pénétrer plus fort, plus profondément.

— Encore, ordonne-t-il.

Ses assauts redoublent de puissance, son sexe va heurter le point le plus enfoui en moi, déclenchant des sensations aussi nouvelles qu'inouïes.

— Oh... ah... Je... Je t'appartiens.

Sa bouche plonge plus loin, ses cheveux me chatouillent le cou, ses dents frottent sur mes épaules, tandis qu'il m'assaille de coups de boutoir. Le monde se met à tournoyer autour de moi, il n'est plus que plaisir, désir et besoin.

Soudain, je suis brûlante aux endroits où il me touche et glacée là où je rêve d'être caressée. Je lève une jambe pour la nouer à sa taille, affamée au-delà de toute raison, je sens monter l'orgasme, vers lequel je tends désespérément en même temps que je souhaite le retarder encore. Mais Chris est sans merci, d'une puissance confinant à la sauvagerie, il plonge et s'enfonce, balance le bassin encore et encore.

— Je t'aime, Sara, avoue-t-il d'une voix rauque.

Et il reprend ma bouche pour avaler mes halètements brûlants, tout en me punissant d'un coup plus dur encore qui fait voler en éclats le peu de maîtrise que je parvenais encore à maintenir sur mon corps. Il me possède. Une boule de feu explose au fond de mon ventre, descend en une spirale torride, crispant mes muscles sur son passage, et je suis secouée de spasmes sur son sexe, tremblante sous la force inouïe de mon orgasme.

Il lâche un grondement sourd, ses muscles roulent sous mes doigts et de son sexe jaillit sa semence chaude. Nous gémissons de concert, perdus dans la jouissance, entre douleur de la séparation et plaisir des retrouvailles, et nous finissons par nous écrouler au sol. Nous restons ainsi prostrés un moment, jusqu'à ce que je dénoue ma jambe pour l'allonger. Chris me fait rouler sur le flanc, face à lui.

Son sexe toujours en moi, il me serre fort et remonte la veste contre mon dos.

— Et moi je t'appartiens, conclut-il en dessinant ma mâchoire du bout des doigts.

Cet aveu inattendu m'achève. Des larmes jaillissent de mes yeux qui dégoulinent le long de mes joues.

— Je croyais... J'ai cru... Je ne veux plus jamais revivre ça.

— Chut, murmure-t-il en avalant d'un baiser les gouttes qui ruissellent sur mes joues. Nous sommes ensemble à présent.

Je secoue la tête, rejetant une réponse qui ne promet qu'un instant de bonheur.

— La prochaine fois que tu te mets dans cet état, nous allons surmonter l'épreuve ensemble, et peu importe ce que cela implique, Chris. Je dois en être certaine.

— Je ne me mettrai...

Son déni me fait l'effet d'une lame enfoncée en plein cœur. J'essaie de m'écarter de lui, mais il me retient.

— Sara, attends.

— Ça arrivera encore. Tu y retourneras. Je ne vais pas me voiler la face. C'est tout ou rien, Chris. Toute la noirceur, les endroits terribles où tu plonges, tu iras avec moi. Tu dois me faire suffisamment confiance, j'aimerai cette partie autant que j'aime le reste.

— Tu n'as pas idée de ce que tu me demandes.

— Ce n'est pas une demande. Encore moins une requête. C'est ainsi que ça doit être.

Il baisse les paupières ; la bataille qui fait rage en lui est palpable. Je me radoucis sur-le-champ, souffrant comme il souffre. Mes doigts trouvent ses cheveux, les caressant avec tendresse.

— Laisse-moi aimer ce que tu détestes. Laisse-moi faire ça pour toi.

Il pose sa joue contre la mienne, sa barbe frotte agréablement ma peau.

— Bon Dieu, Sara ! Je ne peux pas te perdre.

— Je n'ai pas l'intention de partir, murmuré-je, les yeux fermés.

Nous restons ainsi enlacés un long moment, aucun de nous deux n'est prêt à bouger et encore moins à lâcher l'autre, presque comme si nous avions peur que le monde alentour ne vienne nous dérober cette nouvelle emprise que nous croyons avoir sur notre avenir. Et puis nous commençons à parler de Dylan, de la semaine cauchemardesque qu'a passée Chris, jusqu'à ce que le froid du deuil rencontre celui de la nuit et que nous n'en puissions plus.

Chris m'aide à me lever et je fais de mon mieux pour m'arranger et nettoyer mes vêtements. Étrangement, j'ai toujours mes escarpins aux pieds, mais ma jupe, elle, n'a pas très bien supporté les retrouvailles. Elle est déchirée sur le côté et je découvre en essayant de reboutonner mon chemisier que plusieurs boutons manquent à l'appel.

— Je ressemble à un épouvantail. Je ne peux pas rentrer dans cet état.

— Je ne confie jamais ma moto au voiturier. Nous pouvons entrer par le parking. Allez, bébé, retournons à la maison, ajoute-t-il d'une voix douce en me tendant mon casque. *Notre* maison.

Et j'ose croire que c'est le cas. J'ose parier à nouveau sur nous.

Chris et moi nous dirigeons vers l'ascenseur, doigts mêlés, moi avec mes chaussures dans ma main libre, quand Jacob sort justement de la cabine et avance vers nous d'un pas déterminé.

— C'est raté pour une entrée discrète, murmuré-je.

Avec ma jupe déchirée, heureusement, un peu cachée par la veste en cuir boutonnée jusqu'en haut, je suis mortifiée.

— Un problème ? s'enquiert Chris lorsque Jacob nous a rejoints.

— J'allais vous poser la même question, répond-il, non sans un rapide coup d'œil dans ma direction.

— La première sortie de Sara en moto a été pleine de surprises, répond Chris.

Jacob semble attendre une explication un peu plus fournie, mais voyant qu'elle ne vient pas, il me jette un regard perplexe, avant de reporter son attention sur Chris.

— Blake a essayé de vous joindre.

Chris vérifie son portable.

— En effet. Vous savez pourquoi ?

— Mary et Ricco ont été arrêtés alors qu'ils tentaient de quitter le pays.

— Quoi ?! lancé-je.

— Mary et Ricco ? répète Chris, manifestement aussi incrédule que moi. Vous en êtes sûr ?

— Certain. Mais au-delà de ça, je ne suis au courant de rien. Apparemment, Sara a posé des questions qui ont mis Ricco sur ses gardes. Blake préfère vous expliquer tout ça lui-même. Il a demandé que vous le rappeliez, vu que, je cite « vous ne daignez pas répondre à ce foutu téléphone ».

Chris compose le numéro de Blake.

— Je m'en occupe tout de suite, indique-t-il à Jacob alors que nous grimpons dans l'ascenseur.

J'essaie désespérément de deviner leur conversation, mais Chris se contente surtout d'écouter. Ça me rend folle.

— Et Rebecca ? demande-t-il enfin.

Oui, qu'en est-il de Rebecca ?

— Je vois, répond Chris à ce qu'a dû lui dire Blake. Oui. Pas de problème.

Nous pénétrons dans l'appartement, Chris raccroche enfin.

— Alors ?

— Discutons-en pendant qu'on se fait couler une douche.

Il mêle ses doigts aux miens et m'entraîne vers la chambre.

— Il se trouve que Ricco n'était pas simplement jaloux de la relation entre Mark et Rebecca, il était aussi furieux que Mark profite d'elle. Du coup, il a voulu faire tomber *Riptide,* pour punir Mark d'avoir blessé Rebecca. Mary s'est acoquinée à lui par appât du gain et aussi parce qu'elle en voulait à Mark de ne pas lui avoir offert plus d'opportunités professionnelles.

— Et Rebecca, elle est mêlée à tout ça ? demandé-je en entrant dans la salle de bains.

Chris retire ses bottes et ouvre le robinet dans la cabine de douche.

— D'après Ricco et Mary, non.

— Où est-elle, alors ?

— C'est la grande question. Ricco affirme que Mark a dû faire quelque chose qui aura causé sa fuite.

— Et que pensent les autorités ? Qu'elle se cache ?

— Les autorités ignorent où elle est, mais si Ricco ou Mary, voire Mark, savent où elle se trouve, je fais confiance à Blake pour le découvrir.

— Il existe toujours une possibilité que Mark soit impliqué ?

— Blake ne le pense pas. Selon lui, Mary et Ricco savent où se terre Rebecca, et ils vont finir par craquer à l'interrogatoire.

— Je n'arrive pas à croire que Ricco soit au courant. Mais bon, je n'aurais pas cru qu'il était impliqué là-dedans non plus, alors…

Chris se frotte la mâchoire.

— Idem pour moi. Je ne tiens pas Ricco en haute estime, mais je ne le pensais pas aussi vil. Ah, au fait, Blake veut que tu te rendes au commissariat de police demain. Tu vas devoir témoigner officiellement de tout ce que tu sais.

— Très bien.

Saisissant mon sac sur le rebord du lavabo, j'en tire mon portable.

— Je vais envoyer un SMS à Mark pour lui dire de ne pas m'attendre à la galerie demain.

Le changement d'humeur est immédiat chez Chris. Je vois son expression devenir tempétueuse, sa mâchoire se crisper.

— Peut-être même plus jamais, me hâté-je d'ajouter.

Il se fige.

— Qu'est-ce que tu veux dire ?

— Si je veux tout ou rien, je dois être capable de donner la même chose.

Il franchit la distance qui nous sépare et m'emprisonne de ses bras, les mains posées de part et d'autre de mes hanches sur le lavabo, ses yeux perçants scrutant mon visage.

— Tu abandonnerais *Allure* pour moi ?

— Oui.

C'est une décision que je n'étais même pas pleinement consciente d'avoir prise avant cet instant précis, mais après ce qui s'est produit ce soir, elle est à la fois inévitable et juste.

— Cela dit, j'ai besoin de poursuivre ma propre carrière et d'avoir mon indépendance. Ce sont des choses importantes pour moi.

— Je te soutiendrai de toutes les manières possibles, bébé.

— Pas en faisant les choses à ma place, Chris. Je dois gagner grâce à mon propre mérite, parce que c'est moi. J'en ai besoin.

— Je comprends.

Il écarte une mèche de mon épaule, et ses doigts s'attardent sur mon cou de cette façon familière qui m'a tant manqué ces derniers jours.

— On va faire en sorte que ça marche, cette fois.

Il y a tant de conviction dans sa voix que je le crois.

— Oui, on va faire ça.

J'envoie ensuite mon SMS à Mark, puis je repose mon portable sur le lavabo, car peu m'importe la réponse. Pas alors que Chris est en train de déboutonner mon chemisier.

Lentement, il me débarrasse de ce qu'il me reste de vêtements, tout en embrassant tendrement mes épaules, mon cou, mes lèvres. Nous passons sous le jet délicieusement chaud de la douche et lavons la froideur de la nuit, ainsi que le froid mordant que nous avons traversé au cours des derniers jours. La tête posée sur le torse de Chris, lovée dans ses bras, j'ai l'impression de m'être perdue puis retrouvée. Rebecca, en revanche, est toujours perdue et je crains le pire pour elle.

30

Le samedi, Chris et moi passons plusieurs heures au commissariat de police, pourtant le mystère Rebecca n'est pas éclairci pour autant. J'ai un mauvais pressentiment la concernant dont je n'arrive pas à me débarrasser, et cela ne fait qu'attiser mon désir de retrouver Ella. Je décide donc de remplir un dossier pour personne disparue et de contacter le consulat français. Après ça, Chris et moi rentrons à la maison, pour ne plus la quitter du week-end. Nous profitons d'être ensemble, faisons l'amour et regardons des films. Notre seule sortie consiste en une escapade à la salle de sport, où je manque de mourir en tentant de reprendre mon entraînement trop souvent négligé ces derniers temps.

Le lundi matin, nous retrouvons le monde réel. Chris m'accompagne à l'école, et même si je croyais m'être préparée au pire, je suis dévastée en apprenant qu'Ella ne s'est pas présentée. Plus tard, nous apprenons aussi qu'elle n'a pas payé son loyer. Nous le réglons pour elle, avant de nous arrêter au commissariat afin d'ajouter nos dernières découvertes au dossier.

Dans un effort pour me remonter le moral, Chris me convainc de l'accompagner à la propriété de son parrain et de sa marraine, à Sonoma, pour assister à une exposition d'art à la galerie proche de chez eux. Katie est ravie d'apprendre que nous y arriverons le mardi matin, et je dois bien admettre que moi aussi. Le sentiment d'appartenance à une famille est bienvenu, surtout en ce moment. À 20 heures le lundi soir, nous avons dîné, Chris s'est retiré pour peindre dans son atelier et moi je prépare les bagages en vue de notre escapade. Remarquant qu'il n'a pas encore défait les siens depuis Los Angeles, j'ouvre sa valise pour en sortir ce dont il n'aura pas besoin.

Une fois le linge sale débarrassé, je pose la main sur un petit sachet contenant les pinceaux qu'il a pour habitude d'autographier. Et je me fige. J'ai vu le même dans le box de stockage de Rebecca, alors que Chris m'a affirmé qu'il la connaissait à peine. Pourquoi en aurait-elle gardé un, dans ce cas ? Je sors l'un des pinceaux du sachet et l'observe attentivement.

Chris apparaît dans l'encadrement de la porte.

— Est-ce que tu sais où j'ai mis... (Il s'interrompt.) Quoi ? Qu'est-ce qui ne va pas ?

Je me relève et m'approche du dressing.

— J'ai une question à te poser.

J'allume la lumière et tombe à genoux devant le coffre-fort.

— Quel est le code ?

— Qu'est-ce qu'il y a, Sara ?

— Tu vas le savoir dans une seconde. Le code ?

Il me dicte les chiffres que je compose sur le cadenas électronique. Ouvrant la porte d'un geste vif, je sors la boîte que j'avais trouvée dans le box de Rebecca, en retire le pinceau et le montre à Chris.

— Pourquoi Rebecca avait-elle l'un de tes pinceaux dans son box ?

Je saisis alors la photo déchirée et me remets debout pour la lui montrer aussi.

— Tu sais quelque chose sur cette photo, Chris ?

Il soupire.

— Elle a été prise à un événement caritatif, c'est Mark et moi. Avant qu'un différend ne nous sépare.

— Au sujet de Rebecca ?

— Le soir qui a suivi cet événement caritatif, justement, acquiesce-t-il. J'étais au club quand j'ai entendu parler de Mark et de sa nouvelle soumise, qui avait pleuré pendant une flagellation publique. J'ai jugé qu'il était allé trop loin et je suis allé lui dire ma façon de penser. Il m'a envoyé paître, arguant qu'il était le Maître, au club. Vu qu'il refusait de m'écouter, j'ai essayé de mettre Rebecca en garde, de la convaincre de s'éloigner de lui.

Je suis soudain envahie par une impression de déjà-vu.

— De la même façon que tu m'as mise en garde, moi.

— Non, pas comme ça, Sara. Je la connaissais à peine.

— Pourtant tu cherchais à la protéger, comme tu voulais le faire pour moi.

— Écoute, ces journaux te donnent l'impression que tu lui ressembles, mais elle n'était en rien comparable à toi. Ce n'était qu'une gamine et Mark ne voyait pas pourquoi ça faisait toute la différence. Elle était heureuse, ce fameux soir lors du gala, on aurait dit une lycéenne amoureuse. Et puis, il lui a volé son innocence. Quand je l'ai mise en garde, elle était furieuse. Je ne suis pas étonnée qu'elle ait déchiré cette photo. Elle ressentait pour Mark les mêmes sentiments que ta mère envers ton père.

— Elle a gardé ton pinceau.

Cette remarque me vaut un haussement d'épaules.

— Je ne sais pas du tout pourquoi. Peut-être que ça lui rappelait cette soirée avec Mark.

Je prends le temps de digérer son explication, puis je hoche la tête. Si la réponse me paraît acceptable, le silence qu'il a gardé jusqu'à présent sur ces informations, lui, ne l'est pas.

— Chris, pourquoi ne m'en as-tu pas parlé avant ? Je t'ai demandé si tu la connaissais, on l'a même cherchée ensemble !

— Je t'ai expliqué que je la connaissais à peine, c'était la vérité.

— Sauf que tu la connaissais mieux que tu me l'as laissé croire.

J'essaie de ne pas adopter un ton trop accusateur, mais c'est dur. Je ne comprends pas son silence.

— Tu ne m'as pas dit que tu l'avais vue au club, or tu as eu plein d'occasions pour le faire.

— Quand tu m'as questionné sur elle, je ne voulais pas que tu aies vent de l'existence de ce club. Je ne voulais pas que tu entres dans cette partie-là de ma vie.

Ses paroles me font l'effet d'une gifle. Je ne suis pas encore tout à fait remise de la façon dont il m'a repoussée après la mort de Dylan, puis tenue à l'écart des obsèques et de sa vie. Je me rends compte que cette douleur au fond de moi est moins en rapport avec Rebecca qu'avec les secrets et la distance émotionnelle qu'il conserve vis-à-vis de moi. Il ne me laisse jamais réellement entrer dans sa vie. Je suis ici avec lui, mais jamais je ne suis vraiment présente comme j'aimerais l'être.

J'essaie de le contourner, mais il m'en empêche.

— Laisse-moi passer, Chris.

— Sara…

— J'ai besoin de réfléchir. J'ai besoin d'air.

C'est vrai. Je ne comprends pas ce que je ressens, mais en tout cas, ça fait mal. J'ai mal, depuis des semaines entières j'ai mal. Et j'en ai assez.

Il marque un temps d'hésitation, puis il se retire dans la chambre. Je passe près de lui et j'attrape mon sac à main.

— Où vas-tu ? demande-t-il.

— Je te l'ai dit : j'ai besoin d'air

— Non. Tu as besoin de rester ici et qu'on discute de tout ça.

— Je ne peux qu'assumer que tu m'as raconté tout ce qu'il y avait à raconter. À moins qu'il n'y ait autre chose que j'ignore ?

Il accuse visiblement le coup.

— Non, il n'y a rien d'autre. C'est tout.

— Dans ce cas, la discussion est terminée. J'ai besoin de prendre ma voiture, ça va me permettre de réfléchir.

— Je ne voulais pas que tu découvres l'existence du club, Sara. Bonne ou mauvaise idée, en tout cas c'est la vérité, plaide-t-il.

— Je sais. Le problème, c'est que tout ce que tu m'avoues, tu le fais parce que tu y es obligé. Pas parce que tu choisis de le faire. Tu ne me fais jamais entièrement confiance.

— Ce n'est pas vrai.

Il se passe une main agitée dans les cheveux, l'air tout aussi tourmenté que moi.

— Non, ce n'est pas vrai.

— C'est pourtant comme ça que je le ressens. Oui, c'est ce que je ressens en ce moment.

Depuis le premier jour, il n'a que des secrets, et moi j'ai préféré oblitérer les dangers qu'ils représentent peut-être. J'ai préféré détourner les yeux, parce que je suis folle de lui. Alors que je m'approche de la porte, il vient se planter devant moi.

— Reste.

— M'obliger à rester ici maintenant est le pire que tu puisses faire, Chris. Je vais me sentir piégée. Or j'ai trop souvent eu ce sentiment dans ma vie. Ne me fais pas ça.

Il s'écarte.

Alors que je me remets en marche, je sais qu'une partie de moi veut qu'il m'arrête, même si je serais furieuse le cas échéant ; et l'autre partie de moi s'inquiète qu'il n'essaie pas de m'arrêter, car c'est tout le contraire de son caractère. Il m'a déjà laissée partir une fois, quand je l'ai surpris à supplier qu'on le batte. Non, ça n'est pas tout à fait exact. Il m'a carrément repoussée, cette fois-là. La blessure n'est pas tout à fait refermée et, en cet instant, je redoute ce que j'ignore et la façon dont ça va nous déchirer, comme a failli le faire la découverte du club. J'ai peur que ça se reproduise. Je ne peux pas m'en empêcher. J'ai besoin qu'il lutte pour me garder, là, et peu importe si c'est injuste de ma part.

Il ne peut pas gagner en me laissant partir, ni en me gardant de force ici. Et moi non plus. En fait, peut-être que nous ne sommes pas destinés à gagner ensemble. Peut-être n'étions-nous destinés qu'à nous détruire, au bout du compte. Pour finir là où nous en sommes ce soir.

Devant le bâtiment, je demande au voiturier de me ramener mon véhicule. Une fois assise derrière le volant, je ne sais pas trop où aller. J'ai envie d'être avec Chris, mais les secrets qu'il me cache, en plus de la blessure provoquée par son éloignement cette semaine, tout ça me ronge.

Il ne m'a pas fait assez confiance pour vouloir traverser la perte de Dylan avec moi. Il ne m'a pas fait assez confiance pour me parler de Rebecca. Ou plutôt, du club. Il m'a caché tout ça aussi longtemps qu'il l'a pu. Que me cache-t-il d'autre qu'il ne souhaite pas partager, sous prétexte que je ne suis pas capable de le gérer ? J'ai ouvert mon cœur à cet homme, tout grand, j'ai même renoncé à mon travail de rêve pour lui. J'avais mis de côté mes peurs et parié sur nous. Quand va-t-il lui aussi parier tout ce qu'il a sur nous ? Le fera-t-il jamais ?

Mon portable sonne. C'est lui. Je refuse l'appel et sursaute quand le portier frappe à ma vitre.

— Vous allez bien ? me lance-t-il.

Avec un signe de la main, je m'engage sur la route. J'ignore où je vais, je roule, c'est tout.

Une heure plus tard, je me retrouve devant le manoir blanc de Mark, situé dans le même quartier chic de Cow Hollow que son club. Je n'ai pas la moindre idée de ce que je fais là. Honnêtement, je n'ai nulle part ailleurs où aller. Et Mark représente mon seul véritable lien avec Chris et Rebecca, qui ont tous les deux pris une place importante dans ma vie. Et que j'ai l'impression de perdre, tous les deux.

De plus, Mark est un homme terre à terre, rien à voir avec la boule d'émotions que je suis ce soir. L'entendre me relater l'histoire que Chris m'a racontée au sujet de Rebecca pourrait m'aider à comprendre pourquoi le silence de Chris sur ce sujet me perturbe tant.

Je prends mon sac à main et ouvre ma portière. Les détecteurs de mouvement me repèrent et des portes identiques à celles du club apparaissent. Je suis parcourue par un frisson mais réussis à faire taire mon sentiment de malaise pour sonner à l'entrée. Si je tremble, c'est sans doute parce que, dans ma hâte, j'ai oublié d'enfiler une veste. Rien à voir avec l'endroit où je me trouve. Ma tentative d'auto-persuasion ne fonctionne pas, malheureusement. Je suis à fleur de peau et les frissons font place à un doute grandissant. Je m'apprête à prendre mes jambes à mon cou quand la porte s'ouvre sur Mark. Un Mark tel que je ne l'ai jamais vu. Il est pieds nus et ses cheveux d'habitude toujours impeccablement coiffés sont ébouriffés. Quant au costume impeccablement taillé que j'ai coutume de le voir porter, il a été remplacé par un tee-shirt blanc et un jean délavé.

Il balaie ma propre tenue – jean et tee-shirt aussi – d'un coup d'œil a priori aussi étonné que le mien. Un sourcil blond se hausse.

— Mademoiselle McMillan. Quelle surprise !

— N'est-ce pas ? répliqué-je, sur un ton aussi embarrassé que je le suis. Est-ce que je vous dérange ?

— Rien qui ne puisse attendre.

Il me fait signe d'entrer et je marque un temps d'hésitation en songeant à la « tanière du lion », la salle spéciale du club, et à la sensation d'être prise au piège que j'ai ressentie lors de la soirée à la propriété de Ryan. Pourtant je veux des réponses. J'ai besoin de réponses. Prenant une profonde inspiration, je pose le pied sur le sol ivoire d'un étroit couloir, où je me retrouve trop proche de Mark pour être à mon aise.

— Tout va bien ? s'enquiert-il.

— Oui. Non. J'ai juste besoin de vous poser quelques questions sur... Chris.

Il fronce les sourcils.

— Chris ?

— Et Rebecca.

— Et Rebecca, répète-t-il, une brève lueur consternée dans les yeux, qui disparaît aussi vite qu'elle est apparue. Je ne sais pas trop quel lien les unit, mais je suis suffisamment intrigué pour voir où cette conversation va nous mener.

Du menton, il me fait signe d'avancer dans le couloir, mais je reste plantée là, pétrifiée sous son regard gris perçant dardé sur moi.

Oui, j'ai vraiment la sensation d'être dans la tanière du lion. Et je veux sortir.

— Vous restez ou vous partez, mademoiselle McMillan ?

Des réponses, Sara, tu veux des réponses.

— Je reste. Oui, je reste.

Mes pieds se meuvent. Voilà un progrès. Un pas à l'intérieur de la tanière, c'est plus productif qu'un pas en arrière.

L'immense salon que j'aperçois à quelques mètres au fond du couloir ressemble en tout point à ce à quoi je m'attends de la part de Mark. Riche, riche et riche à tous les sens du terme. Un canapé luxueux en cuir chocolat est encadré par deux énormes fauteuils assortis. À gauche, une cheminée surmontée d'une toile de Motif que je reconnais aussitôt. Deux sculptures sont plantées de part et d'autre de la cheminée, elles aussi exécutées par des artistes célèbres sans aucun doute, même si je n'ai pas les connaissances suffisantes pour en être certaine.

Mark vient se poster à mes côtés, intimidant par sa haute stature et sa proximité.

— Asseyons-nous.

Je m'avance dans la pièce et opte pour la solitude d'un fauteuil surchargé de coussins, sur lequel je me perche, tout au bord, posant mon sac à côté de moi. Mark s'assied sur l'accoudoir du canapé, face à moi, assumant naturellement la position du dominant.

J'ai la gorge sèche à un point que ç'en est ridicule, mon pouls se met à battre comme un fou. En fait, j'ai peur d'être sur le point d'ouvrir une autre boîte de Pandore.

— Oui, mademoiselle McMillan ? m'incite-t-il quand j'ai laissé s'écouler un temps qu'il juge sans doute trop long.

Un profond soupir s'échappe de mes poumons.

— J'ai besoin de savoir ce qui a déclenché votre dispute avec Chris.

Il semble réfléchir un moment.

— Que vous a-t-il raconté ?

— Je préférerais l'entendre de votre bouche.

— Pourquoi est-ce si important ? s'enquiert-il d'une voix sèche.

— Ça l'est, voilà tout.

— Votre réponse ne me convient pas.

Évidemment pas. Ce serait trop simple.

— Est-ce que c'était à propos de Rebecca ?

— Cette conversation est-elle en lien avec l'enquête de police ?

— Non, ça n'est pas ça. Je...

Je m'apprêtais à lui parler de l'incident au box de stockage, mais je me reprends.

— Rebecca m'est devenue très proche et j'ai été en contact avec certains de ses effets personnels, notamment des objets qu'elle avait gardés d'une soirée caritative qu'elle et Chris...

— Ils ne sortaient pas ensemble. Pas du tout. En fait, elle s'est même mise à le détester.

— Je ne pensais pas qu'ils aient eu de liaison, mais qu'est-ce qui l'a poussée à le détester ?

— Il la considérait comme une gamine qui avait besoin d'un papa plus que d'un Maître.

Voilà qui explique pourquoi Rebecca avait griffonné le nom de Chris dans son journal.

— Et vous n'étiez pas d'accord avec lui ?

— Non, je n'étais pas d'accord avec lui. Moi, je voyais en elle une jeune femme intelligente et belle, qui avait le monde entre les mains.

Je perçois une douceur dans sa voix que je n'avais jamais entendue, et une fois encore je pense qu'il éprouve des sentiments pour Rebecca. Peut-être pas de l'amour, mais un attachement dont je le croyais jadis incapable envers quiconque.

— Où est-elle, Mark ?

— Ricco peut bien affirmer à qui veut l'entendre que je le sais, je l'ignore.

— Qu'est-ce qu'elle fout ici ?

La voix me fait sursauter. Je bondis sur mes pieds et pivote vers un couloir à ma droite. Ava est là, les yeux allumés d'une lueur mauvaise et vêtue d'un simple tee-shirt trop grand pour elle. Ryan est derrière elle, torse nu et en pantalon.

— J'ai essayé de la retenir, Mark, plaide ce dernier en essayant de la prendre par l'épaule.

Elle fait volte-face et lui assène un coup violent, enfonçant les ongles dans sa joue.

— Putain, merde, Ava !

— Qu'est-ce qu'elle fout ici, Mark ? hurle Ava.

Elle a l'air complètement folle. Une dingue.

— Ava, je t'ai ordonné d'attendre dans la chambre, l'avertit Mark d'une voix sèche. Retournes-y.

— Pour que tu puisses la baiser, avant de revenir me baiser moi, comme tu l'as fait avec cette salope de Rebecca ?

Elle bondit et Ryan essaie de la rattraper, mais elle lui échappe. Mon cœur s'emballe tandis qu'elle fonce sur nous. Je ne sais ni où me réfugier, ni que faire. Elle court vers nous. Non, vers moi ! Je commence à battre en retraite.

Mark m'attrape par le bras et me fait passer derrière lui pile au moment où Ava fond sur nous. Elle bat des poings de part et d'autre de son corps, essayant de m'atteindre. Avant que j'aie le temps de fuir, elle parvient à saisir une mèche de mes cheveux, qu'elle entortille autour de sa main. Une douleur vive me vrille le crâne et je hurle sous la force de son emprise.

— Assez, Ava ! aboie Mark.

Une autre secousse douloureuse et je suis soudain libérée. Je recule en trébuchant, me cogne de nouveau à la table, sauf que cette fois, j'atterris dessus dans un choc sourd qui résonne jusqu'à l'intérieur de mes os.

— Va te faire foutre, Mark ! hurle Ava.

Étonnée d'entendre de la souffrance dans sa voix, je relève les yeux et constate que Ryan l'a attrapée par les cheveux et qu'il la tire en arrière.

— Tu m'as déjà fait le coup avec cette garce de Rebecca ! reprend la furie. Pas question que tu recommences.

Je roule au sol et me retrouve à quatre pattes.

— Je vais la tuer, cette salope ! siffle Ava. Je vais la tuer.

— Sortez, Sara, m'ordonne Mark.

Me tuer ? Elle était sérieuse, là ? Mark me relève d'un geste vif.

— Sara ! Sortez d'ici, nom de Dieu !

Pas besoin de me le dire une troisième fois. Je cours jusqu'à la porte d'entrée, que je ne referme même pas derrière moi. À l'intérieur, j'entends encore les braillements d'Ava, des cris de folle furieuse. Et moi, je cavale si vite que je bute contre le flanc de ma voiture. Le souffle coupé par le choc, je cherche mon sac à main à tâtons. Oh non ! Non ! Mon sac et mes clés sont restés à l'intérieur. Portant une main à mon front, je tâche de réfléchir. Mais l'adrénaline pulse trop fort dans mes veines pour que je puisse me concentrer efficacement. Je me mets à faire les cent pas dans l'espoir de recouvrer mon calme. Voisins. Oui, je dois me rendre chez un voisin et appeler Chris afin qu'il vienne me chercher. Je n'ai pas d'autre choix. Je reprends donc ma course jusqu'au bas de l'allée.

Derrière moi, j'entends que l'on ouvre la porte du garage. Je me retourne et suis éblouie par des phares qui se dirigent dans ma direction. Je me serre sur le bas-côté, mais les lumières me suivent. Je coupe à travers la pelouse et je n'ai pas besoin de regarder en arrière pour savoir que la voiture est toujours là, elle se rapproche même. Désespérée, je bifurque derrière un arbre au tronc géant et tombe à quatre pattes tandis que le véhicule percute l'arbre dans un horrible craquement qui se répercute à travers tout mon corps.

J'entends ma propre respiration. J'entends des cris. Mark et Ryan, je présume, mais je n'arrive pas à les distinguer avec précision. Je me remets péniblement sur pied pour courir à la rencontre de ces voix, et bientôt j'aperçois les deux hommes qui se dirigent eux aussi vers moi. La portière de la voiture accidentée s'ouvre dans mon dos, un grognement me parvient. Je me retourne pour découvrir Ava, un pistolet à la main, qui s'extrait du siège conducteur et me met en joue. Du sang s'échappe de sa tempe.

— Reste où tu es, salope ! hurle-t-elle.

Son regard venimeux me fige. Il n'y a aucun doute : elle est folle et elle va appuyer sur la gâchette.

— Ava ! crie Mark.

Sa voix provient d'un endroit assez indéterminé pardessus mon épaule. Il a dû faire quelques pas en avant, car Ava lui siffle :

— Reste où tu es, Mark, sinon je l'abats sur-le-champ. Monte dans la voiture, toi, salope.

Ryan reste muet. J'ignore où il est, mais j'espère qu'il est parti chercher de l'aide. Ce serait notre seul espoir.

— Monte dans cette voiture, Sara ! répète Ava.

Je ne peux pas monter dans cette voiture. Je ne peux pas. Car je sais que je n'en ressortirai pas vivante.

— Dépêche-toi ! braille-t-elle de plus belle.

Je ravale la panique qui menace de me submerger. *Essaie de rester logique, essaie de trouver un moyen de te tirer d'affaire.* Elle ne me fera aucun mal. Il y a des témoins. Les gens sauront que je suis partie avec elle. Rien de tout ça n'est réel. Elle est folle. Tout se résume à ça.

Un coup part qui passe tout près de mes pieds. Je bondis de terreur, Mark pousse un cri. Redoutant qu'elle tire encore, et m'atteigne cette fois, je m'approche d'elle. J'ai fait un pas dans sa direction quand j'entends le rugissement d'une moto, avant même de voir l'engin. Ava l'entend elle aussi, à quoi elle réagit en pointant son arme vers le bruit. La moto apparaît et je sais qu'il s'agit de Chris. C'est forcément lui. Tout ce qui me vient à l'esprit, c'est qu'elle va lui tirer dessus. Poussée par l'instinct, je cours vers Ava, mais le coup retentit avant que j'aie pu l'atteindre. La moto et Chris font un vol plané avant de venir percuter ma voiture. J'arrive enfin au niveau d'Ava, sur qui je bondis par-derrière, en essayant de ne pas penser à Chris, mort et en sang. Il me faut cette arme. Je l'attrape par les cheveux et fais la seule chose qui me vienne à l'esprit : je la mords au bras, de toutes mes forces. Elle lâche un hurlement de douleur, se débattant comme une diablesse, si bien que nous finissons toutes deux au sol, son dos contre ma poitrine. Mais j'ai ce que je voulais : le pistolet s'envole dans les airs. Au loin, je perçois les sirènes qui approchent à vive allure, au moment où je sens Ava m'échapper. Elle roule sur un côté et se précipite vers le pistolet.

Je l'attrape par son tee-shirt, toujours le seul vêtement qu'elle porte, mais elle m'envoie un violent coup de pied en plein visage. Secouée par la douleur, je laisse échapper son tee-shirt et elle en profite pour s'éloigner en rampant. Par je ne sais quel miracle, je parviens à me hisser sur les genoux et à la suivre. Au même moment, Chris plonge sur elle. En sang. Il se bat avec elle pour récupérer l'arme. Ava semble prendre le dessus, mais quand elle pose la main sur le revolver, mon sang ne fait qu'un tour.

— Chris ! hurlé-je.

Mon poing s'écrase contre la tête d'Ava, qui tombe sur le flanc dans un glapissement.

Ryan, sorti de nulle part, me saisit par les épaules et m'attire en arrière, pendant que Mark plaque Ava contre lui. Elle hurle de toutes ses forces, se débattant comme une possédée alors même que du sang lui dégouline sur le visage.

Chris tombe à genoux, lui aussi a du sang qui coule d'une blessure au niveau de la tête, mais il tient fermement le revolver et il est pointé en direction d'Ava quand il crie à Mark :

— Emmène cette garce ou je la tue !

Mark entraîne Ava à l'écart, à l'instant où une voiture de police s'arrête sur le gravier dans un crissement de pneus.

— Pas un geste ! crie un officier de police à l'intention de Chris, en le visant de son pistolet. Lâchez cette arme.

Je plonge le regard dans les yeux de Chris, sans ciller. Il laisse tomber le pistolet. La courte distance qui nous sépare me paraît insupportablement longue. Il avait des secrets qu'il ne m'a pas révélés. Je suis allée vers Mark pour trouver les réponses.

Des policiers envahissent la cour, m'empêchant de voir Chris, nous séparant l'un de l'autre. Nous sommes dans deux mondes différents, abîmés dans le corps et dans l'âme, peut-être trop pour être jamais réparés.

Une nuée d'urgentistes et d'enquêteurs nous entoure, qui m'empêche de voir Chris, mais l'on m'assure qu'il va bien. Moi je n'ai pourtant pas l'impression que ce soit le cas. En fait, j'ai l'impression que rien n'ira plus jamais bien. Ce n'est qu'une fois Ava emmenée et Chris en grande conversation avec la police, de l'autre côté de la pelouse, que je me remets à respirer normalement. Alors seulement je me laisse entraîner vers une ambulance pour y être examinée.

C'est là, pendant qu'un aimable docteur aux cheveux poivre et sel vérifie mes constantes, que Chris me retrouve : il apparaît à la portière arrière, l'air abattu et le visage tuméfié. L'idée qu'il aurait pu mourir ce soir en essayant de me sauver me renverse. Tout ça parce que je suis venue ici.

— Comment va ta tête ? demandé-je en observant avec inquiétude le bandage imposant qui lui ceint le front.

— Il va me falloir quelques points, mais je devrais survivre.

Il jette un coup d'œil en direction de mon soigneur.

— Comment va-t-elle ?

— Des ecchymoses, mais elle survivra elle aussi.

Chris et moi nous dévisageons longuement, et ce qui passe entre nous me serre le cœur. Car je sais désormais que nous restons à des années-lumière l'un de l'autre.

— Je reviens, annonce l'urgentiste après s'être raclé la gorge.

Il s'éclipse en vitesse, ayant manifestement perçu le besoin que nous avions de passer quelques instants seuls.

Chris grimpe dans l'ambulance et vient s'asseoir près de moi.

— Blake a appelé. Ava a avoué le meurtre de Rebecca.

Je joins mes poings serrés contre ma poitrine, sous le choc.

— Comment ? Quand ?

— On n'a pas de détails, à cause d'un fichu avocat qui est arrivé juste à temps pour lui conseiller de se taire, mais je pense qu'on en saura plus d'ici quelques jours. Le détective privé que tu as rencontré au box de stockage nous a rendu les carnets qu'il avait récupérés sur place. Il a eu des soucis, par le passé, et il ne veut surtout pas avoir un lien quelconque avec une affaire de meurtre. Il a l'air de penser que les journaux vont nous être utiles.

— Encore des journaux. Encore des gens qui vont lire les pensées secrètes de Rebecca. Comme moi.

— Grâce à toi, on va pouvoir l'enterrer dignement. Et enfermer Ava, avant qu'elle ne fasse de mal à quelqu'un d'autre, comme elle a failli le faire avec toi ce soir.

Je me tourne vers lui. Si seulement l'espace qui nous sépare pouvait disparaître !

— Tu m'as sauvé la vie.

Sa réponse est longue à venir, son expression demeure fermée, éloignée de moi comme il l'est, lui.

— Oui, bon, disons que cette fois au moins, j'ai réussi à te protéger correctement. Il faut croire que je n'ai pas été aussi efficace dans d'autres cas.

— Ça n'est pas vrai. J'ai juste...

— ... eu besoin d'entendre la vérité de la bouche de Mark parce que tu ne me croyais pas, termine-t-il à ma place. Je sais. J'ai compris.

— Tu ne m'avais pas parlé de Rebecca avant que je le découvre par moi-même.

— Ça aussi, je l'ai compris. Ce que je ne comprends pas, en revanche, c'est que tu accordes davantage de crédit à sa parole plutôt qu'à la mienne.

Se frottant la mâchoire, il pose les coudes sur ses cuisses.

— Tu m'as reproché de te repousser sitôt que je rencontrais un coup dur. Eh bien, toi, apparemment, tu cours te réfugier chez Mark.

— Non, Chris, ça n'est pas ce que tu crois. Rien à voir.

— Tu réclames de l'honnêteté, Sara. Alors je t'en donne. Je savais que tu irais vers lui. C'est pour ça que je t'ai laissée quitter l'appartement aussi facilement. Et je me suis juré que si tu courais le rejoindre, c'était fini entre nous.

Une immense lassitude envahit mon corps à l'idée qu'il pense peut-être ce qu'il vient de dire.

— Non, Chris. Mark n'a rien à voir avec nous. J'étais blessée que tu ne m'aies pas tout raconté sur Rebecca, d'autant plus que j'étais encore affectée par les événements de la semaine passée.

— Je sais, je sais, Sara. On est super-doués pour se faire du mal, toi et moi.

— Qu'est-ce que tu veux dire par là ?

La question est sortie tel un souffle, à peine audible, car ma voix est restée bloquée au fond de ma gorge, avec mon cœur.

— Je ne sais pas ce que je veux dire. Ce que je sais, en revanche, c'est que j'ai souffert mille morts ce soir, quand j'ai cru qu'Ava allait te tirer dessus. Je serais mort pour toi, ce soir, Sara. Voilà comment je t'aime.

— Oui, mais parfois l'amour ne suffit pas, murmuré-je, répétant ses propres paroles au club. Alors, on en est là de nouveau ?

— Je ne suis pas certain d'être le mieux placé pour répondre à cette question, cette fois, Sara. Je pense que c'est à toi de le faire.

— Je ne comprends pas ce que ça signifie.

— Excusez-moi.

Un officier de police apparaît à l'arrière du véhicule. J'aimerais avoir le pouvoir magique de le faire disparaître, mais il reste bel et bien là.

— Mademoiselle McMillan, si vous vous en sentez la force, nous aimerions que vous veniez répondre à quelques questions.

— Bien sûr. Tout de suite ?

— Ce serait l'idéal, oui.

Chris descend de l'ambulance et m'offre sa main. J'y glisse ma paume et sa chaleur se propage dans tout mon bras. Mais la distance qui nous sépare, cette fichue distance est toujours là, épaisse et froide, et je crains qu'elle ne devienne plus impénétrable à chaque seconde qui passe. Je ne veux pas le quitter. Je veux que tous ces gens s'en aillent et nous laissent tranquilles.

L'ambulancier réapparaît.

— Nous sommes prêts à nous mettre en route pour l'hôpital, si vous voulez bien, annonce-t-il à Chris.

— Oui, je suis prêt.

Son regard croise le mien et le retient quelques secondes.

— Je vais me faire recoudre la tête.

— Je viens avec toi.

— Tu dois aller répondre à leurs questions, il faut que tu prennes le temps de digérer cette soirée. Fais-le pour toi. Et pour nous. Reste. Fais ce qu'ils ont besoin que tu fasses.

Je me raccroche au mot « nous », même si je sais combien nous sommes brisés. Je sais que nous sommes à un fil de nous perdre, car il n'est pas normal que Chris n'insiste pas pour être à mes côtés en ces moments. Ma gorge se noue.

— Très bien, d'accord. Je suis prête, ajouté-je à l'intention du policier.

Je ne regarde plus Chris, consciente que si je le fais, jamais je ne m'en irai. Pour la première fois depuis que je l'ai rencontré, je me demande s'il serait soulagé que je l'abandonne.

31

Une heure après le départ de Chris pour l'hôpital, j'en ai fini avec les questions de la police et je sors enfin du manoir de Mark. Dans mon champ de vision, un mouvement furtif attire mon attention en direction de la partie sombre de la cour, plus précisément vers l'arbre dans lequel la voiture d'Ava s'est encastrée. Mark est là, adossé au tronc, la tête basse, les bras posés sur les genoux. Son attitude n'a rien à voir avec celle, composée et maîtrisée, du Mark habituel.

Après un instant d'hésitation, je le rejoins. Quand il lève la tête vers moi, je n'en reviens pas de ce qu'il m'autorise à voir : la douleur, le tourment, la culpabilité.

— Elle est revenue parce que je le lui avais demandé, m'avoue-t-il.

— Quoi ?

Mais immédiatement, la réponse à ma propre question me paraît évidente. Je me souviens des paroles de Blake, expliquant que Rebecca était rentrée chez elle, avant de disparaître.

— J'ai appelé Rebecca pendant ses vacances avec le type qu'elle avait rencontré, et je lui ai dit de rentrer. En lui promettant que les choses seraient différentes. Elle a refusé.

Il se passe une main agitée dans les cheveux et lâche un juron.

— J'ai cru qu'elle m'avait rayé de sa vie. Je n'ai même pas su qu'elle était en ville. Je l'avais incitée à revenir et Ava lui a fait subir je ne sais quels sévices. C'est à cause de moi qu'elle est morte.

— Ne vous infligez pas ça, lui dis-je en tombant à genoux pour être à hauteur de son visage. Ce n'est pas vous qui l'avez tuée. Vous n'êtes pas responsable des faits et gestes d'Ava.

Il fixe sur moi son regard hanté.

— Si. Vous n'avez pas idée de la responsabilité que j'ai dans cette histoire, bon sang ! J'ai mis Rebecca et Ava en contact au club. J'ai inclus Ava dans le jeu. Je... (Sa voix se brise et il détourne promptement les yeux.) Rebecca était... (Les secondes s'égrènent, puis soudain ses prunelles sont à nouveau dardées sur moi.) J'ai déclenché tout ça, et j'ai bien failli recommencer avec vous. Je l'aurais fait, sans Chris. Vous et moi, nous savons que c'est vrai. Rentrez chez vous, Sara. Éloignez-vous de moi autant que vous le pouvez.

L'ordre est donné sur un ton rude, acéré comme une lame de rasoir. Pourtant je ne bouge pas. Je veux l'aider.

— Mark...

— Rentrez chez vous.

Je comprends alors qu'il doit combattre ses démons à sa façon, tout comme je dois le faire avec les miens. Je me remets debout, les yeux toujours rivés sur lui, mais il ne me regarde plus et je sais qu'il ne lèvera pas la tête. Je me dirige vers ma voiture. Une fois installée à l'intérieur, je démarre le moteur, sans trop savoir que faire. D'après ce qu'il m'a dit, Chris s'est juré que c'était fini entre nous, si je venais ici ce soir. Le pensait-il vraiment ? Je n'ai aucune nouvelle de lui, mais je l'aime trop pour faire preuve de fierté, en cet instant.

Le ventre noué, j'essaie de l'appeler. Les sonneries me transpercent le tympan, l'une après l'autre, jusqu'à ce qu'enfin je tombe sur sa messagerie vocale. Je raccroche. Je ressens le même pincement au cœur que la semaine dernière, quand il s'est refermé sur lui-même. Il est en colère, il est blessé, et moi je ne le suis plus. Je suis incertaine et perdue.

Je ne sais pas vraiment comment nous avons pu en arriver là en une soirée, et tandis que je me mets en route, je me surprends à chercher des réponses. Où est-ce que tout ça a commencé ? Je me retrouve à mon ancien appartement, mais c'est dans celui d'Ella que je me rends, là où j'ai pour la première fois découvert Rebecca. Je vais dans la chambre, jette mon sac sur le lit et m'allonge sur le matelas pour fixer le plafond. Grâce à Ella et à Rebecca, j'ai osé être moi, et plus la coquille vide d'une femme que je m'étais inventée. Et grâce à elles, j'ai trouvé Chris.

Je roule sur le flanc, complètement épuisée. Je veux rentrer à la maison, je veux voir Chris. Je veux lui parler de mes sentiments, mais nous sommes brisés. Tellement brisés. Je ne sais pas comment nous réparer. Je ne sais même pas s'il veut nous réparer. Peut-être ne devrais-je pas le vouloir non plus. Peu m'importe si ça fait de moi une idiote, je sors le portable de mon sac et, les yeux fermés, je prie pour qu'il sonne.

— Sara.

Je cligne plusieurs fois les yeux en m'éveillant au son de la voix de Chris. Il est penché sur moi.

Je me rassieds dans une sorte de brouillard, craignant d'être encore en train de rêver.

— Chris ?

Je rampe jusqu'au bout du lit, rassurée de constater qu'il est bel et bien là, emplie d'un espoir nouveau. Peut-être avons-nous encore une chance ?

Il s'accroupit face à moi, mais ne me touche pas.
— Je pensais bien que tu serais là, quand je ne t'ai pas trouvée à la maison.
— Je ne pouvais pas rentrer à la maison alors que tu n'y étais pas. J'ai essayé de t'appeler.
— Ils m'ont obligé à éteindre mon portable, à l'hôpital, et depuis que je l'ai rallumé, tu ne réponds plus.
Il détourne les yeux et je sens la bataille qui se livre en lui. Une immense crainte m'envahit avant qu'il se retourne vers moi.
— Écoute, Sara.
De nouveau, il hésite. Je suis suspendue à ses lèvres, quand enfin il reprend.
— Je pars pour Paris à 10 heures du matin.
Mes épaules s'affaissent, la douleur me vrille le corps.
— Tu pars ?
— Oui, je pars.
— Non, ne t'en va pas.
Il m'observe un long moment, cherchant dans mes yeux quelque chose que j'espère lui voir trouver.
— Viens avec moi. On cherchera Ella et on essaiera de se retrouver, nous aussi. J'y ai réfléchi pendant des heures. Je t'ai caché des choses, et rien de ce qui est arrivé ce soir n'aurait eu lieu si je ne l'avais pas fait. Si tu veux connaître la personne que je suis exactement, c'est à Paris que tu la découvriras. Je l'ai toujours su, mais jusqu'à présent, je n'étais pas prêt à assumer les conséquences. Quant à toi, je ne suis pas certain que tu le sois un jour. D'ici à demain matin, je te demande d'y réfléchir sérieusement.
— Mon passeport…
Il fouille dans sa poche et en tire le document, qu'il jette sur le lit.
— Il est arrivé pendant que j'étais à Los Angeles.
Il se remet debout, sans m'avoir touchée une seule fois. Pourquoi refuse-t-il de me toucher ?

Tout arrive trop brutalement, j'ai la tête qui tourne.

— Chris, s'il te plaît. Discutons-en.

— Non. Pas de discussions. Pas d'entre-deux. C'est tout ou rien, Sara. Je t'ai fait une proposition, tu dois décider si tu veux vraiment l'accepter. Il y a une réservation à ton nom au comptoir d'American Airlines. Je serai à bord de l'avion, j'espère que tu m'y rejoindras.

Il s'éloigne et la porte s'ouvre, puis se referme derrière lui.

Il est parti, me laissant avec la confirmation de ce que j'avais déjà détecté en lui. Je ne sais pas tout sur les raisons de sa douleur, il lui reste encore des secrets à me révéler. Il vient encore une fois de me soumettre à l'un de ses tests, et cette fois je n'ai que quelques heures pour y répondre. Mais ignorant quels mystères il recèle encore, suis-je prête à prendre ce risque avec lui ?

Jeudi 2 août 2012

Je lui ai dit « au revoir » aujourd'hui, mais il ne m'a pas crue. Ses lèvres se sont retroussées avec leur sensualité habituelle et il a murmuré de coquines promesses de plaisir à mon oreille. Sauf que cette fois, ces promesses n'ont pas suffi. Il a eu l'air choqué quand je lui ai répondu que le plaisir n'était rien d'autre qu'une façade qu'il utilisait pour se cacher de l'amour. J'ai vu quelque chose de profond dans ses yeux, une lueur tourmentée. Alors j'ai su que j'avais raison : il y a en effet pas mal de choses en lui qu'il ne m'autorise pas à voir. Je ne suis plus aveugle. Je sais désormais que je ne suis plus la femme capable de révéler l'homme caché derrière le Maître. Je ne suis qu'un morceau de son voyage et lui du mien.

Pourtant, une partie de moi espère encore que je lui manquerai. Que peut-être nous nous retrouverons un jour. Je n'ai pas osé le revoir, ni le toucher, de peur d'être faible et de changer d'avis. J'ai laissé un mot écrit de ma main sur son bureau, disant tout ce qu'il me restait à lui dire : « Au revoir. Rebecca. »

Composition
NORD COMPO

Achevé d'imprimer en Espagne
par BLACKPRINT CPI
le 25 février 2015.

Dépôt légal février 2015.
EAN 9782290070659
L21EDDN000481N001

ÉDITIONS J'AI LU
87, quai Panhard-et-Levassor, 75013 Paris

Diffusion France et étranger : Flammarion